행복한 여행 노트

최고의 파트너와 떠난 크루즈 여행기

내게 처음으로 바깥 세상의
아름다움을 알게 해준 아버지와
날고 싶었지만 날개를 접어야 했던 언니에게

행복한 여행 노트

최고의 파트너와 떠난 크루즈 여행기

이상진 지음

평민사

차 례 CRUISE

프롤로그 : 약속 지키기

아직도 여름의 더위가 조금 남아 있던 대학 마지막 학기의 9월 어느 날이었다. 그가 저녁에 덕수궁 앞에서 만나자고 전화를 했다. 덕수궁은 교통도 편할 뿐 아니라 궁궐 문을 들어서면 복잡한 바깥세상과는 단절된 고요함이 있어 우리가 즐겨 찾던 곳이다. 덕수궁 안쪽으로 가면 구석진 곳에 서양식과 우리의 전통 건축 방식이 묘하게 섞여 있는 건물이 한 채 서 있다. 1900년경 러시아의 건축가가 지었다는 그곳은 고종 황제가 커피를 마시며 음악을 듣곤 했다는 '정관헌(靜觀軒)' 이다. 말하자면 한국 최초의 커피숍쯤 되겠는데, 약간 높은 곳에 있어 '고요하게 내다보는 곳' 이라는 이름에 딱 어울리는 장소였다. 사람들이 그 찻집의 존재를 잘 모르는지 언제나 한산해서 우리는 가끔 거기에 들러 차를 마시곤 했다.

덕수궁 안에 들어서니 찻집은 이미 문을 닫은 후였다. 여름날 이른 저녁, 덕수궁 구석구석에는 젊은 연인들이 가득했다. 당시로서는 낯 뜨거운 포즈를 취하고 있는 커플들도 심심치 않게 보여 그들 앞을 지날 때는 공연히 얼굴이 붉어졌다.

우리는 가까스로 돌 벤치 하나를 찾아 자리를 잡았다. 그런데 그가 난데없이 "우리 결혼하자"고 하는 게 아닌가. 나는 피식 웃고 말았다. 결혼이라니. 아직 졸업도 안했고, 취직은 물론 못한데다가, 그의 집안은 아버님이 사업에 실패하신 후 갑자기 돌아가서서 그야말로 풍비박산이 난 상태였다.

하지만 그게 시작이었다. 장난처럼 받은 난데없는 프러포즈는 그동안 오빠, 동생 하며 지내던 우리가 본격적인 남녀 관계로 발전한 계기가 되었다. 가진 것이라고는 젊은 패기뿐이었던 그는 나랑 결혼하면 어떻게 살 것인가에 대한 얘기를 많이 했다. 하긴 젊은 남자가 마음에 드는 여자를 곁에 두기 위해 무슨 말인들 못하겠는가. 마침 '그댈 위해서라면 나는 못할 게 없네' 라는 영화 〈별들의 고향〉에 나오는 노래가 한참 유행하고 있었지만 그의 계획들은 그것보다는 훨씬 더 구체적이었다.

그 중에 나의 귀를 솔깃하게 만드는 내용이 한 가지 있었다. 바로 "나랑 결혼하면 당신에게 온 세상을 보여주겠다" 라는 약속이었다. 그가 온 세상을 보여주겠다고 호언장담할 때는 그저 한 번쯤 유럽 구경을 시켜줄 생각이었는지도 모른다. 그 당시만 해도 해외여행이란 게 쉽지 않을 때였으니까. 우리가 미국으로 이민을 온 후에, 어느 정도 시간과 경제적 여유가 생기자 나는 그에게 약속을 이행하라고 조르기 시작했다. 그렇게 해서 우리의 '길 떠나기'는 시작되었다.

"결혼할 때 한 약속을 이렇게 잘 지키는 남자 있으면 나와 보라고 해" 재미있던 여행길에서 돌아오는 길이면 그는 마치 칭찬받고 싶은 어린아이처럼 신나는 표정으로 이렇게 말했고, 나는 적당히 감동어린 표정으로 "그건 그렇다, 여보" 하며 맞장구를 쳐주곤 했다.

어느 날, 그가 친구와의 술자리에서 젊었을 때 고생하던 얘기 끝에 자신의 사연을 털어놓았다. 앞으로 살아갈 일이 너무 막막하던 군대 시절, 복학해서 등록금 마련할 대책도 없고, 돌아갈 집조차 남아 있지 않았을 때, 그는 매일 밤 일기를 썼다고 한다. 그는 그 일기를 '이미지 리허설'이라고 불렀다는데, 자신의 앞날을 설계하고 그 꿈이 이루어지는 장면을 상상해 보며 힘든 현실을 견디어 냈다고 한다. 그 '이미지 리허설'의 목록 중에 온 세상을 두루두루 구경하겠다는 항목이 들어 있었다. 그러니까 내게 프러포즈를 하면서 내걸었던 그 감동적인 제안이 사실은 자신이 살아보고픈 삶의 방식 중 하나였던 것이다.

자신과의 약속이든지, 아내에게 했던 약속을 지키기 위해서든지, 그는 여행에 관해서만은 아주 충실히 약속을 이행하고 있는 중이다. 그동안 많은 곳을 다녔지만 그야말로 세상은 넓고, 갈 곳은 아직도 많으므로 그의 약속 지키기는 아마도 끝나지 않을 것이다.

영국의 어느 신문사에서 현상금을 걸고 문제를 냈다. "영국의 남쪽 끝에서 런던까지 가장 빨리 갈 수 있는 방법은?” 유로스타? 비행기?
여러 가지 답이 나왔지만 일등상을 받은 답은 “가장 마음에 드는 동
반자와 같이 가기”였다. 마음에 드는 사람과 함께하면 시간 가는 줄
모르고 재미있게 여행을 할 수 있기 때문이다. 주위를 돌아보면 남편
과 여행하는 걸 별로 내켜하지 않는 여자들이 의외로 많다. 하지만
내 경우는 남편만큼 편안하고 마음에 드는 동반자가 또 어디 있을까
싶다.

　이 책은, 지치지도 귀찮아하지도 않고 끊임없이 멋진 여행 아이디
어를 생각해내는 나의 남편에게 주는 작은 선물이다. 또한 우리가 길
에서 함께 보냈던 기억하고 싶은 시간의 흔적들이기도 하다. 언제나
좋은 길동무가 되어주는 그에게 깊은 사랑과 감사를 보낸다.

1

아일랜드, 거친 자연의 품으로 | 1997년 9월

한류 붐이 불기 시작할 때였다. 배용준이 출연했던 드라마 〈겨울연가〉의 촬영지에 일본 아줌마들이 몰려온다는 TV 뉴스를 보는 중이었다. "저렇게까지 하고 싶을까?" 혼잣말을 하는 나를 보며 남편이 "사돈 남 말 하시네" 하는 표정을 짓는다.

안 가본 나라들이 숱하게 많은데도 불구하고 여행지로 '아일랜드'를 택했던 이유는 단 한 가지, 1970년에 만들어진 영화 〈라이언의 처녀(Ryan's Daughter)〉 때문이었다. 원 제목대로 번역하면 '라이언의 딸' 이어야 하는데, '처녀' 라는 단어가 들어가면 관객의 호기심을 끌 수 있다는 생각이었는지 한국어 제목은 〈라이언의 처녀〉였다.

이 영화는 〈닥터 지바고〉, 〈아라비아의 로렌스〉, 〈콰이 강의 다리〉, 그리고 〈밀회〉 등을 만든 명감독 데이비드 린의 작품이다. 아일랜드의 작은 어촌을 배경으로 점령군인 영국군 장교와 그 마을의 젊고 아름다운 유부녀의 슬픈 사랑이야기인데 라이언은 영화 속 여주인공의 아버지 이름이다. 지금 같으면 바람피운 아내를 용서하고 감싸주는 남편(로버트 미첨)한테 마음이 갔겠지만 이 영화를 처음 보았던 젊은 시절에는 이루어질 수 없는 연인들의 위험한 사랑이 더 아름답게 여겨졌다. 하지만 영화의 내용보다도 나는 이 영화의 배경이 되는 바닷가 마을에 반해버렸다. 전쟁 통에 다리를 다쳐 한쪽 다리를 저는 남자 주인공(크리스토퍼 존스)이 한밤중에 마을 언덕에 올라서서 세찬 바람을 맞으며 사랑하는 여인을 그리워하는 장면을 보면서 영화의 내용보다는 바람 불고 파도치는 그 풍경에 마음을 빼앗겼다. "세상에 저런 곳도 있구나. 언젠가 저기에 꼭 한 번 가봐야지"하고 생각했다. 나도 영화 속 마을이 보고 싶어 아일랜드까지 갔으면서 〈겨울 연가〉에 빠져 있는 일본 아줌마들의 남이섬 방문을 우습게 여길 수는 없는 일이었다.

영국의 서쪽에 위치한 섬나라인 아일랜드는 '에이레' 라고도 불린다. 아일랜드는 영어식 표현이고, 에이레는 그들의 고유 언어인 게일릭(Gaelic)식 표현이다. 뉴욕에서 더블린까지 아일랜드 비행기인 '에어 링구스' 를 타고 갔다. 아일랜드 국적기답게 비행기 몸체부터 기내 담요까지 모두 초록색이다. 아일랜드의 상징은 세 잎 클로버인 '샘록(Shamrock)' 이다. 5세기경 아일랜드에 기독교를 전파한 세인트 패트릭이 기독교의 삼위일체를 설명하기 위한 비유로 세 잎 클로버를 사용하기 시작했다고 한다. 아일랜드 사람들의 초록색과 샘록 사랑은 유별나서 스포츠 팀의 로고에도, 관광청의 로고에도, 길거리의 간판에도 초록과 샘록이 넘쳐난다.

아일랜드를 얘기할 때, 19세기 중엽에 있었던 대기근을 빠트릴 수 없다. 아일랜드의 주 농작물이었던 감자에 마름병이 들기 시작하면서 기근이 수십 년간 계속되었다. 유럽의 다른 나라에도 이 감자병이 번졌지만 특히 감자가 주 작물이었던 아일랜드가 타격을 가장 많이 받았다. 급기야 경작지의 대부분이 폐허가 되었고 아사자들이 속출하기 시작했다. 가난과 질병에 시달리던 아일랜드 사람들은 미국을 비롯한 캐나다 등지로 이민을 떠날 수밖에 없었다. 이 감자 흉년으로 인해 100만 명 이상이 사망했으며 1820년부터 약 40년간에 걸쳐 거의 200만에 가까운 인구가 이민을 떠나는 바람에 전체 인구가 엄청나게 감소했다고 한다. 게다가 아일랜드에서는 토지는 모두 맏아들이 받게 되어 있어 맏이가 아니면 부모로부터 아무런 재산도 상속 받을 수 없었다. 이래저래 많은 젊은이들이 가난과 질병, 그리고 영국의 압제를 피해 신세계를 찾아 떠났다.

영화 〈타이타닉〉을 보면 주인공 잭이 마지막 기항지인 아일랜드의 '코브(Cobh)'에서 배에 오른다. 영화 초반부에 잭이 백파이프를 연주하는 아일랜드 사람들과 흥겹게 어울려 노는 장면도 있다. 배가 만들어진 1912년 당시 세계에서 가장 호화스러운 배였다는 타이타닉의 지하 선실에는 미국으로 이민을 떠나는 가난한 아일랜드 이민자들이 많이 타고 있었다.

얼마나 많은 사람들이 미국으로 이민을 갔는지 현재 아일랜드계 미국인의 수가 아일랜드 본토 인구의 여섯 배가 넘는다고 한다. 직계 이민 2세였던 케네디 대통령을 위시해서 오바마, 부시, 클린턴, 레이건 대통령 등도 가계를 거슬러 올라가면 아일랜드계 피가 섞여 있다. 2000년에 들어서며 아일랜드는 IT 산업을 적극적으로 유치한 결과 경이적인 경제 성장을 보였다. 하지만 그것도 잠시, 세계적인 불경기의 여파로 젊은이들이 일자리를 찾아 외국으로 떠나는 제 2의 이민 물결이 일고 있다.

더블린에는 대기근을 기념하는 메모리얼 파크가 있고 이민자들이 많이 떠났던 남쪽 코브의 항구에도 어린아이 둘을 데리고 배에 오르는 엄마의 모습이 동상으로 세워져 있다. 아일랜드의 슬픈 역사를 감안해 보면 그들의 노래가 왜 그렇게 심금을 울리는지 이해할 수 있을 것이다.

영화 〈라이언의 처녀〉에서처럼 아일랜드에는 바람이 많이 불고 비가 자주 내렸다. 걸프 해류 덕분에 비가 많고 온난한 기온을 유지하고 있어서 시내를 조금만 벗어나면 온통 푸른 풀밭이 펼쳐져 있다. 아일랜드에는 연초록부터 짙은 초록까지 초록색을 뜻하는 단어가 40여 개가 있다고 한다.

아직도 아일랜드의 주요 산업은 목축업으로, 시골에서는 양떼들이 차도를 점령하는 일이 종종 일어난다. 꼼짝없이 양들이 다 지나가기를 기다려야했는데 목동들이 긴 작대기 하나를 들고 양떼 뒤를 슬슬 따라가고 있었다. 그 한가한 광경을 보고 있자면 긴장할 일이라고는 아무 것도 없이 세월이 느긋하게 흘러가는 느낌이었다.

아일랜드에서는 감자, 당근, 파슬리 등의 야채에 양고기나 소고기

더블린의 특색 있는 조지안 스타일의 대문

를 넣어 걸쭉하게 끓인 아이리시 스튜나, 삶은 양배추를 곁들인 콘비프 등 대중적인 음식을 많이 먹었는데 모두 그곳의 기후에 딱 어울리는 맛이었다. 비가 많이 내리는 아일랜드와 가장 잘 어울리는 것은 아마도 '아이리시 커피'일 것이다. 어느 추운 겨울 저녁, 공항 식당에서 일하던 주방장이 추위에 떠는 미국 관광객들에게 커피에 위스키를 조금 넣어 대접한 것이 시작이었다고 한다. 새로운 맛에 반한 손님들이 이 커피의 이름을 묻자 '아이리시 커피'라고 대답한 것이 이름으로 굳어졌다.

'아이리시 커피' 만들기는 간단하다. 우선 블랙커피를 따뜻하게 데운 유리잔에 붓는다. 그리고 약간의 브라운 설탕을 넣는데 이 설탕이 들어가야 나중에 크림이 분해되지 않고 커피 위에 떠있는다고 한다. 그리고 아이리시 위스키를 약간 넣어 잘 섞은 후 마지막에 진한 크림을 위에 얹어 그 크림을 통해 커피를 마신다. 비도 간간이 뿌리

아일랜드의 자랑, 기네스 맥
주 공장의 맥주통

는 춥고 흐린 날씨에 위스키가 조금 들어간 뜨거운 아이리시 커피를 마시면 온몸이 훈훈해진다. 가끔 다른 곳에서도 아이리시 커피를 주문해서 마셔보는데, 분위기 탓이었는지 아무래도 아일랜드에서 마셨던 커피 맛이 제일 좋았다.

더블린에서 '기네스 맥주' 공장 견학을 했는데, 커다란 파인트 잔에 기네스 맥주를 가득 따라주었다. 맥주를 즐기는 남편이었지만 아침부터 내 몫까지 두 잔의 생맥주를 마시기는 벅찬 것 같았다. 그래도 남편은 그때 그 공장에서 마신 기네스 맥주가 다른 어느 나라에서 마신 기네스보다 맛있었다고 한다. 역시 무엇이든 본 고장에서 먹는 게 가장 좋은 모양이다. 이들은 흑맥주인 기네스를 미지근한 상태로 마신다.

더블린은 다른 나라의 큰 도시에 비하면 아주 소박한 느낌을 준다. 유럽 대륙 도시들의 화려함과 오만함이 없이 편안하고 다정하기까지 하다. '북 오브 켈스(Book of Kells)' 를 보러 트리니티 대학 도서관에 갔다. 800년도에 아일랜드 수도사들이 만든 4대 복음서를 적어놓은 책인데, 정교한 글씨와 식물성 안료로 색을 칠한 삽화와 금빛 장식들이 아름답다. 오래된 도서관의 둥그렇고 높은 천장과 벽을 가득 메운 책들, 그리고 그 책에서 나는 낡은 책 냄새가 이 도서관에 무게를 더해주고 있다.

더블린에서 며칠 머문 후 아일랜드 일주를 했다. 오래전 빙하시대

18

아일랜드식 초가집(Tached house)

에 만들어진 특이한 지형과 고풍스러운 수도원, 투박한 성들, 한국의 초가집처럼 풀을 엮어 지붕을 얹은 전통 가옥들을 만날 수 있다. 특히 경치 좋기로 유명한 'Ring of Kerry' 드라이브 길과 '갤웨이 베이'는 아일랜드의 거친 자연의 모습을 그대로 보여준다.

내가 보고 싶어 했던 영화 속 그 마을, '딩글'은 아일랜드의 남서쪽 '딩글 반도' 끝에 위치해 있다. 날카로운 바위 절벽이 바다와 어울러 절경을 이룬다. 두 연인이 사랑을 나누던 해안가 동굴이 내려다보이는 언덕에 서서 잠시 영화 속 주인공 같은 기분이 되어보았다. 자그마한 마을인 딩글에는 아담한 북 카페도 있고 특이한 도자기를 파는 기념품점 등 작은 가게들이 옹기종기 모여 있다. 전 세계에서 인구밀도 당 술집이 제일 많은 나라가 아일랜드라고 하는데, 딩글은 그

딩글에 있는 펍(Pub)

전통의상을 입고 추는 민속춤

런 아일랜드에서도 인구비례 당 술집인 펍(Pub)의 수효가 가장 많다고 한다. 번화가 한 블록에 펍이 다섯 개나 나란히 서 있었다.

아일랜드인에게 펍은 단순한 술집이 아니다. 저녁에 맥주 한 잔 하며 이웃들과 살아가는 얘기를 나누는 사랑방 같은 곳이다. 일행들과 선술집에서 간단한 저녁을 먹으며 아이리시 민속 음악을 감상했다. 여러 명의 가수가 나와 아이리시 민요들을 불렀다.

기타와 바이올린, 북같이 생긴 악기 '보란', 작은 백파이프인 '일리언 파이프', 때로는 그저 숟가락 두 개를 손가락에 끼고 장단을 맞추는데 모두들 아주 훌륭한 목소리를 가지고 있었다. 대부분의 노래가 영국의 식민 통치와 대기근으로 인한 어려움과 이별에 대한 내용이기 때문에 어쩔 수 없이 슬픈 분위기를 자아낸다. 손님 중에 노래를 따라하는 사람들이 많았다.

나중에 아이리시 전통 카바레에서 아이리시 무용을 감상할 기회가 있었다. 미국의 탭댄스와 비슷하지만 상체와 손은 움직이지 않고 발만 사용하는 게 특징이다. 전통적인 아이리시 댄스는 극장용인 '리버댄스'로 만들어져 세계적으로 알려지게 되었다. 라스베이거스에는 몇 년 동안 아이리시 무용으로 만들어진 쇼 '로드 오브 더 댄스'를 공연하는 상설극장이 있을 정도였다.

아일랜드에서는 그들의 고유 언어인 게일릭과 영어가 공용어이다. 그런데 영국식 악센트와 게일릭 악센트가 섞인 영어를 쓰기 때문에 미국식 영어와는 다른 표현이 많고 또 알아듣기도 쉽지 않다. 카바레에서 코미디언이 나와 코미디를 하는데 옆자리에 앉았던 미국인이 우리에게 묻는다.

"지금 뭐라고 한 거니? 왜들 웃는 거야?"

"그걸 우린들 알아들었겠우?"

결국 같은 테이블에 있던 아일랜드 출신 미국인이 미국식 영어로 통역을 해주어서 우리는 남들이 다 웃고 난 후에 그제야 키득키득 웃을 수 있었다. 혹시 화장실 문에 'Mna' 라고 쓰여 있으면 영어 'Man'을 잘못 쓴 것이라고 생각해서는 안 된다. 그것은 게일릭어로 여성을 뜻하는 말이기 때문이다. 남성은 'Fir' 라고 적혀 있다.

여행을 하다보면 "아, 여기는 다시 와보고 싶다" 아니면 "언제 여길 또 오겠어?" 하는 곳들이 있게 마련이다. 아일랜드를 한 바퀴 돌아보고 난 후, 여길 다시 오게 되지는 않겠다는 생각이 들었다. 그런데 사람 일은 알 수 없는 법이다. 아일랜드의 수도 더블린에 세 번이나 가게 될 줄은 몰랐다. 나머지 두 번은 모두 크루즈 여행 중에 들르게 되었는데 한 번은 더블린뿐 아니라 북 아일랜드에 있는 벨파스트와 런던대리까지 방문했다.

아일랜드는 일찍이 세인트 패트릭에 의해 기독교를 받아들인 이래 국민의 95%가 가톨릭 신자이다. 16세기부터 영국의 통치하에 있다가 1922년에 독립을 했으나 주로 신교도였던 북쪽의 로얄리스트들은 그대로 영국의 영향 밑에 남아 있기를 원했다. 결국 영국 편을 들었던 북아일랜드는 그대로 영국의 일부가 되었고, 그 후로 북아일랜드에 있는 신교도와 구교도 간의 갈등으로 인한 무력 충돌이 그치지 않았다.

북아일랜드의 수도인 벨파스트가 분쟁의 중심지가 되었는데, 1970년부터 2001년까지 무려 1,500명의 시민들이 목숨을 잃었다고 한다.

무력 투쟁의 주체였던 IRA가 2005년 무력 투쟁을 중단한 이래 아직까지는 평화를 유지하고 있다. 벨파스트 시내에는 신교도와 구교도가 서로 총을 겨누고 대치했던 상황을 알려주는 기념비와 동상이 있다.

아일랜드는 유명한 문인들을 많이 배출한 나라이다. 노벨 문학상을 받은 작가로는 조지 버나드 쇼, 윌리엄 버틀러 예이츠, 사무엘 베케트가 있다. 더블린에 있는 '작가들의 박물관(Writers Museum)'에 가보면 그들뿐만 아니라 제임스 조이스, 오스카 와일드, 조나단 스위프트 등 잘 알려진 아일랜드 출신 작가들의 면모를 살펴볼 수 있다.

조지 버나드 쇼의 이름이 나왔으니 말인데, 그의 묘비명이 '우물쭈물 하다가 내 이럴 줄 알았다' 라는 얘기가 인터넷에 떠돌고 있다. 처음에는 신랄한 풍자를 즐겨했던 그에게 제법 어울리는 묘비명이라고 생각했다. 그런데 원문을 찾아보니 "I knew if I stayed around long enough, something like this would happen"이었다. 쉽게 말하자면 '오래 살다보면 결국 죽음은 피할 수 없다' 는 뜻일 텐데, 우물쭈물이란 단어는 어디에서 찾아냈는지 모르겠다.

원문과는 조금 다르지만 사람들에게 경종을 울리기에는 오히려 그 한글 번역이 더 적합한 것 같다. 나는 비슷한 의미의 라틴어 'Memento Mori(죽음을 기억하라)' 를 잊지 않으려고 한다. 이 말은 일상에 젖어 풀어져 있던 정신을 추스르게 만들어주는 따끔한 경고와도 같다.

2

런던, 대서양 횡단 크루즈

내가 가장 여러 번 방문한 도시는 런던이다. 도대체 런던에 몇 번이나 갔는지는 세어보지 않아 알 수 없다. 사실은 런던에 그렇게 여러 번 갔던 게 아니라, 런던 히드로 공항에 많이 내렸다는 게 정확한 표현이다. 한동안 런던을 허브로 삼고 있는 브리티시 에어라인을 주로 사용했기 때문에 유럽에 가려면 으레 런던 히드로 공항에서 비행기를 갈아타곤 했다. 사실 비행기는 될 수 있는 대로 직행 편을 이용하는 것이 좋다. 값이 좀 싸다고 해서 여러 도시를 거쳐 가게 되면, 연결이 잘 안되어 비행기를 놓치거나 짐이 분실되는 경우도 많은데다가, 아무래도 시간이 오래 걸리니까 더 피곤하기 마련이다.

나는 LA에서 유럽으로 갈 때에 직행이 없을 경우, 런던을 경유하는 것을 선호한다. 뉴욕을 거쳐 갈 수도 있으나, 뉴욕 JFK 공항은 비행기를 갈아타기에 상당히 혼잡하고, 특히 겨울에는 날씨가 변덕스러워서 비행기 결항이 자주 일어나기 때문이다. 공항에서 창밖을 내다보면 런던은 늘 비가 오거나 뿌옇게 흐려 있었다. 여행이 끝나 집으로 돌아올 때면 히드로 공항 면세 구역에 있는 해롯(Harrods) 백화점 분점에 들러 홍차나 틴 박스에 든 사탕 같은 작은 기념품을 사는 게 여행을 마무리 짓는 절차였다.

1992년 가을, 처음으로 유럽 여행을 떠났다. 첫 방문지는 런던이었다. 공항에서 일행은 가이드가 안내하는 대로 버스가 있는 곳으로 갔다. 우리는 당연히 버스의 오른쪽으로 다가갔는데 가이드가 웃으며 말한다.

"어디로들 가십니까? 여기는 영국입니다."

차가 오른쪽으로 다니는 미국과 달리 영국은 차들이 왼쪽으로 달린다. 그러니까 버스 출입문도 왼쪽에 있게 마련이다. 처음에는 이 왼쪽, 오른쪽 때문에 상당히 헷갈렸는데, 런던 번화가의 건널목을 건너려면 "오른쪽 주의"라는 글이 길 바닥에 쓰여 있다. 미국식으로 왼쪽에서 차가 온다고 생각해서 왼쪽만 보다가는 사고가 나기 쉽다.

칼을 왼쪽에 차고 다니던 기사들이 말을 탈 때 왼쪽에서 타는 게 쉬웠고, 또 전투 시에 오른손에 칼을 들고 싸우기 때문에 좌측통행이 시작되었다고 한다. 반면 우측통행은 마차에서 비롯되었다고 하는데, 맞은편에서 오는 상대방 마차와 바퀴를 부딪치지 않으려고 마부는 마차의 왼쪽에 앉아 길 오른편으로 마차를 몰았기 때문이라고 한다. 시작은 어찌되었건, 현재 영국을 비롯한 호주, 뉴질랜드, 타일랜

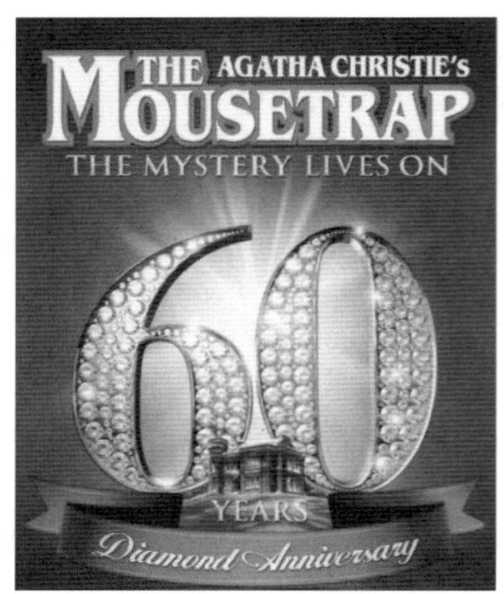

연극 〈쥐덫〉의 60주년 기념포스터

드 및 일본 등이 왼쪽으로 주행을 하고 있고, 미국을 위시해서 캐나다와 대부분의 유럽 나라들이 오른쪽 주행을 하고 있다. 현재 우측통행하는 나라가 전 세계의 약 75%일 정도로 우세하다.

런던에 도착해 제일 먼저 한 일은 〈쥐덫(Mouse Trap)〉 연극표를 산 일이었다. 지금이야 인터넷을 통해 미리 공연 티켓을 살 수 있지만 그때만 해도 현지에서 극장으로 달려가거나 아니면 호텔 컨시어즈(Concierge)를 통해 구입하는 게 최선이었다. 컨시어즈는 호텔 투숙객을 위해 여러 가지 정보를 알려주거나, 극장표 또는 식당 예약을 해주는 일을 맡고 있는 사람이다. 호텔에 도착해 짐도 풀기 전에 나는 컨시어즈에게 〈쥐덫〉 표를 부탁했다. 젊어 한때 '아가사 크리스티'의 추리 소설에 심취했던 적이 있었다. 그녀의 소설 속에 나오는 번뜩이는 회색 뇌세포를 가진 명탐정 '포아로 형사', 그리고 늘 뜨개질을 하고 있는 나이든 부인이지만 예리한 관찰력과 뛰어난 기억력으로 사건을 해결하는 '미스 마플'의 활약이 언제나 흥미진진했다.

〈쥐덫〉은 아가사 크리스티가 '세 마리의 눈 먼 생쥐(Three Blind Mice)' 라는 이름의 라디오 드라마로 만들었던 것을 희곡으로 다시 쓴 것이다. 1952년 런던에서 공연을 시작한 후 2012년 현재까지 60년 동안 근 25,000번의 공연을 이어왔다. 장르를 불문하고 역사상 가장 길게 공연을 하고 있는 작품이다. 저자인 아가사 크리스티조차 이 연극이 이렇게 롱런을 하리라고는 기대하지 못하고 길어야 6~8개월 지나면 막을 내릴 것이라고 예상했다고 한다. 〈쥐덫〉 공연 40주년 기념식에서 존 메이저 당시 영국 총리는 '영국이 어떤 나라인지, 영국인이 무엇을 할 수 있는지를 보여준 작품'이라고 극찬을 했고, 50주년에는 영국 여왕이 직접 참석할 정도로 꾸준히 영국인의 사랑을 받고 있다.

언젠가 런던에 가게 되면 이 〈쥐덫〉 공연을 보려고 벼르고 있었다. LA에서 런던까지의 긴 비행시간 때문에 피곤하기도 했고 시차도 있었지만, 도착한 첫날 저녁 웨스트엔드에 있는 '세인트 마틴' 극장을 찾아갔다. 그때 이미 공연 40년째를 맞고 있을 때였다. 극장은 연극하기에 적당한, 크지도 작지도 않은 사이즈였다. 이미 알고 있는 스토리인데다가, 영국식 정확한 발음 덕분에 내용을 알아듣는 데는 별 문제가 없었다. 폭설이 내려 외부와 단절되어버린 작은 여관, 젊은 주인 부부와 투숙객 몇 명, 그리고 런던에서 일어난 살인 사건의 범인을 추적해 온 형사, 반복해서 들려오는 '세 마리의 눈 먼 생쥐' 노래… 드디어 런던에서 이 연극을 보는구나 싶어 굉장히 감격스러웠다.

연극이 끝난 후 관객들에게 밖에 나가서 연극의 결말을 얘기하지 말아달라는 당부가 있었다. 사실 추리극의 끝을 알고 나면 재미는 반감하기 마련이다. 이미 잘 알려져 있는 내용이라 이런 당부가 별 의미는 없겠지만, 그 당부의 말도 오랜 전통의 한 부분이 되어버린 것 같았다. 밖으로 나오니 극장들이 몰려 있는 웨스트엔드에는 늦도록 문을 열고 있는 식당들이 여럿 있었다. 자그마한 일본 식당에서 따끈

한 우동을 한 그릇씩 먹고 호텔로 돌아왔다.

런던에서 하고 싶었던 다음 일은 대영 박물관 방문이었다. 길을 찾다가 경찰에게 길을 물었다. 검정 제복의 런던 경찰관은 친절하기로 정평이 나 있다. 미국 경찰과는 달리 총을 휴대하지 않는 것은 물론이고 시민들이 놀랄까봐 뛰지도 않는다고 한다.

"대영 박물관에 가려면 어디로 가야 하지요?" 여기서 문제가 생긴 건 한국에서부터 익숙한 대영(大英)이라는 단어였다. 나는 당연히 박물관 이름이 Great British Museum일 거라고 생각했다.

"그런 박물관은 없는데요?"

없다니? 그 유명한 대영 박물관이 없다고? 그럼 이름이 뭐지? 경찰은 잠시 궁리를 하더니 활짝 웃었다.

"아, The British Museum 말인가요?"

그러니까 Great란 단어를 서너 개 붙여도 전혀 과장되지 않을 이 대단한 박물관 이름이 그냥 영국 박물관인 거였다.

이 박물관은 현대에 들어와 유물들을 원래 속해 있던 나라로 돌려보내야 한다고 주장하는 사람들의 집중 공격 대상이 되고 있다. 대표적으로 영국 박물관이 소장하고 있는 이집트의 로제타스톤, 그리스 파르테논 신전의 대리석 조각상들, 그리고 나이지리아의 구리 현판 등이 거론되고 있다. 하지만 영국은 그 문제에 있어서는 단호하다. 일단 영국에 들어온 것들은 영국을 떠나지 못하게 하는 영국 박물관 법이 제정되어 있을 정도이다. 그런 식으로 유물을 돌려주게 되면 아마도 유럽의 모든 유명한 박물관들은 텅텅 비어버리고 말 것이다.

몇 년 후, 연말 휴가를 런던에서 보내기로 했다. 비행기표 다 사놓고, 호텔 예약하고, 뮤지컬 티켓을 세 가지나 예매했다. 이번에는 런던에만 머물 생각이라 뮤지컬을 여러 개 보기로 했다. 크리스마스가 낀 연말이라 혹시 티켓 구하기가 어려울지도 몰라 일찌감치 표를 사 놓았다. 앤드류 로이드 웨버의 새로운 뮤지컬 〈Whistle down the Wind〉, 내가 좋아하는 〈레미제라블〉, 그리고 한창 인기를 끌기 시작하던 〈맘마미아〉 그 세 가지였다. 인터넷으로 예약한 지 얼마 되지 않아 우편으로 보내온 뮤지컬 티켓을 받았다.

그런데 떠나기 한 달 전쯤 문제가 생겼다. 남편이 갑작스런 폐렴으로 병원에 입원하는 사태가 발생한 것이다. 폐렴의 원인을 찾아낼 수 없어 제법 오랜 기간 병원에 있어야만 했다. 결국 치유는 되었지만 멀리 여행을 떠나기에는 너무 쇠약해진 상태였고, 의사도 런던 행을 만류했다. 다행히 혹시나 해서 들어두었던 여행 보험 덕분에 다른 건 해결이 되었지만 뮤지컬 티켓은 환불이 안 되었다.

크리스마스와 새해를 축하하기 위해 일부러 좋은 자리를 예약해 놓았는데 낭패였다. 마침 거래처에 친하게 지내던 영국인 직원이 있었다. 그의 어머니가 런던에 혼자 살고 계신다고 해서, 그분에게 크리스마스 선물로 보내드리기로 했다. 그분은 예상치 못했던 뮤지컬 티켓을 선물로 받고 행복한 연말을 지냈다는 소식을 들었다. 런던에서의 휴가가 취소된 건 그냥 넘어갈 수 있었는데, 뮤지컬을 못 보게 된 건 많이 아쉬웠다.

대부분의 뮤지컬들은 런던의 웨스트엔드에서 시작해서 뉴욕의 브로드웨이로 진출한다. 그리고 한참 지나서야 그 중 크게 히트한 한두

가지가 LA로 와서 공연을 하게 되는데, 순회공연을 하는 배우들은 아무래도 기량이 조금 떨어지게 마련이다. 뮤지컬의 본고장에서 오리지널 캐스팅된 배우들이 공연하는 걸 보고 싶어 기대하고 있었는데 좋은 기회를 놓치고 말았다. 내가 보려던 웨버의 뮤지컬은 흥행에 성공하지 못해 LA에서의 공연 계획은 취소되었다.

몇 년이 지난 후 휴스턴에서 시작해서 런던에서 끝나는 대서양을 횡단하는 크루즈를 타게 되었다. 우리는 크루즈가 끝난 후 곧장 집으로 돌아오지 않고 런던에서 일주일을 보내기로 했다. 영국 파운드화는 미국 달러에 비해 언제나 두 배 정도 강세이다. 게다가 런던은 물가가 비싼 도시라서 호텔 값이며 식비 등이 만만치 않게 든다. 한 가지 좋은 점은 지하철인 '튜브'와 기차 노선이 잘 발달되어 있어 그걸 이용하면 웬만한 곳은 다 다닐 수 있다는 점이다. 이젠 한국 교민도 많아지고 관광객들도 늘어나 교외에 한인 타운이 형성되어 있고, 런던 시내에도 몇 개의 한국 식당과 마켓이 있을 정도이다.

나는 해롯 백화점 지하 식품부인 Food Hall에서 시간 보내는 걸 좋아한다. 영국의 자존심이었던 이 백화점은 다이애나 비가 교통사고를 당했을 때 동승했던 이집트 출신 도디 파예드의 아버지가 주인이었다. 그렇지 않아도 그가 해롯 백화점의 주인이 될 때 영국인들의 심기가 매우 불편했는데, 지금은 역시 아랍계인 카타르 투자회사로 소유권이 넘어갔다. 그 고급 백화점에 LG 가전제품 특별관이 한 층을 거의 다 차지하고 있는 것을 보고 놀랐지만, 너무 반가웠다.

Food Hall은 먹을 수 있는 온갖 것들을 파는 걸로 유명한데 타조

▲ 런던 지하철인 튜브의 사인판

▲ 런던의 명물 블랙캡(택시)
▶ 런던 근교에 있는 세익스피어 생
　　　　　　　가 입구
▼ 윈저성(영국기가 올라가 있으면
　여왕이 성에 있다는 표시이다)

알 같은 구하기 힘든 음식 재료들도 많이 있고 화려하고 다양한 디저트들도 눈길을 끈다. 초밥 도시락과 초콜릿 케이크, 그리고 커피를 사 들고 백화점 건너편에 있는 하이드 파크로 갔다. 햇빛이 좋은 날이라 사람들이 잔디밭에 나와 일광욕을 하고 있다. 한적한 벤치에 앉아 맛있게 잘 만든 초밥을 점심으로 먹었다. 멀리서 말을 타고 달리는 사람들이 보인다. 이 하이드 파크는 도심 한가운데서 말을 탈 수 있는 세계에서 몇 안 되는 공원 중의 하나이다. 끝없이 펼쳐진 잔디와 무성한 나무들, 그리고 말을 타고 지나가는 사람들을 보고 있자니 내가 지금 런던의 한복판에 있다는 게 믿어지지 않을 정도였다.

런던에서의 마지막 날을 그렇게 한가하게 보냈다. 그날의 기억 때문일까. 런던은 비록 가슴 설레게 만드는 도시는 아니지만 언제나 편안한 느낌으로 남아 있다.

3

그리스, 카잔차키스를 찾아서 | 2010년 4월

 그리스 섬들을 찾아가는 이번 크루즈의 마지막 기항지는 크레타 섬의 이라클리온이다. 먼저 들렀던 미코노스 섬에서는 바람이 너무 심하게 불어 아예 배에서 내리지도 않았다. 몇 년 전 왔을 때 하루 둘러본 게 다행이다 싶다. 미코노스의 전경을 찍은 사진은 그리스 관광 안내서에 자주 등장할 정도로 널리 알려져 있다. 푸른 하늘과 바다, 그리고 언덕 위에 서 있는 하얀 집들과 코발트블루의 돔 형식 지붕들이 밝은 햇살 아래 반짝인다.

 다른 섬사람들은 미코노스와 산토리니가 가난해서 색깔 있는 페인트 살 돈이 없었기 때문에 흰색 페인트를 칠했다며 그 아름다움을 깎아 내린다. 하지만 그것이 사실이라도 흰색과 푸른색이 어우러진 풍경은 그리스의 바다색과 잘 어울려 외지인의 가슴을 설레게 만든다.

언덕 위에 있는 마을, 산토리니 풍경과
산토리니 해안에서 언덕 위 마을까지 손님을 실어 나르는 당나귀

산토리니 섬에서는 아쉽게도 그 아름답다는 석양을 볼 기회가 없었다. 일찌감치 전망 좋은 카페에 자리를 잡기는 했는데 구름이 잔뜩 끼어 걷힐 생각을 않더니, 결국 구름을 희미하게 물들이며 허무하게 해가 지고 말았기 때문이다. 항구에서 마을로 올라갈 때는 관광객을 실어 나르는 당나귀들이 불쌍해 보여서 케이블카를 탔고, 내려갈 때는 계단을 걸어 내려갔다. 이럴 때 당나귀를 타는 게 그들을 도와주는 건지, 아닌지 잘 모르겠다.

크레타 섬은 6000개가 넘는 그리스의 섬 중에서 가장 큰 섬으로 에게 해 남쪽 끝에 있다. 고대 그리스 문명의 발상지이며 그리스 모든 신들의 우두머리인 제우스가 이곳에서 태어났다는 신화도 있다. BC 1500년 전 미노아 문명의 절정기에 북쪽에 있는 산토리니 섬에서 강력한 화산 폭발이 일어났다. 그 폭발로 인해 생겨난 거대한 쓰나미가 크레타 섬의 미노아 문명이 몰락하는 원인이 되었다고 알려져 있다.

이곳은 그리스에서도 휴가지로 이름이 높다. 지중해와 북 아프리카 사이에 있어 겨울에도 온화한 기후를 보인다. 하지만 섬의 전략적 위치 덕분에 로마, 비잔틴, 베네치아, 터키 등을 비롯해서 나치 독일의 침략까지 끊임없이 외세와 다툼을 벌여야 했고, 그러한 역사 덕분에 무슬림과 기독교 문화가 뒤섞여 있는 곳이다.

크레타 섬이 세계적인 주목을 받기 시작한 것은 1960년대 크레타의 건강 식단이 알려지면서부터였다. 크레타는 오래전부터 장수지역으로 알려져 있기는 했지만, 과학적으로 그 비결이 밝혀진 것이다. 콜레스테롤 수치와 심혈관 질환의 상관관계를 밝혀낸 미네소타 대학의 안셀 키즈 교수의 주도로 1958년 유명한 '7개 국가 연구(7 Countries Study)'가 시작되었다. 무려 15년에 걸쳐 이탈리아, 그리스, 미국, 일본 등을 포함한 7개 나라의 12,000명 성인 남성을 대상으로 그들의 건강 상태를 조사한 결과, 크레타 주민들은 다른 나라에 비해 암이나 심장병으로 인한 사망률이 현저하게 낮았을 뿐 아니라, 비슷한 지중해식 식단을 섭취하고 있는 이탈리아에 비해서도 전체 사망률이 절반에 지나지 않았다. 특히 크레타 섬 고지대에 사는 주민들은 하루 열량의 40% 이상을 지방에서 섭취하는데도 불구하고 심혈관 관련 질환은 극히 드물다고 한다.

이 연구 결과로 인해 크레타의 식단이 각광을 받게 되었을 뿐 아니라 세계적으로 올리브 오일 열풍을 불러일으켰다. 크레타의 신선한 해산물과 올리브 오일, 과일, 그리고 채소들의 섭취가 노화와 질병을 예방하는 것으로 알려졌다. 게다가 재료의 맛을 그대로 살리는 단순한 조리법, 적당한 노동, 가족 중심의 생활, 춤과 노래를 즐기는 낙천적 성향 등이 장수에 크게 기여를 하고 있는 것으로 밝혀졌다.

이라클리온에서 머무는 시간이 아침 7시부터 11시 반까지라 시간적인 여유가 별로 없었다. 원래 우리들은 아침 일찍부터 움직이는 사람들이 아니었지만, 서둘러 8시경에 배에서 내렸다. 오늘 찾아 가려는 장소들은 베니스인들이 해안에 세운 옛 요새와 고고학 박물관, 그리고 『희랍인 조르바』의 저자인 카잔차키스의 무덤이다. 미노스 왕

이라클리온에 있는 베네치안 요새 전경

이 살았다는 크노소스 궁전도 가보고 싶었지만 아쉽게도 시간이 없어 그쪽은 포기해야 했다.

그리스에서도 네 번째로 큰 도시답게 이라클리온에는 차들이 많았다. 해안을 따라 조금 걸으니 견고한 성벽으로 둘러싸인 베네치아의 요새가 나왔다. 베네치아인들은 해상 무역의 편리를 위해 뱃길 중간중간에 식민지처럼 거점을 만들었는데 그 요지 중의 하나가 바로 크레타 섬이었다. 요새는 절대로 점령되지 않을 것처럼 견고해 보였지만 마지막 보루였던 크레타 섬을 오스만 제국에 내어주면서 베네치아는 지중해의 패권을 잃어버리게 된다. 두터운 요새의 성벽에 올라가 바닷바람을 맞고 있자니, 베네치아의 절박한 상황을 그린 시오노 나나미 소설의 마지막 장면이 떠올랐다. 베네치아가 400년간이나 이곳을 점령하고 있었던 탓인지 베니스와 비슷한 분위기의 건축물들이 눈에 뜨인다.

지도를 보며 고고학 박물관을 찾는데 길 표시가 제대로 되어 있지 않아 조금 어렵다. 지나가는 아저씨한테 박물관을 물으니 잠시 시계를 들여다보더니 자기를 따라오란다. 골목을 돌고 또 돌고 그렇게 한참을 가는데 이 아저씨한테 영 미안하다. 한 십여 분쯤 걸었을까. 저 앞에 보이는 건물이 박물관이고 입구는 아래쪽에 있다고 알려주더니 오던 길을 서둘러 되돌아간다. 이럴 때 그리스말로 고맙다고 할 수 있으면 좋으련만 그리스 말로 'Thank You'는 발음하기가 어려워서 외워지지가 않는다. 그 아저씨 아니면 한참을 헤맬 뻔했다.

박물관이 몇 년째 공사 중이라고 하더니 임시로 작은 방 하나에 크노소스 궁전에서 나온 중요한 유물들을 전시해 놓았다. 벽화와 여러 가지 장신구, 제사에 쓰이던 물건들과 생활 도자기들이 있는데 문양들이 놀랍도록 현대적이고 세련되었다. 그 당시 크레타 문명이 얼마나 앞서가고 있었는지 그저 감탄이 절로 나온다.

시간이 없어서 아쉬운 채로 박물관을 나섰다. 안내원에게 카잔차키스 무덤을 물어보니 공원을 오른쪽에 끼고 한 20분쯤 위로 걸어 올라가면 있단다. 안내 책자에는 옛 성벽 안쪽의 서남쪽 작은 언덕에 그의 무덤이 있다고 적혀 있다. 그런데 아무리 걸어도 안내판도 보이지 않는다. 인포메이션 센터에서 준 지도에는 분명히 나와 있는데. 몇 사람에게 지도를 보이며 길을 물었으나 어떤 사람들은 아예 모른다고 하고, 또 물어보는 사람마다 제각기 다른 길을 가리킨다. 겨우 저 멀리 수풀이 무성한 그럴 듯한 성벽을 발견했으나 그곳이라는 확신도 없고 돌아갈 시간이 촉박해 그만 발길을 돌려야만 했다.

한국에 있는 부모님 산소에 가본 지도 십년이 가까워 오는 내가 왜 이렇게 그의 무덤을 찾고 싶어 했을까? 이유는 영화로도 만들어졌던 『희랍인 조르바』라는 그의 소설 때문이다. 크레타 출신인 카잔차키스답게 『희랍인 조르바』는 크레타 섬을 배경으로 하고 있다. 본래 원작 소설보다 더 재미있게 만든 영화는 찾기 어려운데 이 영화는 상당한 감동을 주었다. 아마 멕시코 태생이면서도 그리스인보다 더 그리스 사람 같았던 안소니 퀸의 연기 덕분이었을 것이다.

카잔차키스는 그리스 문학을 대표하는 소설가이자 시인이다. 크레타 섬의 수도인 이라클리온에 있는 국제공항 이름이 '니코스 카잔차키스 공항' 일 정도이니, 그에게로 향한 이곳 사람들의 애정을 알 수 있다. 이라클리온에서 태어난 그는 젊었을 때 갈탄 채굴 및 벌목 사업을 하기도 했다는데, 『희랍인 조르바』의 주인공인 조르바를 통해 그때의 경험이 그대로 드러난다. 그는 마틴 스콜세지 감독에 의해 영화로도 만들어진 소설 『최후의 유혹』(영화 제목은 〈그리스도 최후의 유혹〉) 때문에 그리스 정교회와 가톨릭에서 신성 모독을 이유로 파문을 당하기도 했다. 비록 교회로부터는 반 기독교도로 낙인 찍혔으나, 그는 평생 인간의 자유와 신을 사랑한 신앙인이었다고 한다.

영화 〈희랍인 조르바〉의 마지막 장면. 벌목을 해서 큰돈을 벌어보려던 계획이 시작하기도 전에 실패로 돌아간 후, 조르바는 그가 보스라고 부르는 '바질' 에게 이런 조언을 한다.

"사람은 조금쯤은 미칠 필요가 있지요. 미치지 않고서는 자신을 묶고 있는 끈을 자를 수 없고, 그 끈을 자르지 못한다면 절대로 자유로워질 수 없는 법이랍니다."

　그때까지 유약한 책상물림이었던 바질은 조르바에게 춤을 가르쳐 달라고 한다. 그때 해변에서 두 사람이 추는 춤이 유명한 'Zorba's Dance' 이다. 조르바는 그리스 민속춤인 '시르타키'를 추기 시작한다. 배경 음악으로 그리스 전통악기인 '부주키' 연주가 흐르는데, 빠르고 흥겨운 리듬에도 불구하고 이 부주키의 음색은 어쩐지 애잔한 향수 같은 걸 불러일으킨다.

　카잔차키스의 묘비명도 유명하다. 거기에는 "나는 아무 것도 원하지 않는다. 나는 아무 것도 두렵지 않다. 그러므로 나는 자유다"라고 쓰여 있다고 한다. 그걸 확인하고 싶었던 걸까? 정말 당신은 자유로웠느냐고 그의 무덤 앞에서 한 번 물어보고 싶었던 걸까.

　시내로 들어갈 때는 몰랐는데 배로 돌아오는 길은 제법 멀었다. 경사진 길을 잰 걸음으로 걸어 겨우 시간에 대어 올 수 있었는데 급기야 오른쪽 무릎이 시큰거리기 시작한다. 아무래도 어제 오늘 무리하게 많이 걸은 모양이다. 정신이 육신을 지배한다는 멋있는 말을 했던 사람이 누구였더라? 나이 들면서 또 여러 번 크게 아프면서 실감한 일인데, 나는 몸이 조금만 아파도 기분이 가라앉곤 한다. 서글프지만 아무래도 정신보다는 육신이 나를 지배하는 유약한 존재라는 것을 시인할 수밖에 없다.

4

다뉴브 리버 크루즈 | 2008년 3월

리버 크루즈는 바다를 떠다니는 큰 배와 달리 승객이 150~200명 정도 탈 수 있는 소규모 배를 타는 크루즈로, 유럽의 다뉴브 강 크루즈, 라인 강 크루즈와 러시아 리버 크루즈, 그리고 중국의 양자강 크루즈 등이 잘 알려져 있다. 미국에는 미시시피 강 크루즈와 오레곤의 콜롬비아 강을 지나는 크루즈가 있다.

항해하는 도중 주변의 경치를 가까이에서 즐길 수 있고, 배가 도시 중심에 정박하기 때문에 배에서 내려 바로 시내로 들어갈 수 있는 장점이 있다. 요금은 몇천 명이 탑승하는 큰 배보다 제법 비싸지만, 기본적인 관광과 식사 때 마시는 와인이나 맥주 등이 다 포함되어 있다. 화려한 브로드웨이 식 쇼는 없지만, 정박하는 나라의 민속무용이나 음악들을 소개하는 음악회가 열리고 그 지역에 대한 강의도 있다.

다뉴브 리버 크루즈 배

음식도 큰 배에 비해 전혀 부족함이 없고, 오히려 어떤 면에서는 더 격조 있고 편안한 여행을 즐길 수 있다. 대형 크루즈 배에 비해 좀 더 캐주얼한 분위기이다. 단지 대부분의 배 높이가 3층 정도라서 엘리베이터가 없는 배들이 많다. 계단을 오르내리기에 불편하다면 미리 엘리베이터 유무를 알아보는 게 좋을 것이다.

2008년 3월, 우리는 독일의 뉘른베르크에서 떠나 헝가리의 부다페스트까지 가는 7박 8일의 다뉴브 리버 크루즈를 떠났다. 독일어로는 '도나우 강'이라고 불리는 이 강은 유럽 대륙의 중앙을 지나는데, 러시아의 볼가 강 다음으로 이 지역에서는 가장 긴 강이다. 독일의 블랙 포레스트(Black Forest)에서 시작해서 흑해(Black Sea)로 흘러들어 가기 때문에 블랙에서 시작해서 블랙에서 끝이 난다고들 말한다.

다뉴브 강은 독일, 오스트리아, 슬로바키아, 헝가리, 크로아티아,

세르비아, 불가리아, 루마니아, 우크라이나 9개 나라를 지난다. 이 강을 따라 마을과 도시들이 수백 년 동안 번성해 왔다. 다뉴브 크루즈는 유럽의 문화와 역사, 건축물들을 가까이에서 만날 수 있고, 특히 그 중에 비엔나, 브라티슬라바, 부다페스트 등 각 나라의 수도를 방문하는 인기 상품이다.

배에서는 일찍 도착한 사람들을 위해 누렘버그(뉘른베르크) 시내 관광을 시켜 주었다. 이 도시는 제 1회 나치 전당대회가 열렸던 곳으로, 그 전당 대회에서 히틀러는 본격적으로 그의 정치적 야망을 드러내 보였다. 전쟁이 끝나고 나치 전범들을 재판한 유명한 '뉘른베르크 재판' 이 열렸던 곳도 바로 이곳이다.

이번에는 시간이 없어 시내를 둘러보는 걸로 끝냈지만, 지난번에 왔을 때는 그 전당대회가 열렸던 장소(Zeppelin Field)에 가 보았다. 거대한 스타디움의 중심에는 히틀러가 연설을 한 넓은 스탠드가 아직도 남아 있다. 한 인간의 광기가 얼마나 많은 사람들을 희생시켰는지 히틀러의 이름을 연호하는 전당 대회 필름을 보고 있자니 온몸에 소름이 돋을 정도였다. 누렘버그는 제2차 세계대전 중에 도시의 대부분이 파괴되었는데 지금은 다시 재건되어, 마치 아무 일도 없었던 것처럼 오래된 중세 그대로의 낭만적인 모습을 보여주고 있다.

누렘버그는 장난감 제작으로도 명성을 얻고 있고 독일에서 가장 큰 규모의 크리스마스 마켓이 열린다. 시내에 일 년 내내 문을 열고 있는 대 규모의 크리스마스 상점이 있다. 가게에는 예쁘고 특이한 크리스마스 관련 상품들이 가득 차 있었다. 어른들도 동화의 세계에 빠져들게 만드는 재미있는 가게였다.

이 도시는 특히 소시지가 맛있기로 유명하다. 중앙 광장에 가면 노천 시장이 있는데 소시지를 바비큐 해서 빵에 넣어 팔고 있다. 엄지손가락 크기의 희고 작은 누렘버그 소시지와 굵고 큰 부르스트 소시지를 사서 맛을 보았다. 양배추 절임인 사우어크라우트를 곁들여 먹으니 더 맛이 있다. 독일에는 무려 1500 종류의 소시지와 Cold Meat가 있다고 한다. 밤에는 배에서 '누렘버그 재판'에 관한 영화를 보았다.

누렘버그를 떠난 배는 독일의 마인 강과 다뉴브 강을 잇는 '마인-다뉴브' 운하를 지나간다. 아무래도 운하이기 때문에 강폭이 좁다. 배에서 아침 일찍 커튼을 열면 강가에 있는 집들이 손에 잡힐 듯 가까이 보이고 잔디에는 서리가 하얗게 내려 있다. 아직 채 잠에서 깨어나지 않은 마을들을 지나고 있으려니 바다를 항해하는 것과는 전혀 다른 평온한 기분이 든다. 이 운하는 라인 강과 마인 강 그리고 다뉴브 강을 잇는 물길로 1992년에 완공되었다.

배는 독일의 레겐스부르크(Regensburg)에서 비로소 다뉴브 강을 만난다. 다뉴브 강가의 제일 오래된 도시라는 레겐스부르크는 로마 시대부터 다뉴브 강 연변의 요충지였다고 한다. 돌이 깔린 구불구불한 길에는 이끼가 끼어 있고, 오래된 집들이 세월의 흐름을 보여주고 있다. 12세기에 세워졌다는 다뉴브 강을 가로지르는 돌다리를 건너보았다. 요한 스트라우스의 왈츠 '푸른 다뉴브' 덕분에 더욱 잘 알려진 다뉴브 강은 사실 전혀 푸르지 않다. 푸르기는커녕 흙탕물이 섞인 갈색을 띠고 흘러간다.

다음 기착지는 인(Inn) 강과 일츠(Ilz) 강, 그리고 다뉴브가 만나는 '파사우(Passau)'다. 세 강이 만나기 때문에 가끔 홍수가 범람하기도 해서 시내 건물 벽에 그동안의 홍수 기록을 표시해 놓은 표시판이 있을 정도이다.

파사우를 지나 항해를 계속하는데 밤에 배 밑에서 쿠웅, 끼익하는

멜크 수도원의 도서관

이상한 소리가 들린다. 아마 배 밑창에 뭔가 부딪힌 것 같다. 일단 배는 아침에 오스트리아의 '멜크(Melk)'에 도착했다. 역시 배에 무슨 큰 문제가 생겼는지 다른 배로 갈아타야 하니 미안하지만 짐을 모두 챙겨 놓으라고 한다. 우리가 멜크 관광을 하는 동안 짐을 다른 배로 옮겨 놓겠단다. 덕분에 멜크에서 예정보다 시간을 많이 보낼 수 있었다.

멜크에는 유명한 멜크 수도원(Melk Abbey)이 있다. 900년 전 베네딕트 수도회에 의해 설립된 이 아름다운 수도원은 다뉴브 강을 내려다보는 언덕 위에 서 있다. 대리석으로 장식된 홀과 천정의 프레스코 그림들도 좋았지만, 가죽으로 장정이 된 십만 권이 넘는 책들이 빽빽하게 꽂혀 있는 도서관이 인상적이었다.

처음 와보는 멜크란 지명이 낯설지 않아 기억을 더듬다가 도서관에 와서야 그 이유가 생각났다. 바로 움베르토 에코의 책 『장미의 이름(The Name of the Rose)』에 멜크의 수도사가 등장하기 때문이다. 이탈리아 볼로냐 대학의 교수였던 저자는 우연히 14세기 멜크 수도원의

멜크의 수도원

수도사가 쓴 『아드소의 수기』라는 책을 손에 넣게 된다. 수도원에서 일어났던 흥미지진한 일들을 적어놓은 내용에 반해버린 그는 멜크 수도원을 찾아가 도서관을 뒤지고, 관련 서적들을 찾아내어 마침내 『장미의 이름』이라는 책을 쓰게 된다.

이 책은 14세기 이탈리아 수도원에서 일주일 동안에 일어나는 미스터리를 그린 장편 추리 소설이다. 등장인물도 많고 구성도 복잡하거니와 무엇보다 현대의 가장 중요한 기호학자이며 철학자, 역사학자, 그리고 언어의 천재라고 불리는 움베르토 에코가 그동안 쌓아온 학문과 경험을 바탕으로 써내려간 이야기다. 『장미의 이름』에 생각이 미치자 그저 아름답기만 했던 수도원이 갑자기 흥미있어졌다.

수도원 안에 있는 성당의 금박 장식들이 호화롭다. 이 성당을 지은 건축가는 천당이 이렇게 생겼을 것이라는 상상을 하며 건축을 했다고 한다. 성당 안에 있는 유리관에는 성인의 뼈에 온갖 호사스러운 장식을 해놓고는 그 뼈를 전시해 놓고 있었다. 내가 만일 그 성인이었다면 그렇게 뼈만 남아 누워 있는 모습을 뭇사람들에게 보이고 싶지는 않을 것 같다.

새 배로 옮겨 타고 바카우 계곡(Wachau Valley)을 지나간다. 다뉴브 리버 크루즈 동안 가장 아름다운 경치를 볼 수 있다는 구간이다. 끝없이 펼쳐지는 포도밭과 구릉들, 간간이 보이는 작은 마을들과 오래된 성들이 한없이 평화로워 보인다.

드디어 비엔나에 도착했다. 전에는 시내 중심에서 배를 내릴 수 있었다는데, 지금은 조금 떨어진 곳에 선착장이 있다. 배에서는 비엔나의 야경을 볼 수 있게 셔틀 버스를 마련해 주었다. 다음 날은 하루 종일 비엔나 관광을 하는 날이다. 따로 구경을 다니고 싶어 하는 우리 같은 사람들을 위해 셔틀 버스가 시티 센터까지 운행하고 있다. 비엔나는 전에도 왔었지만, 리버 크루즈가 끝나고 난 후에 다시 비엔나에 들를 예정이라 여유가 좀 있다.

오늘 배에서는 호이리겐 디너(Heurigen dinner)를 서브했다. 호이리겐은 올해 생산된 와인을 말한다. 프랑스의 보졸레 누보와 비슷한 뜻이다. 신빙성이 있지는 않지만 비엔나라는 이름이 와인을 뜻하는 라틴어 '비넘(Vinum)'에서 왔다는 설도 있을 만큼 비엔나 주변에는 와이너리가 많이 있다. 작은 포도밭을 가지고 있는 농민들이 자신들이 만든 포도주를 간단한 음식과 함께 판매하는 곳이 '호이리게'이다. 쉽게 말하자면 와인 선술집 정도 되겠다.

호이리게들이 몰려 있는 곳 중의 하나가 시내에서 멀지않은 '그린 찡(Grinzing)'이다. 대부분 저녁에 영업을 시작하기 때문에 우리가 갔던 낮에는 많은 식당들이 문을 닫은 상태였다. 이 동네는 원래는 소박한 시골 분위기였다고 하는데, 지금은 농부들이 아닌 장사를 목적으로 하는 사람들로 주인이 바뀌었다고 한다. 몇 년 전 저녁을 먹으러 이곳에 왔을 때도 크리스마스 장식처럼 작은 전구로 불을 밝힌, 예쁘기는 하지만 관광객들로 북적거리는 번화한 식당 거리였다.

그린찡에서 멀지않은 곳에 비엔나 숲이 있다. 요한 스트라우스의 '비엔나 숲속의 이야기' 가 생각나 버스를 타고 비엔나 숲을 찾아갔다. 산이라고 할 것까지는 없고 좀 높은 언덕 정도인데 비엔나 근교에서는 가장 나무가 우거진 녹지대라고 한다.

저녁에는 궁전에서 하는 스트라우스와 모차르트의 콘서트를 보러 갔다. 그 당시의 옷차림을 한 악사들과 가수들, 그리고 발레리나 몇 명이 출연했다. 크루즈 요금에 포함된 게 아니라면 따로 돈 내고 갈 생각은 없었을, 이것저것 뒤섞인 음악회였다. 그래도 마치 궁전에 초대된 귀족 같은 기분으로 즐거운 시간을 보냈다. 비엔나에서 듣는 스트라우스의 왈츠는 어쩐지 더욱 흥겹게 들린다. 배로 돌아오는 길에 보니 은은하게 조명을 받고 있는 건물들이 낮에 보는 것보다 훨씬 더 아름답다.

다음 날 아침, 슬로바키아의 수도 브라티슬라바(Bratislava)에 도착했다. 지난번에는 이 도시의 공원에서 샌드위치 하나 사먹고 떠났으니 그걸 방문이라고 할 수

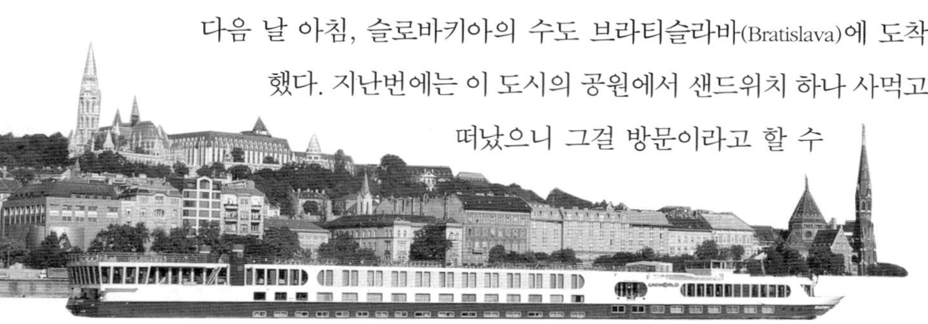

는 없을 것이다. 가이드를 따라 강가
에 면해있는 올드 타운을 걸어 다녔
다. 슬로바키아는 1993년 체코슬로
바키아에서 분리된 후 EU에 가입은
했으나 주변 국가에 비해 경제적으로
어려운 편이다. 도심 곳곳에 벽에 숨
어 골목을 지켜보는 탐정, 길 한가운
데 맨홀에서 반쯤 몸을 내민 노동자
등 재미있는 모습의 동상들이 많이

브라티슬라바의 맨홀 동상

있어 미소를 짓게 한다. 그 동상들 덕분에 이 도시가 비록 부유하지
는 않지만 마음의 여유가 있는 곳이라는 느낌이 들었다.

　　헝가리의 부다페스트를 마지막으로 다뉴브 리버 크루즈도 끝이 난
다. 부다페스트는 다뉴브 강을 사이에 두고 서쪽의 언덕에 있는 부다
와 동쪽의 평평한 페스트 지구로 나뉜다. 강가에 국회 의사당을 비롯
한 웅장한 건물들이 늘어서 있어 그 건물들을 스치듯 지나며 항해하
는 맛이 각별하다. 저녁에 오페라 가수를 초청한 오페라의 밤이 있었
는데, 음악회가 진행되는 동안 부다페스트의 야경을 볼 수 있게 배가
항구를 떠나 멀리까지 한 바퀴를 돌고 왔다. 이제 배에서 내려 다음
여행을 계속할 때까지 부다페스트에서 며칠을 지내려고 한다.

5

노르웨이 1, 후르티구르텐 | 2009년 5월

2009년 봄, 노르웨이 피오르드(Fjord)를 항해하는 크루즈 배를 탔다. 노르웨이 하면 바이킹을 떠올리는 사람들이 많지만 노르웨이를 대표하는 것은 무엇보다도 서해안에 산재해있는 피오르드이다. 피오르드란 빙하가 녹아내려 만든 협곡에 바닷물이 들어와 있는 협만을 의미하는 노르웨이 말인데, 그 단어가 세계 표준어로 자리 잡을 만큼 피오르드는 노르웨이를 상징한다고 말할 수 있다.

흩어져 있는 크고 작은 섬들을 요리조리 피해가며 항해하다 보면 험한 바다를 누비던 바이킹들이 노르웨이 출신이었다는 것이 비로소 이해가 된다. 아메리카 대륙을 처음 발견한 사람도 바이킹 출신의 에릭슨이었다고 하는데, 그는 콜럼버스보다 무려 500년이나 앞서 캐나다의 뉴 펀드랜드에 도착했다고 한다. 노르웨이의 수도 오슬로에 가

피오르드

면 바이킹 박물관이 있다. 그곳에는 몇백 년 전 바이킹들이 실제로 타고 다녔던 배가 전시되어 있다.

노르웨이 연안을 따라 항해하는 피오르드 크루즈는 여행을 좋아하는 사람이라면 한 번쯤 가보고 싶어 하는 세계적으로 유명한 코스이다. 내륙의 남동쪽에 위치한 오슬로를 제외하고, 노르웨이의 웬만한 도시들은 모두 서해안에 몰려 있다. 게다가 연해에 수많은 섬들이 있기 때문에 물자의 운송이나 주민들의 왕래가 매우 불편하다. 그 흩어져 있는 섬들의 우편물을 배달하던 것이 피오르드 크루즈의 시작이다. 1893년에 '후르티구르텐(Hurtigruten)' 회사가 처음으로 연안을 정

후르티구르텐 배

기적으로 방문하는 여객 업무를 시작했다.

노르웨이 사람들은 오늘날 이 급행 항로를 '1번 하이웨이' 혹은 '코스탈 익스프레스' 라고 부른다. 대중 교통수단으로 사용하기에는 부담스러운 비싼 가격이지만 가장 빠르고 효과적으로 멀리 떨어져 있는 섬과 마을들을 연결해준다.

여객과 물자를 운송하는 것을 목표로 시작했기 때문에 아직도 후루티구루텐 배는 카페리와 화물선 역할을 겸하고 있다. 하지만 점차 관광객을 실어 나르는 크루즈 배로서의 비중이 커지고 있는 중이다.

배는 남쪽 항구인 베르겐에서 시작해서 북극권을 지나 유럽에서 제일 북쪽에 위치한 도시인 키르키네스까지 크고 작은 32개의 항구들을 6일에 걸쳐 항해한다. 대부분의 관광객들은 다시 베르겐으로 돌아오는 12일 간의 왕복 항로를 택하지만, 키르키네스에서 내리는 사람들도 있고, 반대로 새로 승선하는 사람들도 있다. 중간에 기항하는 어느 항구에서도 마음대로 승하선이 가능하고, 올라갈 때와 내려갈 때 들르는 마을이 다르기 때문에 각기 다른 볼거리를 제공한다.

하지만 시간이 없어서 한쪽 방향만 택해야 한다면 베르겐에서 출발해서 북쪽으로 올라가는 항로를 권하고 싶다. 북극에 가까이 갈수록 훨씬 더 다양하고 색다른 풍경을 만날 수 있기 때문이다. 왕복 요금은 편도의 1.5배 정도이다. 우리처럼 왕복을 하면 항해하는 총 거리가 2,600해리, 그러니까 육로로 따지면 약 4,800km 정도로, LA에서 뉴욕까지 가는 만큼의 거리이다.

우리가 탔던 배의 승객은 70%가 독일인이었고, 15% 정도가 노르웨이, 그 나머지가 영어권인 영국, 캐나다, 그리고 미국 사람들이었다. 그래서 안내방송도 노르웨이어, 독일어, 영어 등으로 번갈아 방송한다. 동양 사람이라고는 우리 부부뿐. 평생을 별러오다가 드디어 이 배를 처음 타본다는 노르웨이 부인도 만났고, 몇 년 전에 했던 피오르드 여행이 너무 좋아서 다시 왔다는 영국인 부부도 있었다.

후르티구르텐은 현재 12척의 쾌속선을 운행하는데, 베르겐에서 매일 한 편씩 출항한다. 배마다 조금씩 차이가 있지만 대략 600명 정도를 수용한다. 요즈음에는 몇천 명을 태우는 큰 크루즈 배도 노르웨이 피오르드를 다니지만 배의 크기 때문에 후루티구르텐 같이 노르웨이의 피오르드를 속속들이 들어가 볼 수가 없다.

후루티구르텐 배는 규모는 훨씬 작고 소박하지만 전혀 불편함 없

부두에 만발한 수선화

이 잘 꾸며져 있다. 아침과 점심은 뷔페, 저녁은 좌석이 정해져 있다. 생선이 많이 잡히는 나라답게 아침부터 여러 가지 생선들이 제공된다. 특히 다양하게 조리한 고등어와 대구가 맛있고, 북해에서 잡히는 킹크랩과 마린 클레이 휘시, 블루 머슬 등의 신선한 해산물을 푸짐하게 먹을 수 있다. 북극권을 넘어서면 순록 고기가 제공되기도 한다.

후루티그루텐 배는 일 년 내내 운항하기 때문에 4계절 언제라도 여행이 가능하다. 관광객이 많이 몰리는 7, 8월에는 좀 더 다양한 관광 상품이 있지만, 겨울에는 또 겨울대로의 특이한 체험을 할 수 있다. 여름에는 백야가, 겨울에는 황홀한 오로라가 사람들을 유혹한다.

노르웨이의 날씨는 반나절 동안 4계절을 다 겪을 수 있을 만큼 변화무쌍하기 때문에 여러 겹 겹쳐 입을 수 있는 옷들을 준비하는 게 좋다. 우리는 5월에 떠났는데, 산에는 아직도 눈이 쌓여 있었음에도 마을에는 수선화가 가득 피어나고 있었다. '트론드하임' 같은 곳은 일 년에 200일 정도 비가 내리고, 70일~100일 정도 눈에 덮여 있다고 한다. 트론드하임의 올드 타운에 있는 카페에는 의자 위에 담요가 한 장씩 놓여 있었다. 지금은 화창하지만 언제 담요가 필요하게 될지 모르는 변덕 심한 날씨 때문이라고 한다.

5월인데도 이미 백야가 시작되어 한밤중에도 사물을 충분히 분간할 수 있을 만큼 환한 상태가 계속되었다. 뱃전에서 손을 뻗으면 닿을

피오르드 쿠르즈의 장점은 협곡 사이 천혜의 절경들을 보는 데 있다

정도의 협곡을 미끄러지듯 떠가는 배, 바다 한가운데서 우뚝 솟아올라 긴 장벽을 이루던 절벽들, 그 절벽을 타고 쏟아져 내리던 폭포들, 마치 알프스의 산봉우리를 바다 한가운데로 모아놓은 듯한 설산들, 하루 종일 바라보아도 결코 지루하지 않은 절경들이었다.

배는 항구에 따라 짧게는 30분에서 길게는 4시간 정도 정박을 한다. 배가 머무는 곳이 바로 마을의 중심지이기 때문에, 쉽게 걸어 다니면서 동네를 구경할 수 있다. 항구에 따라 다양한 옵션 관광을 할 수가 있는데, 버스 관광 시간이 길어져서 배가 먼저 떠나 버리면, 승객들은 다음 항구에서 배를 타기도 한다.

'로르빅' 이라는 마을에서는 박물관 관람시간이 지났음에도 불구하고 몇 명 안 되는 배의 승객들을 위해 문을 열어주는 친절을 베풀어 주었다. 새로 지어진 박물관이었는데 마을 규모에 비해 아주 훌륭하게 잘 만들어진 건물이었다. 오디오가 있어 그걸로 설명을 들으며 구경할 수 있다. 보통 박물관에서는 특정 번호를 눌러야 거기에 해당되는 설명이 나오는데, 여기서는 그냥 전시품 앞에 서면 자동으로 설명이 나오는 첨단 시설이었다.

특히 'Artic Wilderness'라는 필름이 인상 깊었는데, 그 필름 하나로 이번 노르웨이 피오르드 여행이 총 정리되는 기분이었다. 영구 동토(Permanent Frost) 지반을 직접 느껴볼 수 있게 만들어 놓은 코너도 있었다. 꼭 발이 빠져들 것만 같이 땅이 출렁거린다. 북극권에서는 그런 지반 위에 나무 파일들을 박고 건물을 짓는다고 한다.

바닷새들의 서식처를 찾아가는 버드 사파리, 래프팅, 노르웨이의 케이프카드로 불리는 예술인들이 모여 사는 작은 마을, 내륙 깊숙이 들어앉은 빙하로의 여행, 러시아 국경까지 ATV 타고 가기, 등등 다양한 체험을 즐길 수 있다. 하지만 피오르드 관광의 백미는 역시 천천히 항해하는 배를 타고 주변 경치를 즐기는 데 있다. 아침에 눈 뜨자마자 여기저기 찾아다니며 증명사진 찍는 걸 여행이라고 생각하는 사람이라면 피오르드 구경은 자칫 심심하거나 지루할지도 모른다. 하지만 낯선 곳에 대한 호기심과 자연에 대해 경외심을 가지고 있는 사람이라면 한 번쯤 경험해 보기를 권한다.

후르티구르텐의 항로는 유명한 송네 피오르드가 들어 있지 않다. 굳이 송네 피오르드를 보고 싶다면 베르겐에서 시작해서 오슬로로 가는 1박 2일 코스, 혹은 9시간 정도 걸리는 1일 관광을 떠날 수 있다. 시내에 있는 안내센터에서 예약이 가능하다. 유네스코 문화유산으로 지정되어 있는 송네 피오르드 자체도 볼만하지만 기차, 버스, 그리고 배를 갈아타며 찾아가는 길 또한 감탄을 자아낼 만큼 아름답다.

또 하루쯤 시간을 내어 한가하게 베르겐 시내를 돌아 볼 것을 권한다. 한자동맹* 시절의 건축물들도 특이하고, 규모는 크지 않지만 다양한 생선들을 파는 어시장에서 찐 게나 새우 등을 사 먹을 수 있다. 음악을 좋아한다면 베르겐 시내에서 멀지않은 그리그의 집을 방문해 보는 것도 좋다. 절로 악상이 떠오를 것 같은 호수 쪽으로 큰 창을 낸 그의 작업실도 둘러보고, 소극장에서 그의 작품을 연주하는 음악회에도 참석할 수 있다.

내가 만난 대부분의 노르웨이 사람들은 친절하고 영어를 잘한다. 다만 노르웨이는 물가가 상당히 비싼 편이다. 유로를 사용하지 않고 고유의 화폐인 크로네를 쓰는데 2009년 기준, 중간 크기의 병물 하나에 6불, 카페에서 마신 맥주 한 잔에 9불, 그리고 맥도날드 세트 메뉴가 12불이었다.

크루즈 배들이 많아지면서 전체적으로 크루즈 여행의 가격이 상당히 많이 내려갔지만, 후루티구르텐은 거의 국영 기업체의 성격을 띠고 있어서인지 세일을 찾기 힘들다. 아직도 입가에서 맴도는 노르웨이 단어 하나, '투-센탁(대단히 감사합니다)'. 이 말을 하면 반색을 하며 웃어주던 그곳 사람들의 선한 얼굴이 떠오른다. 노르웨이의 피오르드를 추억하면 캘리포니아의 여름을 조금은 쉽게 이겨낼 수 있을 것 같다.

---

* 중세 중기 북해 · 발트해 연안의 독일 여러 도시가 뤼베크를 중심으로 상업상의 목적으로 결성한 동맹(두산백과)

6

노르웨이 2, 피오르드 크루즈 | 2009년 5월

'알순드'에 잠시 정박했던 배는 하얀 눈을 머리에 이고 있는 산들을 바라보며 협곡을 항해한다. 저런 외딴 곳에도 사람이 사는구나 싶게 띄엄띄엄 집들이 보인다. 드디어 그 유명한 '게이랑에르 피오르드'에 들어선다. 좌우로 높은 산들이 둘러서 있고 그 사이를 배가 지나간다. 손에 잡힐 듯 가까운 곳에 폭포들이 흘러내린다. 'The Seven Sisters' 폭포를 지나는데 갑판으로까지 물보라가 들이친다. 게이랑에르 마을에 도착했지만 큰 배가 정박할 접안 시설이 없어 작은 텐더 보트를 타고서야 상륙할 수 있었다. 우선 안내소에 도착해 파노라마로 촬영을 한 피오르드에 대한 짧은 영화를 보았다. 상영이 끝나자 사람들이 모두 박수를 칠 정도로 감동적인 풍경들이었다. 전망대에서 내려다보는 폭포와 피오르드가 눈부시게 아름답다.

드디어 Arctic Circle을 지나 북극권으로 들어섰다. 밤 11시인데 아직도 하늘이 밝다. 빙하가 녹은 물은 다른 물과 결정체가 다르다고 하는데, 그래서인지 푸른색 물빛이 짙고도 깊다. 북극권이라고 하지만 걸프 스트림의 영향으로 같은 위도 상에 있는 러시아보다 날씨가 훨씬 온화하다. 산에는 눈이 있지만 낮에는 제법 더워 마을을 걸어다니자니 두꺼운 옷이 거추장스럽다.

바위산들이 바다에서 솟아나와 마치 긴 성벽을 이루듯이 늘어서 있는 특이한 풍경의 'Lofoten Wall' 을 지났다. 거대한 바위산에 흰 눈이 가득 덮여 있는 모습이 마치 바다에 알프스가 생겨난 것 같은데, 배가 좀 더 가깝게 다가갈 수가 없는 점은 아쉽다.

작은 마을에 잠시 섰다가 가는데, 마을 어귀에 수없이 많은 대구를 장대에 펴서 말리고 있다. 한국의 황태 덕장을 연상케 하는데, 장대를 피라미드 형태로 경사지게 세워놓은 점이 한국과 다르다. 예로부터 말린 대구는 노르웨이 사람들에게 중요한 수입원이 되어왔다. 북해에서 잡은 고기를 말려 독일에서 들여온 밀과 교환하는 것이 한자동맹의 주 사업이었을 정도이다. 아직도 생선 수출은 이 나라 경제에서 큰 몫을 하는데, 유럽, 아시아, 그리고 최근에는 브라질이 말린 대구의 주 고객이라고 한다.

오늘은 또 다른 유명한 피오르드인 '트롤 피오르드' 로 들어가는 날이다. 트롤은 스칸디나비아의 전설에 등장하는 인간과 비슷한 모습을 한 요괴들이다. 그들은 외딴 바위산이나 동굴 같은 곳에서 무리를 지어 사는데, 햇빛을 받으면 바위로 변해버린다고 한다. 특별히

트롤 모습의 인형

인간에게 나쁜 짓을 하지는 않지만 그다지 우호적이지도 않다는데, 먹을 게 없으면 사람을 잡아먹기도 한다니 부모 말 안 듣는 아이들 겁주기에 좋겠다. 노르웨이의 기념품 가게에 가면 늙고 못생긴 트롤 가족들의 인형을 많이 팔고 있다. 그런데 얼굴에 주름이 가득한 그 인형들이 무섭기보다는 오히려 희화적이라 친근감까지 느껴진다. 한국의 하회탈이나 도깨비탈과 같은 분위기라고나 할까.

밤 12시가 가까워 오는데도 밖은 물체를 충분히 알아보고 사진을 찍을 수 있을 정도다. 트롤 피오르드는 길이는 2Km 정도인데, 100m 밖에 안 되는 좁은 입구를 통과해야 한다. 배 한 척이 겨우 지나갈 만한 폭인데, 첩첩이 산에 둘러 싸여 있어 손을 뻗으면 절벽에 닿을 것만 같다. 절벽을 따라 크고 작은 폭포들이 끊임없이 떨어져 내린다. 초승달이 걸려 있는, 밝지도 그렇다고 아주 어둡지도 않은 회색빛 하늘, 그리고 호수같이 잔잔한 피오르드. 그 좁은 협곡을 따라 배는 천천히 미끄러진다.

트롤 피오르드로 들어서자 저 바위틈 어딘가에 정말 트롤들이 살고 있을 것만 같다. 피오르드가 끝나는 곳에 겨우 배 한 척이 되돌아 나올 수 있을 만큼의 여유가 있고, 더 이상의 접근을 허락하지 않는 듯이 거대한 폭포가 물을 쏟아내고 있다. 배의 7층 라운지 맨 앞에 앉아 꿈꾸는 것처럼 환상적인 경치를 즐길 수 있었다. 배가 선수를 돌리

새미족과 순록

자 갑판에서 '티롤 수프'를 제공한다는 안내 방송이 나왔다. 이름이 그래서인지 조금 특이한 야채 수프였는데, 추운 밤중에 지극히 몽환적인 분위기에서 먹는 뜨거운 수프 맛이 황홀했다.

북쪽으로 올라갈수록 눈이 많아진다. 심지어 마을에도 눈이 쌓여 있어 마치 크리스마스 카드 속으로 들어가는 것 같다. 노르웨이의 가장 북쪽에 있는 'North Cape'에 갔다. 배에서 내리기 전에 순록을 키우는 새미(Sami) 족 청년이 그들의 문화와 생활에 대해 설명하는 시간이 있었다. 뺨이 붉고 귀엽게 생긴 젊은이가 부르는 전통 민요가 미국 인디언들의 노래와 흡사하다. 예로부터 북극권에서 살아온 인디언인 새미 족들은 대대로 그들에게 내려온 '랩 랜드(Lap Land)'에서 사는데, 노르웨이에 가장 많이 살고, 핀란드, 덴마크, 러시아 등에 걸쳐 있다고 한다.

버스는 눈 덮인 툰드라 지대를 올라간다. 중간 중간 보이는 호수들도 하얗게 얼어 있다. 새미 족들의 마을에 잠깐 들렸다. 사진기를 든 관광객들은 인디언 티피와 비슷한 천막집인 '루바', 순록들, 그리고 고유의 복장을 하고 기념품을 팔고 있는 새미 족들을 찍기에 분주하다. 가는 동안 안개가 자욱하게 끼어 걱정을 했는데 다행히 날이 조금씩 맑아지기 시작한다. 노스 케이프의 상징물인 지구본 앞에서 증명사진을 찍었다. 말하자면 지구의 제일 북쪽 '땅끝' 까지 온 셈이다.

북쪽 땅끝마을
North Cape의 상징
앞에서

새벽 두 시경에 눈이 떠졌다. 방안이 밝아서 불 끄는 걸 잊은 줄 알았더니 밖이 훤하다. 창밖을 보니 그 시간에 고깃배 한 척이 지나간다. 유리창에 김이 서리고 찬기가 느껴진다. 노르웨이의 가장 북쪽을 지나 이제 동쪽으로 돌아섰는데 아마 걸프 스트림이 위력을 잃은 모양이다.

러시아와 국경을 맞대고 있는 '키르키네스(Kirkenes)' 에 도착하다. ATV를 타고 동토를 달려 러시아 국경까지 가는 관광도 흥미 있었지만 그냥 시내를 걸어 다니기로 했다. 일요일이라 상점들도 모두 문을 닫고, 거리는 완전 철수한 듯 썰렁하다. 교회 종소리가 울리자 어른 아이 할 것 없이 전통 복장을 한 사람들이 교회로 들어간다. 동네 아줌마한테 물으니 5월은 교회에서 특별히 성인식을 하는 때라 그렇게 차려입는다고 한다.

노르웨이 사람들의 전통 복장은 지역에 따라 각각 색과 모양이 다르다. 그래서 옷차림새만 보고도 그 사람이 어느 지방 사람인지 서로 알 수 있다고 한다. 키르키네스는 아주 작은 도시이다. 북쪽 끝에 있어 제법 추울 것으로 생각했는데 오늘은 상당히 따뜻하다. 하지만 예보에 의하면 내일은 눈이 내린다고 한다. 정원을 가꾸던 아줌마가 하지인 6월 22일이 지나야 안심하고 꽃을 심는데, 하지에도 눈이 내리는 경우가 종종 있다고 한다.

노르웨이 전통 복장의 여인

노르웨이의 가장 동쪽 끝에 있는 마을(Vardo)에 잠시 들렀다. 북극권(Arctic Climate Zone)에 있는 마을답게 불어오는 바람이 심상치 않다. 파카 위에 윈드브레이커까지 입고 스키 모자에 장갑까지 꼈지만 바람은 사정없이 파고든다. 인적도 없는 마을을 둘러보는데 한쪽 귀에 귀걸이를 한 젊은 아빠가 유모차를 끌고 지나간다. 이런 날씨에 아기를 데리고 나오다니, 하긴 나름대로 적응해 살아가는 방법이 있겠지.

배가 이제는 넓은 바다로 나갔는지 처음으로 파도가 치며 흔들린다. 이곳을 기점으로 배는 남쪽으로 돌아가기 때문에 여기서 내리는 사람들도 제법 여럿 있다.

내린 사람들도 있고, 또 새로 승선한 사람들도 있어 낯선 얼굴들이 많이 보인다. 작은 마을에 잠시 섰는데 십여 명의 마을 사람들로 구성된 밴드가 나와 흥겨운 음악을 연주한다. 배는 답례를 하는 듯, 부

아줌마들로 구성된 마을 악대의 환영 연주 모습이 재미있다.

웅부웅 기적을 울리며 떠난다. '트롬소'에 있는 'Arctic Church'에서 미드나이트 콘서트가 열렸다. 밤 12시부터 시작이라 졸린 눈을 비비고 기다렸다. 15분 전에 배에서 내리니 버스 한 대가 꼭 차도록 사람들이 모여 있다. 심플한 제단이 깔끔하고 제단 뒤로 특이한 문양의 스테인드글라스가 있다. 파이프 오르간과 피아노, 색소폰, 그리고 소프라노가 출연했다. 단출하지만 아주 맑고 깨끗한 음악들이었다. 노르웨이 포크 송과 그리그의 음악들, 그리고 마지막으로 '어메이징 그레이스'를 연주했다. 아무 장식도 없이 그저 몇 자루의 촛불만이 켜져 있던 그 소박한 교회에서 파이프 오르간 소리를 들으며 느꼈던 평안함은 오래도록 기억에 남을 것이다.

다시 베르겐으로 돌아왔다. 벌써 떠난 지 12일이나 지났다는 게 믿어지지 않는다. 밤새 파도가 심하게 치는 바람에 롤러코스터를 탄 듯

베르겐, 브리겐 지역의 집들

배가 흔들려 잠을 설쳤다. 금요일 오후라 그런지 베르겐 시내 교통이 대단히 혼잡하다. 미리 예약해 놓은 올드 타운인 브리겐 지역에 있는 호텔에 짐을 풀었다. 노르웨이에서 두 번째로 큰 도시인 베르겐은 12~13세기에 노르웨이의 수도였을 정도로 중요한 위치를 차지한다. 현재의 수도인 오슬로에 비해 훨씬 공기도 맑고 주변의 자연 환경이 아름답다. 일 년에 300일 정도가 흐리거나 비가 온다고 하더니 오늘도 부슬부슬 비가 내린다. 멕시코 해류로 인해 기온은 온화하나 유럽에서 가장 비가 많이 오는 곳 중의 하나이다.

노르웨이 말로 '항구'를 뜻하는 브리겐은 유네스코 세계유산으로 지정된 오래된 항구이다. 400여 년 전 한자동맹 상인들의 무역 활동 중심지였고, 이곳으로 들어오는 무역품들을 저장했던 창고, 독일 상인들의 숙소, 사무실 등으로 쓰였던 건물들이 남아 있다. 모두 목재로 만들어져 여러 번의 화재로 피해를 입었으나 그때마다 원형에 가깝도록 재건축을 했다고 하는데 현재 십여 채가 남아 있다. 재건축했다고 하지만 오랜 세월 물기 먹은 나무 바닥이 조금씩 내려앉아 집 자체가 비스듬히 기울어진 중세풍의 건물들이 정겹다. 화재를 막기 위해 겨울에도 불을 때지 않았다는 건물 내부로 들어서니 세월의 무게 때문인지 더욱 한기가 느껴진다.

이름난 송네 피오르드를 가기 위해 시내 인포메이션 센터에서 'Norway in a nutshell' 이란 투어를 예약했다. 중앙역에서 기차를 타고 '뮈르달(Myrdal)' 까지 두 시간, 산으로 올라갈수록 눈이 많이 보이더니, 드디어 눈발이 흩날린다. 눈이 가득 쌓여 있는 정상에 도착하니 갈아 탈 기차가 맞은편에서 기다리고 있다. 뮈르달에서 플램(Flam) 까지 가는 산악열차는 완전히 관광객 위주인 듯 영어 안내 방송이 제일 먼저 나온다. 계곡 밑으로 강물이 흐르고 폭포들이 장관을 이룬다. 가파르게 산을 오르던 기차는 장대한 폭포 앞에서 잠시 숨을 멈춘다. 내려서 사진을 찍으라는 배려인데, 여름에는 요정 옷을 입은 여인이 나와서 노래를 불러준다고 한다.

산악 열차를 타고 한 시간 가량 걸려 플램에 도착해서 3시간 정도 머물다가 송네 피오르드로 가는 배를 탔다. 우리에게 표를 판 역 승무원이 플램에서의 3시간이 짧게 여겨질 것이라고 하더니 그 말이 과장이 아니게 예쁜 마을이다. 주변에 눈 덮인 산을 두르고, 마을 곁으로는 맑은 강물이 콸콸 시원스레 흐른다. 비가 오락가락하는 속에 우산을 쓰고 마을길을 산책하는데, 공기가 아주 맑고도 달다. 깊은 숨을 들이쉬니 가슴속이 다 깨끗해지는 느낌이다.

보트를 타고 송네 피오르드를 지나 '구드방겐' 까지 약 2시간을 항해했다. 지난 두 주간 동안 워낙 기기묘묘한 경치의 피오르드를 많이 보아서 감탄이 나올 정도는 아니었지만, 명성에 걸맞은 쾌적한 항해였다.

돌아오는 길은 구드방겐에서 '보스(voss)'까지 한 시간 정도 버스를 탔다. 버스는 터널을 지나더니 갑자기 언덕을 오르기 시작한다. 구부러진 머리핀처럼 급격하게 커브가 있는 Hairpin turn이 열 몇 개 있다고 하더니 정말 어떻게 버스가 저런 길을 지날까 싶을 만큼 샤프한 턴을 한다. 한 구비를 돌아설 때마다 굉장한 수량의 폭포가 쏟아져 내린다. 예상치 못했던 놀라운 풍경들을 즐기면서 보스 기차역에 도착했다. 거기서 베르겐까지는 기차로 한 시간. 이렇게 해서 꼬박 9시간이 걸린 송네 피오르드 관광을 끝으로 피오르드 여행을 마무리 지었다.

7

노르웨이 3,

내게 진실의 전부를 주지 마세요 | 2009년 5월

　노르웨이는 위도는 높으나, 걸프 스트림의 영향으로 겨울에도 우리가 생각하는 것 같은 혹독한 추위가 없어 다양한 어류들이 몰려오기 때문에, 오래전부터 어업이 발달했다. 얼마 전까지만 해도 노르웨이는 스칸디나비아 나라들 중에서 제일 가난했다. 하지만 북해에서 대규모 유전이 발견되면서 상황이 달라져, 지금은 가장 부유한 나라 중의 하나가 되었다. 국내에서 사용하는 전력의 90%를 수력과 조력 발전으로 충당하고 있으며, 오일과 천연가스는 거의 전량 유럽과 미국으로 수출하고 있다. 넘쳐나는 오일 머니로 국가 재정이 전에 없이 부유해진 덕분에, 섬과 섬을 잇는 다리 등 기간 시설을 많이 건축하고 있다.

　영국의 싱크 탱크인 '레가툼 연구소'에서 해마다 발표하는 '레가

툼 번영지수'라는 것이 있다. 경제, 교육, 보건 등 8개 분야를 평가해 110개의 나라 중 어떤 나라가 살기 좋은 곳인지를 보여주는 지표인데 이 성적표에서 노르웨이는 늘 최상위를 차지한다.

이번 노르웨이 여행은 빙하가 만들어낸 피오르드 관광이 주목적이다. 그러니까 역사나 문화 등에 대해 공부할 필요가 거의 없고, 그저 느긋하게 자연을 즐기기만 하면 되는 것이다. 그래도 '아는 만큼 보이는 법'이니 노르웨이에 대해 뭔가 좀 더 알고 가야 하지 않을까? 그러던 중에 한국에서 처음으로 노르웨이의 유명한 시인인 올라브 하우게(Olav H. Hauge)의 시집이 번역되어 나왔다는 기사를 읽었다. 그 시집의 제목이 바로 『내게 진실의 전부를 주지 마세요.(Don't give me the whole truth)』였다.

미국에서 그의 시집들을 몇 권 찾을 수 있었지만, 노르웨이어를 영어로 번역한 것보다, 한국어로 번역한 것이 그나마 더 마음에 와 닿을 것 같아 한국 서점에 주문을 했다. 떠나기 임박해서 책을 받았는데, 역자의 글을 읽던 나는 너무 실망을 하고 말았다. 그 책은 노르웨이어를 한국어로 직접 번역한 것이 아니고, 영어로 번역된 것을 한국어로 다시 옮긴 것이었다. 그러니까 두 번이나 다른 나라 말로 중역된 것을 읽는 셈인데 소설도 아닌 '시'를 그렇게 읽으면 과연 얼마나 시인의 마음을 헤아릴 수 있을까 싶어 아쉬웠다. 하지만 영어로 된 책을 다시 사기도 번거로워 그 책을 들고 노르웨이로 떠났다.

어느 한가한 오후, 크루즈 배의 바에 앉아 시를 읽고 있자니 하우게의 시집을 가지고 오길 참 잘했다는 생각이 들었다. 시인이 표현하고 싶었던 풍경이 그대로 눈앞에 펼쳐지고 있으니 피오르드를 지나가며 읽기에 그의 시만큼 어울리는 것이 또 어디에 있겠는가. 마침 어제 저녁 같은 테이블에서 저녁을 먹었던 에바가 지나가며 묻는다.

"무슨 책을 읽고 있어?"

"올라브 하우게."

"올라브 하우게라구? 영어로 된 건 아닌 것 같은데?"

"응, 한국말로 번역된 거야."

"와, 하우게의 시가 한국에서도 번역이 되었구나, 내가 제일 좋아하는 시인인데…"

그래서 그녀랑 하우게의 시에 대해 한참 얘기를 나누었다. 물론 거의 일방적으로 그녀의 하우게 예찬이었지만.

울빅(Ulvik)이라는 작은 마을에서 농부의 아들로 태어난 하우게는 과수원을 돌보며 평생을 고향에서 살았다고 한다. 그는 미국의 프로스트에 버금가는 노르웨이를 대표하는 시인이다. 그는 영어, 독일어, 프랑스어 등을 독학으로 습득했을 뿐 아니라 동양 사상에도 관심이 깊어 이백, 도연명, 심지어는 한국에 관한 시까지 썼다고 하는데 그 중 몇 편이 이 시집에도 수록되어 있다. 그가 15살부터 죽기 전까지 (1908~1994) 써놓은 4천 페이지가 넘는 방대한 분량의 일기가 출간되어 화제가 되기도 했단다. 올라브 하우게의 시 한 편을 옮겨본다.

피오르드의 배 두 척 _황정아 옮김

멀리 피오르드에 나란히 선 배 두 척.

둘 다 갑판에 잡은 고기를 얹고 낚시를 드리운다.

같은 피오르드, 같은 좋은 날씨.

어느 쪽이 뱃전에 고기를 잡아 올리면

다른 쪽은 못내 의아스럽다.

왜 저것이 내 낚시를 물지 않았을까?

그토록 맑은 날 그런 생각을 하는 두 척의 배

사실 인생에 있어서도 이런 일은 흔히 일어난다. 똑같이 노력해도 누구에게는 행운이 찾아오고, 또 누구는 실패하고.

에바는 여자치고는 큰 체격에 목소리도 우렁찬 씩씩한 사람이다. 남편인 요한은 반대로 호리호리하고 말도 조용조용하게 하는데 영어를 유창하게 잘해서 크루즈 내내 좋은 안내자가 되었다. 그런데 보통의 부부처럼 둘이 같이 다니는 게 아니라 밥을 따로 먹기도 하고 혼자 앉아 책을 읽기도 했다.

어느 날 그 부부와 얘기를 하다 보니 각자의 사는 집이 따로 있다는 것이다. 우리가 의아해하자 그들은 웃으며 자기네는 부부가 아니라고 한다. 오래된 친구인데 둘 다 사별해서 홀로 되었다고 한다. 마음 내키면 서로의 집에 가서 몇 달씩 살기도 하고 때로는 이렇게 여행도 같이 하는데, 이번 여행이 끝나면 당분간은 각자의 집으로 돌아간다고 한다. 서로에 얽매이지 않고 자유롭게 살아가는 그들의 얘기를 들으면서 몇 년 전 남편과 사별한 친구가 생각났다. 그 친구도 남편이 필요한 게 아니라 같이 시간을 보낼 남자 친구가 필요하다고 했었지.

개인적으로는 노르웨이의 수도 오슬로보다는 베르겐을 선호하지

오슬로, 비게란드 조각 공원의 조각(©ilvios.com)

만, 오슬로 또한 한 번쯤 들러볼 만한 곳이다. 무엇보다 뭉크가 그곳에 있으니까. 그의 유명한 작품 '절규'를 보고 있으면 그림 속 인물의 통증이 내게도 고스란히 전달되어 오는 듯하다. 그림의 배경은 오슬로 언덕에서 보이는 오슬로 피오르드라고 하는데, 해질녘 붉게 물든 핏빛 하늘과 암청색 피오르드, 그리고 비명을 질러대는 표정이 뭉크가 느꼈던 두려움을 함께 느낄 수 있게 해준다.

뭉크 미술관이나 바이킹 박물관도 좋지만, 오슬로에서 한 곳을 추천하라면 '비게란드 조각 공원(Vigeland Park)'을 권하고 싶다. 구스타프 비게란드의 조각 200여 점이 전시되어 있는 조각 공원인데 주제는 'Circle of Life'이다. 즉 인간의 생로병사, 희로애락 등 탄생에서 죽음까지 모든 삶의 모습을 청동과 화강암으로 조각해 놓았다. 공원 자체도 비게란드가 디자인 했다고 하는데 입장료도 받지 않는다. 잘 정돈된 공원 안에 나열되어 있는 조각들 사이를 걷다보면 인간에 대해,

인생에 대해, 그리고 지금 내가 서 있는 곳은 어디쯤인가 한 번쯤 깊은 생각에 잠기게 된다.

1998년 가을에 오슬로에 갔을 때, 시내에 있는 한식집을 찾아갔던 적이 있다. 실내 장식이나 분위기가 전혀 한국식은 아니었지만 깔끔해서 마음에 들었다. 손님은 모두 외국인뿐이었고 종업원도 한국 사람이 아니었다. 우리는 된장찌개와 생선구이를 시켰다. 생선구이는 먹을 만했으나 된장찌개는 된장 맛은 없고 간장찌개라고 불러야 할 정도였다. 종업원을 불러 무슨 된장찌개 맛이 이러냐고 불평을 했다.

얘기를 들었는지 주방에서 주방장인지 주인인지 한국 아저씨가 나왔다. 된장이 떨어져서 간장으로 간을 했다고 미안하단다. 주문을 받을 때 그런 얘기를 해줬으면 좋았을 텐데. 그래도 오슬로 한 구석에서 밥이랑 김치를 먹을 수 있었던 것만도 다행이다 싶었다. 그 식당이 아직도 영업을 하고 있는지 궁금하다. 세계 어디건 유명 관광지라면 한국인 관광객들이 넘쳐나는 지금은 된장이 떨어져 간장찌개를 만드는 일은 아마 없을 것이다.

8

북유럽 크루즈 | 2002년 7월

2002년 7월, 아이슬란드를 포함한 2주짜리 북유럽 크루즈에 올랐다. 일찌감치 예약을 해 놓았는데 배 회사인 프린세스에서 연락이 왔다. 우리가 이번 크루즈를 양보하면 다음 크루즈를 갈 때 500불을 크레딧으로 주겠다고 한다. 솔깃한 제안이기는 했지만 휴가 일정을 다 짜놓은 터라 거절했다.

그런데 얼마 후에 또 전화가 걸려왔다. 이번에는 정말 좋은 조건이라면서 이번 크루즈 대신 3주짜리 아프리카 크루즈의 발코니가 있는 방을 주겠다고 한다. 확실한 이유는 모르겠으나 오버 부킹이 되어서 방이 필요한 것 같았다. 우리가 프린세스 크루즈를 많이 이용했기 때문에 단골손님에게 먼저 기회를 주는 거였다.

상당히 좋은 조건이었지만 아프리카 일정을 찾아보니 그다지 맘에

들지도 않고, 또 자리가 없다고 하면 더 놓치고 싶지 않은 게 사람 심
리라 그 제안을 마다하고 예정대로 북유럽 크루즈를 떠났다. 아프리
카 크루즈 발코니 방과 바꾼 거니까 상당히 비싼 크루즈를 떠나는 셈
이다.

출항일보다 하루 먼저 런던에 도착했다. 비행기 도착 시간과 배가
떠나는 항구인 사우스 햄튼(South Hampton)까지 가는 시간이 빠듯해서
비행기가 몇 시간 연착이라도 하게 되면 배를 놓칠 위험이 있기 때문
이다. 런던 시내로 들어가느니 아예 사우스 햄튼에 가서 하룻밤 자기
로 했다. 히드로 공항을 나오면 바로 옆에 시외버스 정류장이 있다.

히드로에서 두 시간 정도 걸려 사우스 햄턴에 도착했다. 오래전부
터 남쪽 잉글랜드 해안의 중요한 항구였던 사우스 햄턴은 타이타닉
호가 처음 항해를 시작했던 곳이다. 요즈음도 많은 유럽 크루즈 배가
이 항구에서 떠난다. 넬슨 제독이랑 빅토리아 여왕이 머물렀다는 광
고 문구에 혹해 '돌핀'이라는 유서 깊은 호텔에 방을 정했다. 예전에
는 상당히 화려한 호텔이었겠으나 지금은 워낙 오래되어 걸을 때마
다 마루에서 삐걱 소리가 나고, 방이 협소하고 불편하다.

그도 그럴 것이 공식 문서에 나와 있는 이 호텔의 기록이 1454년이
니 500년이 넘은 셈이다. 물론 중간에 개축을 하기는 했지만 이 건물
에 살고 있는 공식적으로 확인된 유령만 해도 여섯이나 된다는 으스
스한 스토리까지 가지고 있다. 호텔 복도에 빅토리아 여왕과 넬슨 제
독의 사진이 걸려 있다. 넬슨이란 이름에 반해서 오기는 했지만 어쩐
지 좀 속은 느낌이 든다. 2010년 대대적인 보수 공사를 통해 지금은

새로운 호텔로 바뀌었다고 하니 유령들은 어디로 갔을지 모르겠다.

넬슨 제독은 영국인이 매우 자랑스러워하는 인물이다. 그는 스페인과의 트라팔가 해전에서 영국 해군 사상 가장 큰 승리를 거두었지만 아깝게도 그 전투에서 전사하고 말았다. 그의 동상이 런던 트라팔가 광장에 높이 세워져 있다. 그는 한국의 이순신 장군만큼이나 존경받는 군인이다. 나는 그의 군인으로서의 화려한 전적보다 해밀턴 부인과의 사랑 얘기에 더 관심이 많다. 아내가 있었지만 해밀턴 부인을 사랑했던 그는 총탄에 맞아 숨을 거두면서도 부관에게 그녀를 보살펴 달라는 유언을 남겼다. 하지만 정식 결혼한 사이가 아니었던 그녀를 사회에서는 용납하지 않았다. 해밀턴 부인은 제독의 장례식에도 참석할 수 없었을 뿐더러 넬슨이 그녀에게 남겼던 유산도 받을 수가 없었다. 결국 그녀는 쓸쓸하게 비참한 최후를 맞고 말았다.

여행 중에 읽으려고 그때 막 출간된 김훈의 소설 『칼의 노래』를 가지고 갔었다. 잠이 안와서 책을 조금만 읽다 자려고 했는데 그만 그 소설에 깊이 빠져버리고 말았다. 넬슨이 머물렀던 호텔에서 이순신에 관한 소설을 읽어 내려갔다. 잠은 이미 다 달아나 버렸고, 불빛 때문에 남편이 깰까봐 아예 화장실에 들어가서 책 두 권을 단숨에 읽어 버렸다. 책장을 덮고 나니 창밖이 훤하게 밝아오고 있었다.

첫 기항지인 노르웨이의 베르겐에 도착했다. 바이킹이 유럽으로 진출할 때 발판으로 삼았던 노르웨이 제 2의 도시이다. 남편의 표현을 빌자면 못 말리는 나의 '문화적 허영심' 때문에 다른 구경 다 제쳐 놓고 '솔베이지 송'을 작곡한 '그리그'의 집을 찾아갔다. 호수가 내

베르겐, 그리그의 집

려다보이는 언덕 위에 그가 살았던 예쁜 집이 있다. 집에서 조금 걸어 내려가면 호숫가 바로 앞에 한 면이 온통 유리로 되어 있는 자그마한 작업실이 있다. 이런 방에서라면 저절로 악상이 떠오를 듯한 분위기다. 집 옆에 있는 소극장에서는 노르웨이 전통 옷을 입은 여자가 관광객을 위해 그리그의 피아노 소나타와 소품들을 연주해 준다.

배로 돌아오는 길에 어시장에서 갓 삶아낸 게 한 마리를 사 먹었다. 크지 않은 광장에 가판대들이 옹기종기 모여 있고, 찐 게나 새우, 신선한 해산물 등을 팔고 있다.

다음 기항지는 셔트랜드(Shetland Islands)의 러윅(Lerwick)이다. 셔트랜드는 스코틀랜드 북쪽에 위치한 100여 개의 섬들을 일컫는 말이다. 그 중 제일 큰 도시가 러윅이다. 노르웨이에서 건너온 바이킹의 후손들이 살고 있는데, 철기 시대 유적지가 발굴되기도 했다. 나무라고는 눈 씻고 봐도 없고, 온통 구릉에 잡초뿐인 황량한 곳인데 바람이 심하게 불고 있다.

이 지방의 특산물인 셔트랜드 울은 캐시미어나 다른 울 제품에 비해 좀 거칠다. 워낙 기후가 나쁘기 때문에 이곳에서 자란 양의 털이 거친 것이 그 원인이다. 셔트랜드 울로 만든 제품은 입으면 따끔따끔해서 싫은데 따뜻하긴 상당히 따뜻하다.

바다에서 솟아오른 절벽 사이에 퍼핀(Puffin)들의 서식처가 있다. 밝은 주황색 부리와 주홍색 발을 가진 귀엽게 생긴 새들이다. 날개는 짧지만 하늘 높이 날아오르기도 하고 바다 속으로 다이빙해 들어가 먹이를 찾는다. 퍼핀들의 주홍색 부리 때문에 마치 절벽에 주홍 꽃들이 피어 있는 듯했다. 우리를 태우고 다니는 택시 운전사가 심한 사투리를 쓰는 바람에 애를 먹었다. 영어가 변두리에 와서 고생한다.

항구에 정박하지 않고 바다에 떠있는 날은 배에서 여러 가지 행사가 열린다. 우리는 주로 강의를 들으러 다니는데, 이 배에 탄 은퇴한 교수의 해양 역사 강의가 흥미 있다. 하루는 이 양반이 아예 스코틀랜드 사람들이 입는 킬트(kilt, 플레이드 무늬 주름치마)를 입고 나왔다. 원래 킬트 속에는 아무 것도 안 입었다고 하는데, 킬트 차림의 남자를 보면 '저 속에 내의는 입었을까?' 싶어 궁금하다.

오늘의 주제는 '타이타닉 호'이다. 타이타닉에 관한 이야기는 언제나 사람들에게 인기 있다. 사실 희생자들의 대부분은 3등 객실 승객들이었고, 1등석 손님들은 남녀를 불문하고 원하는 사람은 거의 다 구명보트를 탈 수 있었다. 타이타닉 침몰 이후 모든 크루즈 배들은 승객 수만큼 충분한 구명보트를 구비하도록 해양법이 제정되었다.

북쪽으로 올라갈수록 공기가 확연하게 차가와진다. 오늘 밤 북해를 지나 북극권을 두 시간 정도 항해한다. 밤 11시가 넘었는데도 창밖은 훤하게 밝다. 두 겹으로 된 커튼을 단단히 여미고 잠을 청했다.

배는 아쿠레이리(Akureyri)에 도착했다. 발음하기도 어려운 이 작은 항구는 아이슬란드 북쪽에 있다. 아이슬란드라는 이름만 들으면 얼음에 뒤덮여 있을 것이라고 생각하기 쉽다. 하지만 북극권에서 멀지 않은 위치에 비해 걸프 난류 덕분에 오히려 따뜻한 곳이다. 겨울에 눈이 오는 경우도 많지 않고, 항구가 얼지도 않는다.

바이킹들이 다른 나라들로부터 이 섬을 지키기 위해 그다지 춥지 않은 이곳을 아이슬란드라고 부르고, 실제로는 상당히 추운 다른 섬을 그린란드로 바꾸어 불렀다는 설도 있다. 때마침 여름이라 야생화가 만발했다. 아침에 약간 보슬비가 내렸는데, 오늘 낮 최고 기온이 섭씨 13도. 얼굴에 닿는 싸늘한 공기가 쾌적하다.

이곳은 1976년에도 화산 폭발이 있었을 만큼 젊은 섬이다. 미국의 옐로스톤처럼 뜨거운 물이 솟아오르고 땅이 부글부글 끓어오르는 가이저들을 여러 곳에서 볼 수 있다. 국토가 거의 용암으로 덮여 있어 농사를 지을 만한 경작지가 없을 정도로 땅이 척박한 대신 지하에서 뿜어져 나오는 스팀과 뜨거운 물을 이용해서 필요한 전력과 난방의 90% 이상을 충당한다. 요즈음은 바다에서 발굴된 유전 덕분에 원유가 어업을 제치고 가장 큰 수입원이 되고 있다.

아이슬란드의 수도는 섬의 남서쪽에 있는 레이캬비크(Reykjavik)이다. 독일이 통일되기 직전, 소련의 고르바초프와 미국의 레이건 대통령이 만나 독일 문제를 의논함으로써 유명해진 곳이다. 다른 볼거리

아이슬란드의 블루라군 온천장

가 많지 않은지 두 정상이 만났다는 하얀 오두막집이 관광 코스 중의 하나가 되어 있다.

레이캬비크에서 멀지 않은 곳에 '블루 라군(Blue Lagoon)' 이라는 유명한 온천장이 있다. 멀리서도 맹렬하게 뜨거운 김이 올라오는 걸 볼 수 있다. 근처에 있는 발전소에서 전기를 생산하고 남은 뜨거운 물을 이 라군에 쏟아 붓고 있다. 용암이 굳어서 생긴 크고 작은 검은색 바위들이 벽처럼 둘러싸고 있는 넓은 야외 온천장인데, 물빛은 고운 옥색이다. 멀리 흰 눈을 머리에 이고 있는 산들이 보인다. 푸른 라군과 검정 바위의 조화가 마치 이곳이 지구가 아니라 어디 다른 행성에 온 듯하다. 그래서 외계인이 등장하는 공상과학 영화의 촬영지로 자주 사용되고 있다.

이름에서 볼 수 있듯이 불루 라군은 물속에 다량 함유된 실리카 때문에 우유 빛을 띤 푸른색 호수가 되었다. 위생상의 문제 때문에 온천에 들어가기 전과 입욕이 끝난 후에 철저하게 샤워를 해 줄 것을 당부하고 있다. 유황 냄새가 진하게 풍기는 온천에 들어가 보았다. 발을 담그자 물이 기분 좋을 만큼 따뜻하다. 온천 한가운데 뜨거운 물을 뿜어내는 간헐천이 있다. 그곳으로 다가갈수록 뜨거운 온도가 느껴진다. 물속에 잠깐 있었는데도 낮잠을 한잠 자고 싶을 만큼 온몸이 나른해진다.

라군 주위에 실리카를 담아놓은 나무 상자들이 있다. 사람들은 거기 들어 있는, 피부병에 효과가 있다는 하얀 실리카 진흙을 얼굴과 몸에 열심히 바르고 있다. 나도 온천 바닥에 가라앉아 있는 진흙을 한 움큼 집어 올려 얼굴에 발라 보았다. 물에서 나오자 피부는 부드러워진 듯 했는데, 물에 젖은 머리카락은 마치 철사 줄처럼 뻣뻣해져 버렸다.

배가 출항하자마자 멀리 고래 떼가 지나가는 게 보인다. 바다에서 갑자기 낮게 날고 있는 새들이 보이면 그곳에 고래가 있기 쉽다. 가만히 그곳을 응시하고 있으면 고래가 뿜어내는 물기둥을 볼 수 있다. 커다란 몸체를 들어내며 힘차게 헤엄치는 고래를 보고 있으면 기분이 좋아진다. 아, 그리고 보니 영화 〈Free Willy〉에 나오는 고래 '케이코'의 고향이 바로 여기다. 꼬마 소년이 동물원의 고래를 바다에 데려가 풀어준다는 내용인데, 고래가 방파제를 뛰어 넘어 바다로 탈출하는 마지막 장면이 인상적이었다. 그 케이코를 고향으로 돌려보낸다고 아이슬란드 앞 바다에 특수한 풀을 만들어서 적응 훈련을 시켰다. 그런데 자꾸 인간 곁으로 돌아오곤 한다더니 요새는 제법 야생 고래들과도 어울리는 모양이다. 그 고래를 친구들 곁으로 돌려보내기 위해 상당히 많은 돈을 써야 했다. 그 돈이면 굶어 죽어가는 수많은 아프리카 아이들을 살릴 수 있을 텐데… 잠시 그런 삭막한 생각을 했다.

아이슬란드는 최근 들어 유럽에서 제일 먼저 경제 불황이 시작되었다. 그 나라에 가보지 않았더라면 그냥 먼 나라의 관심 없는 이야기였을 테지만, 멀리 사는 친척 염려하듯 걱정이 된다. 여행이란 그런 것인 모양이다. 내가 거기서 보냈던 시간들 때문에 그곳을 사랑하게 되는 거.

9

러시아 1, 상트페테르부르크 | 1998년 10월

1998년 10월, 북유럽 스칸디나비아 나라들과 핀란드를 지나 러시아 상트페테르부르크(St. Petersburg)를 방문했다. 개인적으로 러시아를 여행하려면 번거로운 일이 많을 것 같아 미국 단체여행에 합류했다.

핀란드의 헬싱키를 지나 라티(Lahti)를 거쳐 버스로 러시아로 들어갔다. 헬싱키에서 멀지않은 라티는 핀란드가 사랑하는 작곡가 '시벨리우스'의 고향이다. 독일인들에게 바그너의 '바이로이트'가 있다면 핀란드 사람들에게는 '라티'가 있다. 시벨리우스의 곡만을 연주하는 라티 심포니 오케스트라가 있고, 콘서트홀인 시벨리우스 홀이 있다. 또 매년 9월이면 국제 시벨리우스 페스티벌이 열리기도 한다.

버스는 헬싱키 인근에 있는 시벨리우스 공원에 잠시 멈췄다가 실제로 그가 '핀란디아'를 작곡할 때 영감을 받았다는 숲길을 달려간

다. '핀란디아'는 시벨리우스가 모국의 자연을 찬송하는 교향시이
다. 가이드가 '핀란디아'를 틀어주었다.

고등학교 때 이 곡에 심취해서 하루 종일 '핀란디아'를 틀어놓고
시간을 보낸 적도 있다. 그때 상상을 했었다. 핀란드는 어떤 나라일
까, 자작나무 숲에서는 어떤 냄새가 날까. 앞으로 '핀란디아'를 들으
면 지금 보고 있는 호수들과 빽빽하게 들어선 나무들, 그리고 기분
좋게 싸늘한 이곳의 공기가 생각날 것이다.

가이드는 상트페테르부르크에서는 절대로 수돗물을 마셔서는 안
된다고 여러 차례 강조했다. 얼음이 들어 있는 음료수도 마시지 말
고, 양치질을 할 때도 병 물을 사용하라고 했다. 우리 일행은 라티에
있는 큰 슈퍼마켓의 생수병이 진열된 선반을 거의 다 비우다시피 했
다. 드디어 러시아 국경에 도착했다. 검문을 기다리는 차들이 길게 늘
어서 있다. 젊은 여직원이 여권과 비자를 자세하게 들여다보고는 도
장을 찍어준다. 그리고는 사람들을 모두 버스에서 내리게 한 후 버스
밑에까지 카메라를 들이대며 검사를 한다.

점심시간이 되어 아침에 핀란드 호텔에서 마련해준 도시락을 먹었
다. 국경 검색에 시간이 얼마나 걸릴지 예측할 수 없어 미리 점심을
준비해가지고 왔다. 일행들이 삼삼오오 강변에 앉아 점심을 먹는데
어디에서 나타났는지 노인들과 꼬마들이 슬슬 가까이 다가온다. 어
른들은 멀찌감치 서 있고 아이들이 "원 달러, 원 달러" 하면서 손을
내민다. 미국인들이 캔디나 사과 등을 나누어 주었지만 정작 그들이
원하는 건 돈인 것 같았다. 마지막 승객까지 버스에 오르자 그들은 그
제야 자리를 떴다.

드디어 상트페테르부르크에 도착했다. 도스토예프스키, 푸시킨, 림스키코르사코프, 키로프 발레단, 그리고 백야. 이 도시를 생각나게 하는 단어들이다. 명성에 비해 도시는 상당히 낡은 느낌이었다. 낡은 차, 낡은 간판, 수리하지 않아 깊게 패인 거리, 유리가 깨어진 채 버려진 빌딩들. 많은 집들이 곧 손을 보아야 할 것처럼 위태로워 보였다.

거리 풍경에 비해 호텔은 상당히 크고 화려했다. 한국 관광객들의 러시아 방문이 아직 많지 않을 때인데 15층에 서울가든이라는 한식집이 있었다. 이름이 서울가든이니 북한과 연관이 있는 건 아닐 테고 지나치게 고급스러운 실내장식이며 어쩐지 분위기가 좀 이상했다. 음식 맛은 그런대로 괜찮았지만 가격이 만만치 않았다. 그 호텔은 지금은 래디슨 계열로 이름이 바뀌었던데 한국 식당은 없어졌다.

큰 호텔이라 그런지 주차장에는 늘 관광버스가 서너 대씩 서 있었다. 관광을 마치고 버스에서 내리면 책이나 엽서, 간단한 기념품 등을 파는 상인들이 몰려들었다. 그 중에 작은 훈장 모양의 핀들을 꽂은 군인 모자를 파는 귀여운 사내아이가 있었다. 아침에 관광을 나설 때도 만나고, 저녁에 돌아올 때도 그곳에 있었다. "지난번에 샀잖아" 하고 얘기하면 알아들었는지 아닌지 그냥 웃으며 조잡한 물건들을 내밀었다. 아이들 뒤에는 마피아로 보이는 검정 양복의 젊은이들이 있었다. 러시아 마피아는 BMW를 좋아하는지 유명한 관광지에 가면 검은색 BMW 트렁크에서 물건들을 꺼내 아이들에게 넘겨주는 광경을 쉽게 볼 수 있다.

그 아이는 나와 눈이 마주치면 수줍게 웃곤 했다. 버스에서 내리는 유일한 동양인이라 기억하기 쉬웠던 것일까? 호텔을 떠나는 마지막 날, 그 아이를 주려고 남은 초콜릿과 캔디 등을 봉투에 넣었다. 그런데 막상 밖에 나가보니 그 아이가 보이지 않았다. 며칠째 우리가 호텔 문을 나서면 뛰어오던 아이였는데. 마지막 날까지 기다릴 것 없이 미리 주었으면 좋았을 텐데 그만 기회를 놓치고 말았다.

상트페테르부르크에 가면 대부분 에르미타주 박물관에 간다. 사람들은 그 거대한 박물관이 가지고 있는 소장품의 양과 규모를 그저 추측할 뿐이다. 소장품이 무려 300만 개나 된다나 어쩐다나. 여하튼 작품 하나에 1분씩만 할애해도 9년이 걸린다는 등 설이 분분하다. 미술품에 관한 한 세계 제일의 박물관이라고 할 수 있다. 통치자가 예술품 수집에 천문학적 액수의 돈을 쓰고 있을 때 민중들이 겪었을 고난에 눈을 감을 수만 있다면 말이다.

하긴 순전히 에르미타주를 보고 싶어 러시아에 간다는 사람들까지 있는 걸 보면 미술품을 사들였던 캐서린 대제의 혜안이 존경스럽기도 하다. 이 도시는 이차대전 당시 독일에 의해 900일 동안이나 포위되어 있었다. 그때 에르미타주의 중요한 예술품들을 기차에 실어 우랄 산맥 인근 동굴에 대피시켰다고 한다.

박물관이 여러 개의 건물로 나뉘어 있는데다가 진열된 작품이 너무 많기 때문에, 보고 싶은 작품의 위치를 미리 조사해놓고 가는 게 좋다. 렘브란트의 '탕자의 귀환'이나 다빈치의 '마돈나' 등 그 외에 마티스, 고호, 고갱들이 있는 전시실에는 늘 관광객들이 몰려 있다.

인상파 화가들의 작품이 걸려 있는 한 구석에 '김 수'라는 작가의 작품 '승무'가 있었다. '김 수'라… 한 번도 들어본 적 없는 이름이었

에르미타주 박물관 내부로 들어가는 입구

다. 북한 사람인가? 러시아에 오니 이상한 건 모두 북한과 연결지어 생각하게 된다. 나중에 알고 보니 '김 수'는 한국의 피카소로 불리는 김흥수 화백의 영문 표기였고 김 화백은 일찌감치 에르미타주에서 초대전을 가진 적도 있다고 한다. 여하튼 한국 사람의 작품을 만나니 반가웠다.

상트페테르부르크의 하이라이트는 마린스키 극장(옛 이름은 키로프 극장)에서의 오페라 관람이었다. 극장 시설은 낡고 분위기는 어둑어둑했지만 음악만은 최고였다. 공연 작품은 잘 알려지지 않은 차이코프스키의 3막짜리 오페라 〈마제파(Mazepa)〉였다. 영화배우 못지않게 잘 생긴 마린스키 극장의 총 감독 발레리 게르기에브가 지휘를 맡았다. 줄거리는 푸시킨의 서사시 「폴타바(Poltava)」를 차이코프스키가 각색했다고 한다.

18세기 우크라이나에서 피터 대제와 스웨덴 왕 사이에 있었던 실제 전투가 배경이 되는데, 사랑과 음모, 살인과 배신 등 오페라에 필요한 온갖 극적인 요소들이 다 들어 있어 사건 전개가 흥미진진하다. 코사크 군인들이 등장하는 군무도 인상적이었고 특히 주인공을 맡은 러시아인 바리톤의 음색이 어찌나 깊고도 기품이 있는지 공연 내내 숨을 죽이고 그의 노래를 들었다. 유서 깊은 극장의 로열박스에 앉아 오페라를 보고 있자니 영화에서처럼 좌석 뒤편에 있는 커튼을 열고 누군가 들어와 비밀스런 얘기를 속삭여 줄 것도 같았다.

다음날 아침식사 시간에 일행들을 만났는데 뭔가 분위기가 어수선하다. 사연인즉 어제 오페라를 볼 때 우리가 호되게 바가지를 썼다는 거였다. 우리는 특별석을 한 사람당 50불을 내고 들어갔는데, 알아보니 입장료가 3불이었다는 것이다. 여행사에서 당연히 수수료를 붙였겠지만 극장까지 차편도 제공하고, 좋은 좌석을 배정 받은데다가 미국의 오페라 가격과 비교해 괜찮은 값이었다고 생각했는데 그게 아니었던 모양이다.

민중들의 문화적 욕구를 채워주기 위해 소련 등 공산 국가에서는 저렴한 가격에 문화행사를 제공하는데, 자국민과 외국인들이 내야 하는 요금의 차이가 많이 났다. 우리가 앉았던 자리를 3불에 살 수는 없었겠지만 여하튼 찜찜한 얘기였다. 어제 저녁 즐거운 시간을 보냈는데, 세상에는 모르고 넘어가는 게 더 좋을 때도 있는 법이다.

10월 초인데 낙엽이 지기 시작했다. 하지만 그다지 춥지는 않았는데 사람들이 모두 두꺼운 옷을 입고 있다. 벌써부터 이렇게 두껍게 입

캐서린 대제의
여름 별장

으면 정작 겨울에는 어떤 옷들을 입으려나. 캐서린 대제(Ekaterina Ⅱ)의 여름 별장에 갔다. 프랑스의 베르사유 궁을 본 땄다는 이곳은 온통 금으로 칠해 놓은 듯 눈부시게 화려했는데, 그 궁전을 보면서 볼셰비키 혁명이 일어날 수밖에 없었을 것이라는 생각이 들었다.

궁전 앞 정원에서 젊은 남자가 플루트를 불고 있었다. 낙엽이 깔린 마당 한 가운데서 검은 코트를 입고 털장갑을 낀 채로 놀라운 연주를 하고 있었다. 세상에, 장갑을 끼고 플루트를 불다니. 내가 플루트를 불어봐서 아는데, 차라리 피아노라면 모를까 플루트는 장갑을 끼고 연주할 수 있는 악기가 아니다. 정확하게 음을 누르지 않으면 소리가 제대로 나오지 않는다. 나는 감탄을 하며 그 사람의 연주를 들었다. 하지만 가이드를 따라 안으로 들어가야만 했다. 서둘러 1불짜리 한 장을 바구니에 집어넣었다.

나는 길거리 악사를 만나면 그냥 지나치지 못한다. 걸음을 멈추고 잠시 그의 연주를 듣는다. 그리고 박수도 쳐주고 적은 액수지만 그 앞에 돈을 놓아준다. 그만큼 연주를 하기 위해 그가 들였을 시간과 노력이 안타까워서이다. 또 그에게 처음 악기 레슨을 시켰을 그의 어머니를 생각한다. 자신의 아이한테 레슨을 시키면서 나중에 길에서 연주를 하리라고는 절대로 생각하지 않았을 엄마. 궁전 내부를 돌아보고 나오니 그 사람은 이미 자리를 뜨고 없었다.

상트페테르부르크에서의 마지막 날, 네바 강을 따라 유람선을 탔다. 보름달이 환하게 비추고, 강변에 늘어서 있는 궁전과 건축물들이 조명을 받아 은은하게 빛났다. 우리 일행은 보드카에 취하고, 바라라이카의 선율에 취했다. 전통의상을 입은 무희들이 흥겨운 춤과 노래로 분위기를 띄웠다. 그들이 〈닥터 지바고〉의 '라라의 테마'를 연주했다. 나는 그 음악에 맞춰 남편과 플로어에 나가 춤을 추었다.

오래전 출장길에서 혼자 맛없는 저녁을 먹다가 이 노래를 듣고 내가 보고 싶어 눈물이 났다고 남편이 엽서를 보내온 적이 있다. 나는 속으로 남편에게 속삭였다. "이젠 혼자 저 음악을 들으면서 쓸쓸해할 일은 없을 거야. 내가 늘 당신 곁에 있을 테니까." 하지만 나는 안다. 언젠가 우리가 혼자 남겨졌을 때, '라라의 테마'를 들으면 또다시 눈물을 흘리게 될 것을.

러시아를 벗어날 때는 들어갈 때보다 몇 차례 더 검문을 받아야 했다. 몇 번이나 일일이 짐을 다 열어보고 조사를 하는 탓에 모두들 지친 표정이 되었다. 군인들은 버스에 탄 손님들이 건네주는 초콜릿과 과일, 작은 술병 등을 받아 얼른 주머니에 집어넣었다. 심지어 일회용 설탕까지 한 움큼 챙기는 군인도 있었다. 군사 대국이었던 러시아 군인들의 안타까운 모습이었다.

10

러시아 2, 그랜드 호텔 유럽 | 2009년 5월

2009년 10년 만에 러시아를 다시 방문했다. 러시아에서 정작 해보고 싶었던 건 '시베리아 횡단열차' 타기였다. 고등학교 때 영화 〈닥터 지바고〉를 보고 난 후부터, 하얗게 눈 덮인 벌판을 검은 연기를 뿜으며 숨차게 달려가는 '시베리아 횡단열차'를 타보는 것은 내 버킷리스트 중의 하나가 되었다. 하지만 하고 싶은 것과 할 수 있는 것을 구별할 수 있는 나이가 되고 보니 시베리아 횡단열차는 내가 할 수 있는 게 아니었다.

어릴 때 살았던 동네를 조금 벗어나면 기차 길이 있었다. 기적을 울리며 지나가는 환하게 불 켜진 기차를 볼 때마다 나도 밤기차를 타고 어디론가 떠나는 상상을 해보곤 했다. 대학에 들어가 드디어 친구들과 밤기차를 탈 기회가 있었다. 여행 경비를 절약하기 위해 남원까

러시아 리버크루즈 배

지 가는 야간열차를 탔는데, 여름 끝 무렵임에도 불구하고 어찌나 춥고 불편했는지, 새벽에 남원역에 내리자 온몸이 뻣뻣하게 굳어버린 것 같았다. 지금도 여전히 기차 타기를 좋아하지만 남원 행 야간열차 이후로 불편한 기차 여행은 삼가게 되었다.

시베리아 횡단열차는 블라디보스토크와 모스크바를 잇는 거의 9,600km에 달하는 세계에서 가장 긴 열차 여행이다. 물론 침대칸과 식당이 있지만 기차에서만 꼬박 6박 7일을 지내야 하는 고된 여정이다. 그래서 차선책으로 생각해낸 것이 러시아 사람들이 일생에 꼭 한 번 해보고 싶어 한다는 '러시아 리버 크루즈'였다. 상트페테르부르크에서 모스크바까지 배를 타고 천천히 유람하는 편안한 여행이다. 출발지인 상트페테르부르크와 도착지인 모스크바에서 각각 나흘 밤을 지내고, 나머지 일주일 동안 리버 크루즈를 하는 일정이다.

상트페테르부르크는 1998년에 다녀갔으니 10년 만에 다시 간 것이다. 비행기에서 내리자 여권 검색하는 구역이 상당히 혼잡하다. 그래도 10년 전 버스로 입국하던 때보다는 조금 수월하게 수속을 끝냈다.

공항에 마중 나온 버스를 타고 배에 도착했다.

　러시아라는 특성 때문에 가장 믿을만한 회사를 이용하기로 했다. 그래서 다른 회사에 비해 가격이 제법 비싸지만 가장 오래되고 큰 회사인 '바이킹' 회사를 택했는데 막상 배에 오르고 보니 배가 낡고 방도 협소해 실망스러웠다. 침대가 키 작은 나한테도 좁게 느껴질 정도이다. 그나마 음식 맛이 괜찮고 직원들이 친절한 게 다행이다 싶다. 방은 모두 106개. 방이 다 차도 승객 수가 212명이라는 계산이 된다. 리버 크루즈는 배가 크지 않은 대신 사람도 많지 않아 단출한 분위기를 즐길 수 있는 게 장점이다.

　배가 정박해 있는 항구는 도심에서 약간 떨어져 있다. 정박하는 곳의 관광이 모두 포함되어 있어 다른 승객들과 함께 시내로 나갔다. 상트페테르부르크는 10년 전보다 상당히 깔끔하게 정돈되어 있었다. 2003년에 도시 설립 300주년을 대대적으로 기념했으니 그 때문에라도 많은 수리를 했을 것이다. 이 도시에서 제일 마음에 드는 건물은 캐서린 여왕의 여름 별장이다. 건물 외벽의 푸른색과 흰색의 조화가 여름 별장이라는 이름에 딱 맞게 어울리는데, 마치 기품 있는 여왕의 모습을 연상시킨다.

　지난번에 왔을 때는 사진으로만 볼 수 있었던 앰버 룸(Amber Room)이 복원되었다. 정교하게 조각된 10만여 개의 앰버(호박) 조각을 모자이크해 만들

사방 벽이 붉은 빛인 앰버 룸

피터호프의 분수들

었던 패널은 2차 대전 당시 독일군에 의해 없어진 후, 행방을 알 수 없게 되었다. 2003년 도시 300주년 기념식에 맞추어 복원이 끝났다는 이 앰버 룸은 사방 벽이 온통 붉은 빛이 도는 앰버로 꾸며져 있어 찬란한 옛 모습을 보여주고 있다. 흑백 사진을 근거로 한 복원작업에 엄청난 경비가 들었다는데 독일에서 350만 달러를 보조했다고 한다.

넘쳐나는 예술품 감상과 궁전 순례에 지쳤다면 시내에서 32km 정도 떨어져 있는 피터 대제의 여름 별장인 '피터호프(Peterhof)'를 권하고 싶다. 핀란드 만에 면해 있는 이 호화로운 궁전은 피터 대제가 불란서의 베르사유 궁을 본 따 지은 것이라 '바닷가의 베르사유'라고 불린다. 여기에도 물론 미술품이 많이 있지만 수많은 분수와 조각들을 보며 넓은 정원에서 잠시 휴식을 취할 수 있다. 아침에 분수들이 음악에 맞춰 물을 뿜어내기 시작하는 모습은 감탄을 금할 수 없다. 솟구치는 분수의 물은 작은 폭포가 되어 궁전 아래쪽에 있는 핀란드 만까지 흘러 내려간다. 바다에 면한 벤치에 앉아 유럽을 넘어서는 제국을 건설하려던 피터 대제의 꿈을 가늠해 보았다.

시내를 돌아다니다 다리쉼을 하러 '그랜드 호텔 유럽(The Grand Hotel Europe)'에 갔다. 상트페테르부르크의 번화가에 자리 잡고 있는 이 호텔은 아르 누보 형식으로 건물 자체도 아름답지만, 1875년에 오픈한 이래 유럽 최고의 화려한 호텔로 차이코프스키, 드뷔시, 스트라빈스키, 고르키 등 유명 인사들이 이곳을 즐겨 찾았던 것으로도 유명하다. 하지만 1차 대전과 러시아 혁명기를 거치며 이 호텔은 병원이나 고아원 또는 정부기관의 사무실로 사용되었다. 그 후 러시아가 문호를 개방하면서 몇 년에 걸친 대대적인 수리 끝에 예전의 아름다움을 되찾게 되었다. 지금은 미국의 빌 클린턴 대통령이나 영국의 엘리자베스 여왕이 묵어가는 등 옛 명성을 다시 누리고 있을 뿐만 아니라 역사적인 건물로도 지정되어 있다.

인파가 몰려다니는 번잡한 쇼핑가를 걷다가 호텔 안으로 들어서자 갑작스런 고요함이 일순 발을 멈추게 한다. 이층에 있는 카페로 올라가는 계단의 장식은 섬세하고도 화려하다. 마치 19세기 초 유럽의 고급 살롱에 들어서는 기분이라고나 할까? 카페의 분위기는 우리가 10년 전 들렀을 때와 달라진 것이 거의 없다.

색 유리 천장을 통해 햇살이 부드럽게 들어와 비치는 것도, 벨벳으로 만든 공주 풍 드레스를 입은 여자가 다소곳한 표정으로 하프를 연

카페 '그랜드 호텔 유럽'

주하고 있는 것도, 심지어 마피아로 짐작되는 검정색 양복을 입은 일단의 남자들이 시가를 피워대며 분위기에 아랑곳하지 않고 떠들어대는 것도 거짓말처럼 10년 전과 마찬가지였다. 1998년 가을에 이 호텔에 들렀을 때, "다른 건 몰라도 여기가 이 도시에서 제일 깨끗한 화장실과 제일 좋은 화장지를 쓰는 곳일 거야"라며 감탄했던 기억이 났다.

점심을 늦게 먹은 터라 그냥 커피만 마시기로 했다. 커피와 함께 앙증맞은 과자가 3개씩 접시에 담겨 나왔다. 그 중 하나를 반으로 잘라 먹었는데 정말 입에서 살살 녹는다. 이 호텔 아래층에 있는 '초콜릿 카페'도 초콜릿이 맛있기로 소문난 집이다. 최상의 코코 빈을 수입해 자체 초콜릿 공방에서 초콜릿을 만든다.

"이렇게 입에서 살살 녹는 것들이 독약이라니까."

나는 단호하게 접시를 남편 앞으로 밀어 놓았다. 하지만 진열대에 놓여 있는 화려한 페이스트리들을 보자 결국 유혹을 견디지 못해 초콜릿 누가 케이크와 과일 타르트를 주문하고야 말았다.

케이크를 주문하고도 미련이 남아 진열대 안을 들여다보고 있는데, 엘리베이터가 열리고 뱃살이 출렁거리는 뚱뚱한 중년의 남자가 내렸다. 그는 다짜고짜 케이크 진열대로 다가오더니 서슴없이 이것저것 여러 개의 케이크를 지적한 후 방으로 올려다 달라고 부탁을 했다. 혼자 먹기에는 좀 과하다 싶게 많은 양이었는데 옆에 서 있는 나를 의식한 듯, "조금 전에 여기에서 사간 케이크를 먹었는데 정말 맛있네요. 그래서 와이프랑 같이 몇 개 더 먹으려구요." 하면서 씩 웃는다. 나도 마주 웃어주며 "그러길래 아저씨, 괜히 살찌는 사람은 없는 법이거든요." 남편이 늘 내게 하던 말을 속으로 중얼거렸다.

과자에다가 달콤한 케이크까지 먹고 났더니 커피가 좀 더 마시고 싶다. "여기서 리필은 안 해주겠지?" 우리가 하는 말을 알아들었다는 듯이 모델처럼 날씬하고 예쁜(그러나 웃는 표정이라고는 거의 없는) 종업원이 와서 묻는다. "커피 더 드실래요?" "아, 그러지요!" 당연히 커피를 가지고 와서 따라주려니 했는데 아가씨가 커피 잔이랑 접시들을 깨끗이 치워가더니 잠시 후에 새로운 커피와 과자 세트를 가지고 왔다. "그것 봐, 리필은 없다니까."

시끄러운 한 떼의 남자들이 떠나고 나자 분위기가 한층 더 아늑해졌다. 감미로운 하프 연주에다가 버사체 도자기에 담긴 커피와 케이크까지 즐겼으니 아마도 찻값이 만만치 않을 터. 계산서를 받아든 남편이 고개를 갸우뚱한다. "나중에 가져온 커피는 계산을 안했네?" 커피 리필을 해주면서 과자까지 다시 가져다주는 친절한 경우는 처음이었다. 우리는 횡재한 기분으로 팁을 넉넉히 남겨두고 일어섰다. 옆자리에 있던 미국인 관광객이 우리를 향해 돌아앉으며 몹시 궁금한 표정으로 묻는다. "커피 값은 분명 넉 잔 값을 받았겠지?"

숙소인 배로 돌아오자, 그날 상트페테르부르크 시내에서 일행 중에 무려 세 명이나 소매치기를 당했다고 사람들이 술렁거렸다. 노인들뿐 아니라 심지어 건장한 체격의 중년 남자까지 여럿이 몰려와 밀치는 바람에 속수무책으로 당했다며 씩씩거린다. 저녁에는 발레 〈백조의 호수〉를 보았다. 훌륭한 공연이었지만 러시아 발레에 대한 기대 때문이었을까, 뭔가 약간 부족하다는 느낌을 받았다.

러시아, 너무나 다른 여러 개의 얼굴을 지니고 있는 나라. 번거롭고 불쾌한 출입국 수속 때문에라도 아마 다시는 찾게 될 것 같지 않은 나라이다. 하지만 사람 일은 모르는 법. 한 10년쯤 지난 후에 또 무슨 바람이 불어 '그랜드호텔 유럽'의 조용한 카페에서 차를 마시고 있을지도 모른다. "이 찻집은 10년 전이나 지금이나 변한 게 하나도 없네." 하면서…

11

러시아 3, 리버 크루즈 | 2009년 5월

'차르의 물길(Waterways of the Czars)' 이라고 불리는 상트페테르부르크와 모스크바를 잇는 리버 크루즈는 네바 강, 스비르 강, 볼가 강, 모스크바 운하를 지나간다. 볼가 강 대운하가 뚫린 이후로 장거리 여객선의 여행이 가능해졌다. 강을 지나며 작은 마을들을 방문하고, 특히 '황금의 고리(Golden Ring)' 라고 불리는 모스크바 주변의 아름다운 옛 도시들이 크루즈 일정에 포함되어 있다. 상트페테르부르크와 156m나 고도 차이가 나는 높은 곳에 위치해 있는 모스크바로 가려면 무려 17개의 갑문(Lock)을 통과해야 한다.

드디어 배가 상트페테르부르크의 네바 강을 벗어나 '스비르(Svir)' 강을 따라 항해를 시작했고, 유럽에서 제일 크다는 '라도가(Ladoga) 호수' 를 지난다. 처음 기항지는 강가에 있는 작은 마을인 '맨드로기

배가 갑문을 통과하는 장면

(Mandrogi)' 이다. 의외로 마을 전체가 깔끔하게 정돈되어 있고 예쁜 상점들이 강변에 늘어서 있다. 알고 보니 이 마을은 2차 대전 때 완전히 폐허가 된 것을 어느 사업가가 마을 전체를 사 들여 건물들을 다시 지었다고 한다. 우리처럼 리버 크루즈를 하는 관광객들을 겨냥한 일종의 관광용 마을인 셈이다.

레이스며 도자기 등 기념품을 파는 가게들도 있고, 대표적 러시아 민속 인형인 마뜨로쉬까 공방도 있어 인형 만드는 걸 볼 수 있다. 5~7개 정도의 인형이 크기 별로 겹쳐져 있는 이 인형은, 19세기 말 수입된 일본 인형에서 모티브를 얻어 만들어졌다고 한다. 원래는 러시아 전통복장을 한 소녀의 모습이 그려져 있지만, 요즈음은 정치인이나 유명 연예인의 모습도 등장한다.

마을에 보드카 박물관이 있다. 현재 2,672종류의 다른 보드카가 전시되어 있는데, 아직 전 세계에 있는 보드카의 반 정도 밖에 수집을 못했다고 한다. 보드카를 담은 병들이 특이한 것이 많았다.

배는 오네가 호수(Lake Onega)로 들어선다. 유럽에서 두 번째로 큰 호수이다. 이 주변은 나무가 많아 러시아의 주된 목재 생산지이다. 강변에 잘

러시아 인형 만들기

라놓은 통나무들이 끝없이 쌓여 있고 뱃전이 물에 닿을 만큼 나무를 가득 실은 배들이 자주 지나간다.

호수 안에 '키치(Kizhi)' 라는 섬이 있다. 이 섬은 러시아에서 사람이 살기 시작한 가장 오래된 지역 중의 하나이다. 섬 전체가 건축 박물관이 되어 있고, 유네스코 세계 유산 지역으로 정해져 있다. 나무로 만든 교회, 종루, 옛날 농가, 방앗간 등이 섬 전체에 퍼져 있는데, 러시아의 다른 지방에서 옮겨온 것들도 있다.

그 중 대표적인 건축물은 22개의 양파 모양 돔이 있는 교회로, 이 교회는 못을 한 개도 사용하지 않고 건축되었다고 한다. 긴 세월 때문에 색이 바랬는지 아니면 원래 그런 색인지 교회 건물이 짙은 검정색 일색이라 그러지 않아도 추운 날씨에 조금 으스스한 기분이 든다.

배에서 내리자 첫 인상은 '춥다' 였다. 그냥 추운 게 아니고 살을 에는 듯한 날카로운 추위였다. 옛 건축물들을 설명하는 가이드도, 설

키치 섬의 나무로 지은 교회

명을 들으며 따라 다니는 관광객들도 모두 얼굴이 시퍼렇게 얼어있다. 여러 가지 농기구들이 놓여 있는 농가에 들어가 보았다. 벽에는 오래된 흑백 가족사진이 한 장 걸려 있고, 러시아 민속 의상을 입고 십자수를 놓거나 방적기 앞에 앉아 직조를 하고 있는 여자들이 있었다. 비록 발밑에 작은 전기난로가 보이기는 했지만 이 추운 방에서 십자수를 놓으려면 얼마나 손이 시릴까 싶어 애처롭기까지 하다.

배가 항해를 시작하자 눈발이 흩날리기 시작했다. 눈은 곧 함박눈으로 변해 펑펑 쏟아졌다. 5월 말인데 이 동네에는 눈이 내린다. 강변에 자작나무 숲이 있었다. 잎이 다 떨어진 자작나무들은 그 하얀 줄기 때문에 더 추워 보인다. 영화 〈닥터 지바고〉에서처럼 자작나무 숲에 내리는 눈을 보고 싶었는데, 그 정도로 눈이 쌓여 있지는 않았지만 강을 따라가며 눈 내리는 풍경을 오랫동안 바라볼 수 있었다.

배는 볼가-발틱 운하를 지난다. 여러 개의 강과 호수 그리고 운하가 연결되어 볼가-발틱 운하가 만들어졌다. 이 운하에만 6개의 갑문이 있다. 특히 이 부근의 아름다운 경치는 무용극 〈화조(The Firebird)〉, 〈백조의 호수(Swan Lake)〉 등의 줄거리에 영감을 주었다고 한다. 강가에 초록색 돔이 예쁜 교회가 서 있다.

골든 링에 속한 도시 중의 하나인 '야로슬라블(Yaroslavl)'에 도착했다. 볼가 강 상류에 위치한 이곳은 러시아에서 가장 오래된 도시 중의 하나이다. 한 때는 모스크바에 이어 두 번째로 부유한 도시였던 이곳에는 아름다운 아이콘들과 프레스코로 유명한 교회가 있다.

러시아 정교회에서는 성인들의 모습을 그린 아이콘(Icon)이 상당히 중요하다. 처음에는 어려운 성경의 내용을 알기 쉽게 그림으로 표현해 놓았던 것인데, 현재는 아이콘 자체가 종교적으로 커다란 의미를 가지고 있다. 러시아에서는 1907년 이전에 그려진 아이콘은 외국으로 반출할 수 없고, 1957년 이전에 만들어진 것은 특별 허가를 받아야 가지고 나갈 수 있다.

처음에 러시아가 국교를 선택할 때 이슬람과 가톨릭 두 종교를 비교했다고 한다. 그런데 이슬람교에서는 술을 금하고 있기 때문에 술을 좋아하는 러시아 인들이 가톨릭을 받아들였다는 얘기가 있다. 러시아 정교회에서는 자리에 앉지 않고 서서 예배를 본다. 그리고 찬양을 할 때 악기를 사용하지 않는다. 러시아 교회에서 남성 중창단이

볼가 강가의 푸른색 돔이 예쁜 교회

아카펠라로 노래하는 걸 들었는데 신을 향한 기도가 절로 우러나올 것 같은 경건한 분위기였다. 러시아 정교회의 십자가에는 밑 부분에 가로로 경사지게 줄이 한 개 더 그려져 있는 게 특징이다.

야로슬라블의 부두에는 모피 가게들이 많이 있었다. 여우, 수달, 토끼, 밍크 등등 온갖 종류의 모피 제품들을 팔고 있다. 캘리포니아에서는 그런 두터운 모피 옷은 필요가 없어서 그냥 지나쳤는데, 겨울에 추운 날이 계속되면 가끔 그때 털목도리 하나 정도는 사가지고 올 걸 하는 생각이 든다.

이제 모스크바로 들어가기 전 마지막 도시인 '우그리치(Uglich)'에 도착했다. 역시 골든 링에 속해 있는 도시이다. 이반 황제의 아들이 반대파에 의해 이곳에서 살해되었고, 그 사건으로 인해 피비린내 나는 대학살이 일어났다. 그의 영혼을 달래기 위해 교회가 세워졌는데 러시아에서 가장 아름다운 교회 중의 하나로 꼽힌다.

이제 날씨는 많이 따뜻해졌다. 강변에 기념품 등을 파는 큰 오픈 마켓이 있다. 얼굴에 주름이 많고 허리가 굽은 할머니 한 분이 예쁘게 핀 수선화 몇 그루를 손에 들고 팔고 있다. 예전에는 모든 게 배급제라서 지금처럼 할머니가 직접 길에 나와 장사를 할 필요가 없었다. 자유시장 체제로 바뀌면서 서민들의 생활이 상당히 어려워졌다고 한다. 시장 안에 양동이에 꽃을 가득 담아놓고 파는 꽃집이 눈에 뜨인

다. 경제 사정이 나쁜데도 불구하고 러시아 인들은 여전히 꽃을 사랑
하는구나 싶었다. 그런데 자세히 보니 생화가 아니고 모두 조화였다.
혹시나 하고 할머니가 들고 있는 꽃을 보니까 그것도 조화였다. 어쩐
지 조금 쓸쓸한 기분이 들었다.

노란 야생화가 피어 있는 들판에서 엄마와 어린 딸이 놀고 있었다.
병아리처럼 노란 코트를 입은 어린아이가 야생화를 몇 송이를 꺾어
엄마에게 내밀었다. 주변에 있는 화려한 첨탑이 세워진 교회보다도,
요란하게 장식된 아이콘보다도, 그 모녀의 사랑스러운 모습이 더 뚜
렷하게 기억에 남아 있다.

배가 항해를 하는 도중에 배 안에서 여러 가지 프로그램이 있었다.
러시아의 역사를 배우는 시간도 있었는데 강사로 나온 가이드가 상
당히 열정적으로 설명을 해서 그가 강의하는 시간에는 자리가 모자
랄 정도로 청중이 많이 몰렸다. 강의 도중에 배가 교회나 마을을 지
나가면 강의를 하다말고 그 풍경에 대해 설명을 하고는 다시 본론으
로 돌아가곤 했다. 밤에는 러시아 민속 무용과 노래를 공연하기도 하
고, 활기 넘치는 코사크 댄스도 볼 수 있었다.

러시아 어를 배우는 시간도 몇 번 있었다. 알파벳과 발음 기호가
적혀 있는 종이를 주었는데 워낙 낯선 알파벳이라 그런지 눈에 잘 들
어오지를 않는다. 마지막 날 과제가 자신의 이름을 러시아 글자로 쓰
는 것이었다, 강사에게 내 이름을 러시아 글자로 그려서 보여주었더
니 그걸 보고 거의 정확하게 내 이름을 발음했다.

러시아의 대중 음식인 '펠메니(Pelmeni)'를 만드는 강습도 있었다.

어떻게 만드나 싶어 가봤더니 완전히 우리가 만두를 만드는 것과 같은 방법이었다. 그런데 강사로 나온 젊은 여직원이 어찌나 서툴게 만두를 빚는지 내가 나가서 만두 빚는 솜씨를 보여주고 싶을 정도였다. 고기와 야채를 넣은 만두를 물에 삶은 후, 사우어 크림이나 버터를 얹어 먹는 음식이었다.

드디어 모스크바에 도착했다. 900만 명의 시민을 하루에 실어 나른다는 지하철도 타보고, 레드 스퀘어, 크렘린, 세인트 바질 성당, 무기 박물관 등 관광 책자에 나오는 곳들을 두루 돌아 다녔다. 레드 스퀘어는 생각보다 규모가 크지 않아 의외였고, 크렘린은 예상보다 훨씬 더 크고 아름다워서 놀라왔다. 러시아 전통악기만 가지고 만든 오케스트라 연주회에 참석했다. 그 악기로 자기네 전통음악뿐 아니라 잘 알려진 서양의 오케스트라 음악도 멋지게 연주를 해서 즐거운 시간을 보낼 수 있었다.

무엇보다 이번 러시아 여행의 백미는 볼쇼이 발레단의 〈백조의 호수〉를 관람한 것이다. 볼쇼이 극장은 수리 중이어서 옆에 있는 제2극장에서 공연을 했다. 볼쇼이 발레의 공연은 워낙 인기가 높아 표를 구하기가 어렵지만 특히 〈백조의 호수〉는 늘 매진된다고 한다. 암표는 러시아 마피아가 관리를 하기 때문에 모스크바 시민들도 그들을 통해 표를 산다던가 어쩐다던가. 여하튼 배에서는 며칠 전부터 〈백조의 호수〉 티켓을 미리 신청하라고 광고를 했다.

그 날 공연한 여주인공은 상당히 나이가 많았는데 러시아에서 아주 유명한 발레리나라고 한다. 볼쇼이 발레단이 순회공연을 할 때 LA에서 〈백조의 호수〉를 본 적이 있다. 그런데 이번 것은 완전히 다른

모스크바 크렘린 안에 있는 금빛 양파 돔(위),
모스크바 붉은 광장의 성 바실리 성당(아래)

차원의 공연이었다. 나뿐 아니라 극장 안에 있는 관객들도 같은 기분인 것 같았다. 공연이 끝나고 막이 내렸을 때 사람들은 모두 자리를 박차고 일어나 그녀에게 뜨거운 박수를 보냈다. 한평생 자신의 길을 열심히 걸어온 한 무용가의 멋진 무대였다. 그녀의 〈백조의 호수〉를 본 것만으로도 이번 러시아 여행은 가치가 있었다.

여행 중 호주 멜버른에서 왔다는 커플과 친해졌다. 나이는 우리보다 많았지만 남편은 쾌활했고 부인은 기품 있고 온화했다. 체격이 크고 목소리도 괄괄한 남편이 자그마하고 말도 조용조용하게 하는 부인에게 꼼짝 못하는 듯했다. 하루는 부인에게 물었다.

"어떻게 하면 남편이 저렇게 말을 잘 듣게 할 수 있나요?"

부인은 조용히 웃으면서 대답했다.

"우리는 부부가 아녜요. 그저 오랜 친구 사이지요."

노르웨이에서도 이렇게 부부가 아니면서 같이 여행을 다니는 커플을 만났는데 이들도 그런 사이였다.

"부인이 아니니까 함부로 대하지 못하지요. 나는 언제라도 떠날 수 있거든요."

그들은 오래된 친구인데 각자 배우자와 사별했다고 한다. 함께 여행을 다니기도 하지만 사는 집이 따로 있다고 한다.

두바이에 가서 며칠을 지내고 간다던 그 부인에게서 e메일이 왔다. "두바이는 상당히 덥고 혼란스러워요. 모스크바 시내보다 더 혼잡하군요. 빨리 집에 가고 싶어요."

모스크바에서의 출국 수속 또한 입국할 때 못지않게 엉망이었다.

좁은 공간에 사람은 많고 열려 있는 창구는 몇 개 없었다. 사람들은 줄을 서 있다가도 새로 창구가 열리면 무질서하게 우르르 몰려갔고, 우리가 서 있는 줄은 통 줄어들 기미가 보이지 않았다. 어찌된 일인지 앞쪽에서 사람들이 자꾸 끼어든다.

겨우 겨우 출국 수속을 마치고 이제 다 끝났나 싶었는데, 짐을 들고 다시 엑스레이 검사대를 지나야 한단다. 여자 검사관이 검사대를 통과한 남편의 양복 웃옷을 집어 들더니 안주머니를 뒤지기 시작한다. 안주머니에서 흰 봉투를 찾아든 그녀는 봉투를 열어보고는 한 건 잡았다는 듯 의기양양해졌다. 그녀는 뒤편에 있는 상관을 불러 우리를 손짓하며 장황하게 설명을 해대었다. 봉투에서 돈을 꺼내본 상관은, 그녀에게 무서운 얼굴로 뭐라고 질책을 하더니 획 돌아서 가버렸다. 머쓱해진 그녀는 남편에게 봉투와 양복을 돌려주었다.

우리는 여행할 때 은행에서 새로 나온 빳빳한 1불짜리를 여러 장 가지고 떠난다. 혹시 팁을 줄 때 현지 돈이 모자라면 달러를 사용하기 때문이다. 그러니까 흰 봉투 속에 들어 있던 두툼한 돈 뭉치는 그동안 쓰고 남은 1불짜리였다.

러시아에서는 입국할 때 현찰을 얼마나 가지고 있는지 입국 신고서에 명시해야 한다. 만일 출국 시에 그 액수보다 더 많은 돈을 가지고 나가면 문제가 된다. 무안한 표정으로 봉투를 돌려주던 그 검사관 덕분에 러시아를 웃으며 떠날 수 있었다.

12

동유럽 여행 1, 부다페스트 | 2008년 4월

유럽에서 가장 오래된 도시 중의 하나인 부다페스트는 헝가리의 수도이다. 부다페스트에서 온 사람에게 "아, 부더 뻬쉬트에서 왔군요?" 하고 말하면 굉장히 반가워한다. 흑사병을 연상시키는 '페스트' 보다는 '뻬쉬트' 가 원음에 더 가깝기 때문이다. 다뉴브 리버 크루즈와 이어지는 동유럽 여행을 떠나기 전에 부다페스트에 며칠간 머물기로 했다. 이 도시는 'City of Spa' 라고 불릴 정도로 온천이 많다. 시내에 있는 공공 온천장만 해도 50개가 넘고, 마시는 온천수(drinking fountain) 시설은 셀 수 없이 많다. 여기 사람들은 온천욕을 하는 것도 좋지만 온천물을 마시는 것도 마찬가지로 효과가 있다고 믿고 있다.

우선 제일 크고 오래되었다는 '세체니(Szechenyi)' 온천으로 갔다.

세체니 온천 전경과 온천욕을 하며 체스를 두는
모습이 재미있다.

1913년에 세워진 이 온천은 의학적 효험이 있는 온천으로는 유럽에서 가장 큰 규모라고 한다. 온천 앞에 바로 전철역이 있어서 전철을 타고 쉽게 찾아갈 수 있다. 관광객은 누구나 들르는 '영웅 광장(Heroes' Square)'에서 걸어갈 수도 있는 거리이다. 역에서 나와 시민 공원으로 들어서면 온천 입구가 있는데 겉에서 보기에는 그렇게 큰 온천장이 있을 것 같지 않다. 안으로 들어가니 합스부르크를 상징하는 노란 색으로 칠해진 멋진 건물이 있고 그 뒤로 수영장 크기의 야외 온천장이 세 개가 있다.

시내를 구경하다가 갔기 때문에 타올을 안 가지고 갔는데, 지하실에서 타올을 빌려서 쓰고 나면 다시 지하실로 내려가 돌려주어야 한다. 야외 풀 말고도 실내 풀도 있고 작은 온천들과 사우나도 있다. 수영복을 갈아입고 밖으로 나갔다. 수영장 물빛과 고색창연한 건물이 잘 어울린다. 이 온천장에서 할아버지들이 체스를 하는 사진을 본 적이 있는데 내가 간 날도 몇 명의 할아버지들이 수영장 안에 붙박이로 만들어진 체스 판에서 체스를 두고 있었다.

이 온천은 철분, 마그네슘 등 미네랄 성분이 많이 들어 있어 관절염 같은 질환에 좋고, 온천물을 마시면 소화를 도와준다고 한다. 온천장이 넓어서 여름밤에는 야외 콘서트가 열리기도 하는데 관객들은 수영복을 입고 음악 감상을 한다고 한다. 온천장에 들어간 지 두 시간 이내에 나오면 입장료 중 얼마를 돌려준다고 적혀 있는데 출구에 있는 직원이 아무런 얘기가 없다. 매표소에 가서 물어봤더니 그제야 돈을 내어준다.

다음 날은 다뉴브 강가에 있는 겔레르트 언덕의 겔레르트 호텔 온

겔레르트 온천의 대형 풀

천장에 갔다. 이 언덕에 있는 '자유의 광장'에는 러시아가 독일로부
터 헝가리를 해방시킨 기념비가 있고, 시내를 내려다 볼 수 있는 전
망대가 있다. 전망대에 올랐다가 겔레르트 호텔 안에 있는 온천장에
들어갔다. 탈의실이 개인용으로 하나씩 마련되어 있다.

타올을 빌리려고 하는데 깜빡 잊고 돈을 하나도 안가지고 들어왔
다. 남편과는 이미 탈의실 앞에서 헤어졌기 때문에 만날 수가 없다.
여직원에게 타올을 빌려주면 나중에 돈을 가져다주겠다고 했지만 영
어를 못 알아듣는다. 그래도 상황 파악이 되었는지 타올을 하나 건네
주는데 우리가 흔히 쓰는 타올이 아니라 무슨 뻣뻣한 침대 시트 같은
것이었다.

아래층으로 내려가니 중간 크기의 실내 온천이 몇 개 있고 천정이

투명 유리로 되어 있는 넓은 온천장이 있다. 타일로 화려하게 꾸며진 내부가 마치 영화에서 보았던 로마의 대욕탕을 연상시킨다. 이층 베란다에 휴식을 취할 수 있는 공간도 있다. 남편에게 돈을 받아 아까 타올을 빌려준 직원에게 가져다주었더니 놀라는 눈치다. 그 돈을 받을 거라고는 생각하지 못했던 걸까?

호텔을 나와 '자유의 다리'를 건너 페스트 지역으로 넘어가면 오른쪽으로 기차역처럼 생긴 멋진 벽돌 건물이 나온다. 바로 부다페스트의 중앙 시장이다. 규모는 작지만 서울의 남대문 시장에 해당된다고 볼 수 있다. 건물은 파리의 에펠 타워를 설계한 '에펠'이 디자인했다고 한다. 지하 일층을 포함해 도합 3층 건물인데 지하실에는 생선류와 슈퍼, 일층은 육류, 과일, 야채, 이층은 헝가리 전통민예품들과 식당, 카페들이 있다. 장을 보러 나온 사람들 틈에 섞여 시장 구경을 했다. 이런 재래시장에 가보면 어디나 사람 사는 건 다 마찬가지라는 생각이 든다.

다음날, 온천을 한 군데 더 가보기로 했다. 다뉴브 강 한가운데에 마르기트(Margit) 섬이 있는데, 부다와 페스트 양쪽에서 다리로 건너갈 수 있다. 자동차 운행은 호텔이 있는 북쪽의 일부만 허용되고, 자전거나 마차, 아니면 걸어서 다녀야 하는 곳이다. 노천극장도 있고, 장미 공원, 동물원까지 있는 넓은 시민 공원이다. 버스에서 내려 남쪽 입구를 통해 섬으로 들어갔다. 아침 이른 시간이라 조깅을 하는 몇몇의 젊은이 외에는 인적이 드물다.

섬을 가로질러 대형 요양 온천 호텔(Thermal Hotel Margit)로 갔다. 이 호텔 스파는 시설이 상당히 현대적이다. 그리고 무엇보다 폭신한 질 좋은 타올을 마음대로 사용할 수 있어 좋다. 뜨거운 온천에 몸을 담갔다가 나오니 조금 눕고 싶다. 그런데 비어 있는 긴 의자가 없다. 사람들은 많지 않은데 미리 자리를 맡아놓은 것 같았다. 옆에 있던 독일 부인이 의자 위에 있는 책을 치우며 우리더러 그 자리를 쓰라고 한다. 그녀는 독일에서 와서 한 달째 이 호텔에 장기 투숙하고 있다고 한다. 독일 사람들은 휴가도 상당히 길지만, 여행도 많이 한다. 만일 독일인들이 여행 다니기를 멈춘다면 전 세계 관광업계에 비상이 걸릴 것이다.

시내에 들어와 유명한 커피 하우스인 '제르보(Gerbeaud)'에 가서 커피와 케이크를 먹었다. 1870년부터 이 자리에서 영업을 했다는 이 카페는 오랫동안 헝가리 귀족들의 사랑을 받았고 전쟁과 공산정권 지배 하에서도 살아남은 유서 깊은 곳이다. 무거운 벨벳 커튼이 드리워 있고, 실크 벽지, 크리스털 샹들리에, 대리석 탁자들, 그리고 흰 장갑을 끼고 있는 웨이터들이 이 가게가 보통 카페가 아니라는 걸 알려준다. 물론 커피 잔은 헝가리의 자랑인 헤렌드(Herend) 도자기를 사용하고 있다. 이 집의 명물인 초콜릿 케이크와 애플 스트루델을 먹었다. 화장실이 어디 있느냐고 물었더니 웨이터가 친절하게 앞장서서 지하실에 있는 화장실 문 앞까지 안내를 해주었다.

헝가리에 가면 대표적 음식인 굴라쉬 수프를 먹어봐야 한다. 굴라쉬는 헝가리 말로 구야쉬(Gulyas)에서 왔는데 소떼를 뜻하는 구야(Gulya)에서 연유했다고 한다. 굴라시 수프는 목동들이 모닥불에 가마솥을 걸어놓고 고기와 야채를 넣어 끓여먹던 음식이라고 한다. 고기,

감자, 양파, 당근, 샐러리 등의 야채와 붉은 파프리카, 약간의 향신료를 넣어 푸욱 끓인 후에 달걀을 넣은 밀가루 반죽을 잘게 썰어 넣어 만드는데, 우리의 육개장 비슷한 음식이다.

처음 유럽 여행길에 독일에서 이 굴라쉬 수프를 먹고 그 맛에 반해, 그 후로 식당 메뉴에 굴라쉬가 있으면 으레 그걸 시키곤 했다. 호텔에서 굴라쉬를 잘 하는 집을 물어 찾아갔다. 오페라 하우스 옆에 있는 식당인데 실내 장식이며 분위기가 상당히 고급이다. 이런 집에서 제대로 굴라쉬 맛을 낼까 싶었는데 역시 우리가 기대했던 그 맛이 아니다. 어쩌면 이 맛이 오리지널이고, 우리가 다른 곳에서 먹어본 것들이 아류일지도 모르지만 여하튼 약간 실망스러웠다. 가끔 미국에서 굴라쉬를 주문하면 걸쭉하고 진한 스튜를 가져다주는데, 맛은 굴라쉬와 비슷하지만 그건 '페르퀼트'라고 하는 감자가 들어가지 않는 고기 스튜이다.

부다페스트에서 멀지 않은 곳에 헝가리의 몽마르트라고 불리는 '센첸드레'가 있다. 이런 식으로 불리는 곳은 분위기는 비슷할지 모르지만 아무래도 원조 몽마르트보다는 규모도 작고 뭔가 부족하기 마련이다. 그래도 시내에 있는 웅장한 건물들 구경에 지루해졌다면 반나절쯤 시간을 보내기에 좋다. 중세의 모습을 간직한 구시가지 언덕을 따라 미술관, 화랑, 예쁜 카페, 특이한 물건을 파는 가게들이 있다. 실제로 젊은 예술가들이 많이 모여 살고 있다고 한다.

헝가리는 2차 세계대전 동안 나치에 의해 헝가리 출신 유대인들이 60만 명이나 학살된 슬픈 역사를 가지고 있다. 부다페스트에는 유럽에서 가장 큰 유대교회당(도하니 시나고그)이 있는데 그곳에 홀로코스트 희생자들을 추모하는 기념 공원이 있다. 은으로 만든 작은 나뭇잎에 희생자들의 이름을 새겨 넣은 작품 '통곡하는 버드나무(Weeping Willow)'의 잎들이 바람에 흔들리고 있었다.

유대인 기념관의 조형물

2차 세계대전 당시 스웨덴 외교관이었던 라울 발렌베리(Raoul Wallenberg)를 기념하는 기념비도 있다. 그는 수많은 유대인들에게 여권을 발급해 주어 외국으로 탈출하게 해 주었고, 외교 특권을 이용해 피난처를 만들어 가스실에서의 학살을 면하게 해주었다고 한다. 그는 후에 러시아 군대에 체포되어 모스크바에서 사망했다고 알려져 있다.

유대인들이 모여 살았던 '게토'의 돌담이 아직도 시나고그 주변에 남아 있고, 이끼 긴 오래된 묘지석들이 널려 있어 을씨년스럽게 보이는 유대인 묘지가 그 옆에 있다.

부다페스트 시내를 걷다가 '테러 하우스'에 들어가 보았다. 검정색의 건물 외관부터 심상치 않다. 내부에는 파시스트 정권이 저질렀던 범죄와 잔혹 행위들의 기록이 전시되어 있다. 비밀경찰의 본부로 쓰였던 이 건물은 지하에 감옥이 있고, 정치범들을 고문하던 고문실이 있다. 건물 밖에는 이곳에서 희생된 사람들의 사진이 나열되어 있어 보는 사람을 숙연하게 만든다. 엘리베이터를 타고 지하 감옥으로 내려가는데 음향 효과까지 곁들여 분위기가 으스스하다. 이 나라도 험난한 세월을 견디어왔구나 싶어 기분이 무거워진다.

오페라를 하나 보려고 했는데 오페라 하우스에서는 하필이면 바그너의 링 싸이클 중에서 〈다스 라인골트(Das Rheingold)〉를 공연하고 있다. 오페라를 별로 좋아하지 않는 남편에게 무거운 바그너의 오페라를 보자고 하는 건 지나친 요구일 것 같아 대신 가벼운 오페레타를 보기로 했다. 오페라 하우스에서 멀지 않은 곳에 오페레타 극장이 따로 있다. 오페레타는 상류계급의 오락이었던 오페라를 보다 서민적으로 가볍게 만든 오페라의 대중판이다. 이 오페레타 형식이 후에 뮤지컬로 발전해갔다고 볼 수 있다.

마침 헝가리 출신 작곡가 프란츠 레하르의 유명한 〈메리 위도우(The Merry Widow)〉를 공연하고 있었다. 평일인데도 극장은 만원이었다. 한 무리의 초등학교 아이들이 선생님을 따라 들어왔다. 검은색 바지에 흰 셔츠를 단정하게 입은 모습들이 귀엽다. 아이들이 많아 수선스럽지 않을까 걱정했는데 기특하게도 모두들 진지하게 공연을 관람했다. 어려서부터 이렇게 훈련을 시키는구나 싶어 그 여유 있는 환경이 부러웠다.

워낙 유명한 작품이라 그런지, 잘 알려진 이중창이나 월츠 등이 나올 때는 관객들이 노래를 따라 부르고 손뼉으로 박자를 맞추는 바람에 다 같이 어울리는 흥겨운 분위기가 되었다. 공연이 끝나자 관객들이 열렬하게 박수를 치고 환호를 보냈다. 미국에서는 보기 드문 뜨거운 반응이었다. 사람들이 얼마나 이 음악회를 즐기는지 피부로 느낄 수 있었다. 우리도 그 분위기에 젖어 귀에 익숙해진 멜로디를 흥얼거리며 숙소로 돌아왔다.

이제 부다페스트를 떠나 동유럽 투어를 시작한다. 호텔 로비에서 버스를 기다리는데 남편이 잠깐만 갔다 오겠다고 뛰어가더니 손에 과자 봉지를 들고 돌아왔다. 호텔 앞에 있는 골목길에 반 지하 형태인 작은 빵집이 있다. 이 호텔에 온 첫날, 그 집 앞을 지나다가 맛있는 빵 냄새에 끌려 들어갔다. 여러 종류의 빵과 작은 페스트리들을 팔고 있는데 오븐에서 방금 구워 낸 빵들이 정말 맛이 있었다. 그 후로 우리는 호텔에서 나갈 때와 들어올 때, 꼬박 하루에 두 번씩 그 집에 들르는 단골이 되었다. 영어라고는 한마디도 못하는 가게 아줌마도 우리를 보면 반갑게 인사를 하고 과자 몇 개를 덤으로 집어주곤 했다. 그동안 맛있게 먹은 것들을 골고루 사가지고 온 남편은 아줌마가 없어 작별 인사를 못했다고 서운해 했다.

13
동유럽 여행 2, 비엔나 | 2008년 4월

비엔나는 기분 좋은 도시이다. 유럽을 주름잡던 찬란한 역사를 가지고 있지만 런던처럼 무겁지도, 파리처럼 화려하지도, 또 뉴욕처럼 분주하지도 않다. 맨 처음 비엔나에 갔을 때 카페 자허(Cafe Sacher)를 찾아갔다. 오리지널 '자허토르테(Sachertorte)'를 맛보기 위해서였다. 자허토르테는 쉽게 말하면 살구 잼이 들어간 초콜릿 케이크인데 무게 잡는 식당에서는 초콜릿 케이크 대신에 자허토르테라고 메뉴에 적어놓아 손님들을 궁금하게 만든다.

케이크의 왕이라고 불리는 자허토르테는 '프란츠 자허'라고 하는 오스트리아의 요리사가 처음 만들었다. 나폴레옹이 엘바 섬에 유배된 후 유럽의 강대국들은 유럽의 질서를 회복하기 위해 '빈 회의'를 열었다. 이때 의장이 된 오스트리아의 외무장관은 외교적 주도권을

장악하기 위해 각국 대표들을 접대하
는데 심혈을 기울였다. 그는 어느 날 요
리사들에게 특별히 맛있는 디저트를
만들라고 주문했다. 그런데 공교롭게
도 이날 수석 요리사가 몸이 아파 음식
을 만들 수 없었고, 다른 요리사들은 아
무도 이런 일을 맡고 싶어 하지 않았다.
덕분에 16세의 요리 견습생이었던 프
란츠 자허가 디저트를 만들게 되었다.

카페 자허

　세상에는 언제나 이렇게 뜻하지 않게 기회를 잡아 성공하는 사람
들이 있게 마련이다. 자허는 초콜릿 스펀지케이크 두 장 안에 살구
잼을 넣은 후 겉에 진한 초콜릿을 두껍게 바른 새로운 형태의 초콜릿
케이크를 만들어 냈다. 이 케이크 맛을 본 손님들에 의해 자허토르테
의 명성은 유럽 전역으로 퍼져나갔다. 프란츠 자허는 후에 자신의 이
름을 딴 가게를 차렸는데, 그게 바로 '카페 자허' 이다. 그의 아들 에
드워드 자허는 최고급 호텔 '호텔 자허' 를 세웠고, 호텔 1층에 있는
카페 자허는 오늘날까지 그 명성을 유지하고 있다.

　와인빛 벨벳 커튼, 대리석 테이블의 카페 자허는 기품 있고 화려하
다. 진열장에 맛있게 보이는 다른 케이크들이 많았지만 자허토르테
와 커피를 주문했다. 혼자 먹기에는 크다싶은 큼지막한 케이크가 흰
접시에 담겨 나왔다. 원하면 휘핑크림을 따로 얹어주기도 한다. 한입
먹어보니 초콜릿 맛이 상당히 진하지만, 미국식 초콜릿 케이크처럼
지나치게 달지 않고 가운데에 있는 살구 잼이 초콜릿의 무거운 맛을

덜어준다.

 몇 년 후 다시 비엔나에 갔을 때는 '카페 데멜(Demel)'을 찾아갔다. 카페 자허에서 멀지않은 번화가에 있는 이곳에서도 '자허토르테'를 팔고 있다. 데멜 측은 한때 자허가 이 제과점에서 일을 하면서 자허토르테를 만들었기 때문에 자기네 가게에서도 같은 이름의 케이크를 팔 수 있다고 주장했다. 결국 긴 법정 공방 끝에 자허토르테는 어디에서나 팔 수 있지만 '오리지널 자허토르테'라는 단어는 자허만이 쓸 수 있는 걸로 판결이 났다.

 1813년에 오픈한 카페 데멜은 케이크의 종류가 많기로 유명한데 정말 여러 가지의 케이크를 팔고 있다. 하나같이 모두 맛있어 보여 자허토르테 말고 다른 걸 먹고 싶었지만 카페 자허와 어떻게 다른지 비교해보고 싶었다. 하지만 몇 년 전에 먹어본 카페 자허의 맛을 기억해서 데멜과 비교하는 건 어려운 일이었다. 단지 카페 자허의 맛이 조금 더 무거웠던 것 같다. 이 케이크는 워낙 초콜릿 맛이 강하기 때문에 한 조각을 다 먹고 나니 약간 질리는 기분이 든다. 커피를 두 잔쯤 마시니 그제야 속이 좀 가라앉는다. 비엔나의 카페에서는 커피와 함께 물을 한 잔 가져다준다. 커피를 마신 후에 비엔나가 자랑하는 깨끗한 물을 마시는 게 관습이라고 한다. 카페 분위기는 단연 자허가 앞선다. 카페 자허의 자허토르테는 인터넷을 통해 세계 어디에서든 주문해서 먹어볼 수 있다.

 카페 자허 뒤쪽에 안과 밖이 다 화려하고 아름다운 건물로 유명한 '비엔나 오페라 하우스'가 있다. 아쉽게도 일정이 맞지 않아 오페라

비엔나 오페라 하우스(Wiener Staatsoper)

를 보지는 못하고 대신 내부 관광을 했다. 일 년에 50~60 종류의 오페라를 공연하느라 거의 200일 정도는 막을 올리는 굉장히 바쁜 오페라 하우스이다. 빡빡한 일정 때문에 매일 다른 오페라를 공연하는 게 보통이라고 한다.

무대 뒤로 돌아가 무대 설치 과정을 보았는데 상상외로 상당히 넓고 깊은 공간에서 커다란 기계들이 움직이고 있다. 매일 무대 장치를 바꾸려면 그것도 보통 어려운 일이 아닐 것이다. 이 극장은 흔히 오페라 무대 위쪽에 있는 화면에 자막(Surtitle로, 영화나 TV 화면의 자막인 Subtitle과는 다름)이 나오는 것과는 달리, 매 좌석마다 여러 나라 언어로 번역되는 모니터가 설치되어 있다. 세워진 지 150년이 가까워오는 유서 깊은 오페라 하우스, 그 고풍어린 의자 위에 최첨단 시설이 설치되어 있는 게 낯설었다.

제대로 된 음악회 한 번 안가고 비엔나를 떠나면 서운할 것 같아 하루 저녁 시간을 냈다. 오페라 하우스가 아닌 다른 극장에서 공연하는 오페라로 푸치니의 〈투란도트(Turandot)〉였다. 화려한 드레스를 차려입은 여자들도 있지만 평일이라 그런지 퇴근하고 오는 듯한 정장 차림의 사람들이 많다. 공연 당일에 표를 샀기 때문에 좋은 자리는 이미 다 팔렸고, 맨 위층에 있는 자리밖에 남은 것이 없다.

그런데 제일 마지막 좌석 뒤에 서서 오페라 관람을 하는 사람들이 있었다. 알고 보니 입석표를 구입한 사람들이었다. 공연이 시작하기 직전에 입석(Standing Place Only) 표를 파는데, 값이 저렴하기 때문에 일부러 그 표만 구입하는 사람들도 있다고 한다. 좌석이 거의 다 차기는 했지만 몇 군데 비어 있는 자리들이 있었다. 지키는 사람도 없으니 빈자리에 앉는다고 해서 문제될 것은 없을 것 같았다. 1막이 끝나면 당연히 들어와 앉으려니 했는데 마지막 3막이 끝날 때까지 모두들 그대로 선 채로 구경을 하고 있다. 다리가 아픈지 중간 휴식 시간에는 바닥에 주저앉아 있던데, 그럼에도 불구하고 빈자리에 앉지 않는 그들의 우직함이 마음에 들었다.

비엔나에서의 일정 중에 일요일이 들어 있다. 그렇다면 '비엔나 소년 합창단'의 노래를 들을 수 있을 것 같았다. 극장에서 하는 공연 말고, 원래 그들이 하는 대로 일요일 미사 때의 합창을 듣고 싶었다. 그 성당에 소속된 신자가 아니면 미사를 드릴 수 있는 표를 사야 한다. 그런데 일찌감치 예약을 시도했는데도 불구하고 표를 구할 수가 없다. 혹시나 해서 미사가 끝날 즈음 성당에 갔더니 들어가게 해주었다. 덕분에 합창단의 마지막 성가를 들을 수 있었다.   .

그날 오후에 시내를 걸어 다니다 슈테판 성당 곁을 지나는데 열려 있는 문틈으로 파이프 오르간 소리가 새어 나온다. 나는 마치 무엇에 끌리듯이 성당 안으로 들어갔다. 누군가가 파이프 오르간을 연주하고 있었다. 미사는 이미 끝났고 아마 연습을 하고 있는 것 같았다. 슈테판 성당은 비엔나의 심장부인 슈테판 광장에 있다. 다양

훈데르바써의 아파트 전경

한 색상의 모자이크로 만들어진 지붕이 아름다운 이 성당은 비엔나를 상징하는 건물이다. 뜻하지 않게 슈테판 성당에서 장엄한 파이프 오르간 음악을 감상하는 행운을 누릴 수 있었다.

스페인 바르셀로나에 가우디가 있다면 비엔나에는 '훈데르트바써 (Hundertwasser)'가 있다. 그가 있어 비엔나는 유쾌하다. 건축가이자 화가였던 그의 작품에는 직선이 없다. 그는 자연계에는 직선이 존재하지 않는다며 모든 건물의 벽과 바닥을 곡선으로 표현했다. 그의 미술관인 '쿤스트하우스 빈(Kunsthaus Wien)' 뿐 아니라 실제로 사람들이 살고 있는 시영 아파트(Hundertwasser Haus)도 마치 동화 속에서 나온 것처럼 원색으로 칠해져 있고 집 하나 하나가 각양각색의 모양을 하고 있다. 굴곡이 진 벽과 하나도 똑같은 게 없는 창문, 심지어 바닥에 깔려 있는 타일 하나도 직선으로 그어진 것이 없다.

자연 친화적인 삶을 실천하며 살았던 그는 비엔나의 쓰레기 소각장을 설계한 것으로도 유명하다. 세계에서 가장 깨끗한 쓰레기 처리장으로 불리는 이 건물은 황금빛 돔 때문에 쉽게 눈에 뜨인다. 실제

이곳에서 소각되면서 나오는 열로 비엔나의 35% 가구가 혜택을 받는다고 한다.

캘리포니아의 나파 밸리에도 그가 디자인한 와이너리 건물이 있다. '키오테(Quixote)'라는 이름의 와이너리인데 훈데르트바써의 특징이 그대로 살아 있다. 그 와이너리는 예약을 해야 들어갈 수 있기 때문에 건물의 겉만 보고 말았는데, 안이 어떻게 설계되어 있는지 궁금한 마음이 든다.

비엔나 도심을 둘러싸고 있던 성벽은 19세기 요제프 프란츠 황제의 명령에 따라 철거되었다. 성벽이 있던 자리에는 넓은 길이 만들어졌는데, 이 길은 도시를 중심으로 원을 그리고 있기 때문에 '링(Ring)'이라고 불리고 있다. 링을 중심으로 상가가 만들어졌고, 옛날 어릴 때 서울에서 보았던 모양의 전차가 링을 돌고 있다. 이 전차를 타면 시내의 웬만한 곳은 거의 다 다닐 수 있다.

호텔 가까운 전차 역에 맥도널드에서 하는 '맥 카페(McCafe)'가 있다. 다리쉼을 하러 들어갔더니 이름처럼 맥 카페에서는 에스프레소를 비롯해서 여러 가지 커피를 팔고 있다. 게다가 밖을 내다볼 수 있는 커다란 유리창 쪽에는 푹신한 소파까지 놓여 있었다. 가게 안에는 젊은이들이 많았는데 모두 안쪽에 머리를 맞대고 모여 있어 소파는 늘 비어 있었다. 그날 이후로 우리는 호텔로 돌아오는 길이면 커피 한 잔 사들고 그 소파에 앉아 하루의 피곤을 풀곤 했다. 우리에게는 맥 카페의 커피가 가격 대비 비엔나에서 제일 맛있는 커피였다.

14

스위스 기차 여행 1, 그린델발트 | 2009년 5월

2009년 5월, 러시아 리버 크루즈를 끝내고 스위스로 갔다. 모스크바를 떠나 넓고 깨끗한 스위스 취리히 공항에 내리자 숨통이 트이는 것 같다. 특히 비효율적인 모스크바 공항에서의 출국 수속이 사람을 지치게 만든다. 공항 아래층에 있는 스위스 기차 사무실에 가서 패스에 도장을 받았다. 우리는 미국에서 2주 동안 기차를 탈 수 있는 스위스 패스를 예매해서 갔다. 스위스 국내에서는 살 수 없고 외국에서 미리 구입해야 한다.

내가 우겨서 일등석 패스를 샀는데 막상 기차를 타려니 불편한 점이 하나 있다. 보통 일등석은 열차에 한 칸이나 두 칸밖에 없다. 그것도 열차의 어디쯤에 일등석이 있는지 정해져 있는 것도 아니라서 매번 일등칸을 찾아야 하는 게 약간 번거롭다. 이등석도 좌석이 깨끗하고 넓어서 굳이 일등석을 고집할 필요는 없을 것 같다. 무엇보다 스위스 기차는 놀라울 정도로 시간을 잘 지킨다.

스위스는 몇 번에 걸쳐 여기저기 잠깐씩 들린 적이 있다. 취리히, 루체른, 필라투스, 샌 모리츠, 루가노 등을 가보았는데 매번 아주 좋은 인상을 받았다. 언제나 단정하게 정돈된 느낌인데다가 경치가 아름다워 한 번쯤 여유 있게 시간을 가지고 지내보고 싶었다.

스위스 여행을 계획하며 숙소를 여러 번 옮기지 않고 두 군데서만 있기로 했다. 한 곳은 알프스 산자락에 있는 그린덴발트(Grindenwald), 다른 한 곳은 제네바 호숫가에 있는 몽뜨뢰(Montreux)로 정했다. 그린덴발트는 인터라켄에서 기차를 갈아타고 올라가야 하는 자그마한 마을이다. 인터라켄만 해도 융프라우로 가는 거점으로 잘 알려진 큰 도시이기 때문에 이왕이면 작은 산악 마을에 묵으면서 알프스의 깊은 맛을 느껴보고 싶었다.

하루 이틀이라면 호텔에서 자겠지만 일주일을 한 곳에 머물기 때문에, 간단한 부엌 시설도 있고 거실도 있는 집을 찾기로 했다. 미국에서라면 어렵지 않겠으나 유럽에서 그런 종류의 숙소를 찾는 건 처음이라 시간이 제법 많이 걸렸다. 개인들이 빌려주는 집을 찾으려니 알아봐야 할 것들이 너무 많다. 여하튼 가격도 적당하고 여러모로 마음에 드는 집을 구할 수 있었다. 주인아줌마가 역까지 차를 가지고 나오겠다고 e메일을 보내왔다.

작은 간이역 같은 그린덴발트 역에 내렸다. 키가 자그마한 부인이 반갑게 다가온다. 그녀의 작은 차에 우리 짐을 실었다. 일주일 묵는 사람들치고는 짐이 많다는 표정을 짓는다. 한 달 동안 노르웨이, 러시아를 거쳐 오는 길이라고 하니 그제야 수긍이 간다는 듯 고개를 끄덕인다.

숙소는 언덕 위에 있는 스위스의 전형적인 나무집인 '샬레' 였는데 짐이 없다면 역에서부터 운동 삼아 걸어갈 만한 거리였다. 아래층에는 주인이 살고, 우리는 입구가 따로 있는 이층을 쓰게 되었다. 넓은 침실이며 거실, 깔끔하게 정돈된 부엌, 어느 것 하나 흠잡을 데가 없다. 거실의 커튼을 여니 눈 덮인 거대한 아이거 북벽이 나타났다. 그 숨 막히는 경치를 마주 대하니 이 집을 얻느라고 눈이 아프도록 컴퓨터를 들여다본 보람이 있었다. 정말 잘 선택했다고 스스로를 칭찬해주고 싶은 기분까지 들었다. 커피를 마시려고 부엌 서랍을 열어보니 새것처럼 반짝이는 집기들이 가지런히 놓여 있다. 아무래도 주인아줌마가 굉장한 살림꾼인 모양이다.

이곳까지 찾아온 온 이유 중 하나는 '융프라우요후(Jungfraujoch)' 이다. 융프라우는 알프스에 있는 산 이름이고, 융프라우요후는 그 산을 가까이에서 바라볼 수 있도록 만들어진, 유럽에서 가장 높은 곳에 있는 기차역 이름이다. 그러니까 엄밀히 말하면 융프라우에 가는 게 아니고, 융프라우요후에 간다고 말하는 게 옳다. 하지만 다들 그냥 융프라우라고 부른다. 숙제부터 먼저하고 놀자는 생각으로 거기부터 다녀오기로 했다. 융프라우요

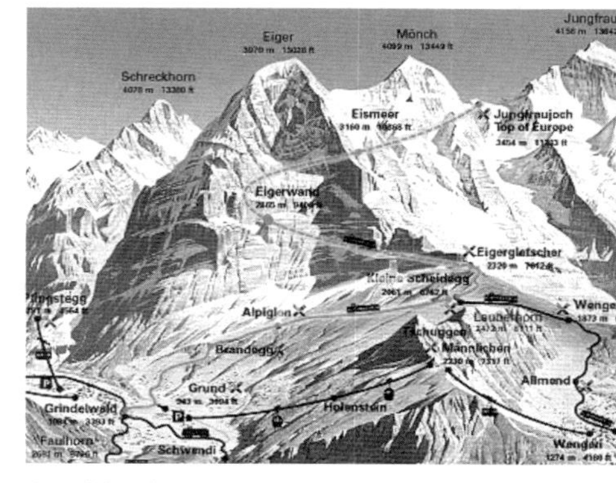

융프라우요후 열차 코스

후로 올라가는 산악 열차는 따로 티켓을 사야 하는데 값이 만만치 않
다. 그린델발트에서 산악열차를 타는 '클라이네 샤이데크' 까지는 아
무 문제가 없었으나. 클라이네 샤이데크 역에 내려 보니 융프라우 가
는 승객들이 줄을 길게 늘어서 있다. 주말도 아닌데 이게 웬일인지 모
르겠다.

기차가 한 대 왔는데 우리 차례는 어림도 없고 이 정도 사람이 많
으면 기차 몇 대를 그냥 보내야 할 형편이다. 미국에 살면서 성질이
많이 느긋해졌다고 생각했는데, 아직 한국 사람의 성급함이 남아 있
는 모양이다. 사람들이 웬만큼 다 기차에 올랐다 싶을 즈음, 차장한
테 가서 입석으로 갈 테니 태워달라고 부탁을 했다. 우리가 타는 걸
보고 다른 사람들도 따라 올라탄다. 그래서 서서 가는 사람들로 기차
가 만원이 되었다.

그런데 이 기차가 산을 오르기 시작하면서 서 있기가 어려울 정도
로 경사가 심해진다. 고맙게도 내 앞에 앉아 있던 인도인 가족들이 자
리를 좁혀 나를 앉게 해주었다. 그런데 웬 인도 사람들이 이렇게 많은
거지? 앞에 앉은 아이들 아버지에게 물어보니 인도에서 융프라우를
배경으로 한 영화가 크게 히트를 쳤기 때문에 이렇게 많은 단
체 관광객들이 찾아온다고 한다.

융프라우요후에 내려 얼음 궁전도 구경하고 가장 높다
는 스핑크스 전망대에 올랐다. 전망대로 올라가는 엘
리베이터를 탔는데 속도가 상당히 빠르다. 밖에 나
가 사진을 몇 장 찍는데 숨쉬기가 불편하다. 아무래
도 고도 때문에 몸에 무리가 온 모양이다. 이렇게

숙소에서 보이던 아이거 북벽과 멀리서 바라본 융프라우

급격하게 고도가 높아지면 속이 메슥거리고 심장이 빨리 뛰는 고산
증 증세가 나타난다. 이럴 때는 얼른 낮은 곳으로 내려가는 게 상책이
다. 전망대에서 내려오니 상태가 조금 나아졌다.

메인 홀에는 아예 '발리우드' 라는 인도 단체 손님을 받는 전문 식
당이 있어 진한 카레 냄새가 풍겨온다. 한국 사람들도 많이 오는지 매
점에서 한국 컵라면을 팔고 있다. 한국 웹사이트에서 무료 컵라면 쿠
폰을 준다는 광고를 본 기억이 난다.

솔직히 말하면 이 융프라우는 굳이 산악열차를 갈아타면서까지 갈
필요는 없을 것 같은데 그래도 안 가보면 궁금한 게 문제다. 융프라우
에서 눈을 밟고 서 있었던 것보다 중간에 기차를 갈아타려고 내렸던
역에서 올려다 본 경치가 더 아름다웠다.

집에 돌아오니 주인아줌마가 여러 가지 디스카운트 쿠폰을 가져다
준다. 거기에 먼저 묵었던 손님이 쓰지 않고 남겼다는 융프라우 올라
가는 기차표가 들어 있다. 유효 기간이 바로 내일까지다. 서두르지 않
고 하루만 기다렸더라면 공짜로 기차를 탔을 테고, 어쩌면 인도 단체
관광객들과 마주치지 않았을지도 모르고, 그랬다면 융프라우가 좀
더 멋지게 보였을는지도 모르겠다.

숙소는 마을 번화가에서 벗어난 한적한 곳에 있다. 마을로 내려가
는 오솔길을 걷는 기분이 상쾌하다. 작은 폭포도 있고 소들이 한가하
게 풀을 뜯고 있는 넓은 목초지도 지나간다. 무엇보다 노랑, 하양, 보
라색들의 야생화가 들판을 덮고 있어 푸른 초원과 잘 어울린다. 뒤로
는 눈 쌓인 험준한 바위산들이 둘러서 있어, 어디를 찍어도 우편엽서

같이 예쁜 사진이 나온다. 며칠 오고가다 보니까 기회만 되면 암소 뒤를 쫓아가는 수소 한 마리가 눈에 띄었다. 계속 뒤를 쫓기는 하는데 암소들이 도망을 다니기 때문에 한 번도 일을 성사시키는 걸 보지는 못했다.

그린델발트 주변에는 길고 짧은 트레일이 많이 있다. 트레일을 걸으려고 하이킹 스틱을 하나씩 샀다. 중국제와 스위스제가 가격차이가 많이 난다. 스위스제라고 해서 샀는데 나중에 보니까 그린덴발트라는 이름만 쓰여 있지 어디에도 '메이드 인 스위스' 라는 표시가 없다. 물론 '메이드 인 차이나' 라고 적혀 있지도 않았지만. 그 스틱을 스위스에서 잘 쓰고 집에 와서도 산책할 때 들고 다니는데 제법 오르막길이 있는 동네 길에서는 요긴하게 쓰인다. 내가 스틱을 들고 나가면 사람들이 "너 스키 타러 가니?" 하고 놀려댄다.

그린덴발트에서 곤돌라를 타고 '피르스트(First)' 에 올랐다. 올라가는 길에 발밑으로 그린덴발트 시가지가 내려다보이고 조금 지나면 빙하가 보이기 시작한다. 정상에 내리면 베터호른과 아이거를 한눈에 볼 수 있다. 바람도 불지 않고 반팔 티셔츠 차림인데도 덥게 느껴지는 화창한 봄날이었다.

두 시간쯤 하이킹을 하고 내려왔는데 하늘에 패러글라이더들이 떠 있다. 푸른 하늘과 하얀 설산, 그 사이를 떠다니는 빨강, 노랑의 원색 파라슈트들이 마치 하늘에서 피어나는 꽃처럼 보인다. 이 언덕이 패러글라이딩을 하기에 적합한 장소인 모양이다. 뛰어내릴 준비를 하는 사람들이 여럿 있다. 구석진 곳에서 몇 번이고 뛰어내리려고 하다가는 다시 뒷걸음질 치는 젊은이가 있었다. 아마 초보자인듯했다. 이

하늘을 나는 패러글라이더

것도 바람을 잘 타야지 잘못하다가는 큰 사고가 날 수 있다.

날씬한 체격의 노인 부부가 배낭을 짊어지고 왔다. 그들은 익숙하게 배낭에서 바람막이 바지와 재킷을 꺼내 입고, 파라슈트를 펴더니 주저 없이 절벽을 향해 뛰어 내려갔다. 젊은이들이야 그렇다 치고, 연배 지긋한 그분들의 비상을 부러운 마음으로 바라보았다. 여러 번 시도를 하던 그 젊은이는 결국 포기하고 파라슈트를 주섬주섬 챙기더니 산을 내려갔다.

곤돌라 타는 건물에 초보자를 위해 전문가와 함께 뛰어내리는 코스가 있다는 광고가 붙어 있다. 해보고 싶기는 한데 자신이 없다. 패러글라이딩은 뛰어내린 후 계속 낙하하는 게 아니라 계곡을 흐르는 더운 기류를 타고 올라가기도 하고 내려가기도 하면서 낙하지점을

마을 가까이 떨어지는 라우터브루넨의 폭포

찾아가는 스포츠이다. 너무 추운 곳이거나 높은 곳에 오르면 심장 박동이 이상해지는 내 몸 상태로 춥고도 높은 알프스 상공을 날아오른다? '너 자신을 알라' 는 소크라테스의 말이 바로 이럴 때 나를 두고 한 말일 것이다.

기차를 타고 가까운 마을들을 찾아다녔다. 인터라켄을 비롯해서 수직으로 솟은 암벽에서 폭포가 떨어지던 라우터브루넨, 톱니바퀴로 올라가는 장난감 같은 쉬니게 플라테 산악 열차도 탔고, 차들은 다닐 수 없는 아담한 마을인 뮈렌과 벤겐에도 가 보았다. 특히 산 중턱에 있는 마을 뮈렌에서 아이거, 묀히, 융프라우 세 개의 산봉우리를 바라보던 장면은 오래도록 기억에 남을 것이다. 어디를 가나 감탄이 나올 만큼 목가적인 풍경들이었다.

어느 날 아침, 느지막이 일어나 베란다에 나가 아침을 먹었다. 공기가 맑아서인지 마치 내 시력이 좋아진 것처럼 모든 게 선명하게 보인다. 저 멀리 아래쪽에 있는 집 뒷마당에서 부인이 화단 손질을 하고 있다. 우리가 천천히 아침을 다 먹고, 커피까지 마시고, 한참을 두런두런 얘기를 하고 자리에서 일어날 때까지 그녀는 크지도 않은 화단 손질을 계속하고 있었다.

나중에 스위스에서 30년 넘게 살고 있는 친구에게 그 얘기를 했더니 스위스 주부들이 상당히 부지런하다고 한다. 그러니까 스위스하면 으레 떠오르는, 집집마다 창문 밖에 놓여 있는 꽃이 탐스럽게 핀 화분들도 저 혼자서 자라는 게 아니었다. 스위스에서는 아직까지도 점심은 집에서 더운 음식을 먹는 습관이 있어, 아이들도 남편도 점심시간이 되면 집으로 돌아온다고 한다. 친구는 자기 남편은 직장이 멀어 밖에서 해결을 하지만, 아이들이 대학에 갈 때까지 매일 따뜻한 점심을 준비하는 게 힘들었다고 한다. 남편이 하루에 몇 끼를 집에서 먹느냐에 따라 일식이, 이식이 하는 우스갯소리도 있는 한국의 실정과는 판이하게 다르다.

이 집을 떠날 때 깨끗하게 청소를 했다. 우리가 지불한 돈에 청소비까지 포함되어 있으니까 그렇게까지 할 필요는 없었지만 깔끔한 주인아줌마에게 동양 여자가 게으르다는 인상을 주고 싶지 않아서였다. 마을 어귀에 있는 맛있는 빵집에서 산 과자 한 봉지와 감사 노트를 식탁 위에 올려놓고 나왔다. 이제 기차를 타고 다음 목적지인 몽트뢰로 향한다.

15
스위스 기차 여행 2, 몽트뢰 | 2009년 6월

그린덴발트를 떠나 인터라켄에서 '골든 패스' 기차로 갈아타고 몽트뢰(Montreux)로 향했다. 스위스의 독일어권에서 불어권으로 넘어가는 것이다. 이 기차는 북쪽의 루체른에서 시작해서 남쪽의 몽트뢰까지 간다. 스위스의 관광 열차들은 제각각 다른 색으로 칠해져 있는데 골든 패스라는 이름 그대로 금색과 흰색 두 가지가 섞여 있다. 우리가 가지고 있는 스위스 패스를 사용할 수 있지만 좌석 예약은 해야 한다. 다행히 맨 앞칸에 자리를 배정 받았는데 파노라마 열차답게 기차 앞과 옆이 온통 유리로 되어 있어 멋진 경치를 즐길 수 있었다.

드디어 레만 호수가 보이기 시작하고 경사진 포도밭들이 나타났다. 레만 호 주변에 있는 잘 알려진 도시로는 로잔과 제네바가 있지만 그 도시들에 비해 규모가 작은 몽트뢰를 거점으로 삼았다. 매년 여름에 열리는 재즈 페스티벌로 유명한 '스위스의 리비에라' 로 불리는 곳이다. 몽트뢰 역에서 택시를 타고 집 주소를 보여주니 시내를 빙빙 돌아 언덕길을 올라간다. 아니, 분명히 역에서 걸어갈 만큼 가까운 곳이라고 했는데 이렇게 언덕을 올라가면 곤란하다. 좁은 골목을 돌아 어느 고층 아파트 앞에 내려준다. 아파트 내부는 상당히 넓고 무엇보다 레만 호수가 내려다 보여서 좋다. 다만 역에서 너무 먼 게 아닌가 싶었는데 역으로 내려가는 지름길이 있고, 올라올 때는 역 앞에서 마을버스를 타면 바로 집 앞이 종점이란다.

원래 스위스에서는 푸욱 쉬려고 했다. 그런데 그린덴발트에서도 가보고 싶은 곳이 의외로 많아 바쁘게 돌아 다녔다. 몽트뢰에서도 한가하게 시간을 보낼 것 같지는 않다. 집주인 말대로 숙소에서 역으로 곧장 내려가는 길이 있어서 역까지 채 10분도 걸리지 않는다. 좁은 골목길을 걸어 내려가며 마을을 둘러보는 재미가 있다. 중간에 약수터가 있는데 사람들이 큰 물통을 가지고 와서 물을 받아간다. 스위스에는 시내에서 약수터들이 가끔 보이는데, 마실 수 있는 물이라고 표시된 것은 안심하고 마셔도 된다고 한다.

집안에 세탁기가 있는 줄 알았는데 이층에 있는 공동세탁기를 써야 한다. 빨래를 하는 김에 청바지까지 집어넣었다. 그런데 건조기가 없다. 세탁기 옆에 빈 방이 하나 있는데 거기가 건조실이었다. 빨래를 줄에 널어놓고 한쪽 벽에 있는 환풍기를 틀어서 빨래를 말리는 구조였다. 환풍기 바람으로 빨래가 마를까 싶었는데 아침에 가 보니 청바지만 빼고는 그런대로 잘 말라 있었다.

몽트뢰에는 레만 호수를 끼고 산책로가 있다. 걷는데 자신이 있다

레만 호수가 내려다보이는 라보 지역의 포도밭

면 잘 알려진 유적지인 '시용성'까지 걸어갈 수도 있다. 목조 다리를 건너면 마치 호수 위에 떠있는 것 같은 성안으로 들어간다. 바이런이 〈시용성의 죄수〉라는 서사시를 써서 더욱 유명해진 곳이라는데 아직 읽어보지는 못했다. 레만 호수에서는 스위스와 프랑스가 만난다. 호수의 대부분은 스위스에 면해 있지만 남쪽은 프랑스에 속한다. 남쪽에 있는 큰 도시 제네바 때문에 이 호수는 제네바 호수라고도 불린다.

몽트뢰와 로잔 사이에는 언덕을 따라 만들어진 포도밭이 이어진다. 이곳은 유네스코 세계 유산에 올라 있는 라보(Labaux) 지역으로 스위스에서 가장 큰 포도 재배 지역이다. 경사를 이용해 계단식으로 포도밭을 만들었기 때문에 경치가 좋다. 독일 라인 강변의 포도밭들은

브베의 한적한 호숫가

전쟁미망인들이 땅이 없어 가파른 언덕을 경작했다고 하는데, 이곳도 그런 건 아닌지 모르겠다. 포도 재배지의 크기로 따지자면 프랑스의 보르도도 있고, 무엇보다 캘리포니아의 나파 밸리만한 곳이 없겠지만, 아기자기한 아름다움에서는 여기를 따라올 수 없을 것 같다.

기차를 타고 생 사포랭(St. Saphorin)에 내려서 포도밭 사이를 걸어보았다. 햇빛에 반짝이는 레만 호수를 바라보며 포도밭 테라스 사이를 걷다보면 어느새 작은 마을들이 나타나고, 좁다란 골목길에 와인 카페들이 자리 잡고 있다. 이 지역의 중심은 '브베(Vevey)' 일 것이다. 찰리 채플린이 말년을 보냈던 곳으로 호숫가 산책로에 그의 동상이 서 있다. 호숫가에 앉아 있는 것만으로도 마음이 편안해지는 깨끗한 마을이었다.

로잔 조금 북쪽에 있는 '이베르동' 에 고등학교 때 친구가 살고 있다. 일찍이 유학 왔다가 스위스 남자와 사랑에 빠져 30년 넘게 이곳에 살고 있는 스위스의 맑은 호수를 닮은 친구이다. 친구 남편이 일부러 휴가를 내어 우리를 안내해준다. 목장과 초원을 지나 유기농 재료만을 사용한다는 식당을 찾아갔다. 거기에서 정말 맛있는 유기농 화이트 와인을 맛볼 수 있었다. 스위스는 질 좋은 와인이 많이 생산되지만 국내에서 소비하기에도 부족해 해외로 수출되는 물량은 거의 없다고 한다. 기대하지도 않았는데 그 친구 집에 가서 저녁 대접을 받았다. 한식 재료를 구하기도 쉽지 않은 곳에서 여러 가지 맛있는 음식을 준비해 놓았다. 그날이 마침 내 남편 생일이었다.

며칠 후 친구 부부와 스위스의 대표적 음식인 퐁뒤(Fondue)를 잘하는 식당에 갔다. 정식으로 퐁뒤를 먹어보는 건 처음이다. 산에 있는 목동들이 먹을 게 없어서 굳은 빵을 치즈 녹인 것에 찍어 먹었던 게 이 음식의 시작이라고 한다. 두세 종류의 치즈를 흰 포도주에 녹여 끓인 후 썰어 놓은 빵을 가늘고 긴 포크에 꽂아 녹인 치즈에 담가 먹는다. 지역에 따라 혼합하는 치즈의 종류나 배합이 다르기 때문에 지역마다 맛이 조금씩 다르다고 한다.

퐁뒤를 먹을 때는 물이나 맥주, 탄산음료 등은 좋지 않고, 치즈의 소화를 돕는 백포도주를 마시는 게 좋단다. 이 퐁뒤는 치즈와 빵뿐인 간단한 음식인데도 계속 먹게 되는 묘한 맛이 있다. 세월이 느껴지는 식당의 분위기 탓이었는지, 사람 좋은 친구 내외와 함께했기 때문인지, 맛있는 저녁식사를 할 수 있었다. 먹고 남은 치즈는 그냥 버린다고 하는데 냄비에 반쯤 남은 치즈가 아까울 정도였다. 전채로 얇게 썬 말린 소고기를 먹었는데 짭짤하면서도 입맛을 돋운다.

하루는 비가 내렸다. 빗속에 기차 여행이나 하자 싶어 체르마트(Zermatt)로 갔다. 마테호른 바로 밑에 자리 잡은 작은 도시이다. 가는 비가 내리는 산 속을 열차가 달려간다. 이번 스위스 기차 여행 중에 만난 풍경 중 손꼽을만한 절경이었다. 체르마트에서 고속 케이블카를 타고 중간 역에서 다시 곤돌라로 갈아타면 마테호른을 정면에서 바라보는 전망대에 오를 수 있다. 하지만 이렇게 비가 내리는 날은 전망대까지 올라가봐야 아무 것도 보이지 않는다. 대신 마테호른 박물관에 갔다. 거기에서 '산이 있어 산에 오른다' 는 산악인들의 발자취를 볼 수 있다. 이 마을에는 마테호른을 오르다 숨진 사람들의 묘지가 따로 있다고 한다. 날이 조금 밝아지자 마테호른의 뽀족한 산봉우리가 모습을 드러냈다.

다음 날은 '몽블랑 익스프레스' 를 타고 불란서의 샤모니로 갔다. 이 기차는 스위스를 대표하는 빨간색 바탕에 흰색 글씨가 쓰여 있다. 몽트뢰에서 '마티니' 로, 거기서 몽블랑 익스프레스를 타고 불란서의 '샤를라르' 까지 간 후, 기차를 갈아타고 샤모니로 간다. 국경을 넘기 때문에 혹시나 몰라 여권을 가지고 갔지만 조사하지 않는다. 고도가 점점 높아지면서 협곡과 폭포들이 눈 아래 장관을 이룬다.

흰 눈이 가득 덮여 있는 몽블랑을 가까이에서 올려다보며 샤모니에서 점심을 먹었다. 이곳은 프랑스이긴 하지만 스위스 정통 요리인 '라크렛(Raclette)' 을 먹었다. 그걸 주문하니까 큰 테이블이 필요하다며 넓은 자리로 옮겨준다. 커다란 라크렛 치즈를 탁상용 전기 오븐에 녹인 후, 적당히 말랑말랑해진 치즈를 칼로 긁어내어 삶은 감자와 같이 먹는 요리이다. 처음 치즈를 가지고 올 때는 너무 커서 저걸 어떻게 다 먹나 싶었는데 결국 그걸 다 먹고도 아쉬운 생각이 들 만큼 맛있었다. 소화도 시킬 겸 시내를 걸어 다녔다. 눈 녹아내린 강물이 옅은 회색빛을 띠고 힘차게 흘러가고 있다.

어쩌다보니 매일 비슷한 시간에 숙소로 돌아오게 되었다. 기차역 앞에 있는 가게인 코압(Coop)에서 다음날 먹을 빵과 과일 등을 사가지고 마을버스를 타곤 했다. 버스 정류장에서 같은 시간에 집으로 돌아가는 할아버지와 며칠째 계속 마주쳤다. 처음에는 모른 척 앉아 있었지만, 다음 날은 서로 목례를 하고, 그 다음 번에는 반갑게 인사를 했다.

할아버지가 먼저 버스를 타고 떠난 후, 버스 시간표를 유심히 들여다보던 아줌마가 우리에게 버스 시간에 대해 물어본다. 남편이 시간표를 손으로 짚어가며 그 버스는 몇 분에 한 번씩 오니까 다음 버스는 언제 온다고 자세히 설명을 해주었다. 우리는 이젠 제법 익숙해진 마을버스에 올랐다.

이 버스 요금도 스위스패스에 포함되어 있다. 탈 때마다 운전사에게 패스를 보여주었는데 쳐다보지도 않는다. 다른 승객들은 아예 표를 보여주지도 않고 그냥 타고 내린다. 그런데 갑자기 어떤 사람이 버스에 오르더니 표 검사를 하기 시작했다. 이렇게 불시에 검사를 하는데 만일 무임승차라는 게 발각되면 엄청난 벌금을 물어야 한단다. 가끔 기차에서도 앞, 뒷문을 닫아놓고 표 검사를 하는데 분위기가 살벌하다고 한다.

이제 집으로 돌아 가야 할 때가 되었다. 스위스는 여전히 아름답지

빙하 특급 기차

만 집 떠난 지 한 달 반이 되어 오니까 슬슬 집 생각이 난다. 공항이 있는 취리히로 가는 길에 '빙하 특급(Glacier Express)'을 타기로 했다. 체르마트에서 생 모리츠까지 수없이 많은 다리와 터널을 지나 8시간이 걸리는 스위스의 대표적인 관광열차이다. 웅장한 산과 계곡, 숲, 목초지, 급류, 그리고 빙하를 지나 스위스를 횡단하는 전통적인 산악루트이다. 스위스 패스로 이 기차를 탈 수는 있지만 좌석 예약을 해야 하는데, 예약비를 따로 받는다.

우리는 체르마트 다음 역인 '브리그'에서 승차해서 생 모리츠 못 가서 '쿠어'에 내려 취리히 가는 기차로 갈아타기로 했다. 짐은 미리 아침에 몽트뢰 역에서 취리히까지 보냈다. 스위스 기차는 짐을 들고 다닐 필요 없이 약간의 수수료를 지불하면 도착하는 곳에 짐을 먼저 보낼 수 있다. 빙하 특급은 파노라마 열차답게 대형 유리창이 있고, 차장이 음식 주문을 받아 테이블이 있는 좌석까지 가져다준다.

취리히에서 중학교부터 대학까지 같이 다닌 오랜 친구를 만났다. 점심을 먹고 자기 집에 가자고 한다. 마치 미술관을 연상케 하는 저택에서 친구가 방공호를 보여준다. 중립국인 스위스지만 집집마다 유사시에 대피할 수 있는 대피소가 있고, 대부분의 빌딩에도 지하 방공호가 마련되어 있다고 한다. 핵공격과 그에 따른 핵오염에도 끄떡없도록 지어졌다는 방공호 벽의 두께가 어마어마하다. 자동 온도 조절까지 되어 있는 지하실 내부를 친구는 와인 저장고로 쓰고 있다.

사실 스위스는 징병제를 실시하고 있는 나라이다. 모든 남자는 34세까지 직장에서 일하면서 군복무를 마쳐야 하고, 계속되는 군사 훈련은 물론이거니와 유사시에 대비해서 실전용 총을 집에 소지하고 있다. 수려한 자연경관으로 많은 관광객을 끌어들이고 있는 평온한 나라 스위스. 하지만 중립국의 위상을 지키기 위해 오히려 철저하게 전쟁에 대비하고 있는 중이다.

이번에 스위스 패스를 정말 알뜰하게 사용했다. 유명한 관광 열차들을 그 패스로 추가요금 없이 이용할 수 있었다. 하지만 다음에는 이렇게 바삐 다니지 말고 한가하게 스위스를 즐길 수 있었으면 좋겠다.

못타본 관광 열차 중에 '베르니나 특급(Bernina Expres)' 이 있다. 쿠어에서 생 모리츠를 걸쳐 이탈리아 북부의 티라노까지 가는, 알프스를 남북으로 지나는 기차이다. 산악 열차에서 흔히 쓰이는 톱니바퀴를 사용하지 않고 해발 2,000미터가 넘는 지점을 넘어간다고 한다. 지그재그로 이어지는 터널과 구름다리들이 절경인데 유네스코 세계유산으로 지정되어 있는 구간이다. 스위스를 다시 찾아갈 좋은 핑계를 하나 남겨놓은 셈이다.

16
이탈리아 1, 토스카나 | 2010년 4월

뉴욕에서 밀라노에 가는 비행 도중 문제가 생겼다. 남편의 심장이 비정상적으로 빨리 뛰기 시작한 것이다. 밀라노 공항에 도착하자 미리 대기해둔 앰뷸런스를 타고 응급실로 갔다. 주사를 맞고 심장 박동은 정상으로 돌아왔지만 저녁까지 병원에 있어야 했다. 병원에서는 응급실로 실려 온 외국인에게 돈을 받지 않았다. 시작부터 이 나라에 단단히 신세를 졌다.

원래 당일로 시에나에 갈 예정이었지만 시간도 늦어지고 너무 피곤해 공항 근처에서 하루를 잤다. 다음날 아침, 공항에서 한 시간 정도 떨어져 있는 밀라노 중앙역으로 갔다. 역사 안에 사람들이 바쁘게 움직이고 있다. 중앙역이라 역시 사람이 많구나 싶었는데 티켓 부스로 들어서자 난리도 그런 난리가 없다. 예전에 한국 신문에서 보았던 추석 귀성객들이 표 사려고 서울역에 늘어서 있는 모습과 흡사하다.

사정을 알아보니 어제 아이슬란드에서 큰 화산이 폭발해서 유럽 공항이 모두 폐쇄되었다고 한다. 그래서 사람들이 모두 기차역으로 몰린 것이다. 어제 우리가 응급실에서 부대끼고 있을 때에 화산 폭발이 일어난 모양이었다. 티켓 부스에는 표를 새로 사려는 사람뿐 아니라, 일정을 바꾸는 사람들까지 있어 시간이 굉장히 많이 걸렸다. 이래저래 세 시간 가까이 걸려 우리 차례가 왔다. 가지고 있던 유레일 패스에 여권 번호 기입하고 도장 하나 꽝 찍으니 끝이다. 이거 받으려고 그 긴 시간을 기다려야만 했다. 스위스에서는 패스를 가진 승객을 위한 사무실이 따로 있던데…. 우리는 일단 피렌체까지 가서 거기서 시에나 가는 기차를 갈아타야 한다. 피렌체까지는 유로스타를 이용했는데 좌석도 넓고 아주 쾌적하다.

한때 이름만 들어도 가슴 설레던 꽃의 도시 피렌체. 그 피렌체를 변심한 애인처럼 외면하고, 역에서 기차만 갈아타고 곧장 시에나로 들어갔다. 처음 유럽 여행 중에 피렌체에 들렀을 때 나는 첫눈에 피렌체와 사랑에 빠졌다. 르네상스를 일으켰던 도시, 화려한 문화의 전성기를 만들어낸 메디치 가문의 코시모와 위대한 로렌초가 살았던 곳. 마치 도시 전체가 예술품인 것 같은 피렌체의 매력에 푸욱 빠져버렸다. 너무 일찍 그곳을 떠나야 하는 게 아쉬워 발길이 떨어지지 않았다.

몇 년 후 이탈리아를 일주하는 여행 중에 피렌체를 다시 찾았다. 이번에는 며칠 간 여유가 있어 우피치 미술관에도 가고 아카데미아 미술관에 있는 '다비드 상'의 실물도 볼 수 있었다. 광장에 서서 비둘기 배설물을 뒤집어쓰고 있는 다비드 상에 비해 실물은 마치 살아있는 청년의 모습처럼 생동감이 넘치는 걸작이었다.

무엇보다 좋았던 것은 아르노 강 건너 언덕에 있는 미켈란젤로 광장에서 피렌체의 전경을 바라보던 시간이었다. 베키오 다리를 지나 언덕에 오르면 피렌체의 붉은 지붕들과 그 사이로 우뚝 서 있는 두오모의 쿠포라가 저 멀리 내려다 보였다. 처음 왔을 때 이 풍경을 찍은 파노라마 사진을 한 장 사서 방에 붙여놓고 피렌체를 그리워했다. 관광객들이 몰려다니는 도심을 떠나 그곳에서 석양에 물들어가는 오래된 도시의 지붕들을 바라보며 미켈란젤로, 다빈치, 단테 등 천재들이 활약했던 피렌체의 전성시대를 상상해 보았다.

피렌체에는 미켈란젤로의 '피에타' 상이 있다. 피에타는 슬픔, 비탄 등을 의미하는 이탈리아 말이다. 제일 유명한 것은 바티칸의 베드로 성당에 있는 '피에타'지만 나는 그것보다 피렌체에 있는 것을 좋아한다. 베드로 성당에 있는 것은 미켈란젤로가 이십대 초반에 만들었는데, 세상을 떠난 예수를 마리아가 무릎 위에 올려놓고 슬프게 내려다보고 있는 모습이다. 하지만 마리아가 너무 젊고 아름다운 탓인지 그다지 슬퍼 보이지 않는다. 대리석을 쪼아 만들었다고는 여겨지지 않을 만큼 섬세하게 주름 잡힌 마리아의 화려한 치마 자락을 보며 거장의 놀라운 솜씨에 감탄할 뿐이었다.

이 작품은 높은 단 위에 놓여 있기 때문에 고개를 떨어뜨리고 있는 예수의 얼굴은 볼 수가 없다. 언젠가 그 예수의 얼굴을 찍은 사진을 본 적이 있다. 머리도 흐트러지지 않은 채, 마치 깊은 잠에 빠져있는 듯한 잘 생긴 젊은이의 모습이었다.

반면 피렌체에 있는 피에타는 미켈란젤로가 일흔 중반에 제작한 것이다. 미켈란젤로가 자신의 묘지에 세우려고 만들기 시작했지만, 10년에 걸쳐 제작을 했어도 끝을 내지 못해 내버린 것을 다른 조각가가 일부 마무리를 했다고 한다. 이 조각은 십자가에서 내려진 예수를 니고데모로 추정되는 남자가 뒤에서 잡고 있고 양쪽에 막달라 마리아와 어머니 마리아가 그 시신을 떠받들고 있는 형태이다.

머리에 두건을 두르고 수염을 길게 기르고 있는 작품 속 남자는 미켈란젤로 자신의 모습이라고 추정되고 있다. 이 피에타를 보면 사랑하는 사람을 잃은 자의 고통이 비로소 절절하게 느껴진다. 50여 년 세월의 흐름이 이렇게 두 피에타의 차이를 만들어 낸 것이다.

밀라노에도 미켈란젤로의 피에타가 있다. 89세에 세상을 떠난 그가 마지막까지 붙들고 있던 작품이다. 워낙 많은 부분이 미완성으로 남아 있어 어떤 작품을 만들려고 했을까 상상력을 동원해야 한다. 미켈란젤로는 자신은 조각을 하는 게 아니라 그저 돌 속에 숨겨진 이미지를 끄집어 낼 뿐이라는 말을 했다.

아직도 많은 부분이 거친 돌덩이인 이 조각은 마리아가 예수의 시체를 뒤에서 잡고 슬퍼하고 있는 모양이다. 예수의 형체 중에 다리와 넓적다리 앞부분만이 손질되어 있고 다른 부분은 대충 윤곽만 잡혀 있다. 어찌 보면 예수가 마리아를 업고 있는 듯한 형태를 하고 있어 오히려 나이든 어머니를 위로하려는 듯한 느낌을 주기도 한다. 그 작품을 보며 노년의 미켈란젤로는 드디어 예수에게서 평안을 찾은 것은 아니었을까 그런 생각을 했다.

몇 년 후 피렌체를 다시 찾을 기회가 있었다. 이번에는 리보르노에 정박한 크루즈 배에서 내려 한 시간 정도 기차를 타고 피렌체로 갔다. 시간도 많지 않았지만 열심히 찾아가보고 싶은 곳도 더 이상 없었다. 커피 한 잔 사 들고 미켈란젤로 언덕에 올라가 시간을 보냈다.

더운 날이었다. 도시의 붉은 지붕은 여전히 아름다웠지만 어쩐 일인지 가슴 두근거리는 감흥은 일어나지 않았다. 그렇게 세 번째 만에 내 사랑이었던 피렌체를 떠나보냈다. 세 번씩 방문을 한 도시는 피렌체 외에도 몇 군데 더 있지만 그들을 사랑하지는 않았으므로 헤어짐도 서운하지 않았다. 첫사랑은 만나지 말고 가슴에 묻어두어야 한다더니 그 말이 도시에도 해당될 줄은 미처 몰랐다.

시에나는 피렌체에 버금가는 토스카나 지방의 경제 문화의 중심지였다. 하지만 14세기 흑사병으로 주민의 반 이상이 사망했고, 그 후 16세기 피렌체와의 전쟁에서 크게 패한 후 쇠퇴하기 시작했다. 하지만 타운 전체가 유네스코 세계 문화유산에 등재될 정도로 번성했던 중세의 풍모를 그대로 지니고 있다. 우리는 시에나에 거점을 두고 주변에 있는 작은 마을들을 둘러보기로 했다.

숙소는 올드 타운의 성벽 바로 옆이었다. 옛날 조선 시대로 말하자면 4대문 밖인 셈이다. 길을 건너 에스컬레이터를 타면 바로 올드 타운으로 들어설 수 있다. 작은 아파트일 거라고 생각했던 숙소가 의외

시에나 캄포 광장, 경사진 광장에 앉아 있는 모습들이 평화롭다

로 상당히 넓다. 집 열쇠를 건네주던 젊은이가 이 고장은 전력이 약하니까 전기 기구를 한꺼번에 여러 개 사용하지 말라고 일러준다. 샤워를 하고 나와 차 한 잔 끓여 먹으려고 전기 포트를 꽂고, 헤어드라이어를 켜는 순간 전기가 나가버렸다. 아니, 이 정도에? 할 수 없이 이집을 관리해주는 호텔에 연락해 퓨즈를 다시 연결해야 했다.

시에나는 부채꼴로 펼쳐진 캄포 광장이 유명하다. 젊은이들이 벽돌이 촘촘히 깔린 광장에 앉아 해바라기를 하고 있다. 나도 잠시 그들 곁에 앉아 보았다. 광장은 제법 경사가 있어서 사람들이 모두 아래쪽을 향해 앉아 있다. 많은 관광지들이 실제 모습보다는 사진이 훨씬 더 보기 좋을 때가 많은데 아마 이 캄포 광장도 그 중 하나일 것이다. 이곳에서는 옛날 중세 복장을 하고 편을 갈라 말달리기 경주를 하는 '팔리오'란 유명한 축제가 열린다. 시에나를 소개하는 필름에서 볼 때는 상당히 규모가 크고 스피드가 있어 보였는데 막상 와 보니, 이 좁은 광장을 그렇게 질주하다가는 말도 사람도 다치기 십상일 것 같다. 광장 자체보다는 광장을 둘러싼 작은 골목들, 광장으로 향하는 언덕길들이 훨씬 더 오래된 중세 마을의 기분을 느끼게 한다.

시에나 주변에는 와인 생산지로 유명한 작은 마을들이 여럿 있다. 이탈리아는 전 국토가 포도원으로 이루어졌다고 말할 수 있을 만큼 포도 생산량이 많다. 와인 생산량은 프랑스를 제치고 세계 제일이고, 와인 소비량 또한 발포성 와인을 제외하면 이탈리아가 가장 많다고 한다. 특히 토스카나 지방에는 대량 생산을 해서 값싸고 대중적이던 이탈리아 와인을 최고급 와인 대열에 올려놓은 '키안티 클라시코' 와 '브루넬로 디 몬탈치노' 가 있다.

피렌체와 시에나 사이에 자리 잡은 구릉지역인 키안티 클라시코에서 만들어지는 와인은 피에몬테의 와인과 함께 이탈리아 최초로 최고 등급인 DOCG를 받았다. 브루넬로 디 몬탈치노는 몬탈치노 지역에서 재배된 '산지오베제' 품종만으로 만들어 4년간 오크통에서 숙성시킨 와인이다. 산지오베제는 '제우스의 피' 라는 뜻인데, 이름만 가지고도 토스카나의 명물인 겉은 검게 탔지만 속은 육즙이 흥건하게 남아 있는 티본스테이크와 잘 어울리는 와인이라고 할 수 있겠다.

버스를 타고 산지미냐노, 몬탈치노, 몬테풀치아노, 피엔차 등을 돌아다녔다. 낮은 구릉을 타고 펼쳐져 있는 포도밭, 언덕 위에 드문드문 농가가 서 있는 토스카나 특유의 풍경이 펼쳐진다. 작은 마을들이지만 저마다 다양한 모습을 하고 있다. 하지만 어느 마을이나 돌이 깔린 골목과 구불구불한 돌담을 돌아서면 와인 가게인 '에노테카' 들이 자리 잡고 있다. 이럴 때 술을 좀 마실 수 있으면 남편에게 좋은 술동무가 되어줄 텐데 마음과 달리 몸이 받지 않으니 어쩔 수 없다. 광장에 있는 어느 가게의 이름이 '카르페 디엠(Carpe Diem)' 이다. '지금 이 순간을 즐겨라' 라는 의미이니 와인 숍 이름으로는 제격이다.

몬탈치노의 한 식당에 들어갔다. 식당이라기보다는 와인 숍에 더 가까운 가게인데 여하튼 가게 밖에 식사 메뉴가 적혀 있는 걸 보면 식당도 겸하는 모양이었다. 안내하는 대로 와인 바를 지나 안쪽으로 들어갔더니 테이블이 4개 놓여 있는 아담한 공간이 있었다. 그런데 삼 면의 벽이 모두 와인으로 가득 차 있어 마치 와인 저장고에 들어온 것 같다. 간단한 샐러드와 파스타를 주문하고 하우스 레드 와인을 한 잔 시켰다. 와인 한 모금을 맛본 남편의 눈이 둥그렇게 커진다. 상당히 맛있다는 뜻이다. 뜨거운 접시에 담겨 나온 파스타 또한 알맞게 부드럽고 소스와 잘 어울렸다. 빵으로 접시에 남은 소스까지 알뜰하게 찍어 먹었다. 결국 와인을 한 잔 더 마시고, 급기야는 그 와인 한 병을 사가지고 식당을 나왔다.

이탈리아의 최고급 와인 등급은 DOCG, 그리고 다음 단계는 DOC이다. 하지만 그런 등급에 상관없이 자신의 입맛에 맞는 와인이 좋은 와인이다. 이탈리아 사람들은 말한다. "세상에 맛없는 와인은 없다. 단지 자신에게 맞지 않는 와인이 있을 뿐이다."

마을 안 식당 풍경
몬탈치노 마을을 안내하는 표지판과 에노테카에서 판매하는 와인 세트
(사진 출처 : http://blog.naver.com/jinylee78)
와인 바가 즐비한 골목

17

이탈리아 2, 친케테레 | 2010년 4월

　이번 이탈리아 여행을 계획하면서 가장 기대되었던 곳은 '다섯 개의 마을'이란 뜻을 가진 '친케테레(Chinque Terre)'였다. 이탈리아 북부 라구리아 지방, 제노아와 라스페치아 사이에 위치한 이 작은 마을들은 일찌감치 유네스코 지정 세계 문화유산에 등재된 아름다운 국립공원이다. 배로만 접근이 가능한 한가한 어촌이었던 이곳이 기차로 연결이 되면서 지금은 전 세계에서 관광객들이 몰려드는 관광 명소가 되었다.

　푸른 지중해가 내려다보이는 절벽 위에 색색으로 페인트칠을 한 작은 집들이 올망졸망 머리를 맞대고 있는데, 바다와 절벽 그리고 집들이 묘하게 조화를 이루어 어느 각도에서 사진을 찍어도 작품이 될 것만 같은 아름다운 곳이다. 급격한 경사 때문에 과수원에서는 계단

몬테로소 마을의 전경

식으로 올리브와 포도를 재배하는데, 여기서 생산되는 품질 좋은 친
케테레 와인이 와인 애호가들의 사랑을 받고 있다.

친케테레는 워낙 작은 마을들이라 숙소가 불편할 것 같아, 친케테
레로 들어가는 관문인 '라스페치아'에 방을 정했다. 로마제국 훨씬
이전부터 중요한 항구였던 이곳은 현재 이탈리아의 해군 기지로 사
용되고 있고 상업용 항만 시설 덕분에 상당히 분주한 도시이다. 하지
만 차량의 진입이 금지된 올드 타운으로 들어서면 자갈이 깔린 좁은
골목들이며 건물들이 우리를 중세의 어느 한때로 돌아가게 만든다.
라스페치아에서 친케테레의 첫 번째 마을인 '몬테로소'는 기차로 7
분 거리. 20분에 한 번씩 기차가 다닌다.

'몬테로소'에서 '베르나짜'까지, 친케테레에서 제일 유명한 하이

연인들의 길

킹 코스인 '연인들의 길'을 30분에 걸쳐 가볍게 걷고, 다음 마을인 '리오마조레'까지 한 시간 반 정도 걷고 나니 기분 좋게 땀이 나고 제법 운동을 한 것 같은 기분이 든다. 다리도 쉴 겸 바다가 보이는 식당에 앉아 신선한 해산물 요리로 점심을 먹었다. 이 마을 특산품인 디저트 와인이 향긋하다.

다음날 나머지 마을인 '마나롤라'와 '코니글리아'를 걸어 다녔다. 이쪽 마을은 가파른 계단도 올라가야 하고, 경사진 언덕의 능선을 따라 걷도록 길이 나 있다. 이름난 관광지라 그런지 수학여행 온 학생들을 위시해서 거리에 사람들이 많다. 기차를 타고 각 마을마다 내려 구경을 할 수도 있지만, 배를 타고 마을들을 방문할 수도 있다.

베르나짜 마을 풍경

친케테레를 떠나는 날, 아침부터 비가 부슬부슬 내린다. 오늘은 기차로 피사, 피렌체를 거쳐 볼로냐까지 가는 일정이다. 열차를 갈아타려고 피사에 도착해서 스케줄을 확인하니, 바로 건너편 플랫폼에 5분 후에 피렌체로 떠나는 기차가 있다.

"빨리 걸으면 될 텐데 저거 탈까?"

"저건 역마다 서는 완행열차야. 30분 후에 오는 걸 타도 도착 시간이 비슷해"

그래서 여유 있게 그 기차를 떠나보냈다.

전광판에 피렌체 가는 기차 시간이 뜨는데 옆에 'SOP' 라고 적혀있다. 'SOP' 가 뭐지? 곧이어 안내 방송이 나온다. 다행히 영어로도 방송을 해주는데 그 열차 운행이 취소되었단다. "뭐 그럴 수도 있지.

30분 만에 한 번씩 오니까 다음 걸 타자구." 그런데 그 다음 열차도 취소란다. 대체 무슨 일이 일어난 거지?

역무원한테 물어보니 오늘 아침부터 토스카나 지방 열차가 파업에 들어갔단다. 그래서 토스카나 지역 열차는 운행이 모두 취소란다. 그러니까 아까 우리가 여유 있게 떠나보냈던 피렌체 행 기차가 파업 시작하기 전 마지막 열차였던 것이다. 그럼 어쩐다? 일단 피렌체까지는 가야 하는데…. 역무원이 딱해 보였는지 우리더러 전광판을 자세히 보면 혹시 피렌체 행 임시 열차가 들어오기도 할 테니 주의 깊게 살펴보라고 한다. 그 얘기를 듣고 보니까 전부 'SOP' 라고 쓰인 중간에 아무 것도 쓰여 있지 않은 열차가 딱 하나 있었다. 그걸 기다려보고 아니면 다시 우리가 떠나온 라스페치아로 가서 북쪽으로 올라가기로 마음을 정했다.

비가 내리는 터라 날씨는 춥고, 우왕좌왕 하느라 점심을 걸러 배도 고프다. 말하자면 춥고 배고픈 처량한 신세가 된 거다. 가지고 있던 과자 몇 개와 바나나로 요기를 하고 열차를 기다렸다. 그런데 사람들이 점점 플랫폼에 모여들기 시작한다. 아마도 이번에는 열차가 올 모양이다. 조마조마한 마음으로 기다리는데 드디어 피난 열차처럼 승객들을 가득 태운 기차가 들어온다.

이렇게 우여곡절 끝에 오후 늦게 볼로냐에 도착했다. 호텔 방에서 뜨거운 차 한 잔을 마시고 시내 구경에 나섰다. 우리가 베니스로 가는 중간에 하루를 볼로냐에서 묵기로 한 건 순전히 볼로냐의 유명한 음식을 먹어보기 위한 거였다. 볼로냐에서 맛있는 점심을 먹으려고 오늘 따라 아침을 간단히 먹은 터라 배가 몹시 고프다.

비는 계속 내린다. 우산을 챙겨들고 호텔을 나섰다. 호텔 바로 옆에서부터 올드 타운으로 들어가는 주랑이 시작되어 우산 없이도 시내 중심까지 걸어갈 수 있다. 주랑 안에는 카페, 바, 옷가게들이 빼곡히 들어서 있다. 볼로냐는 이탈리아에서도 진보적인 성향이 강하고 공산당이 득세를 하고 있는 곳이다. 무솔리니도 이 근방 출신이란다. 또 게이들 파워가 가장 센 곳이기도 하고, 무엇보다 '뚱뚱한 볼로냐 사람들' 이라는 별명이 있을 만큼 음식 문화가 발달한 곳이다.

증명사진도 여러 장 찍었고 구경도 웬만큼 했으니 이 고장 특유의 손으로 만든 신선한 토니셀리 파스타를 먹어봐야지. 흐음… 디저트로는 뭘 먹을까…? 몇 군데 유명한 식당 주소를 가지고 왔으니 거기부터 찾아봐야겠다.

그런데 아, 이 동네도 예외 없이 식당들이 7시 반이나 되어야 문을 여는 게 아닌가. 큰 도시이고 유명한 관광지라 혹시 일찍 여는 곳이 있지 않을까 싶었는데 역시 아니었다. 정식 식당이 아닌 카페테리아도 7시부터 시작이고. 마지막 선택이라고 생각했던 중국집마저 7시가 되어야 문을 연다고 한다. 문제는 내가 그때까지 기다릴 여유가 없을 만큼 배가 고픈데 있다.

요즈음에 들어, 내 몸은 연료가 떨어지면 갑자기 서 버리는 자동차 같아서 정기적으로 뭔가를 넣어주어야만 한다. 벌써 몸이 쑤시기 시작하면서 스멀스멀 이상한 느낌이 온다. 피자집은 널려 있지만 지금은 피자 무드가 아니다. 할 수 없이 맥도날드에 들어가서 남편은 빅맥과 프렌치프라이를 나는 휘시 버거를 시켰다. 배가 고프니 그런대로 먹을 만했지만 미국에서도 안 먹는 맥도날드 햄버거를 이탈리아에서, 그것도 볼로냐에서 먹게 될 줄이야. 저녁을 일찍, 조금만 먹는 우리 습관으로는 이 햄버거가 꼼짝없이 저녁식사가 될 터였다.

순전히 볼로냐의 유명한 음식을 먹어보려고 하룻밤을 이곳에 머무는 건데 일이 우습게 되었다. 내일은 베니스로 가서 크루즈 배를 타야 하니 여기서 한가하게 점심을 먹을 수도 없는 일이다. 그러니까 전주비빔밥 먹으려고 전주까지 갔다가 엉터리 자장면 한 그릇 먹은 셈이라고나 할까. 이래서 인생은 계획대로 살아지는 게 아니다.

18

지중해 크루즈 1, 베니스 | 2010년 5월

단체관광으로 처음, 유럽에 갔을 때 베니스에 들렀다. 어디선가에서 배를 탔는데 얼마 지나지 않아 갑자기 바다 한가운데서 웅장한 건물들이 파도에 흔들리며 떠올랐다. 은빛 물결 속에 우뚝 서 있는 석조 건물들. 믿을 수 없을 만큼 가슴 뛰는 광경이었다. 아! 여기가 바로 물의 도시 베니스구나. 베니스를 처음 가는 사람은 바다를 통해 접근해야 한다. 그래야 베니스와 정면에서 만날 수 있다. 기차를 타고 산타루치아 역을 통해 들어가는 건 뒷문으로 들어가는 셈이다.

가이드를 따라 베니스를 구경하고 마지막으로 곤돌라를 탔다. 곤돌리어의 노래 솜씨는 좋았지만 이끼 긴 베니스의 뒷골목을 지날 때는 눈살이 찌푸려졌다. 아직 여름의 열기가 남아 있는 9월. 골목으로 면해있는 집들의 하수도에서 나오는 오물들이 그대로 수로로 쏟아져 나오며 악취를 뿜어내고 있었다. 심지어는 형태도 아직 남아 있는 인분까지 물에 떠다니고 있었다. 베니스에 대해 가지고 있던 낭만적인 환상은 산산이 부서져버렸다. 관광객들과 비둘기 떼가 함께 섞여 벅적이는 베니스를 떠나며 하나도 아쉽지 않았다.

몇 년 후 겨울에 이탈리아 일주를 하는 단체관광 도중 베니스에 들렀다. 이번에는 베니스 끝자락에 있는 마스트레에서 이틀 밤을 자게 되었다. 우리는 관광지 둘러보는 걸 생략하고 일행과 떨어져 시간을 보내기로 했다.

비로소 산마르코 광장에 있는 '카페 플로리안(Florian)'에 가서 커피를 마시는 여유를 가질 수 있었다. 1720년에 오픈한 이곳은 이탈리아에서 가장 오래된 카페이다. 카사노바가 감옥에서 풀려나자마자 여기로 달려와 커피를 마셨다는 얘기가 전해온다. 색이 약간 바라고 칠도 조금 벗겨진 겉모습과는 달리, 내부에 남아 있는 고전적인 프레스코 벽화 등의 실내 장식은 한창 때의 화려함을 보여주고 있었다. 분위기도 좋지만 무엇보다 커피가 맛있었다.

여행사 측에서 베니스 시내에 있는 호텔에 묵지 못해 미안하다며 대신 곤돌라를 태워주었다. 12월 말, 겨울의 밤공기는 차가웠다. 모자며 장갑까지 끼고 무릎에는 담요를 덮은 채 흔들리는 곤돌라에 몸을 맡겼다. 아코디언을 켜는 늙수그레한 악사가 배에 올랐다. 한국에서 성악 공부를 하러 왔던 학생이 곤돌리어가 부르는 노래를 듣고 성악가의 길을 포기했다는 얘기가 믿어질 만큼 목청이 좋다.

늦은 시간이라 엔진소리 시끄러운 수상 버스인 바파레토의 운행도 줄어들었고, 무엇보다 광장을 메우고 있던 관광객들이 모두 빠져나간 산마르코 광장은 달빛 아래 오랜 세월의 무게를 드러내고 있었다. 그날 밤 광장에 서서 그제야 베니스의 매력을 조금 알게 된 것 같았다. 언젠가 다시 와서 이 도시와 함께 잠들고 깨어나보고 싶었다.

2010년 5월, 다시 베니스를 찾았다. 토스카나 지방의 시에나와 서쪽 해안의 친케테레에서 시간을 보낸 후, 베니스에서 떠나는 일주일간의 지중해 크루즈를 탔다. 긴 여행을 떠나면 아무래도 음식 섭취도 부실하고 여러 곳을 다니느라 피곤하기 마련이다. 그러니까 이번 크루즈는 순전히 여행 중간에 맛있는 음식을 먹으며 기력을 회복하는 게 목적이다. 크로아티아의 스프릿트, 그리스의 미코노스 섬, 산토리니 섬, 그리고 크레타 섬을 돌아 다시 베니스로 돌아오는 일정이다.

크루즈 배는 이른 새벽 베니스 항구로 돌아왔다. 커피 한 잔을 들고 맨 위층 갑판에 나가 밝아오는 베니스를 바라보았다. 배는 베니스 비엔날레가 열리는 공원을 지나, 산마르코 성당과 광장을 지나간다. 텅 비어 있는 새벽 광장의 모습이 오히려 생소하다. 배가 크기 때문에 성당이며 궁전 건물들의 지붕이 내려다보인다. 크루즈 배 덕분에 이런 각도와 높이에서 베니스를 바라보는 색다른 경험을 할 수 있었다.

배에서 내려 수상 버스인 바파레토를 타고 베니스에서 일주일을 보낼 숙소로 찾아갔다. 집을 찾기 힘들 거라고 주인아저씨가 바파레토 정류장까지 나와 있었다. 그런데 우리 앞에 묵었던 손님이 체크아웃이 늦어져 방이 아직 준비가 안 되었다며 미안해한다.

일단 짐을 맡기고 무라노 섬에 가기로 했다. 베니스에 있는 유리 공장들에서 화재가 빈번하게 발생하자 화재 위험성이 높은 유리 공

크루즈 배에서 본 베니스

장들을 전부 무라노로 옮겼다. 그래서 베니스의 유리 수공업이 유명하지만 실제로는 무라노 섬에서 만들어지는 것들이다.

토요일이라 그런지 무라노로 가는 바파레토가 만원이다. 오랜만에 만원 버스를 타는 기분이다. 알록달록 독특하게 색을 칠한 집들, 레이스와 유리 제품을 판매하는 가게들, 수로에 매어져 있는 형형색색의 보트들이 태양 아래 밝고 깨끗한 느낌을 준다. 약속 시간에 다시 주인아저씨를 만났다. 제 시간에 집에 들어가지 못해 미안하니 음료수를 한 잔 사겠단다. 베니스 사람들이 여름 오후에 즐겨 마신다는 스프리츠(Spritz)를 시켰다. 술이 들어간 것과 술이 없는 것이 있는데 붉은 앵두 빛의 액체가 베니스의 바다색과 잘 어울린다. 화이트 와인에 Aperol이라는 것을 넣고 스파클링 워터, 레몬 조각들을 넣어 만드는데 약간 쌉쌀한 맛이 난다. 주위를 둘러보니 카페에 앉은 사람들 거의 전원이 이 붉은 음료를 앞에 두고 있다.

베니스에 살다가 자동차를 몰고 싶어 리도 섬으로 이사했다는 아저씨와 이런 저런 얘기를 나누었다. 베니스가 당면한 가장 큰 문제는 현대에 들어와 부쩍 잦아진 홍수의 범람이다. 알려진 것처럼 베니스가 가라앉는 게 아니고 지구 온난화의 영향으로 해수면이 상승하면서 벌어지는 일이다.

보통 일 년에 60여 차례 홍수가 일어나는데 주로 겨울에 많이 일어나고 6월부터 8월까지가 가장 안전하다고 한다. 한 번 물이 차오르면 1미터 이상 수면이 올랐다가 몇 시간 후에 빠지는데 약 사흘 전부터 예상을 할 수 있다고 한다. 해수면이 위험하게 상승하면 사이렌이 올리고, 휴대폰으로도 경보 메시지가 간다고 한다. 이젠 이곳의 홍수가 일상적인 일이 되어서 오히려 물에 잠긴 산마르코 광장을 구경하려고 때 맞춰 찾아오는 관광객들까지 있을 정도이다. 산마르코 광장에는 홍수가 날 때를 대비해서 나무로 만든 발판들이 한 구석에 쌓여 있다. 홍수 피해 때문인지 운하에 면한 건물 일층에는 비어 있는 집들이 많이 보였다.

바닷물의 범람으로부터 베니스를 살리려는 자구책의 하나로 '모세 프로젝트'가 있다. 전에 디스커버리 채널에서 이 프로젝트의 제작 과정을 본 적이 있다. 리도 섬 북쪽 베니스 라군 밑에 거대한 Flood Gate를 만들어 일정 수준보다 높은 물결이 밀려오면 그 방파 벽이 작동해 베니스를 보호한다는 조금 황당해 보이기까지 하는 엄청난 공사다. 워낙 건축비가 많이 들어가기 때문에 2015년 완공 예정인 공사

저녁 무렵의 베니스

진척이 자꾸 늦어지고 있는 형편이다.

모세 프로젝트에 대한 환경론자들의 반발도 만만치 않다. 인위적으로 바다 속에 거대한 벽을 세우는 일이니 생태계에 영향을 미칠 것은 자명한 일이다. 그들은 매년 이천만 명 이상 찾아오는 관광객들이 더 큰 문제라고 말한다. 진정 베니스를 돕고 싶으면 베니스에 가지 말던가, 아니면 베니스 외곽에 묵으라고 하는데 별로 설득력이 없어 보인다. 게다가 베니스가 점점 물에 잠긴다는 보도가 있자 오히려 관광객들이 더 몰려오는 형편이다.

숙소는 바파레토 역에서 조금 들어가는 작은 골목 안에 있었다. 500년도 더 된 건물 내부를 현대식으로 고친 집이다. 방 하나, 거실과 오픈되어 있는 부엌 그리고 욕실. 그 정도면 둘이 지내기에 충분하다. 천정을 가로지르는 굵은 나무 빔들이 아니었다면 새로 지은 건물

바파레토

이라고 여길 정도였다. 차라리 옛날식 그대로였으면 운치가 있어 좋았겠다 싶지만 불편한 점도 많았을 것이다.

몇 집 건너에 작은 가게가 있는데, 몇 가지 빵 종류, 햄과 치즈 약간, 간단한 야채들을 팔고 있다. 손님이 없어 심심한지 주인아저씨는 자주 가게 밖으로 나와 골목을 지나는 사람들 구경을 한다. 그래도 흰색 앞치마를 두르고 늘 웃는 표정으로 노래를 흥얼거리고 있다. 아침에 먹으려고 방금 배달된 빵과 햄 몇 조각을 샀다. 마침 그 집에 생 파스타가 있기에 아저씨가 권해주는 파스타 소스와 면을 조금 샀다. 생 국수가 맛이 있었는지 제법 그럴듯한 파스타 요리가 만들어졌다.

일주일짜리 바파레토 패스도 샀겠다, 배를 타고 집 앞에 있는 정류장에서부터 섬을 한 바퀴 돌아보았다. 숙소에서 웬만한 곳은 걸어가는 게 바파레토를 타고 멀리 돌아가는 것 보다 빠르다. 곤돌라는 관광객들이 재미삼아 한 번씩 타보는 것이고 대중교통 수단은 수상 버스인 바파레토이다. 그 외에 작은 운하를 건널 때 타는 ‘트라게토’도 있는데 짧은 거리라 그런지 손님도 뱃사공과 마찬가지로 서서 간다. 물론 개인이 소유한 모터보트들도 있다. 이래저래 온갖 배들이 물결을 일으키며 지나다니기 때문에 운하는 언제나 출렁이고 있다.

베니스에는 미술관도 많이 있다. ‘구겐하임’이나 ‘푼타 델라 도가나’같이 세계적으로 유명한 미술관도 있지만 시내를 걷다보면 크고 작은 전시회가 여러 곳에서 열리고 있다. 레오나르도 다빈치의 발명품들을 전시하는 교회, 비발디 특별전, 스트라디바리우스 첼로와 바이올린, 그리고 하프시코드 같이 귀중한 옛날 악기 전시회 등도 모두 무료로 구경할 수 있었다. 전시회, 작은 음악회 등이 어찌나 많은지 그걸 모두 돌아보려면 길 하나 지나가는데 하루가 다 걸릴 지경이다.

베니스에서의 마지막 날 밤. 남편과 둘이서 다리가 아프도록 거리를 걸어 다녔다. 언제 다시 이곳에 오게 될까 하는 생각 같은 건 하지 않기로 했다. 이번에는 ‘카페 풀로리안’이 마주 보이는 ‘카페 콰드리’에서 차를 마셨다. 피아노 삼중주의 연주가 감미롭다. 겨울만 제외하고 산마르코 광장에 있는 카페에서는 야외에 의자와 테이블을 내다 놓는다. 그리고 무대를 만들어 그랜드 피아노까지 가져다 놓고 연주를 한다. 어떤 곳은 아코디언과 기타가 들어간 재즈를 연주하지만 대개는 피아노와 현악 삼중주가 주를 이룬다. 몇 군데서 음악이 흘러나오는데 광장이 넓어서 그런지 다른 가게의 음악이 방해가 되지는 않는다.

그런 곳에 앉아 커피를 마시면 커피 값 외에 자리 값까지 내야 하

카페 플로리안 전경

므로 제법 비싼 커피를 마시게 된다. 하지만 산마르코 광장에 앉아 음악을 들으며 차를 마시는 멋진 추억을 사는 일이니 그 정도 가치는 있다고 생각한다. 카페에 앉아 베니스에서의 마지막 시간을 보내고 있자니 어쩐지 여기서 생의 한 장을 덮는 듯한 기분이 들었다. 과연 앞으로 우리에게 몇 개나 다른 무대가 남아 있을까…

19

지중해 크루즈 2, 벨라지오 | 2010년 5월

이제 '벨라지오'에 가서 며칠 지내고 나면 이탈리아 여행도 마지막이다. 라스베이거스에 벨라지오라는 고급 호텔이 있다. 그 호텔이 처음 오픈할 때 앙드레아 보첼리의 노래 'Time to say goodbye'를 배경으로 넓은 호수에 분수가 뿜어져 나오는 TV 광고를 했다. 노래와 분수 장면이 어찌나 잘 어울리는지 그 광고만 나오면 하던 일을 멈추고 TV 앞에 앉을 정도였다. 덕분에 이탈리아 북부 어딘가에 코모라는 큰 호수가 있고 그 주변에 벨라지오라는 아름다운 마을이 있다는 걸 알게 되었다.

라스베이거스에서 삼십 분 정도 동쪽으로 가면 '레이크 라스베가스'라는 작은 동네가 나온다. 레이크 미드에서 물을 끌어와 호수를 만들고 코모 호수 주변의 마을을 본 따서 지은 리조트이다. 골프장 2

벨라지오 전경

개와 고급 호텔과 콘도들이 들어서 있다. 그곳에 가면 이탈리아 코모 호수의 분위기를 얼마쯤은 맛볼 수 있다.

베니스에서 기차를 타고 밀라노를 거쳐 '바레나' 라는 작은 도시까지, 거기서 배를 타고 코모 호수를 건너야 벨라지오에 도착한다. 코모 호수 주변에 있는 도시로는 '코모' 가 제일 크지만, 벨라지오가 가장 아름다운 도시로 알려져 있다. 선착장 앞으로 예쁜 식당들과 상점들이 늘어서 있다. 언덕 위에 있는 호텔의 창을 여니 푸른 호수가 한눈에 들어온다. 조그마한 부티크 호텔인데 종업원들이 친절하다.

배를 타고 코모 호수를 한 바퀴 돌아보았다. 배는 호수 주변에 흩어져 있는 마을들을 차례로 들른다. 어느 마을을 지나는데 선원 한 명이 언덕에 있는 집을 가리키며 '빌라 드 조지 크루니' 하고 외치고 다닌다. 저기 언덕 어디쯤에 그의 별장이 있는 모양이다. 하긴 코모 호

172

코모 호숫가 마을

수에 간다고 하니까 "아, 거기 조지 크루니가 사는 곳인데" 하는 반응을 보인 친구들도 있었다. 유럽에서 그의 인기가 상당한지 그가 나오는 광고들이 눈에 많이 뜨인다.

코모 지역은 실크 제품 특히 스카프가 유명하고 값도 저렴하다. 가게마다 중국제가 아니고 코모에서 만든 물건이라고 강조해 놓은 걸 보면 이곳도 중국 상품의 위협이 상당한 모양이다. 프런트에서 일하는 직원에게 관광객 상대 말고 주민들이 찾아가는 식당을 추천해 달라고 부탁했다. 어디서나 호텔 직원에게 물어보면 싸고 맛있는 식당을 소개받을 수 있다.

바로 호텔 뒤쪽에 있는 식당을 알려주었는데 아래층은 피자리아, 이층은 정식 식당이다. 미국에서 살다왔다는 뚱뚱한 요리사 아저씨가 가게 안에 있는 화덕에서 피자를 구워 주는데 순식간에 피자를 만

장난감 기차 같은 마을버스와 벨라지오 선착장

들어 내는 솜씨가 대단하다. 간단한 토핑이지만 크러스트가 얇고도 맛있다. 그 집 피자 맛에 반해 사흘을 연속 찾아가서 골고루 맛을 보았다.

아저씨가 아예 작은 칠판만한 메뉴판을 테이블에 가지고 와서 메뉴를 설명해 준다. 이탈리아 전통야채요리라고 한 번 먹어보라기에 시켰더니 보기만 해도 질릴 만큼 치즈가 많이 담긴 음식을 움푹한 그릇에 담아 내온다. 거의 치즈 덩어리 녹은 것에 야채를 버무린 모양새다. 잘못 시켰구나 싶은 기분으로 한 숟가락 떠서 입에 넣자마자 놀랍도록 부드러운 맛이 입안에 감돈다. 전혀 느끼하지 않고 고소한 치즈와 야채가 적당하게 잘 어울린다. 맛은 있었지만 치즈의 양이 워낙 많아서 약간 건강 걱정은 되었다.

소문난 식당인지 조금만 늦게 가면 자리가 없을 정도로 손님들이 많고 피자를 포장해서 사가는 사람들이 줄을 서 있다. 벨라지오에서는 그야말로 휴식을 취할 수 있었다. 호수가를 천천히 걷다가 다리가 아프면 벤치에 앉아 쉬기도 하고, 장난감 같은 마을버스를 타고 마음 내키는 곳에 내려 마을 구경을 하며 시간을 보냈다.

　토리노에 잠깐 들렀다가 밀라노로 돌아왔다. 이번 이탈리아 여행은 여기서 끝난다. 미켈란젤로의 마지막 피에타를 보러 갔다. 워낙 미완성인 부분이 많아 아쉬웠지만 이 대리석에 매달려 생의 마지막 불꽃을 태웠을 거장의 모습을 상상해 보니 어쩐지 비장한 느낌까지 들었다. 밖에는 가는 비가 뿌리고 있는데 야외 결혼식 사진을 찍으러 온 중국 젊은이들이 요란하게 몰려다닌다. 하얀 웨딩드레스 밑단이 흙에 얼룩져 있어 공연히 안쓰럽다.

　밀라노의 오페라 극장인 '라 스칼라'와는 인연이 없는지 처음 왔을 때는 수리 중이었고 지금은 시즌이 아니라 공연이 없다. 몇 년 전 밀라노 식당에서 음식 서브도 하고 노래도 부르던 한국에서 온 유학생들을 만났다. 여학생은 식당에서 한국 사람을 만난 게 좀 부끄러운 듯했지만 남학생은 반가워했다. 식당을 나오며 "라 스칼라 무대에 올라야지요" 했더니 "그렇게 되면 좋지요" 하며 활짝 웃던 그는 지금쯤 노래로 성공했을까 궁금하다.

　아이슬란드 화산 폭발이 있은 지 한 달이나 지났는데 아직도 항공편에 지장을 주고 있다. 우리가 타고 갈 비행기도 항로를 바꿔 돌아가기 때문에 시간이 좀 더 걸린다고 한다. 아이슬란드 부근을 지날 때 기장이 밖을 내다보라고 방송을 한다. 마치 영화에서 보았던 히로시마 핵폭발 장면처럼 거대하고 시커먼 구름 덩어리가 그쪽 하늘을 뒤덮고 있다. 자연의 힘 앞에 인간은 얼마나 왜소한 존재인지 다시 한 번 실감할 수 있는 순간이었다.

20

이집트 1, 시간이 멈추는 곳 | 1996년 12월

1996년 12월 말, 이스라엘의 텔아비브를 떠나 이집트로 들어섰다. 이스라엘을 벗어나기 직전 작은 수도원을 방문했다. 이스라엘 가이드가 이슬람 국가인 이집트에 가면 술도 마음대로 살 수 없으니 이 수도원에서 만드는 포도주를 사가지고 가는 게 좋을 거라고 권한다. 사람들은 저마다 포도주를 몇 병씩 사들고 버스에 올랐다. 그런데 정작 카이로 호텔에 가보니 값은 비쌀지 몰라도 얼마든지 원하는 종류대로 술을 살 수 있었다. 결국 유대인 가이드의 상술에 넘어간 셈이었다.

이집트 국경을 건너자 기관총을 차에 장착한 무장 군인들을 태운 지프 두 대가 버스의 앞뒤를 호위하기 시작했다. 얼마 전 반정부 테러리스트들이 관광버스를 공격해서 독일 관광객 여럿이 사망하는 사고가 있었기 때문에 특별히 관광객들을 호위하는 군인들을 배치한 것이다. 무장 군인이 호위하는 버스를 타고 가려니 묘한 기분이 들었다.

시나이 반도를 달려가는데 갑자기 세찬 바람이 불어오기 시작했다. 그야말로 말로만 듣던 모래폭풍이었다. 시야가 뿌옇게 흐려오고, 도로는 곧 모래로 뒤덮여버려 길을 찾기 어려웠다. 그래도 버스 운전사는 속도를 줄이지도 않고 잘도 달려간다. 사막에서 이런 모래폭풍을 만나 길을 잃었다는 소설 속의 얘기가 피부에 와닿는 순간이었다.

길가에 성냥갑처럼 네모 반듯하게 지은 콘크리트 집들이 많이 보인다. 정부에서 베두인 족들을 위해 지어준 주택이라는데, 그들은 아직도 천막에서 사는 걸 선호해서 집을 놔둔 채 앞마당에 천막을 치고 거기서 지낸다고 한다.

카이로에 들어서자 차들이 뒤엉켜서 상당히 혼잡하다. 차선은 아랑곳하지 않고 저마다 머리를 들이미는 차들 사이로 짐을 가득 실은 마차들까지 가세해 혼란을 가중시키고 있다. 숙소는 카이로 중심에서는 조금 벗어났지만 기자의 피라미드 바로 옆에 있는 '메나 하우스 오베로이' 다. 1943년 카이로 선언 당시 루즈벨트, 처칠, 그리고 장개석 등 각국의 대표들이 묵었던 유서 깊은 호텔이다. 이 카이로 선언에서 처음으로 한국의 독립이 국제적으로 보장을 받을 수 있었다. 잘 다듬어진 잔디와 무성한 나무들이 방금 전에 지나온 카이로 시내와는 다른 세상인 것 같다. 호텔의 정원이 넓어서 마치 숲 속에 있는 것 같은 기분이 든다.

호텔 방에서 피라미드의 윗부분이 바로 올려다 보였다. 방으로 들어서자마자 "아! 피라미드다" 하고 감격에 겨워 창을 여는데, 뒤따라

들어오던 벨 보이가 "모스키토, 모스키토" 하며 기겁을 하고 창을 닫는다. 게다가 얼른 모기향 같은 걸 가지고 와서는 방에다 뿌려댄다. 겨울임에도 불구하고 모기가 많은 모양이었다.

특급 호텔이었지만 방에서는 오래된 나무 냄새인지, 특이한 향냄새 같은 게 났다. 마룻바닥을 비롯해서 방안이 온통 짙은 갈색의 조각된 나무로 장식되어 있어 조금 어두운 느낌이었지만 대신 상당히 넓어 넉넉한 기분이 들었다. 방안에서 석양빛에 붉게 물든 피라미드를 바라보고, 아침에는 피라미드의 머리 부분부터 환하게 밝아오는 걸 지켜볼 수 있다는 것만으로도 충분히 감격스러웠다.

피라미드 바로 옆에 골프장이 있다고 해서 구경을 나갔다. 호텔 로비를 나서자 한 남자가 다가온다.

"어디 가시려구요?"

"골프장 가는데요."

"아, 그럼 제 택시를 타세요. 5불이면 됩니다."

골프장은 이 호텔에 속해있고 가까이 있다고 했는데 택시를 타라니. 골프를 치려는 것도 아닌데 택시까지 타고 구경 갈 생각은 없어 거절했다. 그냥 동네를 좀 걸어보려고 호텔 문을 나섰다. 관광버스를 호위하는 걸로도 모자라 아예 호텔 입구에는 장갑차까지 서 있고, 군인들이 총을 들고 보초를 서고 있다. 한 군인과 눈이 마주쳤다.

"골프장이 어디 있지요?" 하고 물으니 말없이 손으로 맞은편을 가리킨다. 바로 길 건너에 골프장 입구가 보였다. 그러니까 그냥 길만 건너면 되는 거리를 택시를 타라고 했던 거였다.

이집트에서 가장 오래된 골프장인 메나 하우스 골프장에서는 피라미드가 바로 올려다보였다. 골프 치는 사람이 없는지 클럽하우스가 한산했다. 18홀이지만 실은 9홀을 두 번에 걸쳐 치는 코스이고 캐디를 써야 한다. 9홀만도 칠 수 있다고 해서 한 번 쳐볼까도 생각했지만 아무 것도 준비해 온 게 없다. 골프채야 빌린다고 해도 신발도 사야 하고, 무엇보다 잔디가 누렇게 다 죽어 있어 그다지 골프를 칠 마음이 생기지 않는다. 여하튼 피라미드 아래에서 골프를 쳤다면 좋은 추억거리가 되었을 것이다.

세상 여러 곳의 박물관을 두루 다녀보았지만 카이로의 국립박물관처럼 허술한 곳도, 또 그렇게 소장품이 넘쳐 나는 곳도 드물 것이다. 런던의 브리티시 박물관이나 뉴욕의 메트로폴리탄 박물관에 가면 이집트에 관한 유물들이 특별실에 소중하게 보관되어 있다. 하다못해 미라를 싸고 있던 천 조각 하나까지 정성스럽게 설명과 함께 유리 진열장에 전시되어 있다. 그런데 정작 카이로의 박물관에는 유물이 너무 많아서인지, 웬만한 물건들은 먼지를 뒤집어쓴 채 복도 한 구석에 질서 없이 박혀 있다.

투탕카멘의 미라를 전시해놓은 방은 그나마 좀 나은 편이었는데도 진열된 물건들에 비해 방이 너무 협소했다. 아마 미국이나 영국이었다면 아예 투탕카멘의 유물만을 위한 건물을 따로 지었을 것이다. 자기네 나라에서 보관했기 때문에 유물들이 그나마 온전하게 보전될 수 있었다고 주장하는 선진국들의 말에 어느 정도는 수긍이 갈 정도였다.

　최근에 카이로를 다녀온 친구의 말을 들으면 카이로 박물관의 사정이 아직도 그다지 나아진 것 같지는 않다. 그래도 그 유명한 투탕카멘의 '황금 마스크' 한 개 만으로도 카이로 박물관은 방문해볼 가치가 있는 곳이다.

　파피루스로 만든 종이 위에 왕들의 무덤에서 나온 벽화를 그려놓은 기념품들이 있었다. 그림 옆에 타원형의 빈칸이 있어 거기에 이집트의 고대 상형문자인 하이로글리프(Hieroglyphs)로 이름을 적어 넣어준다. 선물 받을 사람의 이름을 영어 알파벳으로 적어주면 하이로글리프로 옮겨서 써 주었다.

　해독불능이었던 이 고대 문자는 나폴레옹 군대가 로제타 지방에서 발견한 '로제타스톤' 덕분에 해석이 가능해졌다. 그 로제타석은 지금 영국 브리티시 박물관의 이집트 관 입구에 사면이 유리로 둘러싸여 소중하게 모셔져 있다. 핑크빛이 도는 짙은 회색 돌판의 맨 위에는 깨알같이 쓰인 이집트 상형문자가 있고, 중간에는 아라빅 글씨체와 비슷한 이집트 민중문자가, 그리고 맨 밑에는 같은 내용이 고대 그리스어로 적혀 있다. 이 돌에 새겨진 글자들 덕분에 이집트의 상형 문자를 풀어낼 수 있게 되었고 오늘날의 이집트 연구가 가능해진 것이다.

　상형문자로 내 이름이 새겨진 작은 목걸이

영국 박물관에 있는 로제타
스톤

펜던트도 하나 샀다. 긴 타원형에 세로로 글자가 쓰여진 이것은 '카투시(Cartouche)' 라고 불리는데, 원래 고대 이집트 왕들의 이름을 새겨 넣은 일종의 이름 판이다. 내세를 중요하게 여겼던 이집트 사람들은 자신들의 관 어디엔가 이름이 적혀 있어야 사후에 사라지지 않는다고 믿었다. 그래서 파라오와 관련된 벽화나 관에는 그들의 이름이 적힌 카투시가 새겨져 있었고, 덕분에 고분을 발굴했을 때 그것이 누구의 것인지를 확인할 수 있었다. 처음에는 왕의 이름만 새겼으나 점차로 귀족들도 카투시를 새기기 시작했다고 한다.

이 카투시 기념품은 상당히 인기가 있어서 일행 중 대부분의 여자들이 구입했다. 미국에서 카투시 펜던트를 걸고 다니는 사람들을 가끔 만날 수 있는데, 그걸 기화로 서로 이집트 여행에 대해 몇 마디씩 얘기를 나누곤 했다.

가게에서 신용카드를 쓰는 게 조심스러워 달러로 대금을 지불했다. 돈을 받던 직원이 그 중에 조금 낡은 일불짜리 한 장을 끄집어내더니 이 돈은 낡아서 받을 수 없다며 새 돈을 달라고 한다. 아니, 자기네가 거스름돈으로 주는 이집트 지폐는 너무 낡고 더러워서 차마 만지기도 꺼림칙할 지경인데, 이 정도 돈을 안 받겠다고? 남의 나라 돈이니 그럴 수도 있겠지만 어이가 없다. 그 후로 외국으로 달러를 가지고 가게 될 경우에는 될 수 있는 대로 새 돈으로 바꿔가는 버릇이 생겼다.

페르시안 카펫도 유명하지만 이집트 카펫도 상당히 질이 좋다. 문제는 올이 촘촘한 카펫을 만들기 위해서는 손이 작아야 하기 때문에 어린아이들이 이 일을 한다는 점이다. 학교에 다녀야 할 나이에 카펫

가까이에서 본 피라미드

짜는 방직기 앞에 앉아 하루 종일 고된 노동을 해야 하니 영락없는 '스웨트 샵(Sweat shop)' 이다. 저임금으로 어린아이의 노동을 착취하거나 좋지 않은 작업 환경에서 장시간 시달려야 하는 작업장인 스웨트 샵에서 만들어진 물건들은 사지 말자는 불매 운동도 있었지만 얼마나 효과가 있는지는 모르겠다. 카펫 공방에서 기계 앞에 앉아 작은 어깨를 구부린 채 열심히 손을 놀리던 아이들은 관광객들에게 사진 모델까지 되어주었다.

기자의 피라미드며 스핑크스 등 카이로 관광을 끝낸 후 비행기로 남쪽에 있는 아스완까지 갔다. 아스완 댐이 있는 곳이다. 아스완은 아부심벨과 필레 사원을 방문하기에 가장 가까운 곳이고, 아스완과 룩소를 다니는 나일 강 크루즈가 여기서 떠나고 돌아온다.

거기서 펠루카(Feluca)를 타고 작은 섬 '엘레판틴 아일랜드' 에 있는 숙소를 찾아갔다. 펠루카는 흰 돛을 달고 나일 강을 오가는 나무 돛단배인데 자신을 누비아 족이라고 소개한 청년이 노를 젓는다. 누비아는 아스완과 수단 북부 지방에 있는 지역인데, 아스완 댐 건설 이후 많은 부분이 수몰되어 누비안들은 다른 곳으로 이주를 해야만 했다.

미풍에 실려 배를 타고 천천히 나일 강을 지나가고 있으려니 이집트에 들어온 이후 내내 번잡함에 시달려온 터라 오랜만에 한가하고 편안한 기분이 든다. 흰 돛을 올리고 푸른 나일 강에 떠있는 펠루카들이 강변의 녹색 숲과 어울려 한 폭의 수채화처럼 아름답다.

아부심벨과 필레 템플을 보고 난 후, 나일 강을 따라 룩소까지 올라가는 5일간의 나일 크루즈를 시작했다. 아스완댐이 완공되면서 수몰 위기에 처한 아부심벨과 필레 템플

나일강의 유람선 펠루카

을 유네스코와 이집트 당국이 협력해서 아부심벨은 조금 높은 곳으로, 필레 템플은 아예 다른 섬으로 옮겨놓았다. 아부심벨은 바위산에 거대한 조각을 해놓은 것도 대단하지만, 그것들을 조각내어 원형 그대로 옮겨놓은 작업도 경이롭다. 필레 템플 역시 무려 4만 개로 나뉜 사원의 조각 하나하나에 일일이 번호를 붙여 옮긴 후 다시 원래대로 복원하는데 십 년의 세월이 걸렸다고 한다.

북반구에 있는 대부분의 강은 북쪽에서 남쪽을 향해 흐른다. 하지만 나일 강은 남쪽에 있는 수단에서 시작해서 북쪽에 있는 이집트를 지나 지중해로 들어간다. 고대 이집트인들은 해가 지는 것은 신이 태양을 삼키기 때문이라고 생각했고, 해가 뜨는 것은 신이 태양을 도로 뱉어놓는 것이라고 여겼다. 그들에게 태양이 지는 나일 강 서쪽은 저승이며 죽음의 땅이었다. 그래서 피라미드를 비롯한 왕들의 무덤들은 모두 나일 강 서안에 몰려 있고, 신전들은 동편에 만들어졌다.

가이드가 내일 가라비야 파티가 있으니 배가 항해를 시작하기 전에 이집트 전통옷인 '가라비야(Galabiya)'를 하나씩 장만하라고 한다. 그것도 재미있을 것 같아 시장 구경도 할 겸 옷을 사러 나가기로 했다. 나는 물건 값 흥정하는 건 딱 질색인데 일행 중 몇몇 아줌마들도 시장에서 물건 사기가 겁난단다. 하는 수 없이 남편이 여자 네 명과 함께 마차를 타고 바자로 향했다. 우선 마차 요금부터 흥정을 해야 했다. 결국 원래 불렀던 값의 사분의 일 값에 운임이 정해졌다.

시끌벅적한 바자에는 온갖 종류의 가라비야들과 액세서리들이 잔뜩 걸려 있다. 우리는 일부러 시장 깊숙한 곳에 있는 가게로 들어갔다. 여자들은 저마다 옷을 고르고, 나도 파티 때 입고난 후 여름에 집에서 입으려고 검정색에 금사로 목을 장식한 짧은 가라비야 하나를 집어 들었다. 옷을 고른 여자들은 물러서 있고, 이제 남편이 흥정할 차례다.

가게 주인과 더 깎아라, 안 된다 하며 옥신각신하던 중에 가게 주인이 갑자기 목소리를 낮추더니 자신이 '콥트 교도'라며 팔목에 새겨진 문신을 보여준다. 콥트 교는 초대 교회의 신앙과 전통을 보존해온 이집트에서 가장 오래된 기독교 교파이다. 이집트가 이슬람화 된 후 박해를 받았지만 신앙의 순수성을 유지해왔다. 그들은 콥트 교도라는 증거로 손목 안쪽에 십자가 모양의 문신을 하고 있다. 그 문신을 보는 순간 남편은 그만 마음이 약해져 버렸고 흥정은 거기서 끝이 났다.

배로 돌아오며 혹시나 해서 시장 입구에 있는 가게에서 값을 물어보니 우리가 그렇게 애써 흥정해 놓은 그 값에 준다고 한다. 아마 우리가 손에 물건을 들고 있는 걸 보고 아예 싸게 부르는 것 같았다. 그런데 사실 이집트 돈으로 말하니까 액수가 크지, 달러로 환산하면 한 벌에 겨우 5불에 지나지 않았다. 우리는 5불짜리 옷을 사면서 시간도 에너지도 너무 많이 소비했다며 웃었다. 배에 돌아와 남편의 옷을 빌리러 기프트 샵에 갔더니 거기서도 가라비야를 팔고 있는데 정찰 가격표에 '5불'이라고 적혀 있다. 점원이 다 알고 있다는 표정으로 말한다.

"시장에서 값 깎느라고 공연히 애만 썼지요?"

그 검정색 가라비야는 집에 와서 세탁기에 넣었다가 어찌나 검정 물이 많이 빠지는지 같이 세탁한 다른 옷들을 망쳐버렸다. 게다가 빨고 나니 주름이 많이 생겨 입으려면 다림질을 해야 했다. 그 옷은 계절이 바뀔 때 옷장 정리를 하면서 없애버렸다.

21

이집트 2, 나일강 크루즈 | 1997년 1월

배는 나일 강을 천천히 내려가기 시작한다. 배에서 새해 첫날을 맞았다. 어젯밤 자정이 지난 후, 이스라엘부터 같이 여행을 해온 일행들과 갑판에 모여 샴페인과 와인을 마시며 새해를 자축했다.

오늘 저녁에는 가라비야 파티가 있다. 기프트 숍에서 가라비야를 빌려 입은 남편이 머리에 두건을 두르고 턱수염으로 분장을 하니 마치 중동 사람 같아 보인다. 나도 미장원에서 클레오파트라처럼 화장을 하고 머리에는 반짝이는 베일까지 썼다. 식당에 들어서니 저마다 색다른 가라비야를 입고 시끌벅적하다. 나일 강 크루즈를 하는 배들이 상당히 많던데, 각 배마다 이런 식의 파티를 할 테니 아주 좋은 관광상품이라는 생각이 들었다.

다들 신나게 춤추고 놀았는데, 특히 감자 게임이 재미있었다. 손님들 중 다섯 명을 뽑아 줄에 매단 감자를 허리에 묶어 등 뒤에 오게 한다. 그리고는 다리 사이에서 덜렁거리는 감자로 바닥에 놓여 있는 공을 쳐서 먼저 골대를 통과하는 사람이 이기는 게임이다. 감자가 움직이는 모양새가 묘한 상상을 하게 만든다. 제멋대로 흔들

가라비야를 입고 저마다 전통의상과 분장을 하며 파티를 즐긴다

리는 감자가 조절이 안 되어 엉거주춤한 자세로 엉덩이를 흔들며 열심히 표적을 맞추는 모습이 어찌나 우스운지 사람들이 모두 포복절도를 했다. 드디어 승자가 결정되었다. 바로 남편이었다. 상품으로 샴페인 한 병을 받았다.

나일 강변에 있는 사원들을 둘러보며 항해를 계속했다. 그런데 어디를 가나 사람들이 너무 많다. 관광객들과 호객 행위를 하는 상인들로 상당히 혼잡스럽다. 긴 여행 끝에 피곤한지, 아니면 매연과 먼지 탓인지 목이 약간 따끔거린다. 나뿐 아니라 다른 사람들도 목이 아프다고 호소하기 시작한다.

강의 수심이 얕은 곳에는 배가 지날 수 있도록 작은 댐을 만들어 놓았다. 그 갑문을 배들이 차례로 통과하느라 배가 오래 지체한다. 도시의 불빛이 없어서 유난히 까만 하늘에 별이 총총히 빛난다. 하긴 이 부근은 전부 사원이나 무덤뿐이니 아주 조용한 이웃들인 셈이다.

아침 일찍 작은 페리보트를 타고 왕과 왕비들의 무덤이 있는 '왕들의 계곡(Valley of Kings)'과 '왕녀들의 계곡(Valley of Queens)'을 보러 갔다. 돌산으로 둘러싸인 황량한 계곡 안에 왕들의 무덤들이 모여 있다. 인기 있는 투탕카멘의 무덤과 람세스 2세의 부인이었던 네페르타리의 무덤은 따로 입장료를 내야 한다. 게다가 네페르타리의 무덤은 하루 입장객 수를 제한하기 때문에 가이드를 통해 미리 표를 구입했다. 애칭으로 '킹 툿트'라고 불리는 투탕카멘의 무덤은 다른 왕들의 무덤에 비해 비교적 작은 크기였는데, 관이 놓여 있던 내실의 벽화들이 뚜렷하게 그대로 남아 있다. 바로 이 자리에 카이로 박물관에서 보았던 그의 미라가 누워 있었다고 생각하니 조금 야릇한 기분이 들었다.

자유 시간에 우연히 색다른 무덤을 만났다. 누구의 무덤인지는 잊었지만 가파른 계단을 올라가서 다시 비슷하게 가파른 계단을 내려가니 아름다운 방이 하나 나타났다. 다른 무덤들처럼 채색된 그림들이 있는 게 아니고, 푸른색으로 칠해진 돔 형태의 천정에 흰색의 별들만 가득 그려져 있었다. 수천 년 전 존재했던 어느 왕의 무덤이 아니라 마치 현대 미술 작품을 보고 있는 듯했다. 자신의 무덤에 이렇게 별을 가득 담아놓은 파라오는 어떤 사람이었을까 궁금해진다.

생각보다 무덤 속 벽화들의 색이 선명한 채로 많이 남아 있다. 아직 사람의 얼굴을 정면으로 그리지 않을 때라 인물들이 모두 옆얼굴을 보이고 있다. 벽화 중, 심판의 날에 신이 한 손에는 새의 깃털을 다른 한 손에는 사람의 심장을 들고 있는 그림이 있다. 고대 이집트인들은 사람이 죽으면 신의 심판을 받게 되는데 그 사람의 심장 무게가 새의 깃털보다 무거우면 다음 세상으로 갈 수 없어 그저 공중을 떠돌게 된다고 믿었다. 이 세상에서 사는 동안 어느 누가 새의 깃털보다도 가벼운 마음으로 살아갈 수 있을까.

왕들의 계곡을 조금 벗어나면 이집트 최초의 여왕이었던 하십수 (Hatshipsut) 여왕의 신전이 있다. 가짜 수염까지 달고 언제나 남장을 했다던 그녀는 역대 파라오 중에서도 위대한 통치자로 알려져 있다. 신전의 규모도 상당하고 그녀의 업적들이 그림으로 세밀하게 그려져 있다. 우리가 이집트 여행을 마치고 돌아온 다음 해, 이 신전 앞에서 이슬람 과격분자들이 관광객들을 총으로 무차별 난사해 무려 62명이 사망한 대규모 테러가 일어나 세상을 놀라게 했다.

드디어 나일 강 크루즈의 하이라이트이자 마지막 지점인 룩소 (Luxor)에 도착했다. 근 천년에 걸쳐 이집트 왕국의 수도로 번영을 누렸던 옛 도시 테베가 이곳이다. 룩소에 있는 엄청난 규모의 신전들이 그 시대의 화려함을 보여주고 있다. 전성기에는 스핑크스들이 늘어선 '스핑크스의 길'이 3km에 걸쳐 이웃에 있는 카낙 신전까지 이어졌다고 한다. 카낙 신전에 수백 개의 돌기둥들이 늘어서 있는 모습이 장관이었다.

밤에 룩소 신전에서 열리는 'Sound and Light show'를 관람했다. 별이 빛나는 밤에 수천 년 전의 거대한 유적들 사이에서 들려오는 음향과 색색의 조명은 신비롭기까지 했다. 제사장들이 제사 전에 몸을 깨끗이 했다는 호수 앞에 앉아 역사 이야기를 들었다. 호수에 비치는 그림자와 내용에 따라 색이 달라지는 빛의 향연은 밤하늘의 별빛과도 잘 어울렸다. 낮에는 여름처럼 더웠는데 밤에는 두꺼운 겉옷을 입고도 한기가 느껴질 만큼 기온이 내려갔다.

룩소에서 비행기로 한 시간 걸려 카이로로 돌아왔다. 호텔인 메나하우스로 가는 길에 한식집 간판을 발견했다. 반가운 마음에 급하게 버스를 세우고 차에서 뛰어 내렸다. 길을 건너가야 하는데 차들이 쉴 새 없이 질주한다. 건널목도 없고 신호등도 없다. 아무도 우리를 위해 차를 세우지 않을 뿐더러 속도를 늦추지도 않는다. 하지만 우리도 한때는 서울의 무질서한 교통지옥에서 살았던 사람들이다. 눈 딱 감고 차도로 들어섰다. 이 정도면 차를 세우겠지 싶었는데 차를 세우기는 커녕 경적을 울리며 계속 달려간다.

목숨 걸고 길을 건너 드디어 한식집 문 앞에 설 수 있었다. 식당은 호텔 문을 열고 들어가서 그 안 깊숙한 곳에 있었다. 그런데 문이 닫혀 있다. 옆 가게에 있는 여자가 나오더니 5시나 되어야 문을 연다고 일러준다. 할 수 없이 숙소로 돌아가야 했다. 길을 건너서 택시를 타면 훨씬 가까울 텐데 도저히 이 길을 다시 건널 자신이 없다. 하는 수 없이 식당 앞에서 택시를 타고 빙빙 돌아 호텔로 갔다.

룩소 신전에서의 '사운드 앤 라이트 쇼'가 감명 깊어서 기자의 피라미드에서 하는 비슷한 형식의 쇼를 보러갔다. 룩소에서와는 달리 테이블이 놓인 실내 이층에서 음료수를 마시며 볼 수 있다. 세 개의 피라미드와 스핑크스, 그리고 돌 벽에 새겨지는 레이저의 푸른빛이 환상적이다. 설명과 음악도 서라운딩 시스템으로 아주 실감나게 들

린다. 피라미드의 내부 구조를 알 수 있게 레이저를 피라미드에 직접
비추며 설명해주어 이해가 훨씬 더 잘 되었다. 어제 룩소에서 보았던
것에 비하면 좀 더 할리우드 스타일로 다양하다. 우리는 너무 할리우
드식 표현에 익숙해져 버린 모양이다.

오늘로 관광의 공식 일정이 끝난다. 호텔로 돌아와 일행과 와인을
마시며 작별 파티를 했다. 서로 주소를 주고받았지만 이렇게 길에서
만난 인연은 얼마 지나지 않아 스러져 버리게 마련이다. 12명이 이스
라엘과 이집트를 3주에 걸쳐 같이 여행했던 터라 정이 많이 들었다.
헤어짐은 늘 서운하다.

오늘은 아무 일정도 없이 자유로운 날이다. 둘이서 택시를 대절해
서 다니기로 했다. 파피루스로 만든 기념품이 몇 장 더 필요해서 운
전사가 데려다주는 가게로 갔다. 먼젓번 가게보다 종이 질도 좋지 않
고, 값도 싸지 않지만 다른 가게에 가기도 귀찮아서 그냥 사고 말았
다. 이 나라에서는 가격을 많이 깎아야 한다는데 그게 영 피곤하고
번거롭다. 많이 깎은 것 같지만 과연 잘 산 건가 싶어 찜찜하기도 하
다.

카이로 박물관을 다시 찾아갔다. 일본 단체 관광객이 많이 있긴 해
도 지난번에 비하면 상당히 한가하다. 크지도 않은 박물관을 이틀에
걸쳐 다리가 아플 정도로 돌아다녔는데 아직도 볼 것들이 많이 남아
있다. 사후에 또 다른 세계가 있다고 믿었던 이집트인들은 자신의 몸
뿐 아니라 애완동물까지도 미라로 만들어 놓았다. 악어 미라도 있는
데 악어가 나타나면 그해는 풍년이 든다고 믿어 악어를 귀하게 여겼

다고 한다. 쪼그리고 앉아 있는 원숭이의 미라는 모양과 털이 하도 생생해서 아직도 살아 있는 것만 같아 섬뜩했다. 새, 고양이, 심지어는 물고기까지도 미라로 만들어 놓았으니 내세에 대한 그들의 열망이 강하게 느껴졌다.

이번에는 시간을 맞춰 한국 식당에 갔다. 마침 택시 운전사가 식당을 잘 알고 있어 쉽게 찾을 수 있었다. 알고 보니 낮 11시부터 밤 10시까지 문을 연다고 한다. 그럼 어제 왔을 때는 왜 문이 닫혀 있었으며 5시가 되어야 영업을 한다고 일러준 옆집 여자는 또 무슨 소리였는지. 여하튼 우리는 김치찌개와 된장찌개를 시켰는데 밑반찬도 푸짐하게 많이 나왔다. 무려 3주 만에 먹는 한식이니 밥과 김치만 있어도 감사하게 먹을 판이다. 둘이서 한마디 말도 없이 열심히 밥을 먹었다. 생선구이라도 하나 더 시키려고 했더니 생선 종류는 전혀 없다고 한다.

손님은 우리뿐이고, 주인으로 보이는 아저씨는 저쪽 테이블에 앉아 신문만 열심히 들여다보고 있다. 이집트인 종업원이 친절하게 빈 반찬 접시들을 채워준다. 계산서를 보니 우리가 마신 병물 대신에 값이 더 비싼 소주 한 병이 적혀 있다. 남편은 아무소리도 하지 않고 그 액수의 돈을 냈을 뿐더러 팁까지 넉넉하게 주었다. "왜?" 하고 눈으로 물으니 "오랜만에 맛있는 밥을 먹었잖어"라고 대답한다.

아침 일찍 공항으로 나가야 하기 때문에 호텔에서 아침 먹을 시간이 없다. 호텔 식당에서 마련해준 아침이 들어 있는 박스를 받고 보니 웬만한 케이크 상자만큼 크다. 삶은 계란 두개, 오렌지 한 개, 오렌지주스, 바나나 한 개, 크루아상 세 개, 대니시 한 개, 프루트케이크, 두

가지 햄, 치즈, 버터 두 개, 잼 세 개. 한 끼 식사로는 넘치는 분량이었다. 남편 것과 내 것을 합쳐서 상자 하나에 넣었지만 워낙 부피가 커서 두 손으로 안고 다녀야 했다. 이른 아침인데도 불구하고 공항이 굉장히 붐비고 수속도 복잡한데다가 워낙 사람이 많아 제대로 카운터를 찾아 줄을 서는데도 도움이 필요했다. 카운터까지 따라온 여행사 직원들은 짐 나르는 포터 따로, 체크인 도와주는 사람 따로 팁을 요구했다. 여권을 체크하는 줄에서만 한 시간 가량 서 있어야 했다.

기다리며 뒤를 돌아보니 우리 일행들이 줄줄이 두 손으로 그 커다란 도시락 박스를 안고 서 있는 게 보였다. 그 우스꽝스러운 모습을 사진으로 찍어두었으면 기억에 남는 재미있는 사진이 되었을 텐데 아쉽다.

22

터키 1, 이스탄불의 매력에 빠지다 | 2008년 11월

추수감사절 연휴를 끼고 두 주쯤 시간을 낼 수 있다는 친구 부부와
함께 터키 여행을 했다. 미국에서 터키 먹는 명절에 터키로 간 셈이
다. 이스탄불에 도착해 호텔로 들어가려는데 마침 기도 시간인지 호
텔 옆 골목에 남자들이 길을 메우고 엎드려 있다. 가까이에 있는 모스
크의 미나레에서 기도 소리가 크게 들려온다. 무슬림 나라에 도착했
다는 실감이 난다. 무슬림들은 하루에 다섯 번 메카를 향해 기도해야
하는데, 해 뜰 때부터 밤늦게까지 확성기를 통해 기도시간을 알리는
방송이 들려온다. 자동차 경적소리, 뎅뎅 종소리를 내며 달리는 전
차, 몰려다니는 관광객들, 게다가 잊을만하면 미나레에서 들려오는
기도소리 덕분에 이스탄불의 첫 인상은 상당히 혼란스러웠다.

LA에서부터의 긴 비행시간에도 불구하고 어쩐 일인지 그다지 피

이스탄불, 고등어 케밥 파는 배

곤하지 않아 시차 극복도 할 겸 밖으로 나가 보기로 했다. 숙소는 올드 타운에 있는데 길이 협소해서 교통 체증이 심하다. 호텔 앞에 바로 전차 역이 있다. 전차를 타고 보스포로스 해협으로 가서 배를 타고 해협을 건너보았다. 바다의 이쪽은 유럽, 저쪽은 아시아인데 터키는 유럽 연합에 들어가고 싶어 하지만 아직 가입을 못하고 있다.

한국에도 잘 알려진 터키 민요 중에 '위스크다라 기데리켄 알드다비르 야아물(Uskudar' a gider iken aldi da bir yagmur)' 로 시작하는 노래가 있다. '위스크다르 가는 길에 비가 내리네' 라는 뜻이라는데 여기 나오는 위스크다르가 바로 보스포로스 해협의 아시아 쪽에 있는 부자 동네이름이다. 해안가에 고급 주택들이 즐비하게 서 있다.

이스탄불의 고등어 케밥이 유명하다고 하더니 항구에는 고등어 굽

이스탄불 그랜드바자 입구

는 냄새가 진동한다. 배를 갈라 손질한 고등어를 불에 구워 핫도그 빵 같은데 넣어 양파, 양상추 다진 것과 소스를 뿌려 먹는 간단한 음식이다. 특별한 맛이 있는 건 아니지만 고등어가 신선한지 비린내가 없어 한 번쯤은 재미삼아 먹어볼 만했다.

저녁에 가이드와 미팅 시간이 있었는데, 이스탄불에는 소매치기가 많으니 절대로 전차를 타지 말라고 신신 당부를 한다. 찬란한 역사를 지니고 있는 도시답게 볼거리가 많다. 블루 모스크, 아야 소피아, 톱카피 궁전, 그랜드 바자 등등. 이슬람교에서는 사람 형상을 한 그림을 허용하지 않는다. 그래서 온갖 성인들의 그림으로 장식된 성당과는 달리 모스크에는 글씨와 화초 문양으로 모양을 내고 있다. 금박으로 한껏 멋을 부린 글씨가 상당히 화려하다.

소피아 성당은 원래 기독교 성당이었던 것이 모스크가 되었고 그 때 모자이크 성화들 위에 회칠해서 그림을 가려버렸다. 이제 소피아 박물관으로 바뀌면서 다시 원래의 모자이크 그림들이 조금씩 드러나고 있는 중이다. 이런 굉장한 규모의 성당이나 모스크를 보면 인간의 종교성이 무섭게 느껴진다.

톱카피 궁전에 있는 보석 전시관에는 어마어마한 보석들이 너무 많아 오히려 가짜처럼 여겨질 정도였다. 특히 종교관에는 '모하메드의 수염', '모세의 지팡이', '다윗의 검', '세례 요한의 뼈' 등 믿기 어려운 전시품들이 있다.

트로이 유적지에 갔다. 젊은이들이 말하는 세계 3대 허무 관광지 중 하나이다. 그들이 말하는 허무 관광지에는 '덴마크의 인어공주 동상', '브뤼셀의 오줌싸개 동상'도 들어 있는데 워낙 유명한 것들이라 막상 실물을 대하면 크기가 너무 작아 실망하게 되기 때문일 것이다.

트로이 유적지도 별다른 유적도 없고 파헤치다 만 것 같은 발굴 현장만 있으니 허무 관광지라고 부를 수도 있겠지만 여기서는 상상력을 발휘해야 한다. 『일리아드』와 『오디세이』를 읽지 않았다면 하다 못해 브레드 피트가 나온 영화 〈트로이〉의 내용이라도 기억해 내는 게 좋다. 신들의 질투와 인간의 사랑, 영웅들 간의 전쟁 등을 떠올리며 멀리 들판을 바라보면 그 옛날 칼을 빼어들고 달려오는 젊은이들의 함성이 들리는 듯하다. 저 들판 어디엔가 브레드 피트가 역할을 맡았던 '아킬레스'의 무덤이 있다고 한다.

입구에는 나무로 만든 커다란 목마가 서 있는데, 너무 보여줄 게

허무한 트로이 유적지

없어 목마 안에라도 올라가 보라는 뜻인지는 모르겠으나 차라리 그 목마가 없었으면 훨씬 더 좋을 뻔했다. 장난감같이 생긴 목마 때문에 그러지 않아도 진실 여부로 문제가 되고 있는 트로이 유적지가 신빙성을 잃어버리는 것 같다.

트로이에서 멀지않은 곳에 페르가뭄(Pergamum)이 있다. 「요한계시록」에 나오는 일곱 교회 중 버가모라고 표기되는 그리스 시대에 번영을 누리던 도시이다. 트로이보다는 훨씬 더 유적들이 많이 남아 있지만, 언덕 위에 세워져 있는 제우스 신전과 원형 극장, 도서관들의 흔적을 보면 또다시 상상력이 필요하다. 그들은 일찍이 송아지나 어린 양의 가죽으로 종이를 만드는 데 성공했기 때문에 전성기에는 무려 20여 만 권의 서적을 소장하고 있었다고 한다. 덕분에 이집트의 알렉

산드리아에 이어 세계에서 두 번째로 큰 도서관을 가질 수 있었다.

이곳에 있던 많은 유물들은 발굴에 앞장섰던 독일로 옮겨졌다. 베를린에 가면 '페르가몬 박물관(Pergamon)'이 있다. 거기에 가면 제우스 신전의 제단을 비롯한 유물들을 볼 수 있고 아크로폴리스를 재구성해 놓은 설치물도 있다. 유적들의 규모와 화려함도 대단하지만 그 당시에 엄청난 크기의 신전이며 돌기둥들을 어떻게 운반해왔는지 그것도 놀라운 일이다. 이렇게 약탈한 보물들은 원래 속해있던 나라로 돌려보내야 한다는 주장이 국제적으로 일고 있지만, 연간 입장객이 100만 명을 넘을 정도로 독일에서 가장 인기 있는 이 박물관의 유물들을 돌려줄 생각은 아마 없을 것이다.

2차 세계대전 때 독일로 진군한 러시아 군인들은 페르가몬 박물관에서 숱한 유물들을 약탈해갔다. 독일은 피해를 줄이기 위해 제우스 신전을 비롯한 건축물들은 주위에 벽을 쌓아 존재 자체를 은폐할 수 있었지만, 러시아는 옮겨갈 수 있는 수많은 유물들은 가져갔다. 그것들은 지금 모스크바의 '푸시킨 박물관'과 상트페테르부르크의 '에르미타주 박물관'에 전시되어 있다. 독일은 러시아와 유물 반환에 관한 협정을 맺었지만 실제로 유물들이 반환되지는 않고 있다.

페르가뭄의 제우스 신전 터에서 마치 퍼즐 게임을 하듯 페르가몬 박물관과 에르미타주 박물관에서 보았던 유적들의 기억을 떠올려 보았다. 그동안 여기저기 다니면서 만났던 숱한 역사의 파편들이 터키에서 비로소 하나로 연결되어지는 기분이었다.

남서부의 휴양지인 쿠사다시(Kusadasi)에 묵었다. 에게 해가 내려다

보이는 전망 좋은 호텔이다. 이곳은 에베소에서 가깝기 때문에 에베소 관광의 거점이 되고 있다. 성경의 「에베소서」는 바울이 에베소에 있는 성도들에게 보낸 편지이다. 에베소 유적지는 지난번에 방문했기 때문에 이번에는 에베소의 유물들을 전시해 놓은 박물관에 가기로 했다. 이곳에서 멀지않은 도시 '셀주크'에 '에베소 고고학 박물관'이 있다.

호텔을 나와 손만 들면 아무 데서나 세워주는 버스를 타고 박물관에 갔다. 로마인들의 집, 액세서리, 무덤 속 부장품, 인체 조각 등 헬레니즘 시대와 로마 시대의 유물들이 전시되어 있다. 특히 에베소에서 발견된 두 개의 아르테미스 여신상이 있다. '풍요와 출산의 여신'인 아르테미스의 가슴에 주렁주렁 매달린 것이 유방인지 혹은 황소의 고환인지는 아직도 논란의 대상이다.

박물관에서 나와 언덕에 있는 성터에 올라갔다. 한 터키인 아저씨가 다가온다. "꼬레아? 꼬레아?" 그렇다고 하니까 "우리는 형제"라며 바지춤에서 시커먼 동전 하나를 꺼낸다. 이게 할아버지 대부터 가지고 있던 골동품 동전인데 싸게 줄 테니 사란다. 어이가 없어 그냥 웃고 지나쳤다.

호텔로 돌아오려고 버스 종점에서 버스를 기다리는데, '버스 매니저'라고 자신을 소개한 사람이 우리가 탈 버스가 오면 알려주겠다고 친절하게 말을 건다. 그리고는 자기가 먹고 있던 귤 한쪽을 불쑥 내민다. 먼지 풀풀 나고 매연이 가득한 길에서 손이 시커먼 그 남자가 내미는 귤을 정말 받고 싶지 않았지만 마다하면 무안해 할 것 같아 그냥 받아먹었다. 그랬더니 환하게 웃으면서 귤을 하나 더 까더니 또 한쪽을 준다. 차라리 한 개를 통째로 주면 내가 까서 먹을 텐데. 이번에도 할 수 없이 또 받아먹었는데 귤은 참 달고 시원하다. 마침 옆에 있는 노점상에서 귤을 팔고 있기에 그 사람이 더 주겠다고 하기 전에 얼른 한 봉지를 샀다.

길에서 석류 주스를 파는 상인들이 많이 있다. 석류를 반으로 자른 뒤 위에서 눌러 즙을 짜는데 짙은 적포도주색의 주스가 색깔도 맛도 황홀하다. 같이 갔던 친구 부인이 그 석류 짜는 기계를 미국으로 사 가겠단다. 아무리 살림꾼이라도 그렇지 웬만한 빙수 기계만한 그걸 어떻게 들고 가겠다는 건지, 아쉬워하는 그녀를 겨우 말렸다.

나중에 그 부부와 나파 밸리에 있는 집을 빌려 며칠 같이 지낸 적이 있다. 다른 친구가 집에서 땄다며 석류를 한 바구니 가지고 왔는데, 마침 우리가 묵던 집에 바로 그 석류 짜는 기계가 있었다. 그런데 터 키에서 상인이 하듯이 그렇게 단번에 주스가 짜지는 게 아니라 제법 힘이 많이 든다. 게다가 주변에 피처럼 붉은 석류즙이 마구 튀어서 주 스 몇 잔 만들고 나니 부엌 카운터가 온통 핏빛으로 물들어버렸다.

터키의 음식은 대충 입맛에 맞았다. 양파와 오이, 토마토를 가늘게 썰어 만든 새콤한 샐러드인 '초반 살라타' 는 어느 음식을 먹어도 입 맛을 개운하게 해주었다. 특히 점심에는 화덕에서 직접 구워주는 터 키식 피자인 '페타' 를 여러 번 먹었는데 토핑이 심플하고 바삭하게 구워진 얇은 도우가 맛있다. 양고기 페타가 맛있다고 하는데, 양고기 는 즐기지 않는 터라 그냥 소고기나 버섯으로 만든 것들을 먹었다.

'아이란' 이란 우유 같은 요구르트도 시음해 보았는데 새콤한 맛이 시원하고 좋았지만 혹시 여행 중에 배탈이 날지도 몰라 조금 맛만 보고 말았다. 식당에서 외국인이 아이란을 달라고 하니까 반가워한다.

터키의 진한 커피도 마셔보았다. 카페테리아에서 터키식 커피를 주문했더니 옆에 있던 터키인들이 웃으며 정말 마실 거냐고 묻는다. 게다가 설탕을 넣지 말라고 했더니 더 놀라는 표정들이다. 터키식 커피는 필터를 사용하지 않고 체즈베(Cezve)라고 하는 구리로 만든 커피 만드는 용기에 넣어 만든다. 더운 물을 넣고 밀가루같이 곱게 간 원두와 설탕을 넣어 끓이는데 거품이 일면 불에서 잠시 내렸다가 같은 방법을 세 번쯤 되풀이한다. 이 과정에서 물 온도가 너무 높으면 커피에서 지나치게 쓴 맛이 나기 때문에 온도를 잘 조절하고 거품을 많이 내는 게 맛있는 터키식 커피 만들기의 요령이다.

과감하게 한 모금 마셨는데 너무 진해서 도저히 마실 수가 없다. 뒤늦게 설탕과 크림까지 넣고 뜨거운 물을 더했지만 싱거운 미국식 커피에 익숙해진 입맛에는 영 아니다. 터키식 커피를 거의 다 마시고 나면 바닥에 커피 침전물이 남는다. 그걸 뒤집어 찌꺼기가 흘러내리는 모양에 따라 커피 점괘를 한 번 봐볼까 했는데 포기할 수밖에 없었다.

세계에서 최초로 커피를 사서 마실 수 있는 카페가 이스탄불에 생긴 것은 16세기였다. 전쟁에서 진 터키 군인들이 버리고 간 커피 원두를 베니스 군인들이 가져다 마시기 시작한 게 유럽으로 커피가 전파된 경로라고도 한다. 이런 터키의 커피 문화도 요즈음은 스타벅스의 물량 공세에 밀리고, 또 커피 대신 차를 많이 마시고 있다고 한다.

터키의 아이스크림은 정말 맛있다. 이탈리아의 젤라토도 맛있지만 그것과는 또 다르게 쫀득쫀득한 맛이 일품이다. 양젖에다가 '살렙'이라고 하는 야생 란의 뿌리를 넣으면 그렇게 쫀득거리는 맛이 나온다고 한다. 터키 고유의 모자를 쓰고 아이스크림을 파는 젊은이가 우리를 보자 '맛있어, 맛있어' 하고 외친다. 누군가 그 사람에게 한국말을 가르칠 때 '맛있어요' 라고 일러 주었으면 더 좋았을 텐데.

다양한 종류의 터키식 젤리인 '로쿰' 은 어딜 가나 많이 볼 수 있다. 몇 가지 사서 먹어 보았는데 대체로 너무 달다. 우리 이웃에 이스탄불에서 살다가 미국으로 온 아르메니안 부부가 있다. 아르메니안들은 터키에 대해 한국인이 일본에 대해 갖는 만큼이나 오랜 원한을 가지고 있다. 1차 세계 대전 중, 터키에 살던 아르메니안들을 강제 이주시키면서 대규모 학살이 일어났다. 터키 정부는 이주에 따른 희생이었다고 말하고 아르메니안 측은 조직적인 집단 학살이었다고 주장한다. 서로 주장하는 희생자의 숫자도 터키는 20만, 아르메니안 측은 200만이라고 하는데 족히 100만 정도는 희생되었다는 게 일반적인 의견이다. 아르메니안들의 달력에는 대학살이 일어났던 4월 24일이 검정색으로 칠해져 있다. 여하튼 터키에서 먹던 과자가 생각날지도 몰라 그 부부에게 로쿰 한 박스를 선물로 사다 주었다.

23

터키 2, 하늘에서 내려본 카파도키아 | 2008년 11월

그동안 터키를 광고하는 관광용 책자에 가장 많이 등장했던 사진은 아마도 '파묵칼레'였을 것이다. 온천수 속에 들어 있는 석회 침전물이 눈이 내린 듯 웅덩이 주변에 하얗게 쌓여 있고, 거기 고인 푸른 물속에 사람들이 수영복을 입고 들어가 즐기는 사진이다. 하지만 이젠 그런 모습은 찾아볼 수 없다.

파묵칼레가 유네스코 세계 유적지로 지정되면서 주변에 있던 호텔들과 도로가 정비되었다. 끊임없이 흘러내리던 온천수는 아래쪽에 있는 호텔들이 너무 많은 물을 끌어가는 탓도 있고, 무엇보다 사람들이 들어가서 물을 오염시키는 걸 막기 위해 물길을 막아 물이 흘러내리는 시간을 제한하고 있다. 대신 한쪽 옆에서 흐르는 물줄기에 발을 담가 보는 걸로 만족해야 한다. 따뜻한 물에 발을 담고 앉아 있자니

밑에서 올려다 본 파묵칼레

피곤이 풀리는 듯 나른해진다.

파묵칼레 뒤편으로는 기원 전 2세기에 설립된 옛 도시 히에라폴리스의 유적이 있다. 사도 빌립이 이곳에서 전도를 하다가 순교했다고 한다. 히에라폴리스가 내려다보이는 언덕에 그의 추모관이 있다고 하는데 찾아보지는 못했다. 이곳에는 노천 온천이 있는데 이끼가 끼어 있긴 하지만 맑은 물속에 무너져 내린 대리석 기둥이며 돌덩이들이 잠겨 있다. 일본 젊은이들 몇 명이 수영복을 입고 물속에 들어가 앉아 있다. 고대 유적지에서 하는 온천욕도 좋은 추억이 될 것이다.

온천을 지나 대리석이 깔린 넓은 도로를 걸어가면 개선문도 있고, 거대한 원형극장이며 아폴로 신전 등 히에라폴리스 전성기의 모습을 찾아볼 수 있다. 조금 더 지나가면 약 2km에 걸친 거대한 네크로폴리스, 즉 무덤 군이 나온다. 지진으로 인해 파헤쳐져 아무렇게나 나뒹그러져 있는 무덤들이 천여 개나 된다고 한다. 뚜껑이 열려버린 석관, 돌집처럼 생긴 가족 묘, 거대한 봉분을 한 무덤 등 여러 모양의 무덤들이 널려 있다. 죽은 자의 신분과 재정 상태에 따라 매장 방법이 달랐다고 하는데 지금은 모두 텅 비어 있는 돌 더미에 불과하다.

확인한 바는 없지만 여기 있는 비석 중에 이런 비문이 적혀 있다고 한다.

"나 어제 너와 같았으나, 너 내일 나와 같으리."

고대 그리스 스토아학파의 '에픽테토스'가 이 히에라폴리스 출신이다. 노예 출신이었던 그는 마음의 평정을 중요시했는데 자기 자신이 삶의 주인공이 되지 못하면 결코 자유인이 될 수 없다고 설파했다.

"어떤 것을 잃게 되더라도 그것을 잃었다고 하지 마라. 모든 것은 신이 내게 잠시 빌려준 것이므로 원래 있던 자리로 돌아간 것뿐이다."

무덤들 사이를 걸으며 그의 말을 곱씹어 보았다. 원래 있던 자리로 돌아갈 뿐이라는….

저녁에 묵은 호텔에는 파묵칼레를 닮은 커다란 온천장이 있었다. 다른 점은 하얀 석회석 대신에 붉은 진흙이 바닥에 깔려 있어 얼핏 보면 마치 진흙물이 흘러내리는 것 같다. 실내 온천장도 있었지만 답답한 실내보다는 실외 온천이 마음에 들었다. 몇 개의 층으로 되어 있는 온천 풀은 맨 윗부분의 온도가 제일 뜨거운데, 너무 뜨거워서 오래 앉아 있을 수가 없다. 중간층에 앉아 바닥에 깔려 있는 고운 진흙을 퍼내어 몸에 발라보기도 하며 온천을 즐겼다.

온천을 한 덕분인지 잠을 푸욱 잘 수 있었다. 다음 행선지인 카파도키아에 도착하기 전에 대상들 숙소였던 '카라반사리(Caravansary)' 에 들렀다. 낙타에 짐을 싣고 교역을 하던 대상들이 숙소로 쓰던 건물로 흔히 마을의 성벽 밖에 위치한다. 짐을 실은 낙타가 드나들 수 있도록 입구가 넓은데 육중한 대문이 달려 있다. 그 문을 닫으면 견고한 요새가 되어 도적들의 침입을 막을 수 있었다. 카라반사리가 없는 곳이라면 마을 사람들 중 누군가의 집에 머물 수 있다. 여행자를 자신의 집에 받아들여 최선을 다해 대접하는 것이 이슬람교도의 의무 중 하나이다. 그들은 여행자를 재우고 음식을 나누는 선행을 베풀면 사후에 알라의 왕국에서 보답을 받을 수 있다고 믿는다.

카라반사리(위), 열기구를 타고 카파도키아를 보다(아래)

　카라반사리 앞에 커다란 흰색 개 한 마리가 누워 있다. 이 개가 바로 그 무섭다는 '캉갈' 이다. 양떼를 지키다가 늑대나 곰 같은 야생 동물이 나타나면 싸워 이긴다는 터키의 용맹스러운 개다. 줄에 묶여 있지만 조금 겁이 났다. 이 개는 훈련이 잘 되어 있는지 아니면 우리가 그저 흔한 관광객이다 싶은지 심드렁한 표정으로 움직이지도 않는다.

　이번 터키 여행의 하이라이트는 카파도키아에서 열기구를 탄 것이

궤레메의 기암괴석

다. 오래전 이 일대에서 화산 폭발이 있었고, 그때 분출된 용암이 바람과 비의 침식 작용에 의해 형형색색의 신비스러운 모양을 만들어 냈다. 사람들은 바위산에 굴을 파서 비둘기 집처럼 올망졸망한 주거 공간을 마련했고, 기독교 박해를 피해 그곳에 동굴 교회를 만들어놓은 자취들도 남아 있다.

열기구는 해 뜨기 전, 기류가 잔잔한 이른 아침에 올라간다. 밑에서 가스불로 뜨거운 공기를 열기구 속에 채우려면 시간이 제법 오래 걸린다. 버섯, 도토리, 혹은 동물 모양을 한 기묘한 바위들이 손에 잡힐 듯 가까이 스쳐간다. 땅에서 보아도 신기한 광경이지만, 위에서 내려다보니 마치 공상 과학 영화에 나오는 외계인들의 땅을 지나는 것 같다.

열기구 타기는 대체로 안전하지만 뜰 때보다 땅에 내릴 때가 위험하다. 잘못 내리면 사람들이 타고 있는 큰 바구니가 뒤집어져서 다치는 경우도 종종 있다. 호주의 케언즈에서 열기구를 탄 적이 있다. 밀림 사이로 캥거루가 껑충껑충 뛰어가는 모습도 보며 경치를 감상했다. 그런데 내려야 할 지점에서 바람이 불기 시작했다. 결국 랜딩 포인트와는 한참 떨어진 초원에 내리게 되었는데, 내릴 때 바구니를 잡아줄 사람들이 없어 몇 번이나 바구니가 땅에 부딪혀 튀어 오른 후에야 겨우 멈출 수 있었다. 게다가 열기구의 풍선도 우리가 접어야 했다. 일단 발로 밟아 공기를 뺀 후에 손으로 둘둘 말아야 하는데 워낙 부피가 커서 쉽지 않은 일이었다. 카파도키아에서는 다행히 무난하게 착륙할 수 있었다.

앙카라로 가는 길 곳곳에 사람들이 웅성웅성 모여 있다. 비닐을 바닥에 깔아놓고 양을 잡고 있는 중이다. 오늘부터 이슬람교도들의 큰 명절인 '쿠르반 바이람(Kurban Bayram)' 이 시작된다. 쿠르반이란 제사 때 쓰이는 제물을 의미하는 말이고, 바이람은 축제를 뜻한다. 굳이 말하자면 '회생절' 이라고나 할까.

이슬람 신앙의 기원도 기독교와 마찬가지로 '아브라함' 에서부터 시작된다. 아브라함의 신에 대한 순종을 시험하기 위해 신은 그에게 아들을 제물로 바치라고 한다. 아브라함이 자기의 아들을 죽이려는 찰나 신은 그를 중지시키고, 대신 양을 바치게 했다는 것에서 비롯된 축제이다. 그런데 기독교에서는 죽을 뻔했던 아들이 사라의 아들인 '이삭' 이고, 이슬람에서는 하갈의 아들인 '이스마엘' 인 점에서 크게 다르다. 여하튼 '희생절' 은 이슬람교도들에게 기독교의 크리스마스에 버금가는 큰 축제로 4~5일간 계속되는데, 한국의 추석처럼 고향으로 돌아가는 사람들이 많아 민족 대이동이 일어나는 때이다.

이들은 아침부터 소나 양 등의 가축을 잡아 가난한 사람들이나 이웃과 나누어 먹는다. 가축이 없으면 돈을 기부할 수도 있다. 라마단이 끝난 70일 후에 이 축제가 시작되기 때문에 매해 날짜는 달라진다. 유대인들은 그들의 종교적 관습에 따라 특별하게 처리된 '코셔(Kosher)' 음식을 먹는데, 이슬람교도들에게도 코란에서 자세하게 명시해놓은 '하랄 푸드(Halal Food)' 가 있다.

앙카라에 도착하기 전에 '아나톨리아 문명 박물관' 에 들렀다. 사실 상당히 피곤해서 쉬고 싶었지만 이 박물관을 보지 않은 채 터키를 떠나고 싶지 않았다. 이 박물관은 아나톨리아 지역의 조각, 벽화, 수공예품, 동상, 그리고 벽화 등의 유물이 시대별로 전시되어 있는데, 특히 '히타이트' 시대의 것들이 많이 있다. 히타이트는 아나톨리아 북중부 지방에서 일어난 강대한 제국으로 기원전 14세기에 최절정의 시기를 맞는다. 이 나라는 최초로 철제 무기와 전차 부대를 사용해서 주변 나라들을 정복하고 이집트와 맞설 만큼 강력한 힘을 가지고 있었다. 놀랍도록 앞서갔던 히타이트의 유물들을 보며 '하늘 아래 새로운 것은 없다' 는 로마인들의 말에 수긍이 갔다.

큰 명절 기간이기도 하고, 크리스마스가 가까워서인지 저녁을 먹으러 나갔던 앙카라 시내의 쇼핑몰은 상당히 붐볐다. 이슬람의 나라지만 기독교의 크리스마스를 축하하는 장식과 캐럴들이 백화점을 가득 메우고 있다. 10여 년 전, 예루살렘에서 보냈던 크리스마스가 생

각났다. 예수님을 메시아로 인정하지 않는 유대인들은 크리스마스를
전혀 축하하지 않는다. 장삿속 때문에서라도 크리스마스 장식을 할
것 같은데 서운하리만큼 싸늘하고 무관심한 분위기였다.

호텔로 돌아가는 택시 안에서 '한국 공원' 이라는 간판을 얼핏 보
았다. 한국전에 참가했다가 전사한 사람들을 기념하는 공원이다. 이
렇게 가까이 있는 줄 알았으면 잠깐 들렀으면 좋았을 텐데 지금은 너
무 늦었다. 터키 사람들이 한국인을 친숙하게 여기는 것에 비해 한국
사람들은 그다지 관심이 없는 것 같다. 워낙 인간사가 다 그렇지 않
은가. 은혜를 베푼 사람은 그 일을 기억하지만, 받은 쪽에서는 잊어
버리고 말던가, 아니면 아예 그 일을 기억조차 하고 싶어 하지 않게
마련이다. 밤하늘에 터키의 국기 모양과 똑같은 초승달과 별 하나가
떠 있었다. 어느 장군이 치열한 전투가 끝난 후, 땅에 고인 피 웅덩이
에 비친 초승달과 별을 보고 국기를 만들었다고 한다. 그래서 터키의
국기는 바탕색이 피처럼 붉은 색이다.

24

카리비안 요트 여행 | 1993년 8월

우리 동네에 있는 커뮤니티 칼리지에서 요트 여행자를 모집한다는 광고를 보았다. 요트를 다룰 줄 몰라도 가능하다기에 신청을 했다.

요트 여행 참가자들을 대상으로 사전 모임이 있었다. 오렌지카운티 요트클럽 회장 집에서 모였는데, 각자 음식을 한 가지씩 가지고 오는 팟락(Potluck)이었다. 나는 갈비를 조금 구워갔는데, 코리안 바비큐라고 하면서 다들 맛있게 먹었다. 요트클럽 회장의 집이라니 상당히 크고 좋을 거라는 생각과는 달리 의외로 방갈로 스타일의 조그마한 집이었다.

회장은 여자였는데 거실에는 요트를 배경으로 여행지에서 찍은 사진들이 많이 있다. 그녀는 큰 집을 지니고 사느니 좋아하는 요트 여행에 시간과 돈을 쓰면서 살고 있다고 한다. 본인은 작은 요트를 한 척

가지고 있지만, 실은 요트를 소유하는 것보다 요트가 있는 친구를 갖는 게 더 좋은 일이라며 웃는다. "세상에서 제일 기쁜 날은 요트를 샀던 날, 그리고 그보다 더 기쁜 날은 그 요트를 파는 날"이라는 미국 유머도 있는 걸 보면 요트를 소유하고 관리하는 게 쉬운 일은 아닌 모양이다.

그날 저녁, 30명 정도가 모였는데 우리를 포함한 몇몇을 빼고는 모두 요트 여행을 해본 경험들이 있었다. 여행에 대한 주의사항과 일정에 대한 설명을 들었다. 짐은 될 수 있는 한 줄이되, 자리를 차지하는 딱딱한 여행 가방 대신 더플 백을 가지고 오라고 한다. 배에서 먹고 자고 할 테니까 캐주얼한 여름옷이면 충분하니 짐이 그다지 많지는 않을 것이다.

유에스 버진 아일랜드(US Virgin Islands)의 세인트 토마스(St. Thomas)를 시작으로, 브리티시 버진 아일랜드를 비롯해서 카리브 해에 있는 작은 섬들을 일주일간 돌아보기로 했다. 샌 토마스 섬은 카리브 해에 있는 섬들 중에서도 큰 편에 속한다. 비행장도 있고 웬만한 크루즈 배들은 거의 다 이 섬에 들른다.

우리가 타는 요트에는 거실, 부엌, 화장실 그리고 방이 세 개가 있다. 우리와 다른 한 커플, 친구 사이인 할아버지 두 분, 그리고 항해를 책임질 항해사 한 명. 도합 7명이 한 배를 타게 되었다. 식료품점에 가서 요트 여행에 필요한 식품들과 기타 물건들을 샀다.

세인트 토마스에는 나의 초등학교 동창이 한 명 살고 있다. 중학교 때 미국에 온 그녀는 내내 미국 동부에서 살아왔다. 어느 해 그녀는 세인트 토마스로 휴가를 왔다가 운명처럼 남편을 만났다. 시카고 출신 남편은 세인트 토마스에 출장을 왔다가 그 섬의 아름다움에 반해 그곳에서 살고 있는 사람이었다. 휴가를 왔다가 사랑에 빠져 결혼하고 섬에서 살고 있는 부부의 이야기는 한 편의 로맨틱한 영화 그 자체였다.

그녀의 남편은 우리에게 섬 구석구석을 구경시켜 주었다. 바다가 내려다보이는 언덕 위에 손수 집을 짓고 있는 중인데, 어느 정도 지어놓으면 허리케인이 불어와 지붕을 날려버리고, 다음 해에는 창틀을 부수고 하는 바람에 몇 년째 완공을 못하고 있다고 한다. 그는 사람들이 요트를 처음 타본 후에는 요트를 좋아하는 사람과 싫어하는 사람으로 갈라진다며, 우리가 어떤 부류에 속하게 될지 궁금해 했다.

우리 일행은 모두 네 척의 요트에 나뉘어 승선을 했다. 항구를 벗어날 때까지는 모터를 사용하지만 그 후에 항해를 할 때는 모터를 끄고 돛을 올렸다. 살랑살랑 불어오는 바람을 타고 요트는 부드럽게 옥색 바다를 미끄러져 간다. 작은 섬들이 점점이 떠있는 이곳은 수심이 얕고 바닥이 흰모래라서 바다색이 따뜻한 옥색을 띄고 있다. 수온도 적당해서 바다에 들어가면 마치 바닷물이 온몸을 감싸는 것처럼 기분 좋게 포근하다.

작은 섬이 멀찌감치 보이는 곳에 배가 닻을 내리면 우리는 섬까지 수영을 해서 갔다. 인적 없는 무인도 모래밭에서 낮잠을 자기도 하고, 지칠 때까지 바다 속에 떠있기도 했다. 얼마 지나지 않아 우리 피부는 곧 갈색으로 변해버렸다. 아무리 도수가 높은 선 블록 크림을 발라도 카리브 해의 강한 햇빛을 당할 수가 없었다.

바람이 일기 시작하면 돛을 다 올렸다. 돛을 올리거나 방향을 바꾸는 일은 남자들 몫이었다. 각자 맡은 위치에서 빠른 시간 안에 로프를 당겨 감거나 풀어주어야만 했다. 강한 바람을 받은 배는 한쪽으로 기울어지면서 속도를 내기 시작한다. 얼마나 많이 기울었는지 뱃전에 앉아 손을 바닷물에 담글 수 있을 정도였다. 바람이 좋은 날은 네 척의 요트가 경주를 벌이기도 했는데 늘 우리 배가 꼴찌였다. 아무래도 우리 배의 항해사인 '밥'이 경험이 제일 적은 탓인 듯했다.

그래도 밥은 음식 만드는 솜씨가 좋았다. 식사를 준비하는 것도 그의 몫이었는데 바비큐나, 햄버거, 파스타 등 다양한 메뉴로 우리를 즐겁게 했다. 이곳은 낚시가 허용되지 않는 지역이라 물속에 뻔히 보이는 고기들을 놔두고 미리 사가지고 와 냉장고에 넣어둔 생선을 먹을 수밖에 없었다. 우리가 가지고 갔던 컵 라면은 서로 한 젓가락씩 먹겠다고 졸라댈 만큼 인기가 좋았다.

아침이면 방금 만든 뜨거운 커피를 들고 아무도 없는 갑판에 올라가 신선한 아침 공기를 즐기곤 했다. 어느 날 아침 우연히 배 옆을 내려다보니 작은 물고기들이 오글오글 모여 있었다. 그런데 그 작은 고기들 뒤에는 조금 큰 물고기들이 또 떼로 모여 있는 게 아닌가. 어쩐 일인가 싶어 자세히 살펴보니 그 고기들이 모여 있는 곳은 바로 화장실 배수구 앞이었다. 배의 화장실은 수세식이지만 펌프로 바닷물을 끌어 올려 그 물을 사용한다. 그리고 정화조가 없이 그대로 바다로 배출된다. 그래서 화장실에서 쓴 휴지는 변기에 버리지 못하고 따로 쓰레기통에 넣어야 했다. 사람의 몸에서 나온 배설물을 먹으려고 크고 작은 물고기들이 몰려와 있는 중이었다. 그만하면 효과적인 리사이클링이라고 볼 수 있겠다.

　어느 날 오후, 태풍이 불어오니 배들은 곧 항구로 피신하라는 경고가 무전기를 통해 전해져왔다. 갑자기 검은 구름이 몰려오고 바람이 거세게 불기 시작했다. 우리는 서둘러 가장 가까운 항구로 들어가 정박을 했다. 그 항구에는 동전을 넣으면 뜨거운 물이 나오는 샤워장이 있었다. 며칠 만에 물 걱정 안하고 뜨거운 샤워를 하고나자 찌뿌드드한 몸이 가벼워졌다. 바다에 들어갔다 나오면 짠물을 씻어내느라 꼭 샤워를 해야 했지만 물탱크의 용량 때문에 물을 아껴 써야 했다. 우리 일행 중에 긴 생머리의 여자가 있었는데 우리는 그녀가 머리 감는데 물을 다 쓴다고 놀려댔다. 물값보다도 물을 보충하러 일부러 물을 파는 섬을 찾아가야 하니 그게 불편한 일이었다.

　틈틈이 여러 곳에서 스노클링을 했지만 부근에서 가장 유명한 스노클링 장소는 토톨라 섬 부근에 있는 '인디안'과 '펠리컨' 두 곳이다. 색색의 산호들이 바로 내 몸 아래에서 흔들리고 있고 산호들보다 더 아름다운 색깔의 고기들이 헤엄치고 있었다. 특히 열대어들이 무리지어 빠르게 움직이는 모습은 숨이 막히도록 아름다웠다. 열대어의 모양과 이름이 수록되어 있는 플라스틱판을 목에 걸고 있었지만 일일이 이름을 확인할 겨를도 없다. 그저 내 몸을 스쳐 지나가는 고기들과 함께 천천히 바다에 떠있을 뿐이었다. 고기들을 유인하려고 비닐봉지에 빵 조각을 넣어 가지고 바다에 들어갔다. 봉지를 여는 순간, 어떻게 알고들 몰려오는지 주위에 고기들이 새까맣게 몰려왔다.

작은 섬 주변이 스노클링하기에 좋다

나는 너무 놀라 빵조각을 던져 버리고 고기들 무리에서 얼른 빠져 나왔다.

펠리컨에는 동굴이 있는데 그 속에 들어가면 정말 아름다운 산호초와 다양한 고기들을 볼 수 있다고 한다. 그런데 작은 사고가 있었다. 산호초 가까이서 헤엄을 치다가 산호에 무릎을 베었다. 물이 너무 맑아서 산호까지의 거리를 착각한 탓이다. 흔히 산호초라고 부르지만 산호는 식물이 아니다. 아주 작은 물체들이 모여 하나의 군락을 형성하고 있는, 굳이 말하자면 동물 군에 속한다. 그런데 이게 굉장히 딱딱하고 날카롭다. 할 수 없이 배로 올라와 약을 바르고 응급 처치를 했다.

우리 배에 타고 있는 할아버지 두 분은 일흔이 넘었는데 스쿠버 다이버들이다. 나는 무거워서 들지도 못하는 커다란 산소통을 번쩍 번쩍 들어올린다. 산소통뿐 아니라 무거운 납덩이까지 허리에 차고 바다 속으로 들어간다. 걱정이 될 정도로 오랜 시간 물속에 있던 할아버지들은 황홀한 바다 속 풍경을 보았다며 흡족한 얼굴로 올라왔다.

토톨라 섬의 마리나 케이 항구로 들어가는 중이었다. 다른 배들은 먼저 항구로 들어가고 우리가 제일 뒤에서 달리고 있었다. 바람이 적당하게 불고 있어 배의 돛을 모두 올렸다. 저 멀리 왼쪽에서 우리를 향해 요트 한 척이 빠른 속도로 오고 있는 게 보였다. 돛이 모두 펼쳐져 있어 우리 배의 항해사 밥의 왼쪽 시야는 가려져 있었다. 하지만 저쪽에서는 얼마든지 우리 배를 볼 수 있을 터였다.

설마 이 넓은 바다에서, 배라고는 우리 배와 그쪽 배 두 척 뿐인데, 설마 설마 하고 있는 동안 그 배는 맹렬하게 우리 쪽으로 다가왔다. 그리고는 꽝! 하는 굉음과 함께 배에 큰 충격이 왔다. 상대편 배는 달려오던 속도를 이기지 못해 우리 배를 덮치며 올라왔다. 마침 배가 달려오는 쪽에 앉아 있던 나는 그쪽 배 앞부분의 밑바닥과 쇠로 만든 커다란 닻이 머리 위로 지나가는 걸 보았다. 그때 남편이 재빠르게 몸을 던져 나를 덮어 눌렀다.

우리 배에 반쯤 올라앉았던 배는 잠시 머물러 있더니 천천히 끼기긱 하는 쇠 긁는 소리를 내며 미끄러지기 시작했다. 흔들거리던 커다란 닻이 내려가며 우리를 칠 수도 있는 상황이었다. 내 몸을 감싸고 있는 남편이 걱정되었다. 차라리 나 혼자 바닥에 엎드려 있으면 괜찮을 텐데 나 때문에 이 사람이 다칠 것만 같았다. 드디어 상대편 배는 덜컹하고 바다로 내려앉았다. 그제야 머리를 들고 일어날 수 있었던 우리는 서로 다친 사람이 없는지부터 확인했다. 다행히 부상자는 없었지만 배의 마스트며 조종간이며 할 것 없이 모두 다 부서져 버렸다.

우리는 졸지에 난민 신세가 되었다. 견인선이 오기를 기다리는데 헝겊 인형이며 바나나 잎으로 만든 바구니 등을 실은 작은 배가 한 척 다가왔다. 사고를 당해 망연자실 바다에 떠있는 사람들한테 물건을 사라고 내미는 경우는 또 뭐란 말인가. 위험한 순간은 지났고, 특별한 경험을 했다 싶어 여유가 생긴 내가 농담 삼아 말했다. "우리가 지금 그런 물건 살 생각이 있을 것 같으니?" 물건을 팔러 온 젊은이도 웃으며 대답했다. "특히 여기가 사고 다발지역이에요. 항구로 들어가고 나가는 배들이 많아서 가끔 이렇게 접촉 사고가 일어나지요."

두 시간 정도 움직이지도 못하고 바다에 떠있어야 했다. 겨우 견인선이 와서 우리 배를 끌고 항구로 들어갔다. 그날 밤 우리 배의 식구들은 다른 세 척의 배에 흩어져서 자야만 했다. 다음날 늦은 아침에 다른 배가 도착해서야 우리는 항해를 계속할 수 있었다.

친구 남편에게 요트 여행이 상당히 즐거웠다는, 그리고 나는 확실하게 요트를 좋아하는 부류에 속한다는 얘기를 하지 못했다. 그를 다시 만날 기회가 오기 전에 그가 친구 곁을 떠났기 때문이다. 그는 지상에 있는 낙원에서 하늘에 있는 파라다이스로 옮겨갔다. 그녀는 아직도 세인트 토마스에서 혼자 살고 있다. 남편과 함께 지은 집에서, 허리케인이 불어오면 남편한테 배운 대로 창문을 막을 판자에 대못을 쾅쾅 박으면서 씩씩하게 지내고 있다.

25

멕시코, 로스 카보스 | 2006년 1월

　춥다. 병원 수술실은 왜 늘 이렇게 추운지 모르겠다. 그러지 않아도 차가운 수술대에 누워 있으려면 두려움으로 가슴까지 오그라드는데 실내 온도까지 낮으니 온몸이 떨려온다. 지난번 수술할 때는 간호사가 따뜻하게 덥힌 담요를 가져다주었는데, 이 병원 간호사들은 그런 배려도 없다. 그러고 보니 수술실에 제법 여러 번 누워 보았다. 전신 마취를 하면 기억력이 나빠진다고 하던데 그동안 수술 받은 경력에 비하면 이 정도 기억력을 지니고 있는 것도 다행이다 싶다. 내일모레면 크리스마스다. 병원 복도에도 크리스마스 장식들이 걸려 있다. 막혔던 혈관을 뚫고 새해를 맞게 될 테니 좋은 한 해가 될 거라고 애써 위로해본다.

　일 년 전에 심혈관 우회수술을 받았다. 지난여름 골프를 치고 있는데 갑자기 진땀이 나며 가슴이 조여 오는 통증이 찾아왔다. 특히 왼쪽 팔에 기운이 빠지면서 골프채를 들고 있기도 어려웠다. 주치의는 더위 탓이던가 아니면 갱년기 증상일지도 모르지만 그래도 정밀 검사를 받아보라고 권했다. 검사 결과 심장에서 나오는 동맥 하나가 90프로 정도 막혀 있는 걸로 판명되었다. 보통 한 군데 막힌 것으로는 가슴을 여는 수술을 하지 않는다는데, 막힌 부위가 스텐트 시술을 하기에는 너무 위험한 곳이라 할 수 없이 고전적인 방법으로 가슴을 절개해야 한단다.

당뇨나 고혈압이라면 가족 병력이 있으니 언젠가 닥쳐올 일이라고 각오하고 있었지만, 혈관이 막혔다니 갑자기 뒤통수를 한 대 얻어맞은 기분이었다. 심장 혈관이 막히는 중요한 원인에는 콜레스테롤, 당뇨, 흡연, 고혈압, 스트레스 등이 있다. 하지만 나는 그 어느 것에도 심각하게 해당되는 사항이 없었다. 심장 바이패스 수술로는 신의 경지에 달했다는 캘리포니아에서 유명한 일본인 심장외과 의사에게 수술을 받기로 했다. 수술 며칠 전 의사를 만났다. 내가 워낙 아픈 것에 대해서는 겁이 많은 사람이라 수술 자체보다는 오히려 수술 후 얼마나 아플까 하는 게 더 큰 걱정이었다.

“많이 아픈가요?”

“아니요, 수술 다음 날부터 걸어 다닐 수 있어요.”

“정말요?”

“그럼요, 다리 수술을 하는 게 아니거든요.”

그 농담에 다 같이 크게 웃었다.

그리고 가슴뼈를 자르고 심장 혈관을 잇는 큰 수술을 받았다. 퇴원

후 통증이 너무 심해 오랫동안 진통제를 복용해야만 했다. 이 진통제를 끊을 날이 올까. 통증에 쫓겨 어쩔 수 없이 약을 먹을 때마다 막막한 심정이 되곤 했다. 그렇게 겨우 회복을 했는데 일 년이 채 못 되어 그 혈관이 다시 막혀버린 것이다.

이번에는 허벅지에 구멍을 뚫고 가는 튜브를 넣어 막힌 심혈관을 뚫는 수술을 받았다. 막혀 있는 부위가 길어 스텐트를 세 개나 연결했다고 한다. 환자 입장에서 이 수술 자체는 전혀 힘들지 않은데 수술 후에 몇 시간을 꼼짝 못하고 누워 있어야 하는 게 고역이다. 머리를 비우고 편안한 마음을 가지려고 하지만 온갖 생각이 끊이지를 않는다. 어느 경지가 되어야 이 번뇌 망상에서 벗어날 수 있으려나.

추운 회복실에서 몸을 움직이지도 못하고 누워 있자니 기분이 자꾸 가라앉는다. 강렬하게 햇볕이 내려 쪼이는 바닷가에서 아무것도 하지 않고 마냥 누워 있으면 좋겠다. 책도 읽지 않고 수영도 하지 않고, 그냥 바닷바람에, 따뜻한 햇살 아래 몸을 맡기고 시간을 보내고 싶다. 한 번 그런 생각을 하기 시작하자 어쩐지 꼭 그래야만 할 것 같은 기분이 들었다.

큰 수술이 실패했지만 다시 보완 수술을 할 수 있다는 건 오히려 다행스런 일이었다. 하지만 처음 집도한 외과 의사도, 스텐트 시술을 할 수 없다고 물러섰던 첫 번째 심장내과 의사도 모두 원망스러웠다. 억울하다는 느낌이 너무 강해서 회복이 느려질 만큼 우울해졌다. 어느 친구가 "억울한 걸로 따지자면 예수님처럼 억울한 분이 또 어디 있겠어!" 하고 농담을 했지만 그 말이 조금도 위로가 되지 않았다.

수술실에서 생각했던 햇살이 눈부신 따뜻한 바닷가가 그리웠다. 기분 전환이 필요했던 나는 몸이 채 회복되기도 전에 LA 남쪽에 있는 멕시코의 로스 카보스(Los Cabos)로 떠났다. LA에서 그곳까지는 비행기로 세 시간이면 갈 수 있다. 우리는 All Inclusive Resort에 묵기로 했다. All Inclusive Resort란 숙박과 식사, 그리고 술을 비롯한 모든 음료가 요금에 다 포함된다. 여러 곳에 체인을 가지고 있는 Club Med가 잘 알려져 있는데 주로 카리브 해나 멕시코에 많이 있는 리조트 형태이다. 음식이 포함되는 Meal Plan을 택할 수도 있고, 숙박만 택할 수도 있는데 본인의 형편에 따라 결정할 일이다. 하지만 Meal Plan 없이 리조트 식당을 이용하면 값도 비싸고, 리조트 밖으로 나가려면 번거롭기도 해서 보통은 식사가 포함된 패키지를 택하게 된다.

한국처럼 뚜렷한 기후변화가 있는 것은 아니지만 LA에도 엄연히 4계절이 존재한다. 지금은 겨울이자 우기인 1월이다. 이 동네는 어쩐 일인지 살면 살수록 겨울이 점점 더 추워진다. 두꺼운 코트도 필요하고 털 달린 부츠를 신는 것도 전혀 어색하지 않다. 그런데 남쪽으로 불과 3시간 비행기를 타고 온 이곳 '로스 카보스'는 완연한 여름 날씨이다. 말이 멕시코지 리조트 안에 들어서면 그냥 편안한 미국이다. 바하 캘리포니아 반도 남쪽 끝에 있는 이곳은 일 년 내내 따뜻한 수온과, 아름다운 모래 해변, 스쿠버 다이빙, 스포츠 낚시

호텔 수영장

등으로 유명한 휴양지이다. 한쪽은 태평양, 다른
한쪽은 '시 오브 코테즈(Sea of Cortez)'라는 깨끗하고 조용한 바다에
면해있다. 특히 겨울이면 알래스카에서 새끼를 낳으려고 9,600km를
내려온 고래들을 많이 볼 수 있다.

저녁식사 시간에 레드 와인을 몇 모금 마셨다. 술을 전혀 못하는데
레드 와인이 심장에 좋다고 해서 앞으로는 약으로 생각하며 조금씩
마셔볼 생각이었다. 그런데 식사 도중에 갑자기 온몸에 기운이 쭉 빠
지며 어지럽다. 아직 몸이 회복되지 않았구나 싶어 서둘러 식사를 마
치고 방으로 돌아왔다. 그런데 둘째 날 저녁에도 같은 증상이 나타났
다. 낮에는 괜찮은 것 같았는데 어쩐 일인지 모르겠다. 방으로 돌아와
곰곰 생각해보니 저녁식사 때 마신 와인 몇 모금 때문이었다. 워낙 술
이 몸에 안 받는 터라 술 몇 모금이 들어가자 몸이 풀려 버린 거였다.
다음날부터 와인을 마시지 않자 그런 현상은 없어졌다.

이곳에서는 아무 것도 하지 않을 생각이었기 때문에 달랑 얇은 책
한 권을 가지고 와서 야자수 그늘 아래 누워 조금씩 아껴가며 읽었다.
제목은 도리스 이딩의 『오늘이 마지막이라면』. 서울에서 친구가 보
내주었는데 심각한 수술을 받은 후 읽기에 딱 알맞은 내용이었다. 책
의 서문에 이런 말이 들어 있다.

아직도 많은 날들이 남아 있다고 믿는 까닭에 오늘 하루쯤은
그냥 흘러가게 둘 수도 있습니다. 하지만 오늘 하루가 당신과 보
낼 수 있는 마지막 날임을 알고 있다면 모든 것은 달라질 것입니
다. '실수와 잘못'을 저지를 '내일'은 얼마든지 있습니다. 그리

고 모든 것을 다시 바로 잡을 수 있는 기회도 얼마든지 가질 수 있습니다. 그러나 만약 그 생각이 틀릴 경우 오늘이 내 인생의 마지막 날이라면 내가 당신을 얼마나 사랑하는지 말하고 싶습니다. 모두 잊지 않았으면 좋겠습니다. 젊은이에게도 노인에게도 '내일'은 약속할 수 없다는 것을. 오늘이 당신의 사랑을 확인할 마지막 기회일 수도 있습니다.

하루하루 시간이 지날수록 몸이 기력을 되찾는 걸 느꼈다. 아침 다르고 저녁이 벌써 또 다르다. 아마 정신적 안정뿐 아니라 좋은 날씨와 맑은 바닷바람 그리고 맛있는 음식들이 도움이 되었을 것이다.

기운을 좀 차리게 되자, 하루 종일 아무것도 하지 않고 뒹구는 게 조금 심심해졌다. 그래서 한 시간 정도 말을 타기로 했다. 정해진 트레일을 터벅터벅 걸어 다녀야 하는 미국에서의 승마와 달리 여기서는 바닷가 모래 위를 마음대로 속보(Trot)나 구보(Canter)로 달릴 수 있다. 말이 발이 푹푹 빠지는 모래 위를 걷는 게 안쓰러워 모래가 약간 딱딱한 물 쪽으로 방향을 틀었다. 파도가 밀려와 말의 다리를 적시고, 말 위에 앉은 내 다리까지 물이 튀어 오른다. 그런데 이 말들이 걸어가면서 똥을 싸기 시작했다. 비록 파도가 그 배설물들을 쓸어가 버리지만 아이들이 바다에서 놀고 있는데 이렇게 되면 곤란하다. 마음대로 말을 달릴 수 있는 건 좋지만 말이 지나다니는 구역을 따로 정해놓아야 할 것 같았다.

힘들이지 않고 재미있게 시간을 보낸 것 중에 '새그웨이(Sagway)' 투어가 있다. 새그웨이는 두 개의 커다란 바퀴 사이에 받침대가 있고

새그웨이 타기

그 위에 사람이 서서 움직이는 기구이다. 어느 괴짜 치과 의사가 발명한 제품인데 전기로 충전해서 움직인다. 작동하기도 쉬워서 조금만 연습하면 쉽게 탈 수 있다. 후진과 방향 전환은 물론 360도로 회전할 수도 있고 시속 19km 정도의 속도를 낼 수 있다.

약간의 연습을 거친 후에 가이드와 함께 시내로 나섰다. 관광객들이 많이 모이는 성당까지 가 보았다. 길에 새그웨이를 세워놓고 성당 안으로 들어가는데 사람들이 흘끔거리며 쳐다본다. 안전을 위해서 헬멧을 쓰고 청소부들이 착용하는 형광색 멜빵을 한 모습이 우스꽝스럽게 보이기는 한다. 멀지않은 언덕에 인라인 스케이트를 타도록 코스를 만들어놓은 공원이 있었다. 그곳에서 신나게 새그웨이를 타고 내려가는데 무섭게 속도가 붙는다. 집에서 가까운 마켓이나 도서관 등에 갈 때 사용하면 좋을 것 같은데 작고 가벼워서 도둑이 집어가기 쉽게 생겼다.

획기적인 발명품이기는 하지만 가격이 비싸서인지 그다지 많이 보급되지는 않았다고 한다. 결국 그 치과의사는 새그웨이 회사를 팔았는데 새로 주인이 된 회사 사장이 얼마 전에 새그웨이를 타다가 절벽에서 추락해 사망하는 일이 일어났다. 사장이 타다가 사고가 났으니 앞으로 이 물건을 파는데 지장이 있을 것이다.

이른 아침마다 바닷가에서 요가 클래스가 있었다. 아침 바다를 바라보며 한 시간 정도 요가를 하고나면 온몸이 기분 좋게 활짝 깨어나곤 했다. 요가가 끝나면 가부좌를 틀고 잠시 명상에 잠겼다. 살아온 날들과 살아갈 날들, 나를 스쳐간 인연들. 머리는 비워지지 않고 생각은 꼬리에 꼬리를 물고 일어난다.

요가를 가르치는 선생은 호텔 스파에서 마사지를 해주는 인도 사람이었다. 마지막 날 오후에 그에게서 마사지를 받았다. 수영장 옆에서 마사지를 받았는데 마사지가 끝나갈 즈음 그가 "지금 당신의 전생을 보았다"고 한다. "그래? 내 전생이 뭐였는데?" 하고 묻자 지금은 다른 손님들이 있어 얘기할 수 없고 내일 아침 요가 클래스가 끝난 다음에 만나자고 한다. 내일 아침에는 일찍 공항으로 떠나야 하니까 한가하게 요가를 할 틈이 없다. 진짜 전생이 보였을까 싶어 궁금하기는 했지만 그냥 잊어버리기로 했다. 아마도 바닷가에서 말 달리던 인디언 전사였을지도 모르지.

집에 돌아와 친구한데 그 얘기를 했더니 "그거 남자들이 여자 유혹할 때 흔히 쓰는 수법이야" 하며 깔깔 웃는다. 이 나이에 꼬임의 대상이 되었다면 그 또한 나쁘지 않은 일이었다.

26

남아메리카 크루즈 1,

부에노스아이레스 | 2006년 12월

LA에서 댈러스를 거쳐 아르헨티나의 수도 부에노스아이레스에 도착했다. 그런데 공항에서 아무리 기다려도 가방 한 개가 나오지 않는다. 일단 항공사 사무실에 신고를 하고 호텔로 갔다. 비행기에서 짐이 분실되는 경우는 다른 공항으로 잘못 보내지는 경우가 대부분이다. 그러니까 많은 경우 조금 늦게라도 가방을 찾을 수는 있다. 직행일 경우보다 중간에 거치는 도시가 있을 때 사고가 나기 쉽다. 우리는 마우이나 하와이 섬에 다녀올 때, 직행이 아니고 호놀룰루를 거치는 비행기만 타면 매번 가방이 도착을 안 해 말썽을 일으키곤 했다. 보통은 다음날 아침에 집으로 가방을 가져다주었지만, 집으로 돌아오는 길이니 다행이었지 여행을 시작할 때 가방이 도착하지 않으면 여행 자체를 망치게 된다.

이번 경우에는 호텔에서 하룻밤을 지내고 나면 배를 타고 떠난다는 데 문제가 있다. 일단 배가 떠난 후에는 가방을 전달받기가 쉽지 않을 것이다. 이럴 때를 대비해서 하루 정도는 버틸 수 있도록 간단하게 화장품이나 세면도구 등은 큰 가방에 넣지 않고 따로 손가방에 들고 다닌다. 어쩐 일인지 이번 여행에서는 짐을 싸면서 남편 것과 내 것을 분리해 서로 다른 가방에 넣었는데, 하필이면 남편 옷을 넣은 가방이 안 온 것이다.

가방은 가방이고, 부에노스아이레스 관광은 해야 했다. 부에노스아이레스는 '남미의 파리'라고 불릴 정도로 유럽풍이 가득한 도시이다. 스페인과 이탈리아 이민자의 후예들이 90%를 차지하고 있어 백인 일색이다. 부에노스아이레스에서 부두 노동자나 선원 노릇을 할 수밖에 없었던 가난한 유럽 이민자들은 고국에 대한 그리움과 고달픈 삶을 술과 탱고에 의지해 달랬다고 한다. 탱고가 시작되었다는 동네 '라 보카'에 가 보았다. 빨강, 초록, 노랑 등 원색의 페인트가 칠해진 라 보카 거리 곳곳에서 탱고를 추는 사람들을 볼 수 있다.

탱고의 기원에 대해서는 몇 가지 이견이 있다. 19세기 중반, 신세계에서 한몫 잡아보려고 이 땅으로 몰려온 젊은이들은 가난한 노동자의 신세를 면치 못했다. 무엇보다 여자의 수가 절대적으로 부족했기 때문에 혈기 왕성한 이들은 어려움을 겪어야 했다. 남자들은 당연히 사창가로 몰려들었고, 업주들은 여자를 기다리는 손님들을 위해 서비스 차원에서 악사들을 불러 음악을 연주하기 시작했다. 그 음악에 맞춰 차례를 기다리던 남자들끼리 춤을 추기 시작했다는 게 그 하

탱고 거리 라 보카(La Boca), 100여 미터의 거리 건물들 벽은 알록달록한 색이 입혀졌다

나이다. 다른 하나는 여자의 관심을 끌기 위해서는 파티 때 눈길을 끌 만한 현란한 춤 솜씨가 필요했는데, 그걸 연습하기 위해 공터에서 남자들끼리 춤 연습을 했던 게 탱고의 시작이라는 설이다. 여하튼 공통점은 탱고가 가난한 이민 노동자들 사이에서 시작되었다는 것이다.

가슴과 허벅지가 깊게 파인 몸에 딱 붙는 검정 드레스를 입은 여인과 기름 바른 머리를 뒤로 빗어 넘기고 줄무늬 양복을 멋지게 차려입은 남자가 길거리에서 춤을 추고 있었다. 관광객들을 위한 게 아닌가 싶기도 했지만 굳이 돈을 받으려고도 하지 않는다. 이들 거리의 댄서들은 저녁에 극장에서 보았던 탱고 공연 출연자들 못지않게 멋진 춤 솜씨를 보여주었다.

내가 좋아하는 볼룸댄스 장르 중의 하나가 탱고인데, 절도 있게 끝나는 네 박자의 탱고 음악에 발을 맞추다 보면 가슴속에서 슬금슬금

거리의 댄서, 열정적인 커플을 보며 탱고의 본고장에 있음을 실감했다

불꽃 하나가 일어나는 걸 느낄 수 있다. 내가 배운 건 인터내셔널 탱고였는데 아르헨티나 탱고와 비교해 자세부터가 다르다. 인터내셔널 탱고는 허리를 곧게 펴고 가슴은 파트너로부터 떨어지되 허리 아래는 상대방과 밀착되어야 한다. 반면 아르헨티나 탱고는 대충 그 반대로 보면 된다. 머리와 가슴은 될 수 있는 대로 가까이하되 하반신은 떨어져 있어 발이 자유롭게 상대방의 다리 사이로 들어가거나, 다리를 감아 당기곤 한다. 한마디로 아르헨티나 탱고가 훨씬 더 선정적이고 육감적이라고 할 수 있다.

오래전 알 파치노 주연의 영화 〈여인의 향기〉를 본 적이 있다. 내용은 거의 기억나지 않지만 한 장면만은 뚜렷하게 생각난다. 앞을 못 보는 알 파치노가 젊은 여인과 함께 탱고를 추는 장면. 그때의 배경음악이 까를로스 가르델의 '포르 우나 카베자(Por Una Cabeza)' 이다.

아사도

아마도 가장 널리 알려진 탱고 음악일 것이다. 탱고를 추고 싶지만 실수하는 게 두려워 춤을 못 춘다는 여인에게 알 파치노가 말한다.

"탱고에 실수라는 건 없어요. 인생과는 다르지요. 실수하더라도 그냥 계속 탱고를 추는 겁니다."

영화를 볼 때는 상당히 멋있는 대사라고 생각했는데 막상 탱고를 배우다 보니 그건 맞는 말이 아니었다. 탱고를 추다가 실수를 하면 파트너의 발을 사정없이 밟아 버리게 된다. 얇은 댄스 구두를 신고 있는데 발등을 밟히면 눈물이 찔끔 날 만큼 아프다. 탱고건 인생이건 실수는 안 할수록 좋은 법이다. 기념품으로 까를로스 가르델의 CD 한 장을 샀다. 그는 인기 절정에 있던 45세에 비행기 사고로 세상을 떠났다. 그의 사망 소식을 듣고 자살한 팬들이 있을 정도였다니 그의 인기를 짐작할 수 있다.

저녁에 고기 바비큐인 '아사도'를 먹었다. 아르헨티나에는 '팜파스'라고 불리는 광활한 대초원이 있다. 온대성 기후로 연중 적당하게 비가 내리기 때문에 밀과 옥수수의 주요 산지이다. 또한 팜파스에서는 목축업도 성행하고 있는데 소를 돌보는 카우보이를 '가우초'라고 부른다. 가우초들이 초원에서 고기에 굵은 소금만 뿌려 통째로 구워 먹던 것에서 유래한 음식이 아사도이다. 식당 입구에 커다란 바비큐 그릴이 있고 고기들이 통째로 익어가고 있다. 고기를 그다지 좋아하지는 않지만 본토에서 먹는 아사도는 어떨까 싶어 먹어보기로 했다.

샘플로 여러 종류의 고기를 먹을 수 있는 메뉴도 있었지만 그냥 소고기를 먹었는데 상당히 연하고 맛있었다. 고기를 좋아하는 사람이라면 맛도 있고 양도 많아 만족스러울 것이다.

다음날 아침 항공사에 전화를 했더니 가방이 도착했단다. 우리가 공항으로 찾으러 간다니까 크루즈 터미널로 가져다 줄 테니 염려 말라고 한다. 배가 떠나기 전에 도착하게 해달라고 신신당부했다. 약간 불안하기는 했지만 배에까지 가져다준다고 했으니 일단 배에 승선을 했다. 배의 안내 데스크에 가서 가방이 왔느냐고 물었지만 지금은 확인할 수가 없으니 방에 가서 기다리란다. 결국 배가 떠날 때까지 가방은 전달되지 않았다. 워낙 한꺼번에 짐이 몰리는 터라 배가 떠난 후에야 가방이 방으로 오는 경우도 종종 있기는 하다. 저녁에 다시 안내 데스크로 갔더니 주인을 찾지 못한 가방들이 여러 개 있었으나 우리 것은 없었다. 안내 데스크 앞에는 우리 외에도 두 명이 더 공항에서부터 짐을 못 찾았다고 불평을 하고 있었다. 한 사람은 덴마크에서 파리를 거쳐 왔고, 다른 사람은 시카고를 거쳐 왔다고 한다.

아르헨티나를 떠난 배의 다음 기항지는 우루과이다. 같은 나라도 아니고 나라가 바뀌니 더 복잡하게 되었다. 갈아입을 옷이 없는 남편은 운동화에 청바지 차림으로 왔는데, 그 차림새로는 저녁에 식당에 들어갈 수가 없다. 아무리 요즈음 크루즈가 캐주얼하게 변하고 있다하더라도 저녁 시간에 정식 식당에서 청바지 차림은 허용이 안 된다. 그날은 할 수 없이 뷔페를 먹어야 했다. 편안히 앉아 정중하게 시중을 받으며 식사를 하는 게 크루즈의 매력 중 하나인데 식당에 들어가기 위해서라도 바지뿐 아니라 구두까지 사게 생겼다.

우선 갈아입을 양말이며 속옷이 필요했다. 배에 있는 상점에 가서 남자용 속옷 큰 사이즈를 달라고 하니까, 조금 전에 어떤 남자분이 물건 있는 걸 다 사갔다고 한다. 아마도 아까 안내 데스크에서 만났던 사람인 모양이다. 다행히 가게에 까만 양복바지는 맞는 게 있는데 구두가 없다. 내일 기항하는 곳에서 구둣가게를 찾아보기로 했다. 함께 여행 중인 강 선생님이 만일을 대비해서 티셔츠와 속옷 2벌 그리고 양말 몇 켤레를 빌려주었다.

우루과이의 몬테비데오에 도착했다. 지금은 나라 자체가 별다른 힘을 못 쓰고 있지만 우루과이는 1930년 제1회 월드컵을 개최했고, 그 월드컵에서 우승을 차지했다. 현재까지 가장 인구가 적은 나라로 우승한 기록을 가지고 있다. 시내 관광을 할 생각도 그다지 없어 구둣가게가 있나 기웃거리며 걸어 다녔다. 이곳의 가죽제품이 싸고 좋다는데 값이 싸기는 하지만 디자인이 좀 투박하다. 그리고 캘리포니아에서는 가죽 옷을 입을 기회가 별로 없기도 하다.

시내에 있는 광장에 벼룩시장이 열렸다. 큰 주먹만 한 둥근 모양의 은으로 만든 마테 차 마시는 컵들이 많이 보인다. 마테 컵에 꽂아 마시는 은 빨대에도 섬세한 장식을 해 놓았다. 남미 사람들은 마테 차를 많이 마시는데, 비타민과 여러 가지 미네랄 함유량이 높다고 한다. 마테 차는 한 번에 차 성분의 대부분이 추출되는 녹차와 달리 성분이 천천히 녹아나오기 때문에 잎이 들어 있는 마테 용기를 들고 다니면서 하루 종일 뜨거운 물을 부어 마시기도 한다. 차는 옅은 갈색에 약간 향기가 있는 듯 했는데 별 거부감 없이 마실 수 있었다. 컵 한 개에 여러 개의 빨대를 꽂아 서로 차를 나누어 마시는 모습도 볼 수 있다.

냉장고에 붙이는 자석을 파는 좌판에서 탱고 추는 모습과, 프리다 카를로의 자화상이 있는 걸 하나씩 샀다. 멕시코 출신인 프리다와 우루과이는 아무 연관이 없겠으나, 그녀를 좋아하는 누군가가 가지고 있던 물건이었을 것이다. 그 마그넷은 그렇게 세상을 돌아 지금 우리 집 냉장고 벽에 붙어 있다.

구둣가게가 눈에 뜨이지 않아, 할 수 없이 빈손으로 배로 돌아왔다. 그런데 방에 들어가니 전화 메시지가 남겨져 있다. 가방이 배달되었으니 와서 확인하란다. 부에노스아이레스에서 배가 떠나는 시간을 맞추지 못해 이곳 우루과이로 배달을 했단다. 가방을 못 찾을까봐 노심초사하던 터라, 항공사에 대한 원망보다는 가방을 찾은 게 그저 감사하다. 그동안 세면도구나 속옷 등 필요한 물건을 구입했으면 항공사에 대금을 청구하라고 하는데, 정신적 피해 보상이라면 모를까 새로 구매한 것이 없어서 그만 두었다. 서둘러 옷장에 옷을 풀어놓으니 이제야 비로소 여행을 떠나는 기분이 든다.

덴마크에서 온 승객은 결국 크루즈가 끝날 때까지 가방을 찾지 못했다. 그 사람은 배에서 마주칠 때마다 현지에서 샀다는 울긋불긋한 무늬의 셔츠를 입고 있었다. 그저 추억에 남을 재미있는 얘깃거리 하나 만든 셈치라고 위로해줬지만 그 말이 별로 위안이 되었을 것 같지는 않다.

27

남아메리카 크루즈 2, 우수아이아 | 2006년 12월

배는 남아메리카의 남쪽을 향해 내려간다. 항해 도중에 생일을 맞았다. 생일이라고 내색을 하지도 않았는데 같이 간 강 선생님 내외분이 내 생일을 기억하고 방에 생일 축하 장식을 하도록 주문해 놓은 모양이었다. 식사를 마치고 방에 들어가니 반짝이는 'Happy Birthday' 배너와 색색의 풍선들이 걸려 있고 커다란 초콜릿 케이크가 놓여 있다. 예상치 못했던 생일 선물을 받은 것이다. 방금 밥을 먹고 와서 배가 부른데도 불구하고 초콜릿 케이크를 남편과 한쪽씩 잘라 먹었다. 예전에는 크루즈에서 생일이나 결혼기념일을 맞은 승객에게는 식사 시간에 촛불이 꽂힌 둥그런 케이크를 통째로 가지고 와 웨이터들이 둘러서서 축하 노래를 불러주었다. 요즘은 노래는 불러주지만 큰 케이크 대신 작은 케이크 한 조각에 초를 꽂아 가지고 온다.

다음 기항지는 남아메리카 대륙 남동쪽에 있는 섬, '포클랜드 (Falkland Islands)'이다. 그동안 고래잡이배와 마젤란 해협을 통과하는 선박들이 수리를 위해 이용하던 이 섬이 세계의 이목을 끌게 된 것은 1982년에 아르헨티나와 영국 간에 벌어졌던 포클랜드 전쟁 때문이다. 당시 극심한 인플레이션과 반정부 시위에 직면해있던 아르헨티나 군부는 그 돌파구로 그동안 영토 문제로 영국과 협상을 벌여오던 포클랜드를 무력으로 점령했다. 영국이 본토와 멀리 떨어져 있는 이 조그만 섬에 대해 군사적 행동을 벌이지는 않을 것이라는 판단에서였다. 하지만 예상과는 달리 영국의 발 빠른 참전으로 아르헨티나는 74일 만에 항복할 수밖에 없었다. 양측을 통 털어 900여 명이 사망한 이 전쟁으로 결국 아르헨티나의 군사 정권은 무너졌고, 인기가 올라간 영국의 대처 수상은 재집권을 하게 되었다.

포클랜드의 수도인 포트 스탠리(Port Stanley)는 전형적인 영국의 자그마한 마을을 연상시킨다. 인구 2,000명이 조금 넘는 이 도시는 포클랜드 전쟁 당시 직접적인 피해를 입지는 않았지만 아직도 인근 해변에는 지뢰가 많이 묻혀 있다고 한다. 전쟁 이후 관광객들이 많이 찾아오면서 오히려 도시의 규모가 커졌다고 한다. 런던에서 관광용으로 쓰이는 빨간색 이층버스가 영국 극장의 '팬텀 오브 오페라' 간판을 그대로 달고 영업을 하고 있다. 잘 꾸며진 공원 같은 이 아담한 도시에 어울리지 않게 포클랜드 전쟁에서 사망한 군인들을 위한 기념비가 서 있어 전쟁에 대한 기억을 되살려 주고 있었다.

이제 남미의 끝자락인 '케이프 혼(Cape Horn)'을 지나 남쪽 땅끝마을인 '우수아이아(Ushuaia)'에 도착했다. 남극에서 부터 불어오는 차가운 바람이 몸을 움츠리게 만든다. 대서양과 태평양이 만나는 케이프 혼 주변은 강풍과 거친 파도, 빠른 해류 등으로 항해사들의 무덤이라고 불릴 정도로 항해하기가 험난한 곳이다. 십만 톤이 넘는 큰 크루즈 배인데도 제법 심하게 흔들리기 시작한다. 큰 배도 이 정도인데 그 옛날 마젤란이 장비도 변변치 않은 배를 타고 이곳을 지날 때는 얼마나 위험했을까 싶다. 케이프 혼을 그냥 지나칠 크루즈 회사가 아니다. 케이프 혼을 지나는 기념식을 한다며 갑판에 사람들을 모아놓고 바닷물을 퍼 올려 머리 위에 들이 붓는다. 바람이 매섭게 불어오는데 차디찬 바닷물 세례를 받겠다고 희망자들이 줄을 서 있다. 방에 들어가니 케이프 혼을 지났다는 증명서가 와 있다.

12월이면 이곳은 한여름인데, 우수아이아를 둘러싸고 있는 산에는 눈이 쌓여 있다. 여름이 이 정도면 겨울 날씨는 어떨지 상상이 간다. 지구 최남단의 이 도시는 한때 포로수용소가 있고 마약과 범죄가 들끓던 변방이었다. 지금은 남미 최고의 자연생태관광지로 각광을 받고 있고 남극 탐험의 출발지가 되었다. 관광 시즌이라 거리에는 사람들이 많다. 아르헨티나를 상징하는 색인 하늘색 이층버스도 다닌다. 거리는 알래스카 시골 어느 마을을 연상시켰다. 여름 한철 반짝 기지개를 켜지만 여전히 춥고 외로워 보이는 곳. 거리에서 한글로 '한국 내복' 이라는 광고가 붙은 가게를 보았다. 여기에도 한국 사람이 있구나 싶어 반가운 마음이 들었다.

우수아이아 옆에는 지구 최남단에 있는 국립공원인 '티에라 델 푸에고' 가 있다.

우수아이아

잘 만들어진 산책로를 따라 맑은 호수들, 안데스 산맥을 잇는 깊은
숲과 높은 산봉우리들, 비글 채널 주변에 빙하가 만들어놓은 협곡들
이 펼쳐져 있다. 그동안 많은 국립공원을 다녀봤지만 이렇게 깨끗하
고 쾌적한 장소는 흔치 않았다. 산책 중에 무거운 배낭을 짊어지고
걷고 있는 두 젊은이를 만났다. 그들은 파타고니아를 걸어서 횡단하
는 중이라고 한다. 산행을 좋아해서 닷새에 걸쳐 잉카 트레일을 완주
한 적도 있는 강 선생님 부부가 상당히 궁금한 표정으로 이런저런 질
문을 해댄다. 우리는 파타고니아 초입에서 입맛만 다시고 있는 중이
지만, 그 젊은이들은 파타고니아 깊숙한 곳을 찾아 캠핑도 하며 진짜
깊은 맛을 즐길 수 있을 것이다.

배는 이제 남미의 끝을 지나 북쪽으로 칠레 해안을 거슬러 올라가기 시작한다. 마젤란 해협을 지나자 거짓말처럼 바다가 조용해졌다. 최초로 배를 타고 지구를 한 바퀴 돌았던 마젤란은 배가 험준한 케이프 혼을 지나 잔잔한 바다로 들어서자, 이 바다를 '고요하다' 라는 뜻에서 퍼시픽(Pacific)이라고 이름 붙였다고 한다.

칠레는 태평양에 면해있는 가늘고 긴 나라이다. 아래쪽으로부터 빙하와 피오르드가 있는 파타고니아, 호수와 녹음이 우거진 남부 삼림지대, 비옥한 중앙 농목지대, 그리고 북부에 있는 건조한 사막까지 변화무쌍한 자연 환경을 가지고 있다. 긴 해안에서 잡아 올리는 풍부하고 신선한 해산물을 많이 수출하고 있고, 최근에는 질 좋은 저렴한 와인이 대량 생산되고 있다. 마을에 있는 수산시장에 가보면 생선을 잡아 손질하고 버리는 고기를 먹기 위해 물개들이 가게 뒤에 진을 치고 있다. 어떤 곳은 뚱뚱한 물개가 아예 상인들 옆에까지 올라와 턱을 받치고 고기를 기다리고 있어 보는 사람의 웃음을 자아낸다.

마젤란 해협에 면해있는 '푼타아레나스(Punta Arenas)' 에 도착했다. 1914년 파나마 운하가 개통되기 전까지 마젤란 해협을 통과하는 대형 선박들 덕분에 크게 번성했던 도시이다. 남극에서 불어오는 차가운 바람이 거칠 것 없이 그대로 몰아친다. 언덕 위에 아담한 집들이 해협을 내려다보며 옹기종기 모여 있다.

한 시간쯤 차를 타고 펭귄 서식처인 오트웨이 만으로 갔다. 내륙으로 깊숙이 들어와 있지만 마젤란 해협을 통해 태평양과 이어지는 곳이다. 여기에 크기가 작고 목 둘레에 하얀 줄이 그어진 귀여운 마젤란

펭귄들이 살고 있다. 펭귄은
덩치가 클수록 열을 잘 보관
해 추운 지방에서 살 수 있다
고 한다. 남극에 있는 황제 펭
귄이 그 좋은 예이다. 그런데
이 마젤란 펭귄은 너무 작고
여리다. 다 자라면 65~75cm
에 5~7kg 정도 나간다고 한
다. 이들의 서식처를 보기 위

펭귄 서식지

해서는 차에서 내려 1.6km 정도를 걸어가야 했는데 어찌나 찬바람이
세게 불어오는지 코와 입을 손으로 가려야 숨을 쉴 수 있을 정도였
다. 파도에 밀려 해안으로 왔다가 다시 또 먹이를 찾아 얼음같이 차
가운 바다로 들어가는 자그마한 펭귄들을 보면서 펭귄으로 살기도
쉽지는 않겠다는 생각이 들었다. 하긴 누군들 이 세상을 쉽게 살아갈
수 있을까만.

　도시 광장에 마젤란의 동상이 서 있다. 동상 곁에 좌판을 펴놓은
상인이 '삼포니아'를 불고 있다. 대나무로 엮어 만든 이 악기는 언제
어떤 음악을 연주해도 애잔하고 쓸쓸하게 들린다. 삼포니아의 음색
에 반해서 페루를 여행하는 분에게 하나 사다 달라고 부탁한 적이 있
다. 피아노도 치고, 플루트도 부니까 간단한 대나무 피리 정도는 쉽
게 불 수 있으리라고 생각했던 게 오산이었다. 단순한 구조의 이 피
리가 마음대로 소리가 나지를 않는다. 혹시 악기에 문제가 있을지도
몰라 칠레에 온 김에 직접 하나 사기로 했다. 상인에게 내가 고른 삼

포니아를 불어 보라고 했다. 그는 너무나 쉽게 멋진 연주를 들려준다. 집에 돌아와서 다시 시도를 했으나 마찬가지다. 이젠 악기 핑계를 댈 수도 없다. 언제나 되어야 이걸로 '엘 콘도르 파사'를 구성지게 불어 볼 수 있으려나.

오늘은 하루 종일 빙하 지대인 칠레 피오르드를 항해한다. 바다까지 밀려 내려온 빙하들을 가까이에서 보려고 사람들이 갑판에 몰려 있다. 이곳에는 알래스카보다도 빙하가 많고, 노르웨이보다도 피오르드가 많다고 하는데 사실 여부는 모르겠다. 이름 그대로 호수가 많은 로스 라고스(Los Lagos) 지역의 푸에르토몬트(Puerto Montt)에 도착했다. 일찍이 독일 이민자들이 자리를 잡은 곳이라 거리에 독일 분위기가 남아 있다.

여기에서 유명한 곳은 앙헬모(Angelmo) 어항이다. 항구에서 해안선을 따라 조금만 걸어가면 도로 양쪽으로 선물가게며 민예품 가게, 해산물 가게들이 늘어서 있다. 특히 전복, 성게 등을 싼 값에 먹을 수 있다고 안내 책자에 나와 있다. 시장 안으로 들어갈수록 비릿한 해산물 냄새가 나기 시작한다. 한 아줌마가 "우니, 우니" 하며 우리를 잡아끈다. 성게 알을 좋아하는 남편, 못이기는 체 그 아줌마를 따라간다. 어시장 안으로 작은 식당들이 늘어서 있다. 복도를 돌아 이층 식당에 자리를 잡았는데 어째 분위기가 좀 우중충하다. 가지고 온 성게 알도 우리가 기대했던 대로 탱탱하지도 않고 접시 위에 추욱 늘어져 있다. 나야 워낙 우니는 물론이고 생선회도 안 먹는 터라 상관없지만 남편은 상당히 실망한 눈치다. 대충 간단하게 몇 가지 시켜 먹고 식당을 나왔다. 오후에 관광 가이드를 만나 앙헬모에 갔었다고 했더니 거기는 관광객이나 가는 곳이라고 한다.

성게 알은 실망스러웠지만 호숫가에 있는 작은 식당에서 먹은 '엠빠냐다'는 최고였다. 고기나 버섯, 또는 치즈를 넣고 튀겨내는 일종의 만두인데, 기름에 튀기기 때문에 웬만해서는 산뜻한 맛을 내기가 쉽지 않다. 다른 음식들을 먹은 후에 재미로 시켰던 엠빠냐다가 너무 맛있어서 그만 과식을 하고 말았다. 미국에 돌아와 앙헬모의 식당에서 먹었던 엠빠냐다의 맛이 기억나서 몇 번 먹어보았지만 역시 그 맛과는 거리가 멀었다.

배로 돌아오는 길에 보니 가게에서 '오카리나'를 팔고 있다. 삼포니아 대신 저걸 불면 되겠구나 싶어 인디언 문양이 그려져 있는 오카리나를 크기 별로 세 개나 샀다. 오카리나를 부는 방법이 적혀 있는 종이도 한 장 얻었다. 둥그렇게 흙으로 구워 만든 이 악기는 음역대가 좁은 게 흠이지만 이거야말로 부는 방법이 간단할 것 같았다. 그런데 천만의 말씀이다. 오카리나도 음은 고사하고 고운 소리를 내는 것조차 쉽지 않다. 삼포니아와 오카리나는 우리 집 거실 한 구석 피아노 옆에 놓여 있다. 비록 숙달된 연주는 하지 못해도 가끔 이 악기들을 손에 들고 후후 소리를 내다보면 파타고니아 어느 바닷가의 바람 소리가 들려오는 듯하다.

28

남아메리카 크루즈 3, 올드 랭 사인 | 2006년 12월

　아르헨티나의 부에노스아이레스를 떠나 마젤란 해협을 통과한 후, 남미의 서부 해안을 타고 북상하던 배는 마지막 기항지인 칠레의 코킴보(Coquimbo)에 도착했다. 21일에 걸친 제법 긴 크루즈 여행도 끝나간다. 칠레의 수도인 산티아고 북쪽에 위치한 이 작은 항구에 대형 유람선이 들어오는 것은 이번이 처음이라고 한다. 그래서 그런지 부두에는 민속 의상을 입은 무희들과 밴드가 나와 손님들을 맞고 있다. 부지런히 아침을 먹고 배에서 내렸다. 배 앞에 설치되어 있는 임시 안내소에서 동네 지도를 하나 얻었다. 까만 머리에 초롱초롱한 눈빛을 한 젊은 여직원이 영어로 열심히 설명을 해주는데 역부족이다. 이럴 때 내가 스페인어를 할 수 있었다면 얼마나 좋을까.

　일단 동네를 천천히 걸어보기로 했다. 코킴보는 '라세레나(La

Serena)’ 라고 하는 제법 큰 도시에 연해 있는 항구이다. 마침 광장 옆에 ‘라세레나’ 팻말을 붙인 시내버스가 한 대 서 있다. 옳지, 이 버스가 그곳까지 가는 버스렷다. 운전사에게 “라세레나?” 하고 묻자 고개를 끄덕인다. 가지고 있는 칠레 돈이라고는 어제 병물을 사 먹고 거슬러 받은 동전 몇 개뿐이다. 버스 요금은 일인당 350페소란다. 350이란 어려운 단어를 알아들은 건 아니고, 트레스, 싱코 어쩌고 하기에 눈치로 알아들은 거다. 1불짜리 지폐 한 장과 가지고 있는 페소 전부를 손바닥에 올려놓고 보여주었더니 운전사가 알아서 집어간다. 환율은 1불에 500페소인데 어디서나 달러를 받지만 잔돈은 페소로 거슬러준다.

오랜만에 옛날 한국 시외버스를 타고 있는 기분이다. 분명히 버스 노선은 있는 것 같은데, 사람들은 아무 곳에서나 내리고 탄다. 택시로 15분도 안 걸리는 거리라던데, 우리는 벌써 한 시간 넘게 버스를 타고 있다. 덕분에 동네 구석구석까지 구경하는 재미도 있다. 슬슬 도시의 모습이 보이기에 옆에 앉은 아저씨에게 말을 걸었다.

“시뇨르, 돈데 무제오?”(내가 묻고 싶었던 말은, “아저씨, 뮤지엄이 어디 있지요?” 이거였다)

그 아저씨가 뭐라고 길게 설명을 시작하는데, 앞에서 우리 얘기를 들은 운전기사 아저씨가 치고 들어온다.

“무제오? 노 프로블레마.”(뮤지엄? 염려말어)

손님들이 다 내리고 우리만 남았는데도 아저씨는 계속 달려간다. 슬슬 불안해지기 시작하는데 고풍스런 커다란 석조 건물 앞에 차를 세운다. 관광객인 우리를 아예 박물관 앞에까지 데려다 준 것이었다.

박물관 안의 모아이 석상

우리가 이곳 박물관을 찾아간 이유는 거기에 '이스터 섬(Easter Island)'에 있는 '모아이 석상'이 전시되어 있기 때문이다. 이스터 섬까지 찾아가기에는 너무 멀고, 박물관에 전시된 석상이라도 보아야 궁금증이 좀 풀릴 것 같았다. 이스터 섬은 지구상에서 사람이 살고 있는 섬 중에 육지에서 가장 멀리 떨어져 있는 섬이다. 칠레에 속해있지만 칠레의 수도인 산티아고에서 무려 3,680km나 떨어져 있다.

생각보다 훨씬 더 큰 규모의 모아이 석상 하나가 특별실에 전시되어 있다. 누가, 언제, 왜, 어떻게 이 석상들을 이스터 섬에 만들어 놓았는지는 아직 제대로 밝혀진 바가 없다. 게다가 재료로 사용한 바위들 또한 이 섬에서 나오는 것이 아니어서 궁금증을 더 하고 있다. 사진촬영에 대한 규제가 없기에 얼른 석상 옆에 다가가 사진을 찍었다. 전시실이 어두워 플래시를 터트려야 했는데, 오랜 세월 비바람을 맞으며 서 있던 석상이 플래시 몇 방쯤은 잘 견뎌내 줄 거라는 믿음도 있었다.

최근 이스터 섬에서 그동안 얼굴만 있다고 여겼던 석상이 실은 땅 밑에 사람 키의 몇 배가 되는 거대한 몸통이 묻혀 있는 것이 발견되었다. 석상의 몸이 발굴되면서 다시 화제가 되고 있다.

시내에 있는 큰 시장에 들렀다. 우리나라의 남대문 시장까지는 못 되고 옛날 신촌 시장 정도의 규모인 것 같다. 길에 노점상들과 작은 점포들이 빼곡하게 들어서 있다. 시내를 걸어 다니다가 코킴보로 되돌아가는 버스를 탔다. 기사에게 "Puerto Coquimbo?" 했더니 "No, Centro!" 란다. 말하자면 코킴보 항구까지는 안가고 중앙까지만 간다는 뜻이다. 손바닥만 한 동네에서 센트로면 어떻고, 푸에르토면 어떠랴, 조금 걷지 뭐.

버스는 다시 굽이굽이 골목길을 돌아간다. 중앙 광장을 지나고, 사람들이 다 내렸는데도 이 아저씨 우리를 내려줄 생각을 안 한다.

"어, 여기서 내려야 더 가까운데…"

언덕을 넘어서자 이제는 고향집처럼 느껴지는 우리 배가 갑자기 눈앞에 나타났다. 이 기사 아저씨도 정류장에 관계없이 우리를 바로 배 앞에까지 데려다 준 거였다.

"무챠스 그라시아스"(대단히 고마워요)

"디 나다"(천만에)

순박하게 웃는 아저씨의 표정이 정겹다.

늦은 점심을 먹고 방에 들어와 쉬고 있는데, 요란한 음악 소리가 들린다. 밖으로 나가보니 부두에서 10인조 밴드가 나와 음악을 연주하고 있었다. 조금 있으면 배가 떠나기 때문에 승객들은 이미 승선을 마친 후였다. 나이가 지긋한 악사들은 스스로 흥에 겨운지 신나게 춤을 추기도 하면서 열정적으로 연주를 하고, 갑판 위에 있는 승객들은 한 곡이 끝날 때마다 환호를 보냈다. 제법 긴 시간을 그들은 지치지도 않고 연주를 계속했다. 드디어 배가 기적을 길게 울리며 움직이기 시작하자 밴드가 '올드 랭 사인'을 연주하기 시작했다.

'Auld Lang Syne'은 'old long since'라는 말의 스코틀랜드 사투리라고 한다. 스코틀랜드의 전통민요였다는 이 곡은 주로 연말 파티나 졸업식 등 작별을 할 때 많이 쓰이는 탓인지 언제 들어도 쓸쓸하다. "옛 정은 잊어야 하는가, 다시는 생각지도 말아야 하는가. 그대여, 우리 그 옛날을 위해 다정한 술잔을 높이 드세. 그 먼 옛날을 위해…"

그들의 연주를 듣고 있자니 갑자기 "이렇게 먼 곳에서 이 사람들과 생의 한 순간을 함께 하는구나"라는 생각이 들며 눈시울이 뜨거워졌다. 나는 얼른 손에 들고 있던 선글라스를 썼다. "뭐야. 주책이네. 이거 왜 이래?" 그 자리에 서 있으면 자꾸 눈물이 날 것 같아 몸을 돌려 걷기 시작했다. 그런데 내 옆에 서 있던 한 미국 아줌마는 아예 눈물을 닦아내고 있는 게 아닌가. 갑판에 서 있는 사람들 곁을 지나가면서 의외로 눈물을 흘리는 여자들을 여럿 보았다. 주변에 있던 작은 어선들이 우리 배가 항구를 벗어날 때까지 따라왔다. 우리 또한 오래 오래 그들을 향해 손을 흔들며 서 있었다.

방으로 돌아와 침대에 누워 있는 남편에게 조금 전의 그 감동적인 장면을 얘기해 주었더니, 남편이 돌아누우며 한마디 한다.

"크루즈도 끝나가고, 다들 집에 가서 밥 하기가 서러웠던 모양이네."

29

코스타리카, 국토 전체가 거대한 국립공원 | 2004년 3월

코스타리카는 온통 녹색이다. 아직도 국토의 많은 부분이 자연 그대로의 모습을 지니고 있다. 중앙아메리카에 위치한 이 나라는 위로는 니카라과, 아래로는 파나마, 그리고 서쪽으로는 태평양, 동쪽으로는 카리브 해와 면해있다. 콜럼버스가 코스타리카를 발견했을 때, Rich Coast란 의미에서 '코스타리카' 라고 불렀다고 한다. 비록 금이나 은 등의 광물은 발견되지 않았지만 일찌감치 환경 보호에 앞장선 덕분에 세계에서 가장 공해가 없는 나라로 꼽히고 있다. 국립공원을 비롯한 생태계 방문으로 해마다 관광객 수가 늘어나고 있다.

전 국토의 25%가 국립공원과 보호구역으로 정해져 있고, 다양한 종류의 식물과 동물들이 있다. 적도 바로 위에 있는 열대 지방이지만 12월부터 4월까지인 겨울은 건기이고, 허리케인이 불어오는 5월부터

포아스 화산의 분화구

11월까지는 여름으로 우기에 속한다. 중미에서 가장 잘 사는 나라이기 때문에 니카라과와 파나마 등지에서 일자리를 찾아오는 사람들이 많다고 한다.

2004년 3월, 마이애미에서 4시간 정도 비행기를 타고 코스타리카의 수도 산 호세에 도착했다. 아침식사 중에 그동안 먹어본 파인애플 중 제일 맛있는 파인애플을 먹었다. 배가 부른데도 불구하고 파인애플만 몇 접시를 더 가져다 먹을 정도였다. 하와이 파인애플도 맛있지만 다른 어디에서 먹어본 것보다 맛이 뛰어났다.

코스타리카는 아직도 화산 활동이 활발하게 일어나고 있는 젊은 나라이다. 에메랄드빛이 영롱한 '포아스(Poas)' 화산 분화구의 호수를 둘러보는 것으로 관광을 시작했다. 짙은 유황 냄새와 모락모락 피어오르는 흰 연기가 이곳이 활화산임을 실감나게 한다.

코스타리카의 주산업은 바나나와 커피다. 특히 질 좋은 아라비카 커피 원두를 생산한다. 대표적인 커피 농장인 'Britt' 커피 농장을 방문했다. 커피나무에서 열매를 따는 과정부터 커피가 생산되는 마지막 공정까지를 볼 수 있다. 구릉을 따라 키 큰 유칼립투스 나무들 사이에 작은 커피나무들이 열매를 가득 달고 촘촘히 서 있다.

특히 이 회사에서 만드는 카페인 없는 커피는 독일 함부르크에서 만들어 온다고 한다. 커피에서 카페인을 빼는 방법은 여러 가지 있지만 흔히 에틸 아세테이트 같은 화학 약품을 섞은 물에 커피 원두를 오랜 시간 담가놓아 카페인을 제거하는 방법을 쓰고 있다. 그런데 Britt 회사는 함부르크에서 특별한 스팀 공정을 거쳐 카페인을 제거하기 때문에 인체에 해로운 화학 성분이 없다고 자랑한다.

하지만 어떤 공정이든 카페인을 100% 제거할 수는 없고 보통 1~2% 정도의 카페인은 남아 있다. 가끔 저녁에 카페인이 없는 디캐프(decaf) 커피를 마셔도 잠이 안 오는 경우가 있는데, 그런 이유 때문일 것이다. 카페인을 제거하는 과정을 거치면 아무래도 커피 고유의 맛과 향이 떨어지게 마련이다. 몇 년 전 브라질에서 카페인을 거의 함유하지 않은 아라비카 종 커피를 발견했다니 앞으로는 맛있는 디캐프 커피를 마실 수 있을 것 같다.

트램을 타고 열대 우림 속으로 들어갔다. 마치 스키 리프트처럼 생긴 트램에 가이드가 한 명씩 타고 나무 위를 천천히 움직인다. 가이드는 일일이 새 이름, 나무 이름들을 호명하며 열심히 설명하는데 생소한 단어들이라 귀에 잘 들어오지 않는다. 트램 관광이 끝나고 밀림 속을 한 시간 정도 걸어 다녔다. 가이드가 새소리를 흉내 내면 새가 화답하듯 지저귄다. "새하고 무슨 얘기를 했어요?" 하고 물었더니 그냥 웃고 만다. 코스타리카의 관광 가이드들은 거의 생태학자 수준의 지식을 가지고 있는 것 같다. 정글을 가로 질러 만든 현수교를 몇 개 지났다. 까마득히 내려다보이는 계곡 밑으로 강물이 빠르게 흐르고 있다. 안전하겠지 싶으면서도 계곡 위를 흔들리며 걸으려니 조심스럽다. 무서워서 아예 다리 건너기를 포기한 사람들도 있다.

이제 배를 타고 '토토구에라(Tortoguera) 국립공원'으로 간다. 이름 그대로 거북이들이 많이 사는 곳인데, 육로는 없고 배를 타고 가야 한다. 짐들은 다른 배에 싣고, 사람들만 따로 모터보트에 탔다. 건기라서 수량이 많이 줄어 수심이 얕아졌다고 하더니, 얼마 가지 않아 배가 진흙 뻘에 빠져버렸다. 짐을 실은 보트가 앞에서 끌고 선원들은 내려 뒤에서 배를 밀어야 했다. 흙탕물 속에 혹시 악어라도 나오지 않을까 싶어 조마조마하다. 우여곡절 끝에 뻘에서는 벗어났으나 시간이 많이 지체되었다.

제법 수량이 많은 곳으로 나가자 배가 속도를 낸다. 가는 길에 나무에 매달려 있는 코알라를 연상시키는 귀여운 털북숭이 '나무늘보(슬로트)'도 보고, 몸집은 작지만 마치 고릴라처럼 큰 목소리로 울어대는 '하울러 멍키'도 볼 수 있었다. 나무늘보가 주로 먹는 나뭇잎에는 독성이 있어 코알라처럼 하루 종일 잠만 자고 행동이 느리다고 한다. 가이드는 빠르게 달리는 보트 위에서 그런 동물들을 잘도 찾아낸다.

어두워질 무렵 숙소에 도착했다. 방 열쇠를 받고 보니 숙소 주변은 불빛 하나 없이 깜깜하다. 손전등을 하나씩 받았는데 그걸 가지고 겨우 방을 찾아갈 수 있었다. 나무가 깔린 방은 아무 장식도 없으나 쾌적하고 깨끗하다. 에어컨이 없는 대신 천정에 큰 팬이 돌아가고 있다. 아침에 일찍 눈이 떠져 혼자 해변을 걸어보았다. 화산재로 만들어진 까맣고 거친 모래가 깔려 있다. 파도가 세게 몰아치는 곳이니 수영을 하지 말라는 경고판이 있는데도 불구하고 바다에 들어간 사람들이 있다. 어디나 말 안 듣는 사람들은 꼭 있게 마련이다.

호텔의 리셉션 건물이 가우디의 건축물을 닮았다. 곡선으로 만들어진 건물 형태며, 모자이크 장식이며, 지붕은 달팽이 같기도 하고 용의 모양 같기도 한 게 바르셀로나에 있는 구엘 공원과 비슷하다. 이 밀림에 웬 가우디? "가우디를 카피했나요?" 했더니 직원이 정색을 하며 실제 가우디가 디자인한 건물이라고 한다. 호텔 주인과 친분 관계가 있어 가우디가 여기 와서 지내며 디자인했다고 한다. 밀림에서 만난 가우디라, 왠지 반가웠다.

아침 일찍 12명씩 한 배에 나눠 타고 정글 탐험에 나섰다. 우리들은 하울러 멍키와 스파이더 멍키들을 발견하고는 아이들처럼 환성을 질러댔다. 가는 나뭇가지에서 이쪽저쪽으로 날아가듯 옮겨가는 원숭이들의 모습이 신기하다. 악어보다 조금 작은 종류인 케이먼들이 물 속에 숨어 있고, 악어들이 큰 눈을 껌벅이며 물 위에 얼굴만 내어놓고 천천히 헤엄쳐 다닌다. 온갖 이름 모를 새들이 한꺼번에 나무 위로 날아오른다. 우리 눈에는 보이지 않는 나무색과 똑같은 이구아나들을 찾아내는 가이드의 눈썰미가 놀랍다. 덩치 큰 동물들은 그렇다고 쳐도, 새끼손톱만한 새빨간 개구리며 잎사귀 밑에 숨어 있는 벌새의 둥지 등을 어떻게 찾아내는지 모르겠다. 조심스레 나뭇잎을 들치자 소꿉 같은 둥지에 쪼그만 벌새 알이 세 개나 들어 있다.

두 시간의 크루즈를 마치고 잠시 휴식한 후 다시 배를 타고 그린 거북이(Green Turtle)가 알을 낳으러 오는 바닷가로 갔다. 보통 6월에서 9월까지가 산란기라 아쉽게도 그린 거북이들이 까맣게 모래밭을 덮으며 올라온다는 장관은 볼 수 없었다. 대신 연구소에 들러 비디오를 보는 걸로 만족해야 했다.

1974년 코스타리카 대통령이 이곳을 방문했을 때, 목이 잘린 거북이들이 숱하게 죽어 있는 것을 보고 큰 충격을 받아 거북이를 보호하기 위한 국립공원으로 지정했다고 한다. (이곳 사람들은 거북이의 머리만 먹는다고 한다) 그런데 거북이들이 알을 낳는다는 해변에 플라스틱 쓰레기들이 많이 뒹굴고 있어 좀 더 적극적인 보호가 필요한 듯 했다.

몇 시간 후에 또 다른 보트 투어가 있었으나 우리는 그냥 숙소에서 쉬기로 했다. 날이 덥고 습기가 많아 좀 지친다. 나무 그늘 아래 매어 놓은 해먹 위에서 낮잠을 달게 잤다. 해먹에 누워보니 의외로 편안하고 시원해서 낮잠 자기에는 아주 맞춤이었다.

밤중에 갑자기 비 쏟아지는 소리에 잠을 깼다. 비가 슬레이트 지붕을 때리는 소리가 증폭되어 겁이 날 정도로 요란하다. 문을 열어보니 앞이 안보이게 비가 쏟아진다. 마치 절대로 그치지 않을 것처럼 맹렬한 기세다. 내일 아침에 배를 타고 육지로 나가야 할 텐데 이렇게 비가 오면 어쩌나 하는 마음으로 뒤척이다가 잠이 들었다. 새벽에 시끄럽게 울어대는 새 소리에 잠을 깼다. 일어나보니 다행히 비가 멎었다.

화산재로 된 땅이라 그런지 빗물이 아주 잘 빠진다.

아레날 온천(Arenal Hot Springs) 가는 길에 한 초등학교에 들렀다. 교복으로 하늘색 하의에 하얀 셔츠를 입고 있다. 아이들이 손님들에게 코스타리카 전통무용도 보여주고 한명씩 손을 잡고 교실로 안내한다. 우리를 안내하는 사내아이가 긴장을 했는지 손에 땀이 촉촉이 배어 있다. 코스타리카는 고등학교까지 무상 교육을 받는다. 이 나라에는 군대가 없다. 군대를 유지하는 비용 대신 교사의 수를 대폭 늘이고 교육에 힘을 쏟은 결과, 문맹률이 5% 밖에 안 되는데 이는 라틴 아메리카에서 제일 낮은 수치라고 한다.

아레날 온천은 멀리서 아레날 화산이 터지는걸 보면서 온천을 즐길 수 있는 특별한 곳이다. 위에서부터 물이 뜨거운 순서로 풀이 만들어져 있는데 맨 위는 손도 담그기 어려울 정도로 뜨겁다. 폭포 밑에 들어가 뜨거운 물을 어깨에 맞으니 시원한 게 피로가 풀리는 것 같다. 날이 어두워지자 화산에서 불길이 솟아오르는 게 보였다. 간헐적으로 새빨간 용암들이 산등성이를 타고 흘러내려 왔다. 따뜻한 온천에 몸을 담고 활화산을 바라보는 흔치않은 경험을 했다.

코스타리카 여행도 거의 끝나간다. 태평양에 면한 '마누엘 안토니오' 국립공원을 둘러보고 가까이에 있는 비치 리조트에서 하루를 쉬었다. 일행 중에 나이는 좀 들었지만 상당히 다정한 부부가 있다. 우리와는 여러 번 같은 테이블에서 식사를 해서 제법 친숙해졌다.

"두 분이 아주 잘 어울려요. 부부가 오래 같이 살면 닮아간다는데 그 말이 맞는 것 같네요."

식사 도중에 그런 말을 했더니 부인이 웃으면서 자기네는 결혼한 지 얼마 안 되는 신혼부부란다. 그리고는 자신이 살아온 얘기를 털어놓는다. 미국인들은 어떤 때는 너무 솔직해서 사람을 당황하게 만든다. 여행 중에 처음 만난 사람한테 자기가 가난해서 학교도 제대로 다니지 못했고, 결혼을 두 번이나 했다는 사연을 굳이 알릴 필요가 없을 텐데 아무렇지도 않게 그런 얘기를 들려주었다. 마침 호텔 풀장에 그 부부도 나와 있었다. 할머니는 긴 의자에 누워 있고 할아버지는 자꾸 물속으로 다이빙을 한다. 그 모습이 마치 여자 친구 앞에서 자신의 건장함을 과시하려는 틴에이저처럼 보여 슬그머니 웃음이 나왔다.

해질 무렵 바닷가에 나가 말을 탔다. 언덕에 올라 바다 경치를 감상했는데 가는 길에 가이드가 나무에 달린 망고를 하나 따더니 먹으라고 준다. 한입 베어 물자 향긋하고도 달콤한 과즙이 입에 가득 차오른다. 말은 이미 갈 곳을 알고 있다는 듯 저 혼자 석양에 물든 바닷가를 터벅터벅 걸어간다. 나도 고삐를 늦춘 채 아마 다시는 돌아오지 않을 이곳에서의 마지막 시간을 천천히 음미했다.

30

파나마 운하 크루즈 | 2005년 7월

　우리 동네에 '사부님' 이 한 분 계신다. 그분은 일흔 중반을 넘긴 나이에도 '기공' 을 연마한 덕분인지 청년 같이 건강한 몸과 열정을 가지고 있다. 은퇴한 후에는 매일 아침 동네 산에서 사람들에게 기공 체조를 가르치고 있어서 사부님으로 통한다. 하지만 기회만 있으면 기체조의 좋은 점에 대해 열변을 토하고, 또 어쩌다 산에서 마주치면 기공을 함께하는 사람들을 뒤에 주욱 거느리고 내려오는 그분을 나는 장난삼아 교주님이라고 부른다.

　2005년 7월 그분의 칠순 기념 여행으로 '파나마 운하 크루즈' 를 같이 떠났다. 텍사스 휴스턴 항구에서 출발해 서쪽 카리브 해에 있는 케이먼 아일랜드, 코주멜, 벨리즈 등을 방문하고, 파나마 운하를 지나 코스타리카, 멕시코 서부 해안의 아카풀코, 푸에르토 바야타, 카

멕시코 아카풀코의 절벽 다이버들

보 산 루카스를 거쳐 16일 만에 LA로 돌아오는 일정이다.

사실 7월은 카리브 해로 놀러 가기에는 그다지 좋은 때가 아니다. 여름에 불어오는 허리케인 때문이다. 보통 6월부터 11월 초까지가 허리케인 시즌이다. 크루즈 회사에서는 허리케인이 불어오면 항해를 취소하기도 하고, 때로는 허리케인을 피해 항로를 바꾸기도 한다. 하지만 우리 경우는 항해 도중 내내 비 한 번 내리지 않은 아주 좋은 날씨였다.

카리브 해의 코주멜(Cozumel) 해변에서 스노클링도 하고 점심도 먹으며 한가한 시간을 보냈다. 코주멜은 스노클링과 스쿠버 다이빙의

천국으로 카리브 해를 지나는 대부분의 크루즈 배들이 들리는 인기 있는 섬이다.

나무 그늘 아래 해먹이 여러 개 매여 있어 잠시 눈을 붙일까 싶어 드러 누웠다가 기겁을 하고 일어났다. 해먹 밑에 모기들이 숨어 있었는지 모기가 달려들어 다른 곳도 아니고 엉덩이를 여러 군데 물렸다. 가려워도 남 앞에서는 함부로 긁지도 못하는 부위라 애를 먹었다. 해먹에 누웠던 사람들이 여럿 있었는데 나만 물린 걸 보면, 모기들이 나처럼 따뜻하고 스위트한 사람을 좋아하는 게 분명하다.

다음 기항지는 '케이먼 아일랜드(Cayman Island)' 이다. 배에서 내려 '세븐 마일 비치' 를 지나 거북이 농장으로 갔다. 끝없이 이어지는 백사장을 따라 호텔과 리조트들이 서 있다. 영국령인 케이먼 아일랜드는 해양 스포츠로도 유명하지만 바하마와 함께 세계적으로 손꼽히는 역외금융의 중심지이다. 판매세, 소득세 등 세금이 없어 세금을 피하고 싶은 돈 많은 사람들이나 회사들이 이곳에 유령 회사를 많이 차려 놓았다. 유명한 은행, 헤지펀드 회사, 투자 회사, 보험 회사들이 있고, 카리브 해에 있는 나라 중에서 소득 수준이 제일 높은 곳이다.

세금을 피해 돈 빼돌릴 걱정없는 우리는 거북이를 부화시켜 키우는 농장에서 크고 작은 거북이들을 만지며 즐거운 시간을 보냈다. 배로 돌아오는 길에, '지옥(Hell)' 이라는 마을이 있다. 끝이 날카롭고 거친 크고 작은 검정 석회석들이 축구장 반 만한 크기의 벌판에 빼곡하게 들어차 있다. 지옥이 있다면 이런 모습일거라는 생각에 사람들이 이곳을 Hell이라고 부르기 시작했단다. 입구에 온통 붉은색으로 칠해

카리비안 특유의 차림새

진 우체국이 있다. 거기에서 엽서를 보내면 '지옥으로 부터(from the hell)' 라는 소인을 찍어준다.

배는 콜롬비아의 카타헤나(Cartagena)에 도착했다. 콜롬비아는 마약 수출국으로 악명을 떨치는 나라이다. 카타헤나는 16세기부터 스페인의 식민지였는데 그때부터 카리브 해 지역 경제의 중심 역할을 해오고 있다. 식민지 시대의 건물들이 그대로 남아 있는 올드 타운과 성벽으로 둘러싸인 요새는 유네스코 지정 세계 문화유산에 등재되어 있어 관광객들이 많이 찾아오고 있다.

배에서 내리자마자 뜨거운 열기가 훅 끼쳐온다. 습기까지 많아 상당히 후덥지근하다. 우선 성벽을 따라 요새에 올라가 본 후, 시내로 들어갔다. 맞은편에서 전형적인 카리브 여인의 옷차림을 한 여성이 머리에 과일 바구니를 올려놓고 걸어온다. 붉은 치마에 흰 블라우스, 파인애플을 비롯한 색색의 과일이 담겨 있는 바구니. 마치 관광용 책자에서 빠져나온 듯하다. 사진 찍기 좋아하는 사부님이 얼른 셔터를 눌렀다. 우리를 향해 화사하게 웃던 그 여인이 정색을 하며 손을 내민다. 사진 찍은 값을 내라는 거였다. 어쩐지 그녀의 차림새가 지나치게 완벽하다 싶었다.

드디어 이번 크루즈의 하이라이트인 '파나마 운하'로 들어선다. 파나마의 좁은 해협을 가로지르는 이 운하 덕분에 태평양과 대서양을 잇는 거대한 물길이 열리게 되었다. 운하로 들어가기 전날 밤, 배에서는 파나마 운하 공사에 대한 다큐멘터리 영화를 보여주었다.

그 당시로서는 가장 크고 위험한 프로젝트였던 운하 대 공사는 16세기부터 아이디어는 있어왔지만 1880년 프랑스에 의해 최초로 시작되었다. 하지만 무려 22,000명의 노동자가 사망한 끝에 프랑스는 손을 들었고, 1900년 대 초 미국이 재시도를 한 끝에 1914년 완공을 보게 되었다.

공사 자체도 난공사였지만 무엇보다 말라리아나 황열병 같은 질병의 피해가 더 컸다. 말라리아 백신과 모기를 없애는 철저한 위생 관리 끝에 어느 정도 질병에 의한 손실을 줄일 수 있었으나, 프랑스와 미국을 합해 모두 27,000명이 목숨을 잃었다고 한다.

77km에 달하는 운하가 건설되어 이제 선박들은 남미의 마젤란 해협을 지나는 위험하고 먼 길을 돌아갈 필요가 없게 되었다. 동부 뉴욕에서 서부 샌프란시스코까지 남미의 케이프 혼을 지나면 22,500km였던 것이, 파나마 운하를 지나면 9,500km면 도착할 수 있다. 이 운하 덕분에 국제 해운 무역에 획기적인 변화가 일어난 것이다.

파나마 크루즈에는 두 종류가 있다. 하나는 파나마 운하를 지나 중간에 있는 인공 호수인 '가툰 레이크(Gatun Lake)'에서 되돌아 나가는 것이고, 다른 하나는 가툰 레이크를 지나 운하를 관통하는 것이다. 우리 배는 후자에 속했다.

배는 갑문(lock)을 통해 수위가 조절되어 앞으로 계속 나갈 수 있다.

화물선이 갑문을 통과하는 모습

파나마 운하에는 6개의 갑문이 있고 최대 수위가 25.5m까지 올라간다고 한다. 배는 좁은 갑문을 한 치의 오차도 없이 지나간다. 배와 벽사이가 한 뼘 정도나 떨어져 있을까. 자동차도 이렇게 빠듯하게 지나기가 어려울 텐데, 커다란 크루즈 배가 무사히 통과하는 게 신기하기까지 하다.

양쪽에 강철 케이블을 연결해 배를 끌어주는 장치가 있다. 갑문 안에 배가 들어서면 뒷문이 닫히고, 앞문이 열리면서 물이 유입되어 수위가 올라가기 시작한다. 충분히 다음 단계로 지나갈 만큼의 높이가되면 배가 앞으로 나간다.

그 굉장한 장면을 보기위해 아침부터 승객들이 갑판에 몰려들었다. 구름이 짙게 깔려 있음에도 불구하고 적도 지방답게 무덥다. 배에

파나마 운하. 양쪽 갑문의 수면 높이가 다르다.

서는 탈수 현상이 일어나지 않도록 물을 많이 마시라고 안내 방송을
계속한다. 워낙 파나마 운하를 지나다니는 배가 많고, 갑문을 통과하
는데 시간이 오래 걸리기 때문에 파나마 운하를 완전히 벗어나는 데
는 보통 10~12시간이 걸린다.

파나마 운하를 지날 수 있는 배는 크기에 제한을 받는다. 그래서
해운업계에서는 '파나마 맥스(Panama Max)' 라는 말이 생겨났다. 파나
마 운하를 지날 수 있는 최대 사이즈라는 뜻이다. 그래서 크루즈 회
사들도 파나마 크루즈에는 새로 만든 큰 배를 투입할 수 없다.

운하를 지나는 배들은 모두 통행료를 내야 하는데, 화물 선박들은
6m 컨테이너 기준으로 계산되고, 크루즈 배들은 승객 일인당 115불

을 지불한다. 비록 손님이 없더라도 빈 침대 당 92불을 내야 한다. 2008년 '디즈니 매직' 호가 운하를 통과하며 331,200불을 낸 것이 지금까지의 최고 기록이다.

미국은 운하 공사를 시작하며 컬럼비아의 지배를 받던 파나마가 1903년에 독립을 쟁취할 수 있도록 큰 힘을 보탰다. 그 후 운하는 미국의 관할 아래 있었으나 1999년 파나마가 권리를 돌려받았다.

아시아와의 교역이 늘어나면서 파나마 운하의 증설은 시급한 문제가 되었다. 지금 두 개의 더 넓은 갑문이 공사 중인데, 2015년 완공 예정이다.

배는 이제 태평양으로 나와 북상하다가 코스타리카의 푼타레나스(puntarenas)에 정박했다. 여기서는 승마를 하기로 했다. 말은 처음 타 본다는 사부님 부부가 약간 걱정이 되었는데, 의외로 두 분의 말 위에 앉은 자세가 꼿꼿하다. 오랜 기간 기공을 하며 다져진 몸이라 균형을 잘 잡을 수 있는 모양이다. 사실 관광지의 말들은 훈련이 잘 되어 있어 특별한 일이 없으면 그다지 위험하지 않다. 게다가 그냥 터벅터벅 걸어가는 수준이라 승마 경험이 없어도 가능하다.

한 시간쯤 바닷가에서 말을 탔다. 이제 돌아갈 시간이 거의 다 되었다 싶을 즈음, 가이드가 지금부터 원하는 사람은 자유롭게 말을 달려도 좋다고 한다. 그렇다면 조금 속도를 내볼까 하는 차에 갑자기 사부님의 말이 앞으로 내닫기 시작한다.

말은 워낙 달리는 게 천성인 동물이다. 무리 중에 누군가 달리기 시작하면 옆에 있는 말들도 덩달아 뛰기 시작한다. 내 말도 달리고 싶은지 걸음이 빨라진다. 에라, 모르겠다. 나도 말고삐를 단단히 잡고 말 옆구리를 힘껏 찼다.

일행을 멀찌감치 뒤로 제치고 사부님과 나는 말머리를 나란히 하고 신나게 달리기 시작했다. 가이드가 쫓아와 이젠 그만 속도를 줄이라고 할 때까지 한참을 달릴 수 있었다. 기회가 있을 때마다 말을 타 본 나와는 달리 처음이라는 사부님 솜씨가 보통이 아니다. 이 양반, 혹시 전생에 파발마를 몰던 파발꾼은 아니었을까?

크루즈 내내 사부님은 매일 아침 일찍 갑판에서 기체조를 가르쳤다. 처음에는 우리 일행만 모여서 했는데 우리가 운동하는 걸 본 외국 사람들이 하나둘씩 합류하기 시작해 제법 많은 숫자가 모이게 되었다. 그 중에 가장 열심이었던 제자는 식당을 총괄하는 매니저였다. 자메이카 출신으로 체격이 좋은 그는 하루도 빠지지 않고 운동을 열심히 따라했고, 이 운동을 하고 나니까 컨디션도 좋아지고 소화도 잘된다며 기뻐했다.

그 사람 덕분에 우리는 식사 시간이면 귀빈 대접을 받았다. 매일 우리 테이블에 들러 부족한 건 없느냐고 묻고, 특히 랍스터가 나온 날은 랍스터를 여러 마리 더 가져다가 직접 살까지 발라 주었다. 선량한 표정으로 잘 웃던 그는 지금쯤 어느 배에 타고 있을지 궁금하다.

우리 기체조가 거의 끝나갈 시간이면 한 무리의 인도 사람들이 갑판 한쪽 구석에 모여앉아 요가를 시작하곤 했다. 인도 요가가 궁금했던 나는 어느 날 아침 그들을 찾아가 요가를 같이 해도 좋겠느냐고 물어보았다. 그들은 흔쾌히 자리를 내어 주었다.

리더로 보이는 사람이 자기네는 호흡을 중요시한다고 했다. 자리에 앉아 그를 따라 호흡을 하기 시작했다. 그들은 처음 해보는 여러 가지 호흡법을 근 30분에 걸쳐 계속했다. 그런 후에 익히 알고 있는 요가 동작을 시작했다. 그런데 내 몸이 놀랍도록 유연해진 걸 느낄 수 있었다. 십여 년 넘게 요가를 했어도 몸이 그렇게 부드럽게 움직이는 건 처음이었다. 그들과 요가를 같이 한 건 그때 한 번뿐이었지만 좋은 경험이었다.

남편은 저녁마다 버드와이저 맥주를 마셨다. 그래서 술을 담당하는 웨이터는 그를 '미스터 버드와이저' 라고 불렀다. 결국 크루즈가 거의 끝나갈 무렵 버드와이저가 동이 났다. 웨이터가 와서 당신 때문에 맥주가 다 떨어졌다고 농담을 했다.

이 배는 이번 항차를 마지막으로 아시아에 있는 다른 회사로 옮겨가기 때문에 재고가 넉넉지 않았던 모양이다. 그 배는 다른 이름으로 아직도 바다 어디엔가를 떠다니고 있을 것이다.

31

아마존 크루즈 1, 정글을 사랑한 사람들 | 2008년 4월

아마존 강은 나일 강에 이어 세계에서 두 번째로 긴 강이다. 하지만 바다로 흘러들어가는 수량으로는 세계 제일로, 남미 대륙의 서쪽, 태평양에서 멀지 않은 안데스 고원에서 시작해서 브라질 북부를 지나 동쪽의 대서양으로 흘러간다. 주변에 있는 볼리비아, 콜롬비아, 에콰도르, 베네수엘라 등에서 계속 강물이 유입되어 거대한 물줄기를 형성하고 있다. 우기에 아마존 강에서 대서양으로 유입되는 물의 양은 일초에 무려 30만 입방미터라고 하는데, 지구상에서 바다로 들어가는 강물의 오분의 일에 해당한다고 한다. 덕분에 아마존 강과 맞닿은 대서양 연안의 바다는 근 160km에 이르도록 염분의 농도가 지극히 낮은 현상을 보이고 있다.

아마존 강에 접근하기 가장 가까운 곳은 브라질의 '마나우스

(Manaus)' 인데 대부분의 아마존 관광이 이 도시에서 시작한다. 하지만 마나우스까지 가는 항공편이 그다지 많지 않기 때문에 일정을 맞추기도 쉽지 않고 가격도 상당히 비싼 편이다.

우리는 프린세스 크루즈에서 하는 14일간의 아마존 크루즈를 하기로 했다. 브라질의 마나우스에서 시작해서 플로리다의 포트 로더데일까지 항해한다. 비행편이 배의 출발 시간과 잘 맞지 않아 배 회사에서 주선하는 전세 비행기를 이용했다. 비행기는 마이애미에서 출발하는데 출발 시간이 밤 12시다. 꼼짝없이 레드아이(red eye, 밤 비행기 타는 걸 이렇게 표현한다. 밤새 잠을 못 자서 눈이 빨개진다는 표현이다)로 마나우스까지 가야만 했다. 밤늦은 시간이라 얼른 비행기를 타야 조금이라도 잘 수 있을 텐데, 비행기 정비에 문제가 있다며 출발이 자꾸 지연된다. 그래도 마이애미 공항 대합실에 있는 손님들은 불평 한마디 없이 조용하다. 미국 사람들의 참을성은 어떤 때는 존경하는 마음까지 들 정도이다.

출발이 늦어지긴 했지만 비행기는 5시간 남짓 걸려 마나우스에 도착했다. 마나우스는 마이애미보다 한 시간이 앞서간다. 일단 우리 앞의 항해를 마치고 돌아온 손님들이 배에서 다 내리고, 방을 청소한 후에야 우리가 승선할 수 있기 때문에 한참을 기다려야 한다. 브라질 가이드들 몇 명이 나와 우리를 시내에 있는 호텔 식당으로 안내했다. 미리 준비해 놓은 아침을 먹는데 2명의 가이드가 우리 테이블에 합석을 했다. 아주 귀엽게 생긴 젊은이들이었는데 영어를 유창하게 잘 했다. '오브리가다(감사합니다)' 같은 몇 마디 쉬운 포르투갈 말을 배우기도 하고, 아마존에 대해 궁금한 것들을 질문하며 지루하지 않게 시간을 보냈다.

드디어 승선. 방을 확인하고 늘 하듯이 배의 구조를 익히기 위해 배를 한 바퀴 돌아보았다. 사실 크루즈 배의 내부는 모두 비슷하지만 그래도 한 번 돌아봐야 쉽게 감을 잡을 수가 있다. 5시가 다 되었는데도 어쩐 일인지 의례적으로 하는 비상훈련을 한다는 얘기가 없다. 저녁식사가 시작되기 전에 방송이 있었는데 오늘 저녁은 정해진 테이블에 앉지 않고 자유롭게 앉을 수 있다고 한다. 식당으로 내려갔더니 좌석이 많이 비어 있다. 밤에 쇼를 보러갔던 극장도 전혀 붐비지 않아 이상했다. 모두들 피곤해서 방에서 나오지 않는 걸까?

다음날 아침을 먹으러 갔다가 배 안이 한적할 수밖에 없었던 이유를 알게 되었다. 우리보다 조금 늦게 떠난 전세 비행기가 고장을 일으키는 바람에 다른 곳에 불시착했다고 한다. 그래서 그 비행기에 타고 있던 승객들이 아직 도착을 못하고 있는 형편이었다. 배 회사에서 주선한 비행기였기 때문에 손님들을 기다려주는 거지, 만일 개인적으로 늦어졌더라면 배는 사정없이 출항했을 것이다. 아마존 강이 아무리 큰 강이라고 하더라도 몇천 명이 타는 큰 배는 들어올 수가 없다. 우리가 탄 배도 정원이 700명에 불과한 작은 크기인데, 그 반 수 정도가 아직 도착하지 못한 상태였다.

우리는 예정대로 아마존 관광에 나섰다. 몇 그룹으로 나눠 작은 배에 올라타는데 반갑게도 어제 아침을 같이 먹었던 젊은 가이드가 우리 팀의 안내를 맡게 되었다. 아마존 강은 우기와 건기에 따라 수량이 엄청나게 달라진다. 그래서 강가에 있는 집들은 나무 기둥을 높이

박아놓고 그 위에 집들을 지어 놓았다. 지금은 물이 빠지는 중이라 기둥들이 많이 드러나 보인다.

얼마 가지 않아 두 줄기의 강이 만나는 곳에 다다랐다. 검은빛의 '리오 네그로' 와 누런 강물인 '리오 소리모에스' 가 만나는데 두 강물은 서로 다른 성분 때문에 비중도 다르고, 심지어는 물의 온도까지 달라 쉽게 합쳐지지 않는다. 꽤 긴 시간을 검정과 황톳빛의 강물이 선명한 대조를 이루며 같이 흘러가는 모습이 신기했다. 가이드가 양쪽 강의 물을 떠와서 직접 냄새도 맡고 손으로 만져보게 해준다. 검은색 쪽이 좀 더 미끈거리는 듯한 느낌을 받았는데, 물의 온도도 확연하게 다른 것을 알 수 있었다. 블랙 리버라고 불리지만 엄밀히 말하면 검정색이라기보다는 아주 진하게 우려낸 티 같은 색이다. 콜롬비아에서 발원한 이 강은 열대우림을 지나오면서 식물들이 가지고 있는 여러 가지 성분이 녹아들어 이런 색을 띄게 된다고 한다.

드디어 아마존의 밀림 속으로 들어갔다. 아마존 강은 강이라고 하기에는 너무 넓고 수량도 엄청나다. 게다가 흐르는 속도도 빨라 거대한 자연의 힘 앞에 두려움까지 느낄 정도였다. '레이크 구에데스' 로 들어섰다고 하는데 강물 속에 호수가 있다는 게 실감나지 않는다. 건기가 되면 이 물이 다 빠져서 땅이 드러나고 호수가 보인다고 한다. 물속에 깊게 뿌리를 박고 있는 나무들 사이로 배가 지나간다. 마치 물에 잠긴 미로를 지나가는 것 같은데 판타지 영화의 한 장면처럼 비현실적으로 느껴진다. 디스커버리 채널에서 많이 보아온 경이로운 풍경들이 눈앞에 펼쳐진다.

어디선가 갑자기 어린 남자아이 둘이 작은 나룻배를 타고 나타났다. 한 아이는 노를 젓고, 다른 아이는 목에 커다란 뱀을 칭칭 감고 사진을 찍으라고 한다. 사진을 찍은 몇 명의 관광객들이 1불씩 돈을 건네준다. 아이는 또 조잡해 보이는 수공예품을 들어 보이며 사라고 권한다. 아마존 강 유역에서 살고 있는 아이들은 이렇게 관광객들을 상대로 돈을 번다고 한다.

배는 나무로 얽은 집들이 몇 채 서 있는 작은 인디언 마을에 도착했다. 손님들을 수줍게 맞이하는 아이들이 귀엽다. 특히 나무늘보(sloth)를 안고 있는 어린 여자아이가 사람들의 눈길을 끈다. 나무늘보는 중남미 정글의 나무 위에서 서식하는 동작이 매우 느린 동물인데, 커다란 눈이

물이 가득한 밀림 속을 배로 다니는 아이와 나무늘보를 안고 있는 원주민 아이

순진해 보이기까지 한다. 고무나무에서 고무 채취하는 모습도 볼 수 있었는데, 어렸을 때 집에 있던 고무나무에서 흰 진액이 나오는 게 신기해서 가끔 흠집을 내보곤 했던 기억이 났다. 예전에는 서울에서 고무나무를 관상용으로 키우는 집들이 꽤 많았는데, 겨울이면 그 고무나무를 얼지 않도록 집안으로 옮겨놓고 소중히 돌보곤 했다. 자그마한 화분에 심겨져 있던 고무나무와 이렇게 엄청난 거목이 같은 종류의 나무라니.

마을 중심에서는 커다란 화덕 위에 철판을 올려놓고 할머니 한 분이 뭔가를 열심히 구워내고 있다. 밀가루 대신 카사바(유카) 가루를 가지고 얄팍한 빵을 만들고 있는 중이었다. 이런 빵이 말하자면 유기농 건강식일 텐데 이미 매끄러운 도시 맛에 익숙해진 내 입에는 너무 거칠고 심심하게 느껴진다.

인공적인 건물이라고는 있을 것 같지 않은 강변에 훌륭한 식당이 있었다. 물론 그 식당도 강 위에 떠있는 뗏목의 기초 위에 세워진 건물이다. 다른 음식도 맛있었지만 특히 파인애플을 비롯한 열대 과일들이 굉장히 달고 신선했다. 식사 도중에 갑자기 하늘이 흐려지더니 장대비가 무섭게 쏟아지기 시작했다. 바다처럼 광활한 아마존 강 위로 비가 쏟아지자 그야말로 온 세상이 물로 가득 차 있는 듯했다. 한바탕 퍼붓던 비는 잠시 후에 거짓말처럼 멈추고 하늘이 다시 맑아졌다.

식당 뒤로는 늪지가 있고 목조 다리가 세워져 있었다. 그곳에 상상을 초월할 만큼 커다란 워터 릴리가 무리지어 피어 있다. 연꽃의 한 종류라고 볼 수 있을 텐데, 그 잎이 웬만한 어린아이 정도는 그 위에 누워 있을 수 있을 만큼 엄청난 크기였다.

마나우스 항구로 돌아오는 길에 가이드와 잠시 얘기를 나누었다. 자신은 도시에서는 숨이 막혀 살 수가 없다며 아마존의 정글에서 사는 게 행복하다고 한다. 이렇게 관광객들이 다니는 아마존 말고 더 깊은 정글로 들어가서 며칠을 지내봐야 진짜 아마존의 맛을 느낄 수 있단다. 정글이 좋다고 하면서도 2014년 월드컵 축구가 브라질에서 열리는데 마나우스에서도 게임이 치러진다고 흥분해서 말한다. 브라질에 오기 위해 황열병 예방 주사를 맞는 것도 큰 용기가 필요했는데, 정글에서 며칠씩 지낼 엄두가 나질 않는다. 나 같은 도시 사람은 아쉽지만 그저 이렇게 수박 겉핥기식으로 아마존 정글의 맛을 볼 수밖에 없다.

배로 돌아오자 그 사이 나머지 승객들이 도착했는지 배 안이 왁자지껄하다. 비행기 엔진에 문제가 생겨 어느 공항에 불시착을 했는데, 에어컨 작동도 안 되고 음료수도 다 떨어져서 고생을 많이 했다고 불평들이 대단했다. 배는 예정대로라면 내일 다른 항구를 향해 출발해야 한다. 하지만 그렇게 되면 나중에 도착한 승객들은 이번 크루즈의 하이라이트인 아마존 정글 관광을 포기해야 한다. 결국 일정을 변경해 내일 하루를 더 마나우스에서 보내고, 대신 중간에 기항하기로 했던 트리니다드 토바고를 지나치기로 했다는 선장의 발표가 있었다.

항구 하나를 그냥 통과하는 대신 승객들에게 일인당 250불 씩을 돌려준다고 한다. 우리는 비행기 때문에 고생한 것도 없고, 오늘 하루 관광도 잘 했고, 내일 하루를 더 마나우스에서 보낼 수 있는 좋은 기회까지 얻었는데 적지 않은 돈까지 돌려받게 되었으니 약간 미안한 기분까지 든다.

32

아마존 크루즈 2, 보이붐바 | 2008년 4월

마나우스에서 기대하지 않았던 온전한 하루를 더 보낼 수 있게 되었다. 배에서 내려 시내 구경을 나섰다. 부두 자체가 수량의 변동에 적응할 수 있도록 물 위에 떠있을 수 있게 만들어졌다. 나무로 만든 부두 밑에는 거대한 고무 타이어 같은 것들이 길게 연결되어 있다.

부두에서부터 온갖 잡화를 파는 거대한 시장이 형성되어 있고, 아마존 강 유역의 작은 마을들을 연결해주는 연락선들이 쉴 새 없이 들고 난다. 마나우스에서 장을 본 사람들이 커다란 짐 보따리들을 들고 배에 오른다. 승객들은 배에 타자마자 해먹을 하나씩 고리에 연결해 자리를 잡고 그 위에 드러눕는다. 배에 따로 좌석이 있는 게 아니라 그렇게 해먹에서 누워 자면서 집으로 돌아간다고 한다. 높낮이가 다른 해먹에 사람들이 여러 층에 걸쳐 누워 있는 모습이 낯선데 나름대로 주어진 상황에 맞는 해결책일 것이다.

시내 쪽으로 조금 들어서자 과일 시장과 생선 시장이 있다. 바나나 뭉치들이 산처럼 쌓여 있고 한쪽에는 미국 수박보다 훨씬 더 큰 수박 덩이들을 부지런히 트럭에서 내리고 있다. 그 와중에 수박덩이 위에서 낮잠을 자고 있는 청년도 보였다. 넓은 수산 시장은 또 다른 구경거리였다. 이름 모를 생선들을 부지런히 손질하고 있었는데 크기가 상당히 큰 어종들이 대부분이었다. 생선을 통째로 파는 것이 아니라 전부 껍질을 벗기고 먹기 좋게 살을 발라 팔고 있었다. 세상 어디를 가나 재래시장의 활기찬 모습은 늘 보기 좋다.

시내 언덕에 있는 오페라 하우스를 찾아갔다. 아마존 정글이 있는 이 오지에 오페라 하우스가 정말 존재하고 있었다. 한때 마나우스가 얼마나 번창한 도시였는지 영국에서 건축 자재를 가져다 지었다는 이 핑크색의 유럽풍 건물이 잘 말해주고 있다. 이 극장에서 당시 세계적인 테너였던 '카루소'가 와서 공연을 했다고 알려져 있는데, 안내원 말로는 초청은 했으나 공연이 성사되지는 않았다고 한다. 이층에는 배우들이 오페라 공연 때 입었던 무대 의상들이 전시되어 있다. 이렇게 습기 많고 무더운 곳에서 냉방 장치도 없이 두꺼운 옷을 입고 공연을 하려면 배우들도 관객들도 고역이었겠다 싶다.

마나우스는 19세기 한때 세계 고무 수요의 대부분을 충당했던 덕분에 세계에서 손꼽히는 부자 도시 중의 하나였다. 유럽에서 자재를 들여와 유럽인 건축가들로 하여금 건물을 짓고 도시 계획을 할 만큼 흥청거렸다고 한다. 하지만 자연산 나무에서의 고무채취에 의존했던

마나우스의 오페라
하우스

마나우스는 고무나무 농장을 일궈 체계적으로 고무를 생산해 내는
말레이시아에 밀려 급속히 쇠퇴하고 말았다. 하지만 아직도 아마존
유역의 제일 큰 상업 도시로, 또 아마존 관광의 거점으로 명맥을 유
지하고 있다.

　마나우스를 떠나 첫 번째 기항지는 '파린틴스(Parintins)' 였다. 인구
10만의 이곳은 아마존 강이 만들어 놓은 큰 섬이다. 상류에 있는 안
데스 고원과 열대 우림 지역으로부터 아마존 강이 실어온 돌과 퇴적
물들이 쌓여 여러 개의 섬이 형성되었다. 항구가 작아 배가 들어가지
못하기 때문에 승객들은 '텐더' 라고 불리는 작은 배에 옮겨 타고 섬
에 상륙해야 했다. 사실 이 텐더는 시간도 많이 걸리고 번거로울뿐더
러, 바람이라도 많이 불면 심하게 흔들리기 때문에 상당히 불편한 운
송 수단이다. 하지만 위급한 일이 발생하면 이 텐더가 비상용 보트로
쓰이기도 한다.

파린틴스 축제, 무용수들이 열정적으로 춤을 추고 있다.

파린틴스는 매해 6월 말에 열리는 '보이붐바(Boi-Bumba)' 라는 축제로 유명하다. 브라질에서는 리오 데 자네이로의 카니발 다음으로 많은 관중이 모인다고 한다. 정식 축제 기간은 아니지만 배의 승객들을 위한 특별 공연이 있었다. 온갖 치장을 한 반라의 남녀 무용수들과 악사들이 두 시간에 걸쳐 끊임없이 타악기를 연주하고, 노래를 부르고, 몸을 흔들어 댄다. 선과 악의 대립 끝에 선이 승리한다는 내용인데, 반복되는 리듬이 중독성이 있는지 전혀 지루하지 않게 공연을 즐길 수 있었다. 악사들은 물론, 무거운 깃털 장식을 머리에 이고 계속 춤을 추는 무희들의 에너지가 놀랍다. 이보다 규모가 몇 배나 더 큰 리오의 카니발이 얼마나 굉장할지 미루어 추측해 본다.

시내의 기념품점에서는 바닷가 어디에서나 볼 수 있는 조개로 만든 목걸이 등을 팔고 있다. 특히 식인 물고기로 알려져 있는 피라냐(piranha)의 박제를 많이 볼 수 있다. 말로만 듣던 피라냐의 날카로운

피라니아 박제

이빨이 보기만 해도 무섭다. 생각보다 크지는 않은데 늘 떼로 몰려 다니기 때문에 피라냐가 날카로운 이빨로 무리지어 덤비면 사람도 쉽게 목숨을 잃는다고 한다.

다음 날은 아침부터 비가 주룩주룩 내렸다. 오늘은 '보카 다 발레리아(Boca Da Valeria)' 라는 아마존 강 안에 떠있는 작은 섬을 방문하는 날이다. 인디언 원주민이 살고 있는데 상주인구는 고작 75명. 주민들의 집을 방문하거나 좀 더 깊은 정글 속으로 들어가 볼 수도 있다고 한다. 섬에 사는 아이들이나 원주민들에게 돈을 주는 대신 볼펜이나 티셔츠 등을 가져다주라고 한다. 비가 오기 때문에 마을로 들어가는 흙길이 상당히 미끄럽고 경사가 심하니 각별히 주의하라는 안내 방송도 있었다. 비가 많이 내리는 터라 작은 텐더에 옮겨 타는 게 번거롭기도 해서 우리는 그냥 배에 머물러 있기로 했다.

갑판에 나가 비 내리는 황토색 아마존 강을 내려다보는데, 잠시 후 나룻배 한 척이 배 옆으로 다가왔다. 한가족인 듯 아버지와 엄마, 그리고 아이들 둘이 조잡한 인디언 인형들을 흔들며 사달라고 한다. 하지만 나룻배와 크루즈 배의 높이가 상당히 차이가 있기 때문에 설령 사고 싶어도 돈을 건네주고 물건을 받기에는 무리가 있다. 그러지 않아도 배에서는 원주민들이 배를 타고 와서 기념품 등을 팔려고 할 텐데 절대로 사지도 말고 초콜릿 등을 던져 주지도 말라고 경고 방송을 했다. 물살이 너무 빠른데다가 우리 배의 엔진이 계속 돌고 있기 때문에 작은 배가 가까이 접근하면 상당히 위험해진다는 것이다.

저 멀리에서 아주 작은 배를 타고 한 남자가 열심히 노를 저어 온다. 하지만 빠른 물살 때문에 여간해서는 우리 배와 거리가 좁혀지지 않는다. 겨우 배의 후미에 다다른 그는 배에 돌출된 무엇인가를 잡고 잠시 숨을 고르더니 다시 열심히 노를 저어 배의 옆에까지 다가왔다. 그 사람의 배에는 아예 팔 물건조차 실려 있지 않았다. 누군가가 던져 주었는지 초콜릿 껍질을 허겁지겁 벗겨 먹는 모습이 안쓰럽다.

계속 노를 젓지 않으면 배는 곧 강물에 밀려가기 때문에 우리 배 곁에 머무르기 위해 그 남자는 쉬지 않고 노를 저어야 했다. 별다른 소득도 없이 한동안 애를 쓰던 그가 드디어 노 젓기를 멈추었다. 우리 배로부터 점점 멀어져 가는 그의 작은 배는 마치 잠시 후 물에 잠겨버릴 종이배처럼 위태로워 보였다.

배는 아마존 강을 따라 동쪽으로 항해를 계속한다. 운 좋게도 아마존 강에서 서식하는 핑크 돌고래를 볼 수 있었다. 바다에 사는 돌고래가 어떻게 해서 민물인 아마존 강에 살게 되었는지는 분명하지 않다. 오래전 바다였던 이곳에 살던 돌고래가 바닷물이 밀려간 후에도 그대로 남아서 민물에 적응하게 된 것이라고 추측하고 있다.

핑크 돌고래는 이름 그대로 선명한 분홍빛을 띠고 있었는데, 처음 보았을 때는 마치 껍질이 모두 벗겨진 듯해서 섬뜩한 느낌까지 들었다. 나이가 들어갈수록 분홍빛이 점점 더 짙어진다고 한다. 피부 가까이 실핏줄이 나와 있어 그렇게 보인다고도 하고, 아마존 강물에 포함된 철분이 몸속에 축적되었을 것이라는 설도 있고, 아마존 강의 온도 때문이라는 등 이론이 분분하지만 어느 것도 확실치 않다.

천적이 없어 무리지어 다닐 필요도 없었던 아마존의 핑크 돌고래에게 천적이 생겼으니 바로 인간들이다. 아마존 원주민들에게 돌고래는 신성한 존재였다. 원주민들 사이에는 돌고래가 밤사이 잘생긴 남자로 변해 여성을 유혹해 임신시킨다는 전설이 내려온다. 원주민들은 아마존 강 돌고래를 죽이면 불운이 찾아온다고 믿었다. 하지만 최근에는 돌고래 밀렵이 성행해 위험한 수위에까지 이르게 되었다.

어부들이 아마존 강 돌고래를 잡는 이유는 먹기 위해서가 아니다. 사람들에게 인기가 높은 다른 물고기인 피라카팅가를 잡는 데 미끼로 쓰기 위해서다. 메기 종류로 약 40cm 크기인 피라카팅가는 죽은 생명체의 고기를 잘 먹는데, 아마존 강 돌고래의 기름기 많은 고기가 좋은 미끼가 되고 있다. 돌고래 한 마리에서 나오는 고기로 많은 피라카팅가를 잡을 수 있어 훌륭한 수입원이 되고 있다.

브라질 정부는 허가 없이 아마존 강 돌고래를 잡지 못하게 금지하고 있지만, 어부들의 밀렵을 막지 못하고 있다. 인간들에게 위협받고 있는 게 돌고래만은 아니다. 지구의 허파라고 불리는 아마존 유역의 울창한 숲도 농경지를 만들기 위해 매년 급속하게 줄어들고 있는 형편이다.

33

아마존 크루즈 3, 데블스 아일랜드 | 2008년 4월

항해 8일째, 적도를 지난다. 배는 이제 막 아마존 강에서 벗어나 대서양으로 접어들었다. 오늘은 아무 곳에도 정박하지 않고 하루 종일 항해를 계속하는 날이다. 이런 날은 아무래도 승객들이 심심해하기 때문에 배에서 이것저것 행사가 많이 열린다. 오늘은 특히 적도를 지나는 기념행사가 있었다. 배의 직원 중 한 명이 바다의 신인 넵튠을 상징하는 옷과 금빛 면류관, 그리고 삼지창을 들고 서 있다. 승객들 중 몇 명을 뽑아 그들의 죄를 물은 다음, 벌로 각종 아이스크림, 초콜릿 시럽, 파이, 스파게티 등을 온몸에 부어댄다. 머리부터 발끝까지 음식물로 범벅이 된 그들을 보면서 사람들은 신나게 웃어댄다.

하지만 나는 바로 어제까지 보았던 아마존 밀림의 원주민들 모습이 눈앞에 어른거려 전혀 즐겁지 않았다. 아무리 먹을 것이 넘쳐나는

적도를 지나는 기념행사를 즐겁게
하고 있다

크루즈 배라지만 좀 지나치다 싶어 언짢은 기분까지 들 정도였다. 그날 저녁 적도를 지났다는 선장의 사인이 적힌 증명서를 한 장씩 받았다.

대서양으로 들어선 배는 이제 본격적으로 남미의 동쪽 해안을 따라 북상하기 시작했다. 내일은 영화 〈빠삐용〉의 배경이 되었던 '데블스 아일랜드(Devil's Island)'에 도착한다. 배의 극장에서는 때맞추어 스티브 맥퀸과 더스틴 호프만이 출연했던 영화 〈빠삐용〉을 상영해 주었다. 오래전에 보았던 영화지만 다시 보아도 재미있다. 특히 영화의 마지막, 빠삐용이 코코넛 열매를 엮어 만든 뗏목을 바다에 던져 놓고, 그 뗏목을 향해 절벽에서 몸을 날리는 장면, 그리고 드디어 파도를 타고 점점 멀어져가는 친구를 바라보는 드가(더스틴 호프만)의 슬픈 미소, 체념한 듯 돌아서는 그의 기막힌 표정 연기가 압권이다.

영화 〈빠삐용〉은 실제로 데블스 아일랜드에 수용되었다가 탈출했다고 주장하는 프랑스인 앙리 샤리에르가 쓴 소설이 원작이다. 주인공은 가슴에 있는 커다란 나비 문신 때문에 빠삐용으로 불리는데 빠삐용(Papillon)은 나비를 뜻하는 프랑스 단어이다. 데블스 아일랜드는 남아메리카 북동쪽 해안에 있는 프랑스령 '프렌치 기아나'에 있는 섬이다. 프랑스는 죄질이 나쁜 흉악범이나 정치범들을 변방의 버려진 식민지였던 이 먼 곳으로 유배시켰다. 유대인으로서 프랑스 장교였다가 반역죄의 누명을 쓰고 직위 해제된 유명한 '드레퓌스 사건' 의 드레퓌스도 이 섬에서 4년을 보낸 후에 풀려났다고 한다.

1852년에 세워져서 1953년에 폐쇄될 때까지 100여 년 동안 근 8만 명에 달하는 죄수들이 이곳에 수용되었는데 살아서 돌아간 사람은 극소수에 불과했고, 그 중 탈출에 성공한 사람은 빠삐용의 저자 앙리 샤리에르가 유일하다고 한다. 악마의 섬에서 탈출했다는 그의 얘기가 사실이 아니고 여러 사람의 경험을 수집해서 쓴 소설이라는 설도 있지만, 여하튼 수용소의 실상과 탈출 과정을 실감나게 묘사한 그의 책은 출간되자마자 베스트셀러가 되었고 곧 영화로도 만들어져 큰 인기를 끌었다.

'데블스 아일랜드' 는 '로얄 아일랜드', '세인트 조셉 아일랜드 '와 함께 '샐베이션 아일랜드 그룹' 에 속해 있다. 섬 주변은 파도가 높고 조류가 빨라 탈출이 불가능했다고 한다. 게다가 죄수들이 죽으면 시체를 그냥 바다에 버렸기 때문에 그 시체를 먹기 위해 상어들이 늘 섬 주변을 맴돌고 있었다고 한다. 감옥이 폐쇄된 후 '로얄 아일랜드' 를 제외한 두 섬은 무인도가 되었다. 배는 세 섬 중에서 제일 큰 로얄 아일랜드에 정박했다. 죄수들을 감독하는 본부가 이 섬에 있었는데 감독관의 집이 지금은 기념관이 되어 있다.

야자수가 무성하고 잡풀이 우거진 섬에 발을 딛자마자 코코넛 열매를 물어뜯고 있는 커다란 쥐처럼 생긴 기니 픽이 눈에 들어온다. 조그만 바퀴벌레까지 잡아먹어야 했던 빠삐용에게 저 정도 크기의 동물이라면 좋은 단백질 보급원이 되었을 것이다. 완만하게 경사진

데블스 아일
랜드, 이제는
폐허가 된 감
옥의 흔적만
남아 있다

언덕을 올라가는데 무너진 벽돌 감옥이며 낡은 나무 십자가가 남아
있는 아이들의 묘지 등이 으스스한 분위기를 더해준다. 언덕 위에는
작은 교회도 있고 병원 건물의 흔적도 있다.

벽만 남아 있는 감방에 들어가 영화에서 주인공이 하듯 한쪽 벽에
서 다른 쪽 벽까지 걸어보았다. 보통 걸음으로 꼭 다섯 발자국. 다섯
발자국을 걸으면 코가 벽에 부딪히는 작은 공간에서 희망을 잃지 않
고 살아남으려고 애쓰던 주인공의 모습이 실감나게 떠오른다. 지금
은 작은 호텔도 있고 식당도 있어 관광객에게 편리를 제공하고 있는
데 과연 어떤 취향의 사람들이 이런 곳에 와서 묵고 싶어 하는지 궁금
하다.

억울하게 살인 누명을 쓴 빠삐용이 꿈에서 판사 앞에 선다. 자신이
무죄임을 강력하게 주장하는 빠삐용에게 판사가 말한다. "너는 살인
과는 관계없다. 하지만 너는 인간이 범할 수 있는 가장 흉악한 죄를

지었다. 그건 바로 인생을 낭비한 죄, 젊음을 방탕하게 흘려보낸 죄이다." 그 말을 들은 빠삐용은 머리를 떨어뜨리며 순순히 자신의 죄를 인정한다. "그것 때문이라면 나는 죄인임에 틀림없다"고. 그런 관점에서라면 나도 변명할 여지가 없는 죄인이다. 소중한 삶을 아끼며 살지 못한 죄.

적도 가까운 곳이라 그런지 가만히 서 있어도 땀이 줄줄 흘러내릴 만큼 덥고 습기가 많다. 폐허가 된 감옥의 흔적들을 둘러보며 천천히 섬을 한 바퀴 돌아보는데는 두 시간 정도면 충분하다. 기념관에 들러 이것저것 전시된 것들을 훑어보았다. 이 건물이 총책임자의 집이어서 그런지 전망이 좋다. 손에 잡힐 듯 가까이에 데블스 아일랜드가 보인다. 영화 〈빠삐용〉의 마지막 장면인 높은 절벽이 있을 것 같지 않다고 했더니, 그림엽서를 팔던 직원이 그 장면은 여기가 아니고 인도네시아의 어떤 섬에서 찍은 거라고 알려준다.

배는 마지막 기항지인 플로리다의 포트 로더데일로 향하기 전에 카리브 해를 지나간다. 수심이 얕은 카리브의 바다는 늘 맑은 옥빛이다. 그것도 햇빛이 비치는 각도에 따라 다채로운 색을 보여준다. 깊고 짙은 심해의 푸른빛이 아닌, 초봄 막 싹이 터오는 나무 순 같은 연하고 따뜻한 연녹색의 바다.

남아메리카 대륙과 북아메리카 대륙 사이의 카리브 해에는 마치 긴 체인을 늘어놓은 듯 크고 작은 섬들이 연달아 흩어져 있다. 방문할 수 있는 섬도 다양하고, 태풍이 불어오는 시기인 여름과 초가을을 제외하고는 언제나 날씨가 좋기 때문에 크루즈 배들이 제일 많이 다니는 인기 있는 지역이기도 하다. 쿠바나 도미니칸 리퍼블릭처럼 독립된 국가도 있고, 영국, 미국, 프랑스 등의 자치령인 섬들도 있다.

배는 세인트 마틴(St. Maartin/St. Martin) 섬에 정박했다. 크기가 87평방 킬로미터에 인구 8만 정도인 자그마한 이 섬은 1648년 조약 체결 이후 350년이 넘도록 프랑스령과 네덜란드령으로 나뉘어 있어 각각 불어와 네덜란드어를 사용하고 있다.

전해오는 얘기에 의하면, 프랑스와 네덜란드에서 대표를 뽑아 프랑스인은 북쪽에서부터, 네덜란드인은 남쪽에서부터 걷기를 시작해 그 둘이 만나는 지점에서 선을 그어 영토를 확정짓기로 했다. 프랑스인은 와인을, 네덜란드인은 진을 가지고 떠났는데 독한 진을 마신 네덜란드인이 잠든 사이에, 와인의 힘을 빌려 더 많이 걸은 프랑스인이 훨씬 넓은 구역을 차지할 수 있었다고 한다.

그러나 사실은 조약을 체결할 당시 프랑스 전투 함대가 해안에 와서 위협을 했기 때문에 프랑스 측이 유리하게 협정을 맺을 수 있었다고 한다. 현재 두 나라가 차지하고 있는 면적은 6:4 정도로 프랑스 쪽이 넓은데, 인구수로는 네덜란드가 조금 앞서고 있다.

특별히 국경이라고 선이 그어진 것도 아니라서 사람들은 자유롭게 두 나라를 넘나들지만, 확연히 다른 분위기를 가지고 있다. 배가 정박한 부두는 네덜란드령이다. 일찍이 1950년대부터 무역과 관광을 집중적으로 육성한 덕분에 상업지구가 번창했다. 반면 프랑스령 쪽은 작은 카페, 식당, 옷가게들이 즐비해서 제법 프랑스다운 분위기를 풍기고 있다.

프랑스 쪽에는 유명한 누드 비치인 '오리엔트 비치'가 있다. 옷을 입은 사람들은 비치에 들어갈 수 없지만 해변을 따라 그들의 모습을 볼 수는 있다. 물론 사진을 찍어서는 안 된다. 영화에서 보는 것처럼 몸매가 멋진 사람들이 걸어 다니는 게 아니라, 아이들을 포함한 온 가족이 자유롭게 모래 위에 누워 책을 읽거나 산책을 하고 있다. 평일이라 그런지 젊은이들보다는 나이든 사람들이 많이 보였는데, 처음에는 신기했지만 나중에는 특별할 것도 없어 보였다.

가까운 곳에 나체주의자들을 위한 숙소인 '클럽 오리엔트' 가 있는데, 그 호텔에서는 식당에도 옷을 입지 않고 출입한다고 한다. 클럽 오리엔트가 내세우는 표어는 'Nothing is better' 이다. 즐겁게 웃고 있는 나체 손님들에게 정장 차림의 웨이터가 시중을 들고 있는 커다란 광고 사진이 걸려 있다.

전에 수영장이 있는 집에 살 때는(캘리포니아에서는 집에 수영장이 있다는 건 하나도 특별한 일이 아니다), 가끔 밤에 수영복을 입지 않은 채 수영을 하곤 했다. 맨몸으로 수영을 하는 자유로움은 해본 사람만이 알 것이다. 그래서 아무 것도 걸치지 않은 채 바닷가를 걸어 다니는 사람들의 기분을 조금은 이해할 수 있을 것 같았다.

34

트랜스 애틀랜틱 크루즈,

안 하던 짓 | 2007년 4월

2007년 4월 말, 결혼 30주년을 맞이했다. 평소에 하던 여행보다 조금 특이한 것을 생각하던 중에, 대서양을 건너 런던으로 가는 트랜스 애틀랜틱(Trans Atlantic) 크루즈를 하기로 했다. 크루즈 여행은 원래 런던과 뉴욕을 연결하는 여객선들이 그 시초였다. 유명한 타이타닉호도 런던 남쪽에 있는 항구 사우스 햄튼에서 출발해서 뉴욕으로 가는 도중에 침몰한 것이다.

트랜스 아틀랜틱 크루즈는 대서양을 횡단하는 일주일 동안은 정박하는 항구가 없어 배 안에만 있어야 한다. 때문에 자칫하면 지루해지기 쉽다는 점, 또 연안을 항해하는 게 아니고 망망대해인 대서양을 가로질러 가기 때문에 날씨가 나쁘면 배가 심하게 흔들릴 수도 있다는 점 등이 마음에 걸렸지만 한 번 시도해보기로 했다.

타이태닉의 분위기를 느낄 수 있기로는 식사 때마다 정장을 요구하는 큐나드 회사의 '퀸 메리'나 '퀸 엘리자베스' 호가 제격일 것이다. 하지만 우리는 자유로운 분위기를 좋아하기 때문에 다른 배에 비해 캐주얼한 '노르웨지안(Norwegian)' 크루즈를 타기로 했다. 텍사스 휴스턴에서 출발해서 마이애미, 버뮤다, 포르투갈, 아일랜드, 프랑스를 거쳐 영국으로 가는 총 21일간의 일정이다.

운 좋게도 우리가 대서양을 횡단하는 동안 바다는 상당히 잔잔했다. 잔잔하다 못해 넓은 호수를 지나고 있는 게 아닌가 하는 생각이 들 정도였다. 지난 번 항해 때는 심한 풍랑이 일어 고생했다며 승무원들도 안도하는 모습이었다.

저녁이 되면 배 여기저기에서 음악을 연주한다. 바에서 피아노를 치거나 노래를 부르기도 하고, 밴드가 나와 연주를 하기도 하는데, 밴드가 있는 곳에는 춤을 출 수 있는 플로어가 있다. 우리는 저녁식사가 끝나면 소화도 시킬 겸 춤을 추었다. 볼룸 댄스를 배운 터라 정식 스텝을 밟기 때문에 아무래도 춤추는 게 다른 사람들과는 조금 달라 보였는지, 어떤 때는 우리가 나가서 춤을 추면 아예 사람들이 플로어에 나오지 않기 때문에 조금 자제할 필요도 있었다. 그래서 음악이 나올 때마다 매번 나가지는 않고 딴 사람들 추는 걸 구경하기도 했다.

아무래도 춤을 좋아하는 사람들이 모이기 때문에 며칠 지나면 서로 얼굴을 익히게 된다. 그 중에 밴드가 음악을 시작하기 전부터 와서 앉아 있는 노부부가 있었다. 제법 나이가 많아 보였는데 부인은 걸음걸이가 불편한지 한 손에는 지팡이를 짚고, 남편한테 의지해서 천천히 걸어 다녔다. 우리는 다른 재미있는 프로그램이 있으면 저녁에 춤추러 가는 걸 거르기도 했는데, 어느 날 낮에 식당에서 그 부부와 마주쳤다. 할머니는 어제 너희가 오기를 기다렸다면서 너희들 춤추는 걸 보는 게 즐거움이니 빠지지 말고 오라고 부탁했다. 할머니의 세련된 차림새며 지팡이에 화려한 리본까지 달고 다니는 걸 보면 젊은 시절 상당한 멋쟁이였을 것 같다. 할머니는 자신이 댄서였다고 소개를 했다. 이젠 춤을 출 수 없어 슬프지만, 그래도 남들이 춤추는 모습을 지켜보는 게 좋다고 한다.

항해가 길어지자 저녁마다 보여주는 쇼 구경도 시들해질 무렵이었다. 밤이면 다음 날 일정을 알려주는 신문이 방으로 배달되어오는데, 그 신문에 며칠 후에 승객들의 '장기자랑'이 있으니 원하는 사람은 신청하라는 내용이 실려 있었다. 날짜를 계산해보니 바로 우리의 결혼기념일이었다. 나는 남편에게 장기자랑에 나가서 춤을 추자고 제안했다. 남편은 "쑥스럽게 그런 짓을 왜 하느냐"고 펄쩍 뛰었지만, 우리 결혼 30주년을 자축하자는 나의 말에 마지못해 승낙을 했다.

그동안 밴드가 '테네시 왈츠'를 연주하는 걸 몇 번 들은 적이 있어서 그 노래에 맞춰 왈츠를 추기로 했다. 참가 신청을 하러 담당자한테 갔더니 "당신들이 춤추는 걸 본 적이 있다"고 반색을 하며 신청을 받아 주었다. 사실 결혼기념일을 축하하기 위한 노래로 '테네시 왈츠'는 적합한 곡이 아니다. 패티 페이지가 불러 크게 히트했던 이 노래의 내용인 즉, 연인과 테네시 왈츠를 추던 도중 옛 친구를 만나 서로 소개시켜주었는데 결국 그 친구에게 애인을 빼앗기고 만다. 그래서 그 아름다웠던 마지막 밤과 테네시 왈츠를 떠올리며 옛 사랑을 그리워하는 슬픈 노래이기 때문이다.

비록 아마추어들의 공연이지만 예비 심사도 있었다. 그 과정을 통해 수준에 맞지 않는 출연자를 추려내는 것이다. 우리 차례가 되어 무대에 올라서자 약간의 문제가 생겼다. 무대가 생각보다 많이 좁고, 높아서 아래로 떨어질 염려가 있어 조금 걱정이 되었다. 할 수 없이 댄스 팀의 공연이 없는 낮에 무대에 올라가 춤 출 수 있는 공간을 가늠해보고, 스텝도 몇 가지 수정을 해야만 했다. 남편은 "공연한 짓을 해서 번거롭게 만든다"며 투덜댄다. 가벼운 마음으로 신청을 했던 건데, 그래도 남들 앞에서 발표를 한다고 생각하니 제법 신경이 쓰인다.

장기 자랑은 원래 승객들이 나와 노래를 하거나, 별로 재미도 없는 조크 등을 하는 학예회 수준인 게 보통이다. 그런데 그날은 마술사도 나왔고, 엘비스 프레슬리 빰치게 그의 노래를 모창 하는 가수도 있었다. (알고 보니 그는 클럽에서 직업적으로 엘비스의 노래를 부르는 사람이었다) 다행스럽게도 우리는 실수 없이 무대에서 스포트라이트를 받으며 결혼 30주년을 자축하는 왈츠를 즐길 수 있었다.

그날의 일등상은 엘비스를 모창한 가수가 받았지만, 우리도 예상 외로 큰 박수를 받았다. 장기자랑 시간이 끝난 후 많은 사람들이 우리에게 다가와 악수를 청하면서 "너희들의 춤을 정말 즐겁게 보았다"고 인사를 했다. 어느 할머니는 "내 결혼식에서 테네시 왈츠에 맞춰 춤을 추었는데, 오늘 너희들의 아름다운 왈츠를 보게 해주어 감사하다"며 다정하게 포옹을 해주었다.

다음 날 저녁, 바에 앉아 있는데 배의 엔터테이먼트를 총괄하는 투어 디렉터가 다가왔다.

"너희들 춤 선생들이라며?"

"무슨 얘기야?"

"스튜디오를 가지고 학생을 가르치는 선생들이라며?"

"아냐, 선생은 무슨, 우리는 그냥 춤을 즐기는 사람들이야."

"그래? 이 배에 당신들이 춤 선생이라고 소문이 자자하던데? 그건 그렇고 크루즈에서 댄스 클래스를 맡아 볼 생각은 없어? 당신들 실력이라면 얼마든지 가능한데…."

설명인즉 크루즈마다 볼룸 댄스를 가르치는 시간이 있는데, 춤 선생들을 따로 고용하지는 않고 자격이 되는 사람들을 뽑아 무료로 크루즈를 시켜주고, 대신 하루에 30분 정도 춤을 가르치게 한다는 것이다. 게다가 우리처럼 부부가 선생이 되면 더욱 좋단다. 그는 생각이 있으면 연락을 하라며 에이전트의 전화번호를 건네주었다.

여자들의 평균 수명이 남자들보다 길어서 그런지, 크루즈를 하다 보면 혼자 온 할머니들이 많이 있다. 저녁 시간이 되면 그 할머니들과 함께 춤을 추어주는 '댄스 호스트'들이 있다. 그들은 배에 소속되어 있는 직원이 아니고, 크루즈를 무료로 타는 대신 댄스 시간에 손님들과 춤을 추어주는 사람들이다. 한 배에 보통 두 명 정도의 댄스 호스트가 있는데 여자들에게 무척 인기가 좋다. 나는 내심 나중에 남편을 댄스 호스트로 내보내고, 덕분에 공짜 크루즈를 즐길 궁리를 하고 있었다. 그런데 알고 보니 댄스 호스트는 싱글이어야만 가능하다고 해서 아쉽게도 그 꿈은 접어야 했다.

크루즈 내내 앞자리에 앉아 다른 사람들이 춤추는 걸 지켜만 보던 그 할머니가 마지막 날 드디어 자리에서 일어나 플로어로 나왔다. 하지만 지팡이 없이는 움직일 수 없는지 그냥 남편에게 안겨 제자리에 서 있을 뿐이었다. 그 자세 그대로 부부는 음악에 몸을 맡기고 있었다. 젊었던 시절, 무대를 누비던 그 때를 생각하고 있는 건지 할머니는 두 눈을 지그시 감고 있었다. 음악이 끝나자 할머니가 우리에게 다가와 작별 인사를 했다. "춤출 수 있을 때 많이 즐기도록 해."

공교롭게도 그 크루즈에서 돌아온 후, 내가 건강상의 이유로 한동안 댄스 레슨을 받을 수 없게 되면서 춤추는 것을 중단하게 되었다. 그래도 크루즈 춤 선생이 되어달라는 제안까지 받았으니 마지막 직업은 하나 확보해 놓은 셈이라고나 할까? 언젠가 여러분이 크루즈에서 키 큰 남자와 자그마한 동양인 여자 춤 선생 커플을 만났다는 얘기를 듣게 되는 날이 올지도 모르겠다.

35

단풍 여행 1,

뉴잉글랜드 | 1989년 10월 / 블루릿지 | 2007년 10월

LA에서 살면서 제일 그리워지는 건 가을이다. 이곳에는 물론 추운 겨울도 없지만 두 시간 정도만 가면 눈 덮인 스키장이 있으니까 아쉬운 대로 겨울 맛을 볼 수 있다. 그런데 가을은 없다. 11월쯤 되면 낙엽이 지기는 하지만 그건 그냥 잎이 누렇게 변해서 떨어지는 거지 눈부시게 붉은색으로 물드는 그런 단풍이 아니다.

중학교 입학원서를 사러갔던 날이었다. 하늘이 푸르고 높은 토요일 오후였다고 기억한다. 엄마와 함께 정동에 있는 이화 여중에 갔다. 고풍스런 벽돌 건물 위로 담쟁이 덩굴이 붉게 물들어 있고, 교문 옆에는 커다란 은행나무가 서 있었다. 노란 은행잎들이 마침 불어오는 바람에 황금비처럼 우수수 떨어져 날렸다. 교정에는 붉은 벽돌이 깔려 있고 그 위에 은행잎들이 뒹굴고 있었다.

예정대로라면 옆에 있는 다른 학교의 원서도 살 생각이었지만 나는 그 자리에서 이 학교에 가겠다고 결정을 내렸다. 붉게 물든 담쟁이와 난분분 흩어지던 노란 은행잎 때문이었다. 그 어린 나이에 가을의 아름다움을, 그 쓸쓸함을 어떻게 알았는지 지금도 의아하다. 학교 다니는 내내 낙엽이 질 때면 가슴이 떨려왔다. 낙엽 지는 인적 없는 정동 길을 걷는 게 좋아서 이른 아침 누구보다도 먼저 학교에 갈 정도였다.

그런데 LA에는 가을이 없었다. 이곳에 옮겨온 지 몇 해가 지나 주위를 둘러볼 여유가 생기자 못 견디게 가을이 그리워졌다. 마침 동부에 있는 거래처 사장이 LA를 방문했다. 저녁을 먹으며 미국 사는 재미가 어떠냐고 묻기에, 다 좋은데 가을이 없어서 싫다고 했더니 단풍 시즌에 맞춰 동부로 놀러오라고 한다. 그 말을 그냥 흘러버리고 말았는데 정말 가을이 다가오자 휴가를 낼 수 있으면 자신이 단풍 여행 스케줄을 짜주겠다고 연락이 왔다. 지금처럼 인터넷을 쓸 수도 없었던 시절에 친절하게도 단풍으로 유명한 곳들을 골라 일일이 호텔 예약까지 해 놓은 상세한 일정을 보내왔다. 그렇게 해서 떠나게 된 첫 번째 단풍 여행은 내 일생 가장 좋았던 여행 중 하나로 손꼽힌다.

1989년 10월 초, 보스턴에 도착했을 때 이미 단풍이 시작되고 있었다. 그런데 메인 주로 들어서자 온 산이 단풍으로 불타오르는 놀라운 광경을 만났다. 그것은 한국에서 보아오던 아련하고 애잔한 단풍이 아니었다. 가도 가도 끝이 없는 풍성한 단풍 숲의 향연이었다. 그 숨 막히는 풍경을 지나며 수도 없이 차를 세우고 감탄사를 연발할 수밖에 없었다.

거래처 사장은 메인 주의 부스 베이 하버 가까운 호숫가에 여름 별장을 가지고 있었다. 대문 앞 매트 밑에 열쇠가 있으니 열고 들어가라고 한다. 우리는 나무로 지은 그의 오두막에서 한나절을 보냈다. 할아버지 대부터 가지고 있었다는 그 별장에는 몇 대에 걸친 가족사진이 있었다. 오두막에는 식구들이 여름을 보내며 읽었던 책과 게임들, 그리고 장난감들이 쌓여 있었다. 뒷마당에 놓인 그네에 앉아 호수를 내려다보았다. 이 집 것인 듯한 작은 보트 하나가 물결에 흔들리며 매어져 있다. 뜨거운 여름날 오후, 호수로 뛰어드는 아이들의 환호성이 들리는 듯 했다.

처음으로 그 유명한 메인 주의 랍스터를 먹어보았다. 통째로 쪄낸 랍스터는 물론이고, 랍스터 샌드위치, 랍스터 비스크, 랍스터 샐러드 등 랍스터가 들어간 요리는 골고루 맛을 보았다. 뉴햄프셔 주의 화이트 마운틴, 버몬 주의 그린 마운틴의 단풍 숲 속에 푸욱 잠겼다가 다시 보스턴으로 돌아왔다. 서부와는 전혀 다른, 또 뉴욕과도 다른 뉴잉글랜드 지방의 가을 덕분에 비로소 가을에 대한 갈증을 풀 수 있었다.

그 이후로 가을만 되면 계절병처럼 가을빛을 찾아 떠나게 되었다. LA에서 가까운 곳으로는 북쪽으로 5시간 정도 떨어진 '비숍(Bishop)'에서 아쉬운 대로 가을을 느낄 수 있다. 그곳은 붉은색의 단풍이 아니고 아스펜이 주종이라 잎들이 노란색으로 물든다. 단풍이 있을 것 같지 않지만 프리웨이에서 내려 조금만 산속으로 들어가면 사우스 레이크, 노스 레이크 등의 작은 호수들이 있고 주변에 아스펜 나무들이 몰려 있다.

비숍의 단풍

　조금 더 북쪽의 맘모스(Mammoth) 레이크를 지나서 쥰(June) 레이크 부근도 노란 단풍이 아름답다. 어느 해 가을, RV(Recreational Vehicle)를 타고 북쪽으로 올라간 적이 있다. 쥰 레이크 가까이에서 노란빛이 절정을 이룬 작은 호수를 만났다. 우리는 물가에 RV를 세웠다. 사람도 없고 차도 다니지 않아 깊은 정적만이 감돌았다. RV에서 물을 끓여 뜨거운 커피를 한 잔씩 마셨다. 날씨도 주변 경치도 모든 게 거의 완벽하게 아름다웠다. 마치 수채화 풍경 속에 들어가 있는 듯했던 그날이 RV 여행 중에 가장 기억에 남는다.

　미국인들 중에는 은퇴하면 RV를 한 대 사서 대륙횡단 하는 게 꿈인 사람이 많다. RV에는 침대는 물론이고 냉장고, 오븐이 딸린 부엌에 샤워시설이 있는 화장실, 게다가 전기 발전을 할 수 있는 제너레이터까지 달려 있다. 그러니까 RV를 타는 건 작은 집 한 채를 끌고 다니는 것과 같다. 관리하는데 손이 많이 가기 때문에 상당히 부지런해야 한다. 우리는 호기심에 몇 해 동안 가지고 있었지만 우리 여행 스타일과는 맞지 않아 처분하고 말았다.

아스펜 단풍의 아름다움은 콜로라도의 아스펜 시에서 절정을 이룬다. 그곳은 스키장으로 유명하지만 가을의 노란 단풍 숲 또한 장관이다. 아스펜뿐 아니라 베일, 에이본 등의 스키장 주변에서도 가을 색을 즐길 수 있다. 가을의 콜로라도는 노란 단풍, 가슴 속이 다 시원해지는 맑은 공기, 손을 담그면 정말로 푸른 물이 들것만 같은 높고 푸른 하늘, 소리 내어 흐르는 계곡들이 서로 어울려 감동을 자아낸다. 아스펜은 다른 종류도 있지만 흔히 잎은 얇고 둥근 모양에 밝은 노란색으로 바람에 하늘하늘 흔들리는 Quaking Aspen을 의미한다. '사시나무 떨듯 떤다' 고 할 때의 그 사시나무가 바로 아스펜이다.

단풍의 절정 시기를 맞추는 건 쉽지 않다. 대략 언제쯤이라고 예측할 수는 있지만 매해 상황이 달라진다. 또 그 해 여름에 비가 얼마큼 왔느냐에 따라 단풍 색도 달라진다. 하지만 대략 9월 말부터 10월 중순까지를 동부의 단풍철로 볼 수 있다.

산속에 있는 작은 마을들의 매력에 빠진 우리는 2007년 10월, 펜실베니아의 포코노 마운틴에서 시간을 보냈다. 단풍 기차를 타고 일찌감치 핼러윈 장식을 한 아기자기한 마을들을 찾아다니기도 하고, 마을 축제에 갔다가 마을 어귀에서 어슬렁거리는 곰을 만나기도 했다.

숲속을 걸으며 소녀 같은 기분으로 낙엽을 줍기도 했는데, 책갈피에 넣어서 가지고 온 후 비닐 코팅을 해서 북마크로 만들어 친구들에게 나누어 주었다. 흔히 단풍나무로 불리는 메이플도 잎이 노란색으로 변하는 게 있고, 완전히 빨간색으로, 또 윗부분은 노랗고 밑으로 내겨갈수록 붉은색을 띠는 슈가 메이플 등 여러 종류가 있다.

멀지 않은 곳에 허쉬(Hershey)라는 이름의 도시가 있다. 허쉬는 은박지에 싸인 작은 종모양의 '키시즈(Kisses)' 초콜릿을 만드는 회사이다. 그 회사에서 운영하는 '허쉬즈 초콜릿 월드'가 있는데, 초콜릿을 좋아하는 사람이라면 누구나 행복해지는 달콤한 도시이다. 주변에 허쉬 골프장, 허쉬 호텔도 있고 관광용 트롤리까지 있는 대단한 규모이다. 일단 허쉬즈 초콜릿 월드로 들어가면 맛있는 초콜릿 샘플부터 준다. 초콜릿 만드는 과정도 살펴보고, 와인 테이스팅 하듯이 초콜릿 테이스팅도 할 수 있다. 투어가 끝나는 곳에 매장이 있는데 일반 상점에서는 찾기 어려운 특이한 초콜릿들이 많이 있다.

허쉬는 내가 좋아했던 곳이라면 가까이에 있는 '요크(York)'는 남편이 가보고 싶어 했던 도시이다. 유명한 모터사이클인 '할리 데이비슨(Harley Davidson)' 공장 때문이다. 미국 내에서 할리의 공장 견학을 할 수 있는 몇 개 안되는 곳이다.

남자들은 대부분 모터사이클에 대한 환상을 가지고 있는 듯하다. 남편도 젊은 시절 모터사이클을 타고 싶어 했지만 나의 완강한 반대에 부딪혀 시도조차 해보지 못했다. 전시실에는 잘 닦여 반짝거리는 여러 종류의 모델들이 진열되어 있었다. 할리의 몸체를 요모조모 살펴보고 그 위에 올라타서 사진도 찍으며 남편은 시간가는 줄 몰랐다.

모터사이클을 타는 사람들 중에 할리를 타는 사람들은 특히 유난한 것 같다. 할리 마크가 찍힌 검정 가죽 재킷을 입고 요란한 소음을 내며 떼로 몰려다니는 것도 모자라 일 년에 한 번씩 전국적인 모임을 가질 정도이다.

펜실베이니아의 포코노 마운틴에서 남쪽으로 내려와 버지니아에 있는 세난도 국립공원으로 향했다. 미국에서 가장 인기 있는 드라이브 길인 '블루릿지 파크웨이(Blue Ridge Parkway)' 를 가기 위해서다.

존 덴버의 유명한 노래 'Take me home, country roads' 에 등장하는 곳이다. 노래의 첫 부분은 이렇게 시작한다. 'Almost heaven, West Virginia, Blueridge mountains, Shenandoah river, life is old there, older than the trees, younger than the mountains, growing like a breeze' 중국이 문호를 개방했던 초기에 존 덴버가 중국 공연을 갔는데, 관객들이 모두 이 노래를 따라 부르는 바람에 놀랐다고 할 만큼 잘 알려진 노래이다.

바로 그 가사에 나오는 대로 버지니아에 있는 블루릿지 마운틴의 능선을 따라가는 길인데 밑으로는 세난도 강이 흐르고 있다. 미국에 있는 경치 좋은 길들을 뽑아 놓은 National Scenic Byway 중에 사람들이 가장 선호하는 도로이다.

이 길은 1935년, 대공황 시기에 일자리를 창출하려는 뉴딜정책의 일환으로 시작되었다. 버지니아의 '세난도 내셔널 파크' 에서부터 노스캐롤라이나의 '그레이트스모키 마운틴 내셔널 파크' 까지 750km에 달한다. 도로의 평균 고도는 900m이고, 제일 높은 곳은 1800m나

된다.

아파라치안 산맥의 능선을 따라 길을 만드느라 중간에 터널도 많고 높은 산을 넘어야 했기 때문에 겨울에는 공사를 중단해야만 했다. 지금도 어떤 구간은 겨울(11월~4월까지)에는 눈과 안개 때문에 길이 폐쇄된다. 우여곡절 끝에 1987년 제일 어려웠던 그랜드파더 마운틴 구간을 끝으로 완공되었으니 무려 52년이나 걸린 난공사였다.

1960년대부터 일부 공사가 끝난 구간을 일반에게 공개한 이후로 미국에서 가장 인기 있는 드라이브 길이 되었다. 속도 제한은 72km이지만 커브도 많고, 무엇보다 주변 경치가 아름답기 때문에 차들이 보통 40km 정도로 천천히 달린다. 길옆으로 단풍나무 숲이 이어지고 있어 단풍철에는 차들이 몰려 시간을 넉넉히 잡아야 한다.

우리는 아침 일찍 출발하기 위해 세난도 내셔널 파크의 북쪽 입구에 있는 도시 '프론트 로얄'에서 하루를 묵었다. 그곳에서부터 '스카이라인 드라이브'가 시작되는데 어떤 면에서는 이 길이 블루릿지 파크 웨이보다 훨씬 더 경치가 좋다. 거리는 168km, 제한 속도는 56km이므로 이 길을 제 속도로 통과하는 데만 3시간이 넘게 걸린다.

하지만 사슴이나 여우, 때로는 곰도 지나가고, 또 경치를 감상할 수 있는 전망대들이 여러 군데 있기 때문에 매번 차를 세우면 시간이 상당히 많이 걸린다. 빼곡하게 들어선 단풍나무들이 저마다 아름다운 색을 뿜어낸다. 가을도 좋지만 봄에 야생화가 피어나는 모습도 아름답다고 한다.

스카이라인 드라이브가 끝나는 곳에서부터 블루릿지 파크 웨이가 시작된다. 스카이라인과 블루릿지를 하루에 다 통과할 수는 없다. 그래서 중간에 내려서 하룻밤 묵은 후에 다시 드라이브를 계속했는데도 하루 종일을 달려 저녁이 다 되어서야 공원이 끝나는 애쉬빌에 도착했다. 다음날 스모키마운틴의 끝자락인 게트린버그에서 친구들과 만나기로한 약속 때문에 지체할 수가 없다.

블루릿지의 경치도 굉장하지만 중간 중간 놓여 있는 교각들이 이 길을 만드는 게 얼마나 어려운 공정이었는지를 알려준다. 특히 린빌 폭포 부근에는 S자 형의 구름다리가 있다. 산을 깎아 내리지 않고 산 옆으로 교각을 세워 수 킬로미터에 걸친 도로를 만들었는데, 교각 밑으로 내려가 보면 그 엄청난 규모를 실감할 수 있다.

블루릿지는 '스모키 마운틴 내셔널 파크'에서 끝이 난다. 미국에서 방문객이 가장 많은 국립공원이다(그랜드 캐년은 두 번째). 스모키 마운틴은 산 위에 안개가 자주 끼는데, 멀리서 보면 마치 연기가 피어나는 것 같다고 해서 붙여진 이름이다.

공원 입구에 체로키 인디언들의 건축물과 그들의 문화, 풍습 등을 알 수 있는 전시물들이 있다. 이 공원은 노스캐롤라이나와 테네시 주에 걸쳐 있는데 테네시 주 쪽으로 게트린버그라는 도시가 있다. 한가한 산속에 어울리지 않게 번화한 도시가 자리 잡고 있다. 온갖 종류의 패스트 푸드점들이 있고 숙박시설도 많아 관광객들로 붐빈다.

거기서 조금만 더 가면 컨트리 웨스턴 가수인 돌리 파튼이 세운 테네시의 디즈니랜드인 '돌리우드'가 있다. 10여 년 전 크로스컨트리 여행을 하며 지금과 반대 방향으로 돌리우드를 지난 적이 있다. 깊은 산속에서 갑자기 네온사인이 번쩍거리는 전혀 예측하지 못했던 마을이 나타나는 바람에 깜짝 놀랐던 기억이 난다. 돌리우드는 특별한 오락이라고는 없는 이 부근 사람들에게 가장 인기 있는 놀이터이다.

게트린버그에서 고등학교 동창들을 만났다. 서울에서, 노스캐롤라이나의 샬롯에서, 그리고 LA에서 사는 어릴 적 친구들이 이곳 테네시에서 만난 것이다. 케이블카를 타고 산 정상에도 올라가고 식당에서 깔깔거리기도 하며 즐거운 시간을 보냈다.

스모키 마운틴 국립공원에서 '아파라치안 트레일(Appalachian Trail)'로 들어가는 길이 있다. 아파라치안 트레일은 조지아 주에서 시작해서 메인 주에서 끝나는 3,515km에 달하는 유명한 트레일이다. 중간에 무려 14개의 주를 지나쳐간다. 우리는 그 길을 겨우 1.6km쯤 걷고 나서 표시판 앞에서 증명사진을 찍었다.

같은 학교에서 어린 시절을 함께 지낸 친구들이지만 졸업 후에는 각자의 먼 길을 걸어왔던 것처럼, 다음날 제각각 다른 방향으로 헤어져야 했다. 우리도 다시 뉴욕까지 사흘에 걸쳐 내쳐 달려갔다. 운전 거리가 상당히 긴 힘든 일정이었지만 이렇게 해서 또 한 번의 아름다운 가을을 보낼 수 있었다.

36
단풍 여행 2, 캐나다 | 2001년 10월

뉴잉글랜드보다 더 단풍이 아름다운 곳은 말할 것도 없이 캐나다이다. 캐나다의 심벌은 붉은 메이플 잎이다. 심지어 국기도 흰 바탕에 양쪽에는 태평양과 대서양을 의미하는 붉은 부분이 있고 그 가운데 빨간 단풍잎이 그려져 있을 정도로 메이플 나무가 많은 곳이다. 그 나무들은 가을이 되면 온통 붉게 물들어 마치 불타는 것 같은 광경을 연출한다.

2001년 9월 11일 뉴욕 테러가 있은 얼마 후, 토론토를 시작으로 캐나다 단풍 여행을 떠났다. 수많은 사람들이 희생되었고, 미국이 전쟁을 선포한 어수선한 가운데 여행을 떠나는 게 좀 꺼려졌지만 이미 훨씬 전에 비행기표까지 다 구입해 놓은 상태였다. 비행기는 좌석이 반도 차지 않았고 승무원들은 유별나게 친절했다.

토론토를 떠나 동쪽으로 향했다. '메이플 가도'라는 말에 어울리게 메이플 나무들이 많았지만 아쉽게도 이제 막 단풍이 들기 시작하고 있었다. 미국 동부에는 벌써 단풍이 절정이라고 하던데 어쩐 일인지 이곳은 올해 좀 늦은 것 같다. 아마 여행을 끝내고 돌아올 즈음에는 좋은 단풍을 볼 수 있을 것이다.

킹스톤에 도착해서 천섬(One Thousand Islands인데 이곳 한국 사람들은 천섬이라고 부른다)을 둘러보는 세 시간짜리 보트를 탔다. 날씨는 청명하고 배는 바다처럼 넓은 세인트로렌스 강을 천천히 움직인다. 말이 섬이지 집 한 채, 나무 세 그루만 있으면 섬으로 친다고 했던가. 섬에는 호화 별장도 있고, 작은 오두막들도 있었다. 샐러드 드레싱으로 유명한 '사우전드 아일랜드 드레싱'은 워도프 아스토리아 호텔의 주방장이 만든 것인데 호텔 주인의 별장이 있던 이 섬의 이름에서 따온 것이라고 한다.

날이 이미 어두워지기 시작했지만 내처 몬트리올까지 가기로 했다. 다운타운의 가스 가로등 덕분에 고풍스런 도시가 더 멋있게 보인다. 아침에 일어나보니 우리가 묵은 베스트 웨스턴 바로 앞에 리츠 칼튼 호텔이 있다. 잠은 저렴한 곳에서 자더라도 고급 호텔에서 아침 먹는 걸 좋아하는 터라 호텔로 건너갔다. 건물 사이에 아담한 연못과 정원을 만들어 놓아 이 호텔이 큰 도시의 한복판에 있다는 사실을 잠시 잊게 해준다. 뷔페를 먹기로 했는데 손님이 아무도 없고 종업원들만 여럿이 손을 앞으로 모은 채 주욱 서서 우리를 지켜보고 있다. 커피도 몇 모금만 마시면 부리나케 달려와 따라준다. 식당에 사람이 없으면 조용해서 좋긴 하지만 이 정도 되면 조금 불편해진다. 이렇게

퀘벡

식당을 통째로 전세내기도 힘들 텐데, 여하튼 음식은 맛있었다.

몬트리올을 지나 퀘벡으로 향했다. 차에 GPS가 없을 때라 올드 타운으로 가는 길을 지나쳤다. 길을 찾다가 집 앞에서 차 트렁크에 골프 채를 싣고 있는 남자 옆에 차를 세웠다. "올드 타운으로 가려면 어디로 가야 하지요?" 그 아저씨는 우리를 빤히 쳐다보며 "I can't speak English"라고 유창한 영어로 대답한다. 이 사람 영어를 못하는 게 아니라 영어 하기 싫은 게 분명하다. 대체 왜 이러는 거지? 조상님 중에 영어 하다가 돌아가신 분이라고 있는 걸까? 불란서 사람들이 영어를 안 쓰려고 하는 건 잘 알려져 있지만 여기는 퀘벡으로 불어권이기는 해도 불란서도 아니다. 요즈음은 불란서에서도 'No English, No Job'이라고 광고를 하던데.

조금 더 헤매다가 이번에는 할머니 한 분을 만났다. 차에서 내려 길을 물으니 친절하게 알려준다. 그런데 열심히 설명을 해주는 그분의 영어를 잘 알아들을 수가 없다. 결국 세 번째 만에 다른 관광객에게 물어보고 나서야 제대로 길을 찾을 수 있었다. 낯선 사람에게 친절하고 안하고는 국민성 때문이 아니고 순전히 개인의 성품 탓이지만 여행객은 그런 사소한 일로 그 나라 사람들의 품성을 저울질하게 된다.

뉴부른스위크 아래쪽으로 내려갈수록 날씨는 따뜻해지고 단풍색이 옅어진다. NB(New Brunswick)와 PEI(Prince Edward Island)를 잇는 13km의 긴 다리를 건넜다. 바다 위에 높이 떠있는 다리를 마냥 달려가자니 혹시 사고라도 날까봐 조마조마하다. 샬롯 타운이라는 조그마한 마을에 여장을 풀었다. 그동안 매일 다른 곳으로 이동했는데 여기서 이틀 밤을 자면서 빨래도 하고 좀 쉬었다 가기로 했다. 아침에 서둘러 일어날 필요가 없다고 생각하니 훨씬 마음이 한갓지다.

호텔에서 알려준 식당에 가서 랍스터와 씨푸드 플레이트를 먹었다. 게, 패주, 조개, 홍합 등 신선한 해산물이 접시에 넘쳐난다. 이렇게 조개가 많이 들어간 클램차우더는 처음 먹어본다. 항구에 나가 랍스터 잡는 트랩을 구경했다. 나무로 얽어 만든 상자 옆에 그물망이 있는데 고등어를 미끼로 넣어두면 미끼를 먹으러 들어간 랍스

랍스터 잡는 트랩

터가 그물망을 열고 되돌아 나올 수가 없어 그대로 잡힌다고 한다.

샬롯타운에서 멀지 않은 곳에 케이번디시(Cavendish)라는 작은 마을이 있다. 바로 소설 〈빨강 머리 앤(Ann of Green Gables)〉의 배경이 된 곳이다. 이 동네를 돌아보는 한 시간짜리 버스 투어를 했다. 작은 마을이라 샅샅이 돌아봐도 한 시간이면 족하다. 게다가 손님이라고는 달랑 우리 둘뿐. 가이드는 일흔 살의 할아버지다. 자기 가족, 동네 사람들에 대해 시시콜콜 말씀이 많으시다. 30년 전에 온타리오에서 이사를 왔는데 겨울이면 RV를 끌고 플로리다에 가서 지내다 온단다. 이곳은 살아가는 속도가 느려서 좋다고 한다. 단지 길에서 아는 사람이 탄 차가 지나가면 길을 막은 채 서로 차에 앉아 얘기를 하는 바람에 뒷사람을 기다리게 만드는 일만 빼면 불평할 게 없는 곳이란다.

이곳 출신으로 제일 유명한 사람은 아마도 『빨강 머리 앤』을 쓴 루시 몽고메리일 것이다. 우리가 이 투어를 한 이유도 그녀의 생가와 무덤을 찾아보고 싶었기 때문이다. 주근깨 가득한 빨강 머리 고아 소녀가 입양되어 살아가는 재미있는 이야기인데, 미국 교과서에도 실릴 만큼 인기가 있다. 소설의 배경이 되었던 집이 그대로 남아있고, 집 뒤로는 '연인들의 길'이라고 이름 붙은 로맨틱한 숲길이 이어진다. 낙엽 쌓인 호젓한 그 길을 이제 막 사랑에 빠진 연인처럼 남편과 손을 잡고 걸어보았다.

그녀가 원고를 출판사에 보내놓고 소식이 궁금해 매일 들렀다던 우체국도 아직 남아 있다. 기념품으로 특별히 그 동네에서 만들어진 'Green Gable Edition'인 *Anne of Green Gables*를 한 권 샀다. 나중에 그 책은 나보다 훨씬 더 이 소설을 좋아했던, 그래서 자신의 첫딸 이름을 앤이 살았던 소설 속 마을인 애븐리(Avonlea)라고 지은 조카에게 선물로 주었다.

카페리를 타고 노바 스코시아(Nova Scotia)로 들어서면 곧장 '캐봇 트레일(Cabot Trail)'이 시작된다. 케이프 브래튼 하일랜드 내셔널 파크를 지나 거친 해안을 지나는 드라이브 길은 세계의 비경이라는 명성에 걸맞게 바다와 숲이 어우러진 절경이었다. 게다가 단풍까지 톡톡히 한몫을 한다. 중간 중간 차를 멈추고 오래된 메이플 나무들과 분홍빛 그래나이트 돌이 깔린 바닷가를 걸어보았다. 바덱(Baddeck)에 도착, 우연찮게 호숫가에 있는 멋진 숙소에 짐을 풀었다. 이 호텔을 알고 찾아온 건 아닌데 호수에 비친 환한 보름달과 어울려 아주 로맨틱하다. 아침에 일어나 호숫가를 산책했다. 맑은 공기를 마시며 기분 좋게 걷다보니 저절로 에너지가 충전되는 것 같다.

숙소 뒤편 언덕에 전화를 발명한 알렉산더 그래함 벨의 기념관과 그의 집이 있다. 언어학자였던 아버지와 귀머거리였던 어머니 사이에 태어난 벨은 부인 역시 귀머거리였다고 한다. 전화뿐 아니라 농아 교육에 대해 많은 공헌을 한 발명가이자 교육가인 그의 업적이 전시되어 있다. 그는 고향인 스코틀랜드와 비슷한 분위기 때문에 말년을 이곳에서 보냈다고 한다. Nova Scotia란 말은 New Scotland라는 의미이다. 하룻밤 지내고 떠나기에는 아쉬울 정도로 마음에 드는 마을이었다.

다음 목적지는 노바 스코시아 주의 주도인 할리팩스(Halifax)이다. 해양 박물관에 가서 타이타닉에 관한 3D 영화와 1917년에 있었던 할

노바스코시아의 페기스코브

리팩스 대 화재에 관한 필름을 보았다. 타이타닉 호는 이곳에서 가까운 바다에서 침몰했기 때문에 많은 시체와 배의 잔해를 근해에서 찾을 수 있었다. 덕분에 타이타닉에 관한 자료를 가장 많이 보유하고 있는 곳이다. 박물관에는 타이타닉 호의 화려함을 보여주는 유물들이 전시되어 있고, 멀지 않은 곳에 희생자들의 묘지도 있다.

캐나다의 동쪽 끝인 뉴 펀드랜드(New Fundland)는 포기하고 이쯤에서 차를 돌려 토론토로 돌아가기로 했다. 어제 내린 비 덕분인지 돌아가는 길은 단풍이 한층 짙어졌다. 예쁜 등대 사진으로 유명한 'Peggy's Cove'에 들렀다. 화강암 암반이 푸른 해안선을 따라 이어진 작은 어촌인데 황량한 바위를 배경으로 서 있는 빨간 등대가 여행 잡지에도 자주 등장한다. 가는 길에 랍스터 잡는 도구들과 그물들이 놓여 있다. 워낙 유명한 곳이라 관광버스가 싣고 온 관광객들이 많아 소란스럽다.

오타와를 지나 헌츠빌에 도착했다. 2주 사이에 단풍이 절정을 이루고 있다. 토론토 사람들이 즐겨 찾는 앨곤퀸(Algonquin) 주립공원에 갔다. 공원 전체가 단풍으로 짙게 물들어 있었다. 앨곤퀸 공원의 단풍이 이번 캐나다 단풍 여행 중에 가장 눈부시게 아름다웠다. 공원이 워낙 넓고 호수도 많아 카누를 타고 호수를 건넌 후에 하이킹을 하고, 다시 카누를 타는 1,000Km에 달하는 카누 트레일과 카누 캠핑이 있을 정도이다. 단풍으로 둘러싸인 호수에서 카누를 타면 참 좋을 텐데 두 시간 정도 하이킹을 하는 걸로 아쉬움을 달랬다.

토론토에서 한 시간 반 정도 떨어진 곳에 '나이아가라 온 더 레이크(Niagara on the lake)' 라는 작은 도시가 있다. 온타리오 호수와 나이아가라 강이 만나는 곳이다. 나이아가라 폭포까지 반시간이면 갈 수 있다. 캐나다에서 제일 사랑스러운 도시라는 호칭에 걸맞게 아기자기한 식당이며 가게들, 작은 B&B, 와이너리들이 있다. 캐나다 전체에서는 모르겠고 아마 온타리오에서는 가장 예쁜 도시일 것 같다.

마을 자체도 아름답지만 이곳에서 유명한 것은 아이스 와인이다. 보통 와인에 비해 당도가 훨씬 높은 이 와인은 디저트 와인에 속한다. 첫 서리가 올 때까지 남겨두었던 포도를 서리가 내려 살짝 언 상태에서 수확해 와인을 만드는데, 서리가 내린 지 몇 시간 만에 포도를 전부 따야 하기 때문에 서둘러야 한다.

아이스 와인을 만드는 건 상당한 위험 부담이 있는데 서리가 내리기 전에 포도가 썩거나 떨어져 버릴 수도 있고, 너무 추우면 포도가 얼어버려 포도즙을 짜기가 어렵기 때문이다. 따라서 서리가 내리지 않는 캘리포니아의 나파 밸리 같은 곳에서는 만들 수 없는 와인이다. 독일에서 시작된 아이스 와인은 캐나다 온타리오와 서부의 오카나간에서도 만들어지고 있다. 생산되는 양이 많지 않고 만드는 과정도 까다롭기 때문에 가격은 제법 비싸다.

나이아가라 온 더 레이크를 끝으로 캐나다 단풍 여행을 마감했다. 집에 돌아온 후에 렌터카 회사에서 연락이 왔다. 우리가 익스프레스 레인을 잘못 들어갔기 때문에 벌금을 내야 한단다. 돈을 내야 하는 구간인지는 알았지만 돈 받는 부스가 없어서 그냥 통과했는데 그게 아니고 패스가 있는 차량만 갈 수 있는 길이라고 한다. 나중에 찾아보니 렌터카 회사에서 준 서류 중에 그 길로 가지 말라는 안내서가 들어 있었다. 벌금은 렌터카 회사에서 가지고 있는 우리 신용카드 번호로 이미 지급된 상태였다.

LA에서 뉴욕까지 가는 거리인 4,800km 조금 넘게 운전하는 동안 교통 위반 티켓 한 장 안 받았다고 좋아했는데 이 정도로 막을 수 있었으니 그나마 다행이다 싶었다.

37

알래스카 크루즈 1, 디저트 먼저 먹기 | 2006, 5

1993년 여름, 알래스카 크루즈를 갔다. 눈 덮인 산들도 절경이었지만, 특히 거대한 빙하가 녹아 바다로 굉음을 내며 떨어지는 모습은 장관이었다. 여름의 알래스카는 밤 11시가 넘어도 해가 중천에 떠 있어 잠을 이루기가 쉽지 않았다. 따듯한 물에 몸을 담그면 잠이 잘 올 것 같아 갑판에 있는 핫 텁(Hot Tub)에 갔다가, 그곳에 먼저 와 있던 미국 할아버지와 이런 저런 얘기를 하게 되었다.

그분은 일주일 동안의 크루즈가 끝나면 계속해서 알래스카 내륙을 여행한다고 했다. 바쁜 틈에 무리해서 겨우 일주일의 휴가를 낼 수 있었던 나는 그 할아버지가 부러웠다. "나도 알래스카 내륙을 다녀보고 싶은데 시간이 없어 아쉽네요"라고 부러워하자 그분은 나를 물끄러미 바라보다가 이렇게 말했다. "시간이 없는 건 네가 아니고 바로

알라스카 크루즈 배

나란다. 너한테는 아직 시간이 많이 남아 있지." 그 후로 가끔 그분의 말을 떠올리곤 했다. "과연 아직도 내게 시간이 많이 남아 있을까?"

그 할아버지와의 대화 때문이었을까? 알래스카 내륙을 다녀보고 싶다는 생각이 늘 머릿속에 남아 있었다. 2006년 5월 말에 드디어 알래스카를 여행하게 되었다. 알래스카는 기후 때문에 여행 시기에 제약을 받는다. 그래서 크루즈도 5월 중순에서 9월 중순까지만 배가 운행을 하고, 내륙 여행도 그때가 가장 적합하다.

미국 내 다른 도시 같으면 일정 기준에 부합하는 유명 체인 호텔들이 있지만, 알래스카에는 그런 숙박시설이 많지 않다. 도시 몇 군데를 옮겨 다녀야 하는데 숙소를 일일이 찾기도 힘들어 프린세스 크루즈 회사에서 운영하는 랏지들을 일괄 예약했다. 일찌감치 알래스카 크루즈를 시작했던 프린세스는 크루즈 투어라는 이름으로 크루즈와 내륙 관광을 함께 묶어 판매하고 있기 때문에 자체 숙박 시설들을 훌륭하게 지어 놓았다. 워낙은 크루즈 승객들에게 우선권이 있지만 성수기가 아니라서 다행히 방들을 잡을 수 있었다.

앵커리지 공항에 내려 차를 빌렸다. 프린스 윌리엄 사운드에 면해 있는 항구도시 발데즈(Valdez)에 먼저 들렀다. 북쪽 알래스카의 프루도 베이(Prudhoe Bay)에서 채굴한 오일을 실어 나르는 파이프라인이 발데즈에서 끝난다. 발데즈 항구에서 파이프라인을 통해 오일이 배로 옮겨지는 과정을 볼 수 있을까 싶었는데, 철조망이 쳐 있고 경비가 삼엄해 접근조차 할 수가 없었다.

첫 번째 숙박지는 카퍼 리버(Copper River) 랏지이다. 미국에서 제일 규모가 큰 랭글-세인트 일라이어스(Wrangell-St. Elias) 국립공원 지역이다. 소나무 숲 사이로 카퍼 강이 흐르고 있다. 매해 5월 중순이 되면 수많은 연어 떼가 알을 낳기 위해 이 강을 거슬러 올라온다. 킹 새몬이라고 불리는 치눅(Chinook)을 시작으로 붉은빛이 진한 사카이(Sockeye)가 5월에서 8월까지, 그리고 마지막으로 8월에서 9월에 걸쳐 은빛 나는 코호(Coho) 연어가 잡힌다.

카퍼 빙하가 녹아 흐르는 이 강은 근 480km에 달하는데 수량이 많고 물살이 매우 빠르다. 그 긴 강을 거슬러 오르기 위해 연어는 몸 안에 특별히 더 많은 지방을 저장한다고 한다. 그 때문에 카퍼 강에서 잡히는 연어들은 최고로 맛있는 연어로 꼽히고 있다. 특히 이곳의 사카이는 세계적인 명성을 얻고 있고 상당히 비싼 값에 팔린다. '카퍼 리버 산 연어'라고 메뉴에 따로 표시를 해 놓는 식당들도 있다.

저녁에 연어를 먹었는데 맛이 그다지 특별한 것 같지는 않다. 전에 알래스카에서 정말 맛있는 연어를 먹은 적이 있다. 크루즈를 하면서 스캐그웨이(skagway)에서 사금 채취하는 관광을 갔다. 사금을 걸러내는 얇은 팬을 가지고 흐르는 냇물에서 모래를 퍼내어 조금씩 물에 흘려보내면서 사금이 남아 있나를 살펴보는 체험이었다. 황금빛 나는 모래 알맹이들이 팬에 몇 개씩 남아 있고는 했다.

그날 저녁 연어 바비큐를 먹었는데 그 맛은 두고두고 잊지 못할 것 같다. 참나무 숯으로 구워낸 연어에 소스를 발라 다시 한 번 구웠는데, 아마도 그 소스에 비결이 있든가 아니면 연어 자체가 맛이 있었을 것이다. 그도 아니면 별이 가득한 밤하늘 아래, 모닥불 피워놓고 시냇물 소리를 들으면서 먹었던 그날 밤의 분위기가 한몫을 했을지도 모르겠다.

스캐그웨이는 알래스카의 골드러시가 시작되면서 생겨난 도시이다. 골드러시가 한창때인 1898년에는 상주인구가 20,000명이 넘는 알래스카에서 제일 큰 도시였다. 지금은 인구 1,000명 정도인 작은 마을이 되었지만 아직도 그때의 호텔, 도박장, 술집, 극장 등이 남아 있어 화려했던 당시의 모습을 추측해볼 수 있다.

스캐그웨이에서는 유명한 기차인 'White Pass Train'이 떠난다. 골드러시 때에 캐나다에서도 금이 발견되어 그쪽으로 금을 캐러가는 사람들을 위해 만들어진 철로이다. 캐나다의 유콘까지 험준한 산과 계곡을 지나가는 경치 좋기로 유명한 구간이다. 몇 시간 타는 기차 요금으로는 비싼 감이 있지만 그래도 화이트 패스를 탔다.

기차 여행을 하기에 더 없이 좋은 화창한 날씨였다. 그런데 기차가 산을 오르기 시작하자 안개가 끼기 시작한다. 안개는 점점 더 짙어져서 창밖으로 아무 것도 보이지 않는다. 가장 높은 지점인 화이트 서미트(Summit)에서 기차를 갈아타고 내려왔는데 역에 도착할 때까지 본 것이라고는 회색빛 짙은 안개뿐이었다.

몇 년 후 알래스카 크루즈를 떠났던 친구가 '화이트 패스'가 뭔지도 모르고 그 기차를 탔다고 한다. 그 구간이 자기가 평생 보았던 경치 중에 가장 멋진 풍경이었다고 친구는 감탄을 했다. 인생이란 그런 것이다. 내가 어떻게 할 수도 없는 일로 모처럼의 기회를 놓치기도 하고, 때로는 기대하지 않았던 행운이 찾아오기도 하고.

커퍼 강을 떠나 알래스카에서 두 번째로 큰 도시인 페어뱅크스(Fairbanks)로 갔다. 페어뱅크스에서 치나 강을 유람하는 배를 탔다. 배가 떠나기 전에 수륙 양용인 경비행기(Bush Plane)의 이륙과 착륙 시범이 있었다. 알래스카는 육로가 연결되지 않는 마을이 많기 때문에 이 경비행기의 운행이 절대적이다. 주민 당 경비행기 소유자가 제일 많은 곳도 알래스카이다. 심지어는 피자를 비행기로 배달해주는 마을도 있다고 한다.

강을 따라 가다가 아타바스칸(Athabascan) 인디언 마을에 들러 전통적인 인디언들의 생활하는 모습을 볼 기회가 있었다. 이들에게 연어는 가장 중요한 양식이 되었기 때문에 여름에는 강가로 터를 옮겨 연어를 잡아 말리곤 했다. 그들의 집을 비롯해서 순록 등 사냥한 가죽이나 생선을 말리는 모습, 연어를 잡는 틀, 고기를 훈제하는 스모크하우스 등 척박한 자연 환경과 혹독한 추위 속에서 지켜온 인디언들의 문화와 삶의 지혜를 배울 수 있다.

배는 수잔 부처(Susan Butcher)의 집 앞에서 잠시 멈추었다. 알래스카에는 매년 3월 초에 앵커리지부터 서쪽 끝에 있는 마을인 놈(Nome)까지 개썰매를 타고 달리는 '아이디타로드(Iditarod)' 라는 유명한 개썰매 경주가 있다. 정식 명칭은 Iditarod trail sled dog race인데 12~16마리의 개가 끄는 썰매를 타고 무려 1,678km를 9~15일에 걸쳐 달리는 알래스카에서 가장 인기 있는 행사이다.

화씨로 영하 100도(섭씨 -73도)까지 이르는 끔찍한 혹한과 앞을 볼 수 없게 불어 닥치는 눈바람을 뚫고 알래스카의 거친 자연 속을 쉴 새 없이 달려야 하는 매우 위험한 경주이다. 때로는 무스 같은 짐승의 공격을 받아 개가 죽거나 부상을 당하기도 하고, 얼음이 깨지는 바람에 물에 빠지는 위험도 곳곳에 도사리고 있다. 현재까지 8일 만에 완주한 것이 제일 빨리 달린 기록이라고 한다.

이런 힘든 경주에서 여자인 수잔 부처가 무려 4번이나 우승을 하는 대단한 기록을 세웠다. 그녀의 집 마당에는 그녀가 키우는 알라스칸 허스키들이 여러 마리 뛰어놀고 있었다. 배에 타고 있는 관광객들을 위해 그녀가 직접 나와 개썰매 경주에 대한 설명을 해주기도 한다는데, 그날 그녀는 보이지 않고 대신 그녀의 남편이 개를 훈련시키는 모습을 보여주었다. 이미 그때 그녀는 백혈병을 앓고 있었는데 결국 얼마 후에 세상을 떠났다는 소식을 들었다. 알래스카에서는 그녀의 업적을 기리기 위해 개썰매 경주가 열리는 3월 첫째 토요일을 수잔 부처의 날로 정했다고 한다. 비록 눈 위를 달리는 건 아니지만 개 사육장에서 하는 개썰매를 타볼 수도 있다.

크루즈가 끝나갈 무렵 배는 다시 어떤 집 뒤뜰에 멈추어 섰다. 나이가 지긋한 여자 분이 마이크를 들고 손님들에게 알래스카에 온 것을 환영한다는 인사말을 했다. 그녀의 남편은 오랫동안 이 배 회사의 주인이자 선장이었는데 얼마 전에 세상을 떠났단다. 그녀 남편의 좌우명은 '디저트부터 먼저 먹자(Eat the dessert first)' 였다고 한다. 내일을 알 수 없는 불확실한 인생을 살면서 나중을 생각하며 뒤로 미루지 말고, 좋은 것, 하고 싶은 일을 지금 하며 살아가길 바란다고 당부했다. 워낙 디저트를 좋아하는 나에게는 아주 적합한 충고였다. 지금은 이런 저런 몸 상태 때문에 케이크도 초콜릿도 자제해야 하는 형편이 되었지만, 이렇게 알래스카에 와서 유람선을 타고 있는 지금, 나는 디저트를 먼저 먹고 있는 거라는 생각이 든다.

페어뱅크스에서 작은 한식집을 발견했다. 식당 한편에서 비디오도 빌려주고 약간의 식료품도 파는 이상한 구조의 식당 겸 가게였는데 음식이 제법 맛이 있다. LA에 살다가 옮겨왔다는 주인아줌마와 얘기를 나누었다. 페어뱅크스 뿐 아니라 알래스카 끝에 있는 '놈'에도 한국 사람이 있다니 우리 동포의 진취성이 놀랍다.

페어뱅크스 시내에서 한 시간 정도 떨어진 곳에 '치나(Chena) 온천'이 있다. 숙소는 모두 통나무 캐빈들인데 적당한 간격을 두고 숲속에 흩어져 있다. 이곳은 겨울이 되면 오로라를 보러 일본 관광객들이 전세 비행기를 타고 온다고 한다. 주변에 도시의 불빛이 없어 완벽한 어둠 속에 일 년에 약 200일을 오로라를 볼 수 있다고 광고를 하고 있다. 숲 속에 아늑하게 자리 잡은 온천은 바닥에 검은 자갈들이 깔려 있어 돌을 밟고 물속으로 들어가는 감촉이 색다르다. 겨울밤에 온천을 하면서 빛의 향연인 오로라를 본다면 황홀할 것 같다.

다른 곳들은 다 프린세스 랏지를 예약할 수 있었는데 페어뱅크스에는 예약이 차있어 B&B(Bed and Breakfast)에서 묵기로 했다. B&B는 말 그대로 잠자리와 아침을 제공하는 숙박시설이다. B&B는 호텔이나 모텔처럼 대규모로 손님을 받는 게 아니라, 자기가 사는 집의 방

몇 개를 손님용으로 만들어 편리를 제공한다. 보통 아침식사도 그 집의 주부가 직접 만들고 청소 및 관리도 식구들이 맡아 한다. 원래 B&B는 저렴한 가격에 여행자들이 묵어가는 곳이었으나 미국에서는 어쩐 일인지 실내 장식도 호화롭고 숙박비도 호텔보다 훨씬 더 비싼 곳이 많이 있다. 우리가 묵었던 곳은 조용한 주택가에 있었는데 아침을 준비해놓고 주인은 보이지 않아 우리끼리 부엌에서 아침을 챙겨 먹고 떠났다.

페어뱅크스 부근에 파이프라인 기념관이 있어 파이프라인 시스템에 관한 정보를 얻을 수 있다. 1973년, 오일 사태(Oil Crisis)가 발생하고 오일 값이 가파르게 치솟자, 굴지의 오일 회사들은 컨소시엄을 결성해 알래스카 북쪽 북극해와 맞닿아 있는 푸르도 베이의 오일을 본격적으로 채굴하기로 결정했다. 오일 사태는 그동안 환경론자들을 비롯해 법적인 문제, 정치적인 문제로 미루어져 왔던 파이프라인 건설을 가능하게 만들었다.

드디어 1977년, 북쪽의 푸르도 베이에서부터 남쪽에 있는 항구인 발데즈까지 오일을 운송하는 파이프라인(Trans Alaska Pipeline System-TAPS)이 완공되었다. 직경이 120cm나 되는 커다란 파이프를 1,280km가 넘는 구간에 설치하는 대공사였다. 특히 알래스카의 특성상 대부분의 땅이 영구 동토라서 얼어 있는 땅 위에 파이프를 설치하는 게 가장 큰 어려움이었다. 반 정도는 동물들이 지나다닐 수 있도록 다리를 만들어 그 위에 파이프를 올려놓았고, 나머지 반은 얼지 않도록 땅 밑에 깊게 파묻었다.

워낙 긴 구간이기 때문에 센서가 달린 일종의 로봇인 피그(Pigs)를

파이프 안에 넣어 청소도 하
고 이상 여부를 알아내고 있
다. 프루도 베이를 떠난 오일
이 중간에 있는 11개의 펌핑
스테이션을 지나 항구인 발
데즈까지 가는 데는 꼬박 일
주일이 걸린다고 한다. 파이
프라인을 실제로 마주 대하
니 그 엄청난 규모가 놀라울

오일 파이프라인

뿐이었다. 무려 8억 불을 쏟아부은 이 공사 덕분에 앵커리지, 페어뱅
크스, 발데즈 등의 도시가 골드러시 때처럼 번영을 누렸다고 한다.

　페어뱅크스에 있는 알래스카 대학의 박물관(Museum of North)에 가
면 오로라에 관한 모든 것을 볼 수 있다. 대학의 박물관인데 입장료
를 10불이나 받는다. "무슨 대학 박물관에서 입장료를 받아?" 하고
약간 투덜대며 들어갔는데 입장료가 전혀 아깝지 않은 곳이었다. 특
히 아름다운 오로라를 촬영한 영화 〈Dynamic Aurora〉는 넋을 잃고
지켜볼 정도로 환상적이었다. 덕분에 알래스카의 자연에 대해 조금
더 이해를 할 수 있게 되었다.

38

알래스카 크루즈 2, 데날리 국립공원 | 2006년 5월

    알래스카 여행의 하이라이트라고 볼 수 있는 '데날리(Denali) 국립공원'에 도착했다. 통나무로 마감재를 쓴 캐빈(cabin) 형식의 랏지(lodge)는 널찍하고 쾌적했다. 그런데 마침 크루즈 투어 손님들이 투숙해있어 마치 크루즈 배를 타고 있는 것처럼 북적거렸다.

    점점 인기가 높아가고 있는 알래스카 크루즈는 보통 일주일을 항해하는데 세 가지 경로가 있다. 그중 하나는 시애틀에서 출발해 알래스카 해안 중간까지 갔다가 다시 시애틀로 돌아오는 것이다. 떠났던 곳으로 다시 돌아오기 때문에 항공편도 비싸지 않고 편리하다. 하지만 중간에서 돌아오기 때문에 알래스카의 진면목을 볼 수 없고, 시애틀에서 밴쿠버까지 가는 동안 큰 바다로 나가기 때문에 배가 많이 흔들리는 단점이 있다.

　그래서 보통은 캐나다의 밴쿠버에서 떠나 알래스카의 수워드 (Seward)까지 가거나, 아니면 반대로 수워드에서 밴쿠버로 돌아오는 길을 택한다. Inside Passage라고 부르는 이 뱃길은 알래스카 연안을 따라 항해하기 때문에 거의 흔들리지도 않을 뿐 더러, 주노, 스캐그웨이, 케치칸 등의 도시를 방문하고, 여러 개의 빙하를 볼 수 있다. 가끔은 샌프란시스코에서 떠나는 배도 있지만 그다지 많지 않다. 비행기 표를 각각 편도로 사야 하므로 크루즈 값은 시애틀 왕복과 비슷하지만 비행기 표 때문에 경비가 조금 더 든다. 밴쿠버에서 떠나 수워드로 올라가는 편이 알래스카에 대한 기대도 커지고 더 흥미가 있을 것이다.

　데날리 국립공원은 북아메리카에서 제일 높은 산인 맥킨리(Mt. Mckinley)를 포함해 6백만 에이커(1에이커≒1,224,12평)에 달하는 광활한 곳이다. 맥킨리는 미국 대통령 이름에서 따온 것인데, 이곳 사람들은 '데날리' 라고 부른다. 인디언 말로 '높은 곳(The High One)' 이란 의미를 가지고 있다.

　공원은 보통 5월 말에서 9월 중순까지 오픈한다. 공원 입구에서 24km 정도 떨어진 안내센터까지만 일반 차량이 갈 수 있고, 그 이후로는 공원에서 운영하는 관광버스를 타야 한다. 가장 인기 있는 것은 'Tundra Wilderness Tour' 인데, 왕복 170km를 6~8시간에 걸쳐 관광한다. 날씨와 도로 사정, 그리고 중간에 만나는 야생 동물들에 따라 관광시간이 조금씩 달라진다. 한여름에는 공원 더 깊숙한 곳까지 들어가는 프로그램도 있다. 짧은 기간 동안 관광객이 몰리기 때문에 단체 관광이 아니고 개인적으로 가려면 미리 예약을 하는 게 좋다.

데날리 파크는 고도가 높아질수록 침엽수림에서 툰드라 지대로 들어간다. 동토지대의 기복이 완만한 땅인 툰드라는 짧은 여름 동안만 지표면이 녹기 때문에 나무는 잘 자라지 못하고 이끼류나 잡풀 등의 식물이 자란다. 그래도 여름이 되면 야생화가 만발한다고 한다.

가는 길에 새끼와 같이 있는 그리즐리 베어, 블랙 베어, 순록, 산양, 무스, 그레이 울프 등 많은 동물들을 만났다. 그때마다 운전기사는 차를 세우고 손님들이 사진을 찍을 수 있게 해 주었다. 특히 이제 막 열매를 맺은 블루베리를 정신없이 따먹는 곰 가족을 보기도 했다. 곰들은 버스가 가까이 서 있는데도 개의치 않고 오히려 우리를 구경하려는 듯, 버스 쪽으로 뒤뚱거리며 걸어오기도 했다.

가끔은 길에서 동물을 사냥해서 먹는 곰이나 죽어가는 무스 등을 볼 수도 있다는데, 자연 상태 그대로 남겨두는 게 원칙이기 때문에 아무런 조치도 취하지 않는다고 한다. 강에는 송어나 연어 등도 있지만 빙하 녹은 물에 들어 있는 광물성 물질들과 차가운 물 온도 때문에 크게 자라지는 못한다.

학교 통학버스를 개조한 것 같은 버스를 타고 비포장도로를 하루 종일 달리려니 제법 피곤하다. 영구 동토인 공원 안의 길이 얼었다 녹았다 하기 때문에 도로포장을 할 수가 없다고 한다. 광활한 자연 속에 파묻혀 트레일을 걷는 것도 기분 좋은 일이었다. 안내 센터에서 가까운 트레일은 경사가 심하지 않아 그다지 어렵지 않고, 무스나 순록 등을 가까이에서 볼 수 있었다.

데날리 국립공원에서 사흘을 보내고, 공원 남쪽에 있는 마운트 맥킨리 랏지(Mt. Mckinley Lodge)로 숙소를 옮겼다. 먼저 머물렀던 곳과 그다지 멀지는 않지만 이 랏지에서는 맥킨리 산을 더 가까이에서 볼 수 있다. 호텔이 기가 막히게 좋은 위치에 자리 잡고 있어 웅장한 맥킨리 산이 바로 눈앞에 보인다.

맥킨리 산에 오르는 가장 빠른 방법은 가까운 도시 '토키트나(Talkeetna)'에 가서 비행기(에어 택시)를 타고 산의 남쪽에 있는 베이스캠프로 가는 것이다. 인구 천 명도 안 되는 이 작은 마을에 맥킨리에 오르려는 산악인들을 위한 숙소며 장비를 파는 가게들이 많이 있다. 인포메이션 센터에 들러보았다. 거기서 실시간으로 맥킨리의 날씨 등을 알아볼 수 있다. 벽에 맥킨리 산을 정복한 산악회의 깃발들이 꽂혀 있는데 한국어로 된 깃발들도 여러 개 있었다.

맥킨리 산은 6,069m로 전체 산의 높이만 보면 제일 높은 산은 아니지만, 베이스에서부터 정상까지가 5,400m로 세계에서 가장 높다고 한다. 물론 등반 루트도 어렵지만 특히 급변하는 알래스카의 날씨 때문에 정상에 오르기가 상당히 어려운 산에 속한다.

제법 긴 하이킹 트레일을 걷고 난 후 옥외 핫 텁에서 피곤을 풀려고 나갔는데, 먼저 자리를 잡고 있는 두 커플이 있었다. 그들은 앵커리지에 사는 학교 선생님들이라고 자기소개를 했다. 두 부부가 일 년에 한 번씩 오토바이를 타고 이곳으로 여행을 오는 게 연례행사라고 한다. 오토바이도 둘이 타는 게 아니고 각각 자신의 것을 몰고 온단다. 그들이 준비해온 와인과 치즈 등을 같이 먹으며 알래스카에 대한 얘기를 많이 나누었다.

여행을 다니다 보면 현직 선생님이나 은퇴한 선생님들을 많이 만나게 된다. 아무래도 방학이 있어서 시간 여유가 있기도 할 테고, 또 퇴직한 선생님들은 교사 연금을 받아 금전적인 여유도 있을 것이다. 뜨거운 물속에서 맥킨리를 바라보며 와인을 한 모금 마셨더니 '인생 뭐 있어?' 싶을 만큼 몸도 마음도 풀어진다.

다음 날, 또 다른 트레일을 찾아 나섰다. 트레일 입구에 차를 주차하는데 차가 한 대도 없다. 길 안내판에는 '주의! 곰이 출몰하는 지역임'이란 경고가 붙어 있다. 혹시 몰라 긴 나무 막대기를 하나 주워들고 숲 속으로 들어갔다. 입구에 '여기는 곰들이 사는 곳입니다.' '당신은 지금 곰들의 테리토리에 들어섰습니다.' '곰과 마주치면 이렇게 하십시오.' 등등 안내문이 줄줄이 서 있다.

조금 걸어 들어가자 사람의 손길이 닿지 않은 듯, 쓰러져 있는 나무가 길을 막고 있다. 나무를 피해 돌아가는데 옆에 있는 나무들에 곰의 흔적이 있다. 곰은 자신의 영역을 나타내기 위해 나무 기둥에 굵게 발톱 자국을 내어 놓는다. 또 등을 긁어 대느라고 나무껍질이 벗겨진 곳도 있다.

곰은 자신이 위험을 느끼기 전에는 사람을 공격하는 일은 드물다고 한다. 대부분 사람이 가까이 오는 소리를 들으면 먼저 자리를 피하기 때문에 방울을 흔들며 걷는 것도 한 방법이다. 우리는 따로 소리를 낼만한 게 없어 노래를 부르기 시작했다. 하지만 트레일을 걷는 내내 이렇게 노래를 부를 수도 없는 일이다. 우리는 서로 얼굴을 쳐다보다가 누가 먼저랄 것도 없이 발길을 돌렸다. 정말 곰과 마주칠지도 모른다 싶을 정도로 인적도 없는 깊은 숲이었다.

마지막 숙소 '키나이(Kenai) 반도'에 있는 쿠퍼랜딩(Cooper Landing)은 앵커리지에서 한 시간 반 정도 떨어져 있는 아주 작은 마을인데 숙소 바로 밑으로 키나이 강이 흐르고 있다. 키나이 반도에는 '키나이 피오르드 국립공원'이 있다. 배를 타고 국립공원 관광에 나섰다.

배가 떠나자마자 바위 위에 누워 있는 물개 떼가 보인다. 미국 본토에서는 보기 어려운 흰머리 독수리들이 유유히 하늘을 날고 있다. 뒤로 누워 헤엄을 치는 수달도 귀엽지만 바다에서는 역시 고래가 가장 인기가 있다. 덩치 큰 험백(Humpback) 고래뿐 아니라 몸에 하얀 무늬가 선명한 오카(Orca) 고래들도 심심치 않게 모습을 드러낸다. 외딴 바위섬에 서식하는 새들이 하늘을 덮으며 한꺼번에 날아오르는 모습도 장관이었다. 빙하가 만들어낸 피오르드와 그 속에서 살아가는 다양한 동물들을 하루 종일 볼 수 있었다.

키나이 반도에서 '포테지(Portage)' 빙하를 보러 나섰다. 포테지에 가기 위해서는 수워드 하이웨이를 지나야 한다. 앵커리지에서 수워드까지 200km에 걸쳐 있는 이 길은 여행 잡지에서 '세계 10대 해안 드라이브 길'로 뽑힐 정도로 주변 경치가 아름답다. 하이웨이 바로 옆에까지 바다가 들어와 있어 마치 바다로 빨려 들어갈 것만 같다. 저 멀리 눈을 머리에 이고 있는 산들이 우리 뒤를 따라 오다가 어느새 앞을 막아서곤 한다.

알래스카의 빙하도 지구 온난화 영향으로 점점 줄어들고 있다고 한다

'수워드'는 1867년 러시아로부터 알래스카를 720만 불에 사들인 국무장관의 이름이다. 에이커 당 2센트도 안 되는 액수였지만 사람들은 쓸데없는 땅을 사들였다고 수워드를 맹렬하게 비난했다. 하지만 미국의 49번째 주가 된 알래스카는 이제 미국에 없어서는 안 되는 소중한 땅이 되었다.

'포테지'에는 비지터 센터가 있지만 이제 그곳에서는 더 이상 빙하가 보이지 않는다. 빙하가 급속하게 녹아내렸기 때문에 배를 타고 포테지 호수로 나가야 비로소 빙하를 볼 수 있다. 몇백 년 전만 해도 포테지 밸리 전체가 빙하로 덮여 있었고, 주변에 있는 5개의 빙하가 서로 연결되어 있었는데, 이젠 빙하가 녹아 땅이 많이 드러났다.

포테지 빙하 쪽 호수는 얼음이 얼어 있었다. 배는 마치 쇄빙선처럼 얼음을 깨며 빙하로 접근한다. 푸른빛이 나는 거대한 얼음덩어리인 빙하는 언제 보아도 신비스럽다. 빙하 옆으로 길이 나 있어 빙하 위로 걸어 올라갈 수도 있다. 빙하 속에는 아무런 생물도 살 수 없다고 생각하기 쉽지만 얼음 속에서 살아가는 벌레(Ice Worm)가 있다. 그러니까 빙하의 얼음을 퍼서 맛을 보는 행위는 바람직하지 않다.

오래전 알래스카 크루즈를 할 때, 알래스카의 주도인 주노(Juneau)에 들렀다. 주노는 주도이지만 연결되는 육로가 없어 배나 비행기를 타야 갈 수 있는 곳이다. 크루즈 배에서 내려 시내에 있는 '알래스카 스테이트 박물관' 을 찾아가는 길이었다. 자전거를 타고 가던 한 젊은 이가 우리 곁을 지나가며 큰 소리로 인사를 한다. "Welcome to Alaska!" 그 인사 한마디에 여행 내내 알래스카는 다정하고 따뜻한 곳이 되었다.

친구가 자기가 제일 좋아하는 영화라고 하면서 알래스카를 배경으로 한 〈새몬베리(Salmonberry)〉라는 영화를 소개해 준 적이 있다. 제목인 Salmonberry는 연어와는 전혀 상관없는 일종의 야생 딸기이다. 마침 기념품 가게에서 새몬베리로 만든 잼을 팔길래 그 친구 생각이 나서 몇 개 샀다. 밝은 주홍빛의 이 잼은 향기롭지만 약간 씁쓸한 맛이 있다. 마치 달콤 씁쓸한 우리네 인생처럼.

39

밴쿠버 아일랜드 1, 핫 스프링스 코브 | 2011년 6월

캐나다 서부에서 가장 잘 알려진 도시는 브리티시컬럼비아 주의 '밴쿠버'이다. 흔히 밴쿠버가 주도라고 생각하지만 브리티시컬럼비아의 주도는 '빅토리아'이다. 빅토리아는 밴쿠버 서쪽에 위치한 밴쿠버 섬에 있기 때문에 많은 사람들이 또 밴쿠버 섬을 빅토리아 섬이라고 잘못 부르고 있다. 캐나다 본토도 아니고, 섬의 남단에 있는 빅토리아가 밴쿠버를 누르고 주도가 된 것은 빅토리아가 오랫동안 캐나다 서부 무역의 본거지로 왕성한 경제활동을 해왔기 때문이다. 주도답게 유서 깊은 건물들이 즐비한 빅토리아는 영국풍이 물씬 풍겨나는 멋진 도시이다.

미국에서 밴쿠버 섬의 빅토리아로 가기 위해서는 페리보트를 타야한다. 시애틀에서 페리를 탈 수도 있지만, 시애틀 북서쪽에 있는 '포트 엔젤레스'까지 가서 카페리를 타는 게 제일 가깝다.(한 시간 반 정도 소요) 밴쿠버 섬은 북미주에서 가장 큰 섬인데 크기는 남한의 삼분의 일 정도이다. 섬의 남단에 있는 빅토리아에서 시작해서 동쪽 해안을 따라 뻗어 있는 1번 하이웨이가 이 섬의 가장 중요한 도로이다. 그 중 간에 팍스빌(Parksville)이라는 마을이 있고, 거기서 섬을 관통하여 태 평양 쪽으로 나가는 4번 하이웨이가 있다.

그리고 그 길 서쪽 끝에 '퍼시픽 림 내셔널 파크(Pacific Rim National Park)'가 있다. 캐나다 서부에서는 최초로 내셔널 파크로 지정된 곳이 다. 백 패킹을 하는 하이커들이라면 한 번쯤 걸어보기를 꿈꾸는 '웨 스트 코스트 트레일'이 바로 이곳에 있다. 길이는 75km 밖에 안 되지 만 이 트레일을 완주하는데 평균 7일이나 걸리는 어려운 코스이다. 철저히 원시 상태로 유지되는 온대 우림지역으로 몇 군데는 인디언 보호구역을 지나야만 한다. 폭풍이나 짙은 안개로 인해 수시로 기후 가 바뀌는 것은 물론, 보트를 타고 강을 건너야 하고 진흙길, 폭포, 동 굴들을 지나거나 조류 간만의 차이 때문에 고립되는 일도 자주 일어 난다. 남쪽과 북쪽에 트레일 입구가 있는데, 5월 초부터 9월 말까지 각각 하루에 30명의 하이커들에게만 허가를 해주고 있다.

워낙 강인한 체력과 기술을 필요로 하는 어려운 길이라 많은 사람 들이 중도에서 포기하거나 위급 상황에 빠져 구조를 요청한다고 한 다. 원래는 태평양의 묘지라고까지 알려진 이 해역의 빈번한 선박 조 난 사고에 대비해 구조 활동을 벌이기 위한 접근로로 개척되었다.

퍼시픽 림 내셔널 파크에 인접한 마을로는 토피노와 유쿠루에레가

퍼시픽림 공원의 경치

있다. 우리는 북쪽에 있는 토피노보다는 훨씬 더 소박하고 한적한 유쿠루에레(그곳 사람들은 그냥 유키라고 부른다)에 머물기로 했다. 자동차의 GPS에도 잘 나오지 않는 작은 마을이다.

방이 두 개 있는 집을 빌렸는데 부엌이며 침실, 거실, 가구 등 모든 게 깔끔해서 마음에 든다. 주인은 몇 걸음 떨어져 있는 다른 집에 살고 있다. 주인아저씨한테 이것저것 질문을 하고 있는데, 부인이 남편이 잡은 고기라며 손질한 연어를 가지고 왔다. 지난겨울에 잡아 얼렸다는데 살에 뿌연 기름이 있다. 겨울에 잡히는 연어에는 이렇게 기름이 많다고 한다. 한 조각이 얼마나 큰지 반으로 잘라 두 번에 걸쳐 구어 먹었다. 소금, 후추만 뿌렸는데도 부드러운 살이 감칠맛이 있다.

남쪽 끝에 위치한 유키 마을에는 '작은 웨스트 코스트 트레일'이라고도 불리는 와일드 퍼시픽 트레일이 있다. 이른 저녁을 먹고 안개가 몰려오는 절벽 길을 한가하게 걷기도 하고, 드문드문 놓여 있는 나무 벤치에 앉아 세차게 밀려오는 파도를 보다가 운 좋게 멀리 지나가는 고래 떼를 발견하기도 했다. 이런 곳에 가면 흔히 의자의 등받이에 누군가를 기억해서 벤치를 세웠다는 이름 판이 새겨져 있다. 부모를 기리면서, 또는 배우자를 기억하며 만들어 놓은 벤치에 낯선 나그네들이 앉아 다리쉼을 하는 것이다. 그런 표식을 보면 먼저 떠나간 사람을 그리워하는 마음이 전해져 공연히 가슴이 짠해지곤 한다.

한편 토피노는 유키에 비해 훨씬 더 상업적이다. 다양한 해양 스포츠 관련 가게, 관광회사들과 식당들이 많이 있다. 겨울이면 바위투성이의 해변에 비바람이 몰아치고 높은 파도가 치는데, 그 거친 겨울 풍경을 보려고 관광객들이 일부러 찾아온다고 한다.

토피노에서 배로 한 시간 반쯤 북쪽으로 가면 '핫 스프링스 코브'라는 온천이 있다. 반도의 끝에 뾰족하게 돌출되어 있는데, 육로로는 접근할 수 없고 배로 가거나 아니면 수상 비행기를 타고 가야 한다.

열 명 남짓한 손님을 싣고 토피노에서 떠난 작은 배는 여기저기 흩어져 있는 섬들을 지나간다. 가끔은 고기를 잡아먹으러 해안으로 나오는 곰들을 볼 수도 있다고 한다. 워낙 청정해안지역이라 바다에는 연어 가두리 양식장들이 여러 곳 있었다. 주로 노르웨이 회사들 소유인데, 태평양에서 키운 연어임에도 애틀랜틱 연어라는 상표를 붙여 팔고 있다고 한다. 이렇게 키운 연어를 자연산이라고 파는지, 양식장에서 키운 것이라고 파는지는 알 수가 없다.

드디어 멀리 보이는 언덕 중간에 김이 솟아오르는 온천이 보인다. 하지만 그곳에 정박할 수가 없어 한참을 떨어진 작은 선착장에 배를 댔다. 그곳은 캐나다 인디언 구역이라 인디언 청년이 나와서 입장료를 받고, 주의사항들을 일러 주었다.

선착장에서부터 30분쯤 숲 속을 걸어가야 온천에 도착한다. 나무로 잘 다듬어진 보드워크를 걷는 것도 상쾌했다. 길은 바다를 끼고 돌다가 어느새 이끼도 무성한 깊은 숲 속을 지난다. 도중에 몇 번 계단을 오르내려야 하지만 그다지 힘들지는 않다. 하지만 그 계단들 때문에 무릎에 문제가 있거나 휠체어를 타는 사람들은 찾아갈 수 없는 곳이기도 하다.

드디어 숲 속에서 뜨거운 물이 콸콸 흘러내리는 곳에 도착했다. 커다란 바위를 타고 물줄기가 세차게 쏟아져 내린다. 이 온천의 물은 바다 건너 다른 섬에서부터 시작된 것이다. 건너편 섬에서 바다로 흘러들어간 물이 바다 밑에 있는 뜨거운 마그마 층을 지나며 끓어오른다. 그렇게 뜨거워진 물이 이 섬에 있는 바위 층의 약한 부분을 뚫고 솟구쳐 나오는 것이 바로 이 온천이다.

뜨거운 폭포 밑에 자연스럽게 몇 개의 웅덩이들이 만들어져 있고, 밑으로 갈수록 식어진 물이 마지막에는 바다로 들어간다. 옆에 있는 간이 탈의실에서 수영복으로 갈아입고 폭포 밑으로 들어갔다. 폭포까지 가는 짧은 길에 자갈과 바위들이 있어 조심스럽다. 맨발로 걸으면 조금 위

핫 스프링스 코브 온천

험할 것도 같은데, 다행히 물에서 신는 신발을 가지고 가서 요긴하게 사용했다.

폭포의 수량이 많아서 그 밑에 서 있자니 뜨거운 물로 강한 마사지를 받는 것 같다. 맨 위에 있는 웅덩이는 나한테는 너무 뜨겁다. 화씨로 107도 정도 된다니 섭씨로는 42도인 셈이다. 오래 있을 수가 없어 다음 웅덩이로 내려갔다. 결국 맨 아래에 있는 바다와 인접한 곳까지 내려갔는데, 등 뒤에서는 더운 물이, 앞에서는 찬 바닷물이 몰려오는 색다른 경험을 할 수 있었다. 파도 치는 바다를 내려다보며 뜨거운 물에 몸을 담그고 있는 맛이 일품이었다.

시원한 바닷바람에 덥혀진 몸을 식히며 준비해간 간식을 먹었다. 온천에서 약 두 시간 정도 머물다가 다시 숲길을 걸어 배로 돌아왔다. 돌아오는 길에 온천으로 들어오는 다른 일행들과 마주쳤다. 온천이 크지 않기 때문에 배 회사마다 서로 손님을 실어 나르는 규모와 시간을 정해놓았다고 한다. 덕분에 붐비지 않고 늘 적당한 인원의 사람들이 온천을 즐길 수 있다.

토피노로 돌아가기 전에 고래 구경을 하기로 했다. 밴쿠버 섬 남쪽, 빅토리아 부근에는 난류의 영향으로 먹이가 많아서 이동을 하지 않고 아예 상주하는 고래들, 특히 킬러 웨일인 오카들이 많이 있다. 고래가 자주 나타나는 곳에는 벌써 고래 구경을 나선 배들이 몇 척 있었다. 그들은 서로 무전기로 고래가 어디 있는지 정보를 교환한다. 영화에서처럼 고래 등을 만질 수 있을 만큼 가까이 다가가지는 못했지만 숨을 뿜어내는 고래들을 여러 마리 만날 수 있었다.

고래를 보느라고 배가 시동을 껐는데, 달릴 때는 모르겠더니 파도
가 높아 배가 무섭게 흔들린다. 고래를 쫓아 다닌 덕분에 퍼시픽 림
내셔널 파크의 한 부분인 '부로큰 그룹 아일랜드(Broken Group
Islands)' 까지 맛볼 수 있었다. 마치 커다란 흙덩이를 흩뿌려 놓은 것
처럼 섬들이 바다 위에 옹기종기 떠있다.

토피노에서 이른 저녁을 먹었다. 굴을 좋아하는 남편은 생굴을 먹
었는데, 토피노 산은 아니고, 섬의 반대편에 있는 유명한 굴 산지인
코목스에서 가져온 것이라고 한다. 일주일 쯤 후에 코목스를 지났는
데 바다의 적조현상 때문에 굴 채취가 금지되었다는 경고판이 붙어
있어 아쉬웠다.

관광객들로 북적이지 않고, 오염되지 않은 자연을 맛보고 싶다면
밴쿠버 아일랜드의 퍼시픽 림 내셔널 파크를 추천한다. 하이킹도 좋
고, 카약도 좋고, 캠핑도 즐길 수 있다. 낚시도 할 수 있고, 스쿠버 다
이빙으로도 이름이 높다. 하지만 무엇보다 아무 것도 안하고 바다를
그냥 바라만 보고 있어도 시간 가는 줄 모르도록 편안한 곳이다. 물론
고래를 만나는 것은 덤이고.

40

밴쿠버 아일랜드 2, 애프터눈 티 | 2011년 6월

캐나다의 밴쿠버 아일랜드는 크게 서쪽과 동쪽으로 나눌 수 있다. 서쪽에는 퍼시픽 림 국립공원이 있다. 긴 해안에 걸쳐 샌드 비치가 아름다운 '롱비치', 크고 작은 섬들이 흩어져 있는 다도해인 '브로큰 그룹 아일랜드' 그리고 유명한 '웨스트 코스트 트레일'이 있다. 국립공원의 앞 바다는 거친 파도와 암초에 부딪혀 침몰한 배들이 많아 '태평양의 무덤'이라는 별명도 얻었는데, 덕분에 스쿠버 다이버들에게는 도전해볼 만한 흥미진진한 곳이다. 국립공원지역이기 때문에 토피노와 유쿠루에레를 제외하고는 변변한 마을도 없이 그저 자연상태 그대로 남아 있는 곳이다.

반면 섬의 동쪽은 남단에 있는 주도 빅토리아에서 시작해서 섬의 북쪽 끝까지 이어지는 1번 하이웨이를 따라 작고 특색 있는 도시들이 여럿 형성되어 있다. 서해안의 유쿠루에레에서 일주일을 지낸 우리는 이번에는 섬을 가로질러 동쪽의 중간 지점에 있는 팍스빌로 거처를 옮겼다. 한적한 서쪽에 있다가 동쪽으로 오니 마치 시골에 살다가 번잡한 도시로 이사를 온 기분이었다. 팍스빌도 실은 도시라기보다는 아담한 마을이라고 부르는 게 더 어울릴 듯 했지만, 캐나다의 유명한 커피 체인점인 '팀 호튼'이 여기저기 보이는 걸 보면 도시에 왔다는 게 실감이 났다.

비옥한 땅과 연중 비가 많이 내리는 온화한 기후 덕분에 밴쿠버 섬에는 아름다운 정원이 많이 있다. 안내책자를 보니 유명한 부차트 가든을 비롯해서 무려 23개의 정원이 수록되어 있다. 색다른 정원들을 찾아다니는 '가든 트레일'이 있을 정도이다.

밴쿠버 섬에서 가장 유명한 정원은 빅토리아 시에 있는 '부차트 가든(The Butchart Gardens)'일 것이다. 광석을 캐내고 흉물스럽게 남겨진 빈터에 부차트 부인이 오랜 세월 꽃과 나무를 심어 정원으로 만들었는데 사시사철 언제 방문하더라도 색다른 풍경을 볼 수 있다. 꽃 한 포기, 나무 한 그루가 너무나 잘 가꾸어져 있어 그 정성이 놀랍기도 하지만, 한편 지나치게 인위적 아름다움이라는 느낌이 들기도 한다.

우리가 머물렀던 팍스 빌 가까이에 퀄리컴 비치라는 작은 마을이 있다. 그 마을에서 낮에 공연하는 연극을 보러 갔다. 공연 두 시간 전쯤 미리 표를 사놓고 동네 구경을 할 생각으로 극장에 갔더니 매표소에 아무도 없다. 그 앞에서 서성거리는데 어떤 부인이 차에서 내려 뛰어온다. 아직 표를 파는 시간이 안 되었으니 한 시간쯤 있다가 다시

밀너 하우스

오란다. 우리는 남은 시간 동안 갈까 말까 망설이던 '밀너 가든(Milner Gardens)'에 다녀오기로 했다. 그 정원에 대해서는 별로 기대하는 게 없어서 사실 10불이나 입장료를 내는 게 조금 아까운 생각까지 들었다. 왜냐하면 주변에 돈을 받지 않는 좋은 공원들이 얼마든지 많기 때문이었다.

그런데 밀너 가든의 입구에 들어서자마자 나는 그곳의 매력에 빠져버렸다. 뭐라고 할까, 짙은 화장과 화려한 옷으로 꾸미지 않아도 충분히 시선을 사로잡는, 굳이 자신을 내세우지 않아도 자연스레 내면의 깊이가 느껴지는 기품 있고 편안한 중년 여성의 아름다움이라 할까. 정원은 너무 크지도 작지도 않아 산책하기에 적당했고, 다양한 종류의 나무와 꽃들도 잘 가꾸어졌지만 지나치게 다듬어졌다는 느낌이 없이 자연스러웠다. 우리가 갔을 때는 철쭉이 만발해 있었다.

조금 다리가 피곤해질 무렵, 정원 깊숙한 곳에 자리 잡은 전통적인 영국식 저택 한 채가 눈에 들어왔다. 그 집이 바로 밀너 하우스인데, 그곳의 드로잉 룸을 애프터눈 티를 서브하는 티 룸으로 사용하고 있다. 벽난로가 있는 작은 티 룸 탁자에는 꽃무늬 테이블보가 깔려 있는데, 저마다 다른 문양의 찻잔들이 놓여 있다.

삼단 트레이에 먹을 것을 가득 가져다주는 격식 차리는 티 룸이 아니고, 향이 좋은 차 한 잔에 갓구운 스콘을 곁들여 먹으며 잠시 쉬어갈 수 있는 따뜻하고 소박한 분위기였다. 우리는 바다가 내려다보이는 창가에 자리를 잡았다. 자그마한 체구의 상냥한 노부인이 주문을 받으러왔다. 그녀의 말투에서 영국식 악센트가 묻어났다. 티와 스콘, 혹은 거기에 몇 개의 과자를 더 주문할 수 있는 단출한 메뉴였다.

그런데 메뉴판 맨 아래에 자그마한 글씨로 데본서 크림을 원하면 3불을 더 내야 한다고 적혀 있다. 스콘과 티를 마시는 값이 10불인데 데본서 크림이 3불이라… 데본서 크림은 데본 크림이라고도 불리는데 잉글랜드 콘월 지방에서 만드는 짙은 크림이다. 영국 사람들은 차를 마실 때 스콘에 버터 대신 이 크림을 얹어 먹는다. 워낙 쉽게 상하기 때문에 미국에서 진짜 데본서 크림을 맛보기는 쉽지 않다. 진짜 데본서 크림이라면 가져다 달라고 했더니 그녀가 반색을 한다.

그렇게 해서 콘월 지방 출신이라는 그녀와 이런 저런 얘기를 길게 나누게 되었다. 이 티 룸뿐 아니라 밀너 가든 전체가 모두 자원봉사자들에 의해 운영되고 있고 자신도 지금 자원봉사를 하고 있는 중이라고 한다.

과자는 너무 달았지만 따끈한 스콘은 맛있었다. 거기에 밀너 가든에서 수확한 과일로 만든 잼과 짙은 데본 크림을 발라 천천히 맛을 음

엠프레스 호텔 전경

미하며 오후의 차 한 잔을 즐겼다. 연극을 보려면 지금쯤 서둘러 일어나야 했지만 기대하지 않았던 이 곳에서의 작은 행복을 깨트리고 싶지 않았다. 찰스 황태자와 다이애나 비가 캐나다 여행 중에 이곳에 들렀던 적이 있는데, 후에 엘리자베스 여왕 부부는 아예 이 집에서 하루를 묵어갔다고 한다. 그때 여왕을 태운 배가 창밖으로 보이는 조지아 해협으로 들어왔다고 일러준다.

차를 마시고 난 후 그녀가 이끄는 대로 집안 여기저기를 둘러보았다. 그녀는 밀너 하우스의 역사에 대해 친절하게 설명해주었다. 어떤 일인지는 모르겠지만 그녀와 나는 그 짧은 시간에 상당히 친숙해진 느낌이 들었다. 그곳을 떠나올 때 서로 헤어지는 게 서운해서 우리는 오랫동안 포옹을 했다. 그녀도 나와 비슷한 기분이었는지 "아마 우리

가 다시는 만나지 못하겠지만, 남은 삶
을 행복하게 잘 살아가라"고 작별 인
사를 했다. 티 룸에서 손님과 종업원으
로 만난 사이의 인사 치고는 특별한 당부
였다. 그녀 덕분이었을까. 밀너 하우스에서 보냈던 오후 몇 시간이 내
생에 간직하고 싶은 순간 중의 하나로 남아 있다.

반면 유명한 엠프레스 호텔에서의 애프터눈 티는 조금 실망스러웠
다. 페리를 타고 밴쿠버 섬의 빅토리아 항구로 들어서면 바로 앞에 담
장이 넝쿨에 덮인 웅장한 벽돌 건물이 제일 먼저 눈에 들어온다. 그
건물이 바로 1908년에 세워진 엠프레스 호텔이다. 빅토리아를 방문
했던 엘리자베스 여왕을 비롯한 수많은 왕족과 유명인사들이 이 호
텔의 손님이었다. 그리고 호텔 오픈과 함께 애프터눈 티를 서브해왔
기 때문에, 이 호텔의 애프터눈 티 또한 빅토리아의 명물이 되었다.

이 호텔은 넓은 애프터눈 티 로비가 따로 있어 그곳에서 차를 서브
한다. 티 룸에서는 창밖으로 오가는 사람들과 드나드는 배들로 분주
한 항구의 모습이 한눈에 들어온다. 고풍스런 실내장식, 섬세하게 조
각된 탁자와 의자, 중후하게 드리워져 있는 커튼, 감미로운 피아노
연주, 은으로 만든 티 팟. 그리고 옅은 상아빛의 로얄 달튼 본차이나
까지. 모두 고급 영국식 애프터눈 티에 딱 어울리는 요소들이다.

그런데 뭔가 어수선하다. 우선 너무 넓다. 워낙 이곳의 애프터눈
티가 인기가 있기 때문에 원래의 티 라운지를 확장했다고 한다. 덕분
에 한가한 오후의 티 룸이 주는 아늑한 분위기가 전혀 없다. 이 호텔

에 차를 마시러오는 사람이 일 년에 10만 명이나 된다고 하니 장바닥 같이 시끄럽지 않은 것만도 감사할 일이다.

웨이터가 차와 함께 먹을 핑거 푸드를 담은 삼단 트레이를 가지고 왔다. 그는 테이블 위에 가져온 것을 내려놓자마자 우리 두 사람의 사진을 찍어준다며 카메라를 달라고 한다. 마치 이곳에서는 티를 마시기 전에 증명사진을 찍어야 한다는 듯이. 우리뿐 아니라 주위에 있는 손님들도 저마다 셔터를 눌러댄다.

웨이터는 정중하지만 지나치게 숙달되고 기계적인 태도를 보인다. 스콘은 식어 있고, 차는 너무 진하다. 케이크는 지나치게 달고. 게다가 다른 특급 호텔의 애프터눈 티에 비해 가격 또한 비싸다. 팁까지 주고 나면 좋은 식당에서 저녁 한 끼 먹는 값이다. 무엇보다 결정적 결점은 잎차를 사용하지 않고 티백을 쓴다는 점이다. 약간 번거롭긴 하지만 적당한 시간에 차 잎을 걸러내며 천천히 차를 마시는 재미를 가질 수 없어 아쉬웠다.

41

일본 1, 가나자와 | 2011년 3월

　예정에 없던 일본 여행을 떠난 건 순전히 싱가포르 에어라인의 프로모션 덕분이었다. 싱가포르 에어라인에서 LA-동경까지 아주 좋은 가격에 세일을 한다는 e메일을 받았다. 3월 말까지 여행을 끝내야 한다는 단서가 붙어 있었지만 그게 문제 될 건 없었다.

　일본에서 3주를 보내기로 하고 일단 비행기 표부터 구입했다. 그리고 얼마 남지 않은 동안 바삐 일본 여행을 계획했다. 전에 동경, 오사카, 교토, 나라 등을 돌아본 적이 있으니 이번에는 남쪽인 규슈 쪽과 동경 북쪽인 닛코, 쿠사추 등을 일정에 넣었다.

　규슈 남쪽에 있는 활화산이 연기를 뿜어내며 폭발할 조짐이 보인다는 뉴스가 나왔다. 설사 화산이 터진다 해도 바람이 편서풍을 타고 북동쪽으로 불어갈 테니 별 영향은 없을듯했다. 처음에는 북해도까지 생각했으나 이동 거리가 너무 멀어지는 탓에 그쪽은 다음 기회로 미루었다.

일본을 자주 다니는 친구가 추천해준 가나자와, 일본 여자들이 제일 좋아한다는 온천 마을 유후인, 그리고 다카마츠와 나오시마에서 시간을 보낸 후, 고베를 지나 쿠사추, 니코에서 온천을 즐기고 동경에서 며칠 지내다가 돌아오기로 했다. 온천과 일본 음식, 그게 이번 일본 여행의 주된 목표이다.

대충 여행 경로를 정한 후에는 숙소를 예약해야 했다. 같은 숙소라도 웹 사이트에 따라 가격 차이가 많이 나는 곳도 있었다. 결국 일본어로 되어 있는 웹사이트를 찾아내어 구글 번역을 통해 영어와 한글, 그리고 한자까지 총동원해 예약을 마칠 수 있었다.

이모저모 따져본 끝에 3주 동안 무제한으로 사용할 수 있는 JR PASS를 인터넷으로 구입했다. 매일 기차를 타는 게 아니라서 엄밀히 따져보면 손해일 수도 있지만, 매번 기차표를 사는 것도 번거로운 일이라 패스를 사기로 했다. 일본에서는 이 패스를 살 수 없고 외국에서만 가능하다. 신칸센 중에서 가장 빠른 '노조미'만 제외하고 JR에서 운영하는 어떤 기차도 탈 수 있다.

일본의 유명한 화가 가쓰시다 호쿠사이의 목판화 '가와가나 앞바다의 파도'가 기차표의 표지에 인쇄되어 있다. 후지 산이 멀리 보이는 바다. 그리고 거기 떠있는 작은 배를 향해 맹렬히 덮쳐드는 거대한 파도. 가히 일본을 대표하는 그림이라고 할 수 있을 만큼 강렬한 느낌을 준다.

늦은 시간 나리타 공항에 도착한 탓에 짐은 공항에 맡겨두고 공항

근처 호텔에서 하룻밤을 잤다. 다음날 JR PASS를 승차권으로 바꾼 후에 나리타 익스프레스를 타고 동경으로 들어갔다. 동경 역에서 신칸센을 갈아타려면 너무 복잡할 것 같아, 한 정거장을 더 지나 시나가와 역에서 환승을 했다.

시나가와 역 대합실 푸드 코트의 규모가 대단하다. 특히 여러 종류의 '에끼벤(역에서 파는 도시락)'을 구경하는 것도 재미있다. 내가 워낙 일본 도시락을 좋아하는 터라 그 많은 도시락 중에 한 가지를 고르려니 쉽지가 않다. 이것도 먹어보고 싶고, 저것도 맛있어 보이고.

남편은 초밥 도시락을 샀는데 신선도를 유지할 수 있도록 박스 속에 드라이아이스가 붙어 있었다. 도시락 포장을 뜯으니 여러 가지 반찬이 오밀조밀 들어 있을 뿐 아니라, 손을 닦을 수 있는 물티슈, 젓가락, 그리고 이쑤시개까지 정갈하게 포장되어 있다. 우리가 지금 일본에 와 있다는 게 실감이 났다.

나리타 익스프레스에서는 일본어, 영어, 중국어, 한국어 순으로 안내방송이 나오더니, 신칸센에서는 일본어, 영어가, 그리고 가나자와까지 가는 작은 기차에서는 일본어만 나온다.

가나자와는 에도 시대에 영향력이 컸던 마에다 가문의 활동지역이다. 교토, 에도와 경제적, 문화적으로도 견줄만한 곳이었다. 교토와 마찬가지로 2차 세계대전 때에 공습의 피해가 거의 없어 옛 모습이 비교적 잘 보존되어 있다.

히가시 차야(찻집거리)(위 사진제공 : 가나자와시)
가나자와, 예쁜 목조건물 같은 화장실(아래)

가나자와 시내를 도는 순환버스를 타고 시내 구경을 했다. 게이샤들의 고급 요정과 찻집이 몰려 있는 '히가시 차야', 일본 전통무사들의 거주지였던 나가마치, 오미초 어시장 등을 찾아다녔다. 버스에서 내려 골목으로 조금만 들어서면 오래된 일본 집들이 고즈넉하게 서 있다.

길을 걷다가 작은 정원에 둘러싸인 목조 건물 한 채를 발견했다. 얼핏 보기에는 잘 보존된 옛날 가옥의 하나처럼 보였는데, 그게 바로 공중화장실이었다. 물론 유명한 관광지라서 그렇겠지만 그 화장실의 청결함에 감탄이 절로 나왔다. 게다가 물론 무료였다.

무사의 집 중 정원이 아름답기로 손꼽히는 노무라 저택의 다실에 잠시 앉아 보았다. 집 크기에 비해 다실은 의외로 작고 검소했다. 잠을 잘 때도 검을 곁에 두었던 무사들이지만 다실에 들어갈 때는 검을 풀어 놓았다고 한다. 다실에서는 잘 가꾸어진 정원이 내려다 보였다. 그런데 지나치게 완벽하게 모든 것들이 제 자리를 찾아있는 듯한 정원을 보며 '일본의 정원은 사람을 구속한다' 던 누군가의 글이 떠올랐다.

가나자와에는 일본 3대 정원의 하나라는 '겐로쿠엔(兼六園)'이 있다. 눈이 많이 내리면 나뭇가지를 상하지 않게 하려고 새끼줄을 꼬아 일일이 보조대를 설치해 놓았다. 미국에서라면 눈에 가지가 부러지면 부러지는 대로 자연스럽게 놔둘 텐데, 나무 한 그루를 관리하는 방법에서도 이렇게 차이가 난다. 나무 밑에는 아직도 눈이 많이 쌓여 있지만 매화나무가 꽃을 피우기 시작하고 있었다.

이곳은 예로부터 금박, 칠기, 도자기, 그리고 화과자로 유명하다.

담의 훼손을 막기 위해 가마니를 덮어놓은 모습(위)
무사의 집, 노무라 저택의 정원(아래)

겐로쿠엔의 겨울준비

역 앞에 있는 큰 쇼핑센터에는 금박을 입힌 전통칠기와 도자기를 파는 가게들, 그리고 과자집들이 즐비하다. 먹기도 아까울 정도로 정교하고도 예쁜 일본 과자들이 넓은 백화점 한 층을 꽉 채우고 있다. 남에게 작은 선물하기를 좋아하는 일본인들의 문화 때문인지 이 과자들은 선물로 많이 팔리지 않을까 싶다. 우리가 호텔에 가서 먹으려고 포장은 필요 없다고 해도 굳이 정성스레 포장을 하고 리본까지 묶어주었다. 가나자와에 머무는 사흘 저녁을 매일 그곳으로 출근해서 샘플을 먹어보고 마음에 드는 과자를 사오곤 했다.

아침은 호텔에서 해결했는데, 좋은 쌀을 쓰는 건지, 밥을 잘 짓는 건지 눈부시게 하얀 쌀밥은 밥만 먹어도 좋을 만큼 맛있다. 호텔에 있는 온천도 상당히 깨끗하고 시설이 좋았는데 특히 옥상에 있는 노천탕은 손님이 많지 않아 주로 그곳을 이용했다. 하루는 좀 이른 시간에 온천에 갔는데 출입문이 잠겨 있었다. 문 옆에 프런트 데스크와 연결되는 전화가 있어 상황 설명을 했다. 전화를 끊자마자, 정말 빛과 같은 속도로 종업원이 달려왔다. 청소를 끝내고 잘못해서 문이 잠긴 모양이라고 어찌나 허리를 굽혀 사과를 하는지 오히려 내가 미안할 지경이었다.

다음 날은 기차를 타고 가가 온센 역까지 가서 다시 버스를 타고 '야마나까(山中) 온천'에 갔다. 버스 터미널에 내리니 날은 추운데 분위기가 좀 황량하다. 그래도 여기까지 왔으니 한 번 둘러보자 싶어 '산보 버스'라는 순환버스를 탔다. 버스가 터미널을 벗어나자 드디어 온천 마을이 모습을 드러낸다. 야마나까의 대욕탕을 찾아가는 길에 출출해서 정육점에서 파는 고로케를 하나씩 사 먹었다. 추운 날 호호 불어가며 먹는 갓 튀겨낸 맛있는 감자 고로케.

대욕탕 앞에는 족욕탕이 있는데 관광객으로 보이는 젊은 여자들 몇이 발을 담그고 있다. 족욕을 하는 사람들을 위해 게다도 빌려주고 짐을 넣을 수 있는 보관소도 마련되어 있다. 여탕 입구에 들어서니 옛날 한국의 공중탕과 비슷하다. 벽에는 신발장이 있고 마음씨 좋게 생긴 표 받는 아줌마가 앉아 있다. 직접 돈을 받는 게 아니라 입구에 있는 기계에 돈을 넣고 표를 뽑아서 아줌마에게 주는 거였다.

처음 보는 기계라 돈을 들고 멈칫거리고 있는데 목욕을 마치고 나와 앉아 있던 자그마한 할머니 한 분이 일어나 표 사는 법을 일러준다. 표를 들고 돌아서는데 할머니가 손에 쥐고 있던 젖은 타올을 내

손에 꼬옥 쥐어준다. 아마 타올도 없이 지나가다가 목욕하러 온 관광객으로 보였던 모양이다. 가방 속에 호텔에서 가지고 온 타올이 있었지만 차마 마다하지 못하고 그걸 받아 들었다. 고맙다고 인사를 하자 할머니가 환하게 웃는다. 비록 남이 쓰던 젖은 타올이지만 할머니의 따뜻한 마음이 느껴진다.

신발을 벗어 신발장에 넣는데, 표 받는 아줌마가 뭐라고 얘기를 한다. 못 알아듣는 표정을 짓자 자기가 지켜보고 있겠다는 시늉을 하며 내 신발을 자기 앞에 있는 칸으로 옮겨 놓는다. 탕에 들어가 타올을 펼쳐보니 온천에서 쓰기에 딱 좋은 크기의 얇은 타올이었다. 게다가 야마나까 온천이라는 글씨까지 적혀 있다. 그 타올을 차마 버릴 수가 없어 호텔로 가지고 왔다가 결국 집에까지 들고 오고야 말았다. 쓰게 되지도 않지만 그렇다고 어쩐지 버릴 수도 없는 그 타올을 볼 때마다 허리가 굽었던 친절한 할머니가 생각난다.

온천욕을 끝내고 밖으로 나오자 시장기가 돈다. 기웃기웃 식당을 찾으며 걷다가 전혀 식당 같지 않은 일본 글자만 잔뜩 쓰여진 가게를 발견했다. 문 앞에 만두 찌는 솥 같은 그림이 있어 만두집인가 하고 들어갔더니 의외로 아늑한 분위기의 식당이었다. 다행히 영어를 조금 하는 아가씨가 있었다.

이곳은 솥에다가 밥을 하면서 고기, 새우, 장어, 닭고기 등을 취향대로 올리고 달걀을 넣어 만드는 일본 전통음식점이란다. 우리식으로 말하자면 계란 솥밥인 셈이다. 음식이 나올 동안 마시라며 말차와 다식 같은 화과자 몇 개를 가져다준다. 솔직히 일본의 진한 녹차 맛은 아직 잘 모르겠다. 그리고 신선한 와사비 간 것을 생 와사비 뿌리와 함께 내왔다. 실제로 와사비 뿌리를 그날 처음 보았는데 맵지도 않고 오히려 달큰한 맛이 입맛을 돋운다. 나는 메밀 정식을 시켰는데 추운 날인데도 불구하고 국수 밑에 얼음을 깔아 내왔다.

자꾸 말을 걸어오는 종업원 아가씨와 유쾌하게 얘기를 나누며 식사를 마쳤다. 배가 부르면 남은 밥은 주먹밥을 만들어 주겠다고 했는데 (이건 나중에야 알아들은 거다) 둘이서 밥 한솥을 다 먹어 치웠다. 앞으로 여행을 계속한다고 하자, 주인아줌마가 선물이라며 과자를 한 움큼 챙겨주더니 문밖까지 나와 배웅을 한다.

다시 버스 타고 기차 타고 가나자와로 돌아왔다. 내일은 유후인으로 떠난다. 그리고 그곳에서 서울서 오는 친구들을 만나기로 했다. 그녀들을 위해 가나자와 명물인 화과자를 조금 샀다.

42

일본 2, 유후인 | 2011년 3월

가나자와에서 오사카, 후쿠오카를 거쳐 유후인에 도착했다. 후쿠오카에서 유후인까지는 '유후인 노모리(森)' 라는 내부가 온통 나무로 되어 있는 두 칸짜리 조그만 특별 열차를 탔다. '유후인의 숲' 이라니 기차 이름치고는 상당히 낭만적이다.

유후인 역을 나서면 바로 유후인의 중심가가 시작된다. 유후인에는 아침과 저녁을 제공하는 비싼 전통료칸(여관)들이 여러 곳 있지만, 이곳에서 나흘이나 묵기 때문에 저녁을 간단하게 일찍 먹는 우리가 매일 가이세키 정식을 먹는다는 건 좀 부담스러웠다. 물론 비싼 숙박비도 신경 쓰였고. 그래서 아예 교통편이 편리한 역 가까이에 있는 온천이 딸린 작은 여관을 숙소로 잡았다.

규모는 작았지만 깔끔하게 정돈된 방에는 유카다며 차세트 등 필

유후인 역의 족욕탕

요한 물품들이 오밀조밀하게 놓여 있다. 시내 구경도 할 겸 과일과 간식거리를 사러 슈퍼마켓에 갔다. 일본 여자들이 제일 좋아하는 온천지라고 하더니 젊은 여자들이 많이 보인다. 세상 어디를 가나 한 손에 『세계를 간다』 같은 여행안내 책자를 들고 다니는 젊은 일본 여성들을 쉽게 볼 수 있다. 여자들끼리 다니는 사람들이 왜 그렇게 많은지 그게 좀 궁금하다. 일본 남자들은 뭘 하고 있는 걸까? 아래층에 있는 욕탕에서 뜨거운 온천욕을 하고 나니 잠이 쏟아진다.

다음날 아침 일찍 버스를 타고 구로카와(黑川) 온천으로 향했다. 이 마을은 입구에 있는 안내판부터 식당의 간판까지 글씨체를 모두 통일해 놓았다. 먹물을 진하게 묻혀 큰 붓으로 힘차게 써내려간 글씨체가 검정색 지붕인 마을 건물들과 잘 어울린다. 산속이라 그런지 상당히 춥다. 관광 안내소에서 마을 지도와 온천 정보를 얻었다.

산속에 있는 이 마을에 온천장이 무려 28개나 있다. '야마미즈키'

구로카와의 야마미즈키 노천탕

온천을 간다고 하자 직원이 노천탕으로는 그 온천이 제일 좋다고 한다. 온천장에서 운행하는 무료셔틀버스가 20분에 한 번씩 오니까 그걸 타고 가라고 일러준다. 야마미즈키에서 운행하는 작은 밴은 손님들을 싣고 굽이굽이 산길을 올라간다.

이 온천은 남탕과 여탕이 제법 멀리 떨어져 있다. 탈의실 안에는 친구끼리 여행을 왔는지 비슷한 연배의 아줌마들이 와자지껄 떠들며 옷을 벗고 있었다. 일본 여자들이 다소곳하고 조용하다는 평은 어디에서 비롯된 것일까? 친구들끼리의 온천여행 덕분에 조금 흥분한 것일까? 여하튼 일본 아줌마들도 자기들끼리 모이면 상당히 시끄러워지는 모양이다.

탈의실 문을 밀고 밖으로 나가니 물이 콸콸 흘러내리는 계곡 옆에 김이 무럭무럭 나는 넓은 노천탕이 있다. 밖에서 몸을 씻고 조심스럽게 탕 안으로 들어섰다. 깊은 산중에서 계곡의 일부분처럼 자연스럽게 만들어진 노천탕 안에 앉아 물 흘러가는 소리를 듣고 있자니 "아! 참 좋다!" 하는 감탄사가 저절로 나왔다. 더운 물에 몸이 익숙해지자 뜨거운 물이 솟아나오는 가운데를 향해 조금씩 옮겨갈 수 있었다. 일본 아줌마들은 시간이 얼마 지나지 않아 모두 나가버리고, 넓은 노천탕에 나 혼자 남게 되었다. 이럴 때 남편하고 같이 이 경치를 감상할 수 있으면 얼마나 좋을까.

노천탕 옆에 나무로 울타리를 만들어 놓은 오솔길이 있다. 더워진 몸도 식힐 겸 오솔길을 따라가 보니 얼마 떨어지지 않은 곳에 상당한 규모의 실내 온천탕이 있다. 계곡 쪽을 통유리로 만들어놓아 밖의 풍경을 욕조에서 감상할 수 있게 해 놓았다. 넓은 온천장을 혼자서 전세낸 듯 여유 있게 시간을 보냈다. 약속한 시간에 밖으로 나오자 남편도 그동안 다녀본 온천 중에 이곳이 제일 좋다고 감탄을 한다.

마을로 돌아오니 점심시간이 이미 많이 지난 후였다. 마침 밴에서 내린 바로 앞에 식당이 있기에 들어갔다. 입구부터 정갈하게 빗질이 된 흙 마당이 범상치 않다. 문을 열고 들어가자 왼쪽으로는 전통공예품을 파는 조그만 공간이 있고, 오른쪽에 테이블이 8개 정도 놓여 있는 자그마한 식당인데 신발을 벗고 들어가 앉아야 한다.

몇 개의 테이블에서 손님들이 식사를 하고 있는데 너무 조용하다. 서로 얘기를 하기는 하는데 아주 작은 목소리로 속삭이며 대화를 하고 있었다. 테이블 위에는 발갛게 불이 붙은 숯불이 몇 개 쌓여 있고, 그 위에 올려놓은 무쇠솥에서 물이 끓고 있다. 메뉴를 보니 두부 전문집인데 두부는 기본이고 그 외에 어떤 반찬을 더하느냐에 따라 세 가지 다른 종류가 있다. 우리는 제일 양이 많은 것과 제일 양이 적은 것을 한 가지씩 주문했다.

종업원이 두부를 가져다 물이 끓고 있는 냄비 속에 넣는데 커다란 다시마가 한 조각 들어 있다. 끓는 물에 넣었던 두부를 건져 먹어보니 두부 자체가 고소하고도 부드럽다. 거기에 약간의 유자 맛이 나는 간장을 뿌려 먹으니 이렇게 간단한 요리가 이토록 맛있을 수도 있구나 싶을 정도로 별미였다. 은은하게 타오르는 숯불의 온기가 아주 따뜻한 분위기를 만들어주었다.

천천히 두부의 맛을 음미하며 식사를 즐기고 있는데, 목소리가 우렁찬 한국인 부부가 들어왔다. 특히 부인이 어찌나 쉬지 않고 시끄럽게 얘기를 하는지 저절로 눈살이 찌푸려졌다. 게다가 전화까지 걸려 왔는데 밖에 나가서 받지도 않고 그 자리에 앉아 통화를 계속했다. 다른 손님들이 한국말을 알아듣지 못할 거라고 생각해서였을까? 어떤 이유에서든 그 부부의 무신경함이 내내 거슬렸다.

신칸센 좌석에는 핸드폰을 받을 때에는 밖에 나가서 받으라는 문구가 적혀 있다. 의례적으로 쓰여 있는 안내문이라고 생각했는데 그게 아니었다. 실제로 사람들은 전화가 오면 얼른 일어나 밖으로 나가 통화를 하고는 다시 자리로 돌아왔다. 거짓말처럼 객차 안에서 전화를 받는 사람들을 볼 수 없었다. 식당을 나와서야 '吉祥(일본 정식 두부집)'라는 간판이 눈에 들어왔다. 아무런 정보도 없이 들어갔던 식당에서 뜻밖에 즐거운 점심시간을 가질 수 있었다. 구로카와 온천과 두부집에서의 작은 행복만으로도 충만한 하루였다.

유후인 무소엔 온천 입구

유후인 숙소로 돌아오니 주인아저씨가 반색을 하며 친구들이 오후에 도착했다고 알려준다. 대학 동창들인 그녀들과는 근 10년 만에 만나는 셈이다. 친구들은 이미 온천욕을 끝내고 유카타를 걸친 채 한숨 자고 일어난 상태였다. 그날부터 사흘간 남편은 그저 사진사로 여자들 셋의 뒤를 따라다녀야 했다.

다음날 친구들과 유후인에서 유명한 '무소엔(夢想園)' 노천 온천에 갔다. 어제 다녀온 구로까와 온천에 비하면 너무 인공적인 맛이 나지만 무소엔만 본다면 나무랄 데 없이 잘 만들어진 곳이다. 오랜 친구지만 한 번도 서로 벗은 몸을 본 적이 없는데, 이제 세월이 많이 흘러 육신은 더 이상 흥밋거리가 아니기 때문일까, 스스럼없이 옷을 벗고 넓은 노천탕 안으로 들어갔다. 우리는 별다른 얘기도 없이 그저 눈부신 햇살 아래 맑은 공기를 마시며 따뜻한 물속에 몸을 담그고 있었다. 노천탕에서 보이는 유후산의 경치가 편안하게 다가왔다.

여관으로 돌아와서야 친구가 모자를 무소엔에 두고 온 것을 알았다. 전화를 해서 모자가 거기 있다는 걸 확인하고 나중에 찾으러 가겠으니 보관해 달라고 부탁했다. 잠시 휴식을 취하고 저녁을 먹으러 나가는데 주인아저씨가 친구의 모자를 내민다. 우리 얘기를 듣고는 그 사이에 무소엔에 가서 모자를 찾아 온 것이다. 이런 작은 친절이 사람을 감동시킨다.

유후인은 아주 깔끔하고 예쁜 온천 마을이다. 유럽풍과 일본스러움이 적당히 어우러진 잘 정돈된 마을이다. 상가가 몰려 있는 마을 중심가는 천천히 걸어 다니며 구경하기에 알맞은 크기이다. 마을 어디에서나 보이는 유후산과 안개가 자주 끼는 긴린코 호수가 마을을 아늑하게 만들고 있다. 아기자기한 기념품점이나 찻집, 작은 식당들이 많아 여자들이 좋아할 만한 분위기였다.

우리도 길을 걸어 다니며 맛있다고 소문난 고로케나 타코야끼, 어묵, 군밤 등을 사 먹었다. 저녁에 먹으려고 유명한 빵집에서 파는 롤케이크도 하나 샀다. 오후 내내 그런 주전부리를 먹고 다녔더니 저녁 생각이 별로 없다. 하지만 여관에서 강력 추천해준 우동 집에 가서 맛있는 우동을 먹은 걸로도 모자라, 숙소로 돌아오는 길에 모찌며 과자 등을 한가득 사왔다.

다음날은 역시 유명한 온천지역인 벳푸(別府)에 가서 한나절을 보냈다. 뜨거운 김이 지하에서 올라오는 곳마다 산지옥이니 해지옥이니 하는 이름을 붙여놓고 입장료를 받는다. 미국의 옐로스톤을 본 사

벳푸, 해지옥에서

람이라면 그다지 큰 구경거리는 아니겠으나 그런대로 볼거리가 많다. 온천물에 익힌 달걀을 하나씩 사먹고, 족욕탕에서 족욕도 했다.

유후인으로 돌아오는 길에 우리는 맛있는 금상 고로케를 한 번 더 먹어야 한다는데 의견 일치를 보았다. 이미 문 닫을 채비를 하고 있던 주인은 우리가 급한 걸음으로 들이닥치자 고로케 몇 개를 새로 튀겨 주었다. 친구들과 길에 서서 고로케를 먹고 있자니까 옛날 학교 앞에서 오징어 튀김을 사먹던 때로 돌아가는 기분이었다.

숙소로 돌아오니 카운터에서 걱정스런 얼굴로 TV를 보고 있던 주인아저씨가 일본 후쿠시마 앞 바다에 큰 지진이 일어나 굉장한 쓰나미가 몰려왔다고 알려준다. TV를 켰더니 해일이 몰려와 마을을 휩쓸고 지나가는 장면을 계속해서 보여주고 있다.

친구들의 휴대폰으로 서울에서 안부를 묻는 전화가 걸려오기 시작했다. 한국 정부에서 보낸 긴급 상황에 대한 안내문도 들어왔다. '한국 참 좋은 나라네. 미국 정부에서는 우리가 여기 있는 걸 알기나 할까.' 원래 외국에 나가기 전에 인터넷으로 신고를 하는 조항이 있지만 위험한 지역이 아니고서야 행선지를 일일이 신고하는 사람은 아마 없을 것이다.

우리가 있던 규슈 지방에서는 아무런 진동도 느낄 수 없었지만 외국에서는 일본 전체가 흔들렸던 걸로 알려진 모양이다. 나리타 공항은 임시로 폐쇄되었다고 하는데 친구들은 이틀 후에 후쿠오카 공항에서 비행기를 타니까 괜찮을 것이다. 그날은 신칸센이 잠시 운행을 중지했는데 다음날부터는 몇 개 노선을 제외하고는 다시 정상으로 돌아갔다.

이튿날 아침, 지진 때문에 어수선한 마음으로 친구들과 작별을 했다. 버스를 타고 떠나는 그들을 정류장에서 배웅했다. 친절하고 잘 웃던 주인아저씨와도 헤어져야 한다. 어떤 종류의 이별이건 헤어짐은 늘 쓸쓸하다. 때 아니게 눈발이 흩날리기 시작했다.

43

일본 3, 다카마츠 · 나오시마 | 2011년 3월

　후쿠오카로 떠나는 친구들을 배웅하고 우리도 기차를 타고 시코쿠(四國)의 다카마츠로 향했다. 그곳에서 사흘 밤을 자고 나오시마로 갈 예정이다. 다카마츠는 혼슈와 시코쿠를 연결하는 다리인 '세토대교'가 생기기 전까지 본토와 시코쿠를 연결해주는 중요한 항구였다. 역 건물이 상당히 현대적이고 규모가 크다.

　예약한 호텔에 갔더니 프런트 데스크 직원이 남편을 보며 당신같이 키가 큰 사람이 쓰기에는 침대가 좁을 테니 큰 침대가 있는 방으로 옮겨주겠다고 한다. 부탁한 것도 아닌데 신경을 써주는 게 고맙다.

　다카마츠 주변에는 유명한 관광지들이 많이 있다. 우선 '고토하라

시코쿠 절의 순례자들

(琴平)'. 시코쿠에서 가장 유명한 신사인 곤피라산이 있는 곳이다. 항해와 관련된 신을 모시는 신사인데 무려 1,368개의 돌 계단을 올라가야 한다. 이름난 관광지답게 계단을 따라 길 양옆으로 기념품 가게들이 즐비하다. 가게마다 관광객들을 위해 긴 나무 지팡이들을 준비해 놓았다. 아무거나 하나 골라서 짚고 올라갔다가 내려올 때 돌려주면 된다.

시코쿠에는 절이 88개가 있는데 그 절을 모두 걸어서 방문하는 순례자들이 있다. 그들은 하얀 윗옷을 입고 삿갓, 배낭 그리고 대나무 지팡이를 손에 들고 열심히 걷고 있고 있기 때문에 곧 알아볼 수 있다. 보통 두 사람이 한 조가 되어 걷는데 한꺼번에 다 걷기도 하고 아니면 주말에 몇 개의 절을 순례하고 다음번에 또 방문하는 식으로 걷는다고 한다.

며칠 전 가나자와에 있을 때, 대문 옆에 마른 옥수수 몇 개를 묶어 걸어놓은 집들이 있었다. 관광 안내소에 가서 그게 뭐냐고 물었더니 젊은 직원이 자신은 잘 모르겠다며 난처한 표정을 짓는다. 잠시 후에 조금 나이든 직원이 나와서 시코쿠에 있는 마쓰리(축제)에 참석하면 징표로 그 옥수수 엮은 걸 주는데 시코쿠 절 88개를 순례한 것과 마찬가지라고 설명한다. 옆에서 젊은 직원이 우리 덕분에 모르는 걸 배웠다며 인사를 한다. 그런데 과연 축제 한 번 참석하는 게 88개 절을 순례한 것과 맞먹을 정도의 가치가 있을까 싶었다.

다카마츠에는 일본에서도 아름답기로 손꼽히는 정원 '리츠린 코엔(栗林 公園)'이 있다. 안내판에는 지금 동백이 한창이라고 적혀 있었지만 벚꽃과 철쭉도 많이 피어 있었다. 입구에 신발 먼지를 터는 총채가 걸려 있다. 흙길로 된 공원을 한 바퀴 돌고 나니까 왜 먼지털이를 준비해 놓았는지 이해가 된다. 연못을 바라보며 차를 마실 수 있는 찻집도 있어 정원의 아름다움을 느긋하게 감상할 수 있다. 가나자와에 있는 겐로쿠엔에 비해 여성적이고 아기자기한 느낌을 받았다.

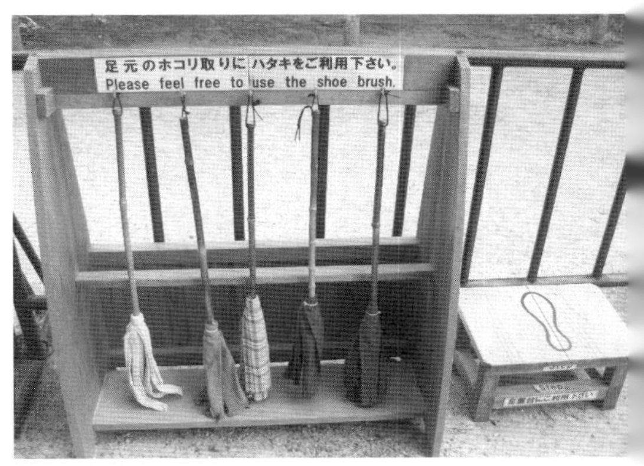

다카마츠, 리츠린 코엔의 신발 털기

다카마츠가 속해있는 가가와 현은 유명한 사누키 우동의 본고장이다. 사누키는 가가와 현의 옛 이름이다. 시코쿠 태생의 홍법대사가 당나라에서 국수 만드는 법을 배워와 전수했다고 한다. 이 고장에서 나오는 질 좋은 밀가루를 사용해 그들만의 특별한 방법으로 국수를 만든다. 특히 반죽을 할 때 여러 번 발로 밟아서 반죽 사이에 있는 공기를 빼내기 때문에 면발의 탄력이 높다.

이곳 사람들의 우동 사랑은 유별나다. 하루 세끼를 우동으로 먹어도 부족해서 간식도 우동을 먹는다는 우스갯소리가 있다. 우동 집도 많고, 유명한 우동 집을 찾아가는 우동 관광지도가 있을 정도다. 사누키 우동에는 붓가케 우동, 가케 우동, 가마아게 우동, 자루 우동, 날

달걀을 넣고 비벼먹는 가마타마 우동 등 여러 종류가 있다. 그중 가케 우동이 우리가 흔히 말하는 우동과 가장 흡사하다. 물론 소스도 담백하고 맛있었다. 자기네 식당에서 만든 간장 소스를 팔고 있는데 곧장 집으로 돌아가는 길이라면 몇 병 사가지고 오고 싶을 정도였다.

나는 국물 없이 소스에 비벼 먹는 붓가케 우동을 처음 먹어보았는데 탱탱한 면발이 쫄깃쫄깃하면서도 부드럽게 넘어간다. 그곳 사람들 말로는 우동을 세 번 반 정도 씹고 넘길 때의 그 맛이 중요하다고 한다. 네 번 씹으면 면이 다 부스러지고, 세 번 미만이면 넘기기가 불편하기 때문에 맛을 느끼기 어렵다고 한다. 정말 그럴까 싶어 세 번 반을 씹어보려고 했는데 잘 안 된다. 붓가케 우동이 중독성이 강하다고 하더니 정말 자꾸 먹고 싶어진다.

다카마츠에서 기차를 타고 두 시간 정도 가면 '우치코(內子)'라는 일본의 옛 모습이 많이 남아 있는 작은 마을이 있다. 마을 전체가 그대로 시간이 멎어버린 듯한 분위기였다. 한때 종이와 목랍 공예의 중심지로 번영을 누렸던 곳이다. 그 당시 부유한 상인들의 소유였던 세련되고 단아한 주택들이 90여 채 남아 있는 일본의 전통건축물 보존 구역이다. 민속촌처럼 보여주기 위한 마을이 아니라, 실제로 사람들이 구석구석에 살고 있다.

어느 골목을 들어서자 메이지유신 시대의 숨은 공로자였던 시카모토 료마의 뒷짐 진 포즈를 크게 만들어 놓은 입간판이 있다. 료마와 이 동네가 무슨 연관이 있는지 잘 모르겠으나 벽에는 그와 관련된 빛바랜 사진들이 몇 장 붙어 있다. 소설 덕분에 료마의 모습이 실제보다

마을 주민들의 노력으로 보전되고 있는 가부키 극장

훨씬 더 부풀려졌다고 하지만 여하튼 장편소설 『료마가 간다』부터 NHK의 드라마 〈료마전〉까지 섭렵한 터라 그의 모습이 반갑다.

마을 입구에는 아직도 공연을 하는 가부키 극장도 있어서 실내는 물론 무대장치를 움직이는 지하실까지 두루 둘러볼 수 있었다. 일본에 있는 동안 실제 가부키 공연은 한 번도 볼 기회가 없었는데 가부키 극장만은 여러 곳에 들어가 보았다.

'야시마' 에는 시코쿠무라(四國村)라는 일종의 민속촌이 있다. 자그마한 언덕을 배경으로 시코쿠 전역에서 옮겨온 여러 가지 전시물과 전통적인 방식으로 지어진 건축물들이 있다. 에도와 메이지 시대에 걸쳐 농가, 곡식 저장소, 설탕과 간장을 만들던 건물, 가부키 극장 등이 널찍하게 자리 잡고 있다. 안도 다다오가 설계한 현대미술관이 그

나오시마에 있는 작품 '노란 호박'

곳에 있는데 조용하게 숲 속에 가려진 모습이 묘하게도 주변 풍경과 잘 어울렸다.

예전에 황제가 와서 온천을 했다는 유명한 '도고 온천'을 당일치기로 다녀왔는데, 온천 자체보다는 유서 깊은 건물이 더 흥미로운 곳이었다.

다카마츠에서 며칠을 보낸 후, 페리를 타고 나오시마로 건너갔다. 사진에서 많이 보았던 작품 '빨간 호박'이 방문객을 맞이한다. 이번 일본 여행에서 가장 기대가 되었던 곳이 바로 이 나오시마이다. 세토 내해에 있는 퇴락한 작은 섬이었던 이곳을 일본의 베네세 기업과 안도 다다오라는 뛰어난 건축가가 세계적인 관광지로 만들어 놓았다.

안도 다다오는 건축을 전공한 사람이 아니고, 공업고등학교 졸업 후 독학으로 건축을 익힌 사람이다. 그는 외장재 없이 건물의 콘크리트 벽을 그대로 드러내는 노출 콘크리트를 사용하는 것으로 유명하다. 빛과 콘크리트의 건축가로 불리고 있는 그의 건물들은 간결하고 단순하나, 물, 빛, 바람, 나무 등의 자연 환경과 자연스럽게 어울리는 것이 특징이다. 콘크리트로 둘러싸인 건물 안에 자연광을 끌어들여 건물과 빛이 자연스럽게 조화를 이루도록 하는 것이다.

베네세 기업은 일본에서 아동 교육 출판물로 성공한 기업이다. 나오시마에 있는 호텔 베네세 하우스는 그 회사의 이름을 따서 만든 것이다. 베네세 하우스는 박물관, 오발, 파크, 그리고 비치 등 네 동의 건물로 되어 있다. 미술관 안에 호텔 방을 들여놓아, 투숙객은 미술관에서 숙박을 하는 특별한 경험을 할 수 있다.

'자연과 건축과 예술의 공존' 이 안도 다다오가 설계한 베네세 하우스의 주제이다. 세토 내해에 떠있는 진주 같은 섬 나오시마를 무대로 이 지역의 문화와 역사, 자연의 아름다움과 인간이 만들어낸 아름다움, 그리고 옛것과 새것의 조화를 즐길 수 있다.

호텔 입구부터 복도, 그리고 방에도 화가들의 드로잉이나 페인트들이 걸려 있다. 특히 우리가 묵었던 파크 동의 복도가 인상적이었다. 긴 사각형의 불투명한 유리를 통해 들어오는 밝고 부드러운 빛들이 복도를 몽환적인 공간으로 만들고 있었다. 인적 없는 복도에 서서 한동안 내 몸을 감싸는 빛의 따스함을 즐겼다.

엷은 브라운 색의 목재로 마감한 호텔방은 심플하고도 고급스러웠다. TV도 전화도 없이 오직 작은 CD플레이어만 탁자 위에 놓여 있다. 벽에는 제임스 터렐의 흑백 드로잉이 한 점 걸려 있고, 넓은 창으로는 잔잔하게 빛나는 바다와 푸른 하늘이 손에 잡힐 듯 보였다.

나오시마의 대표적인 박물관은 지중(地中) 미술관이다. 건물 전체를 지하에 두어 주변의 아름다운 경관을 그대로 살렸다. 모네, 월터 드 마리아, 그리고 제임스 터렐 단 세 명의 작품이 전시되고 있는데, 빛의 밝기와 각도에 따라 한 순간도 같은 모습을 보이지 않는다.

지중 미술관에서는 사람들이 한꺼번에 몰리는 것을 막기 위해 15분에 한 번씩 10명의 입장객을 들이고 있다. 새로운 작품을 보려고 들어갈 때마다 신발을 벗어야만 했는데, 끈으로 묶는 부츠를 신고 있던 나는 매번 몸을 굽혀 신발 끈을 풀었다 묶었다 하는 수고를 해야만 했다. 베네세 박물관 뿐만 아니라, 일본의 다른 곳에서도 신발을 벗을 일이 많았는데, 일본을 여행한다면 신고 벗기에 편한 신발을 신는 게 좋겠다.

그 외에 한국인 예술가인 '이우환 미술관', 낡은 집들을 예술작품으로 변화시킨 '아트 하우스 프로젝트', 그리고 실제로 온천으로도 사용되는 '나오시마 배스'가 있다. 베네세 하우스에서 운영하는 셔틀버스를 타고 각 박물관을 돌아볼 수 있다.

낡은 가옥을 보수해 미술작품으로 만든 7개의 '이에(家) 프로젝트'는 티켓에 있는 지도와 사진이 아니었으면 찾기 어려울 정도였다. 주변에 있는 집들이 온통 200여 년이 넘는 오래된 목조가옥들이고 눈에 뜨이는 간판이 붙어 있는 것도 아니라서 어느 것이 아트 프로젝트에 속한 집인지 알아내기가 쉽지 않았다.

특히 그중에 '미나미데라(南寺)'가 가장 인상적이었다. 예전 신사였던 자리에 안도 다다오가 새로 지은 건물과 제임스 터넬의 작품 '달의 뒤편(backside of the moon)'이 만난 곳이다. 안내인을 따라 토담을 돌아가면 건물 안으로 들어가게 되는데 통로는 점차적으로 어두워져서 드디어 철저한 암흑세계가 시작된다. 벽을 손으로 짚고 더듬더듬 걸어가서 자리에 앉았다. 빛이라고는 전혀 없는, 그래서 자신의 손끝조차 보이지 않는, 눈을 떠도 감아도 마찬가지인 완벽한 어둠. 그리고 깊이를 알 수 없는 정적. 처음 처해보는 어둠과 적막 속에서 문득 무덤 속의 어둠이 이럴 것이라는 생각이 들었다.

하지만 눈을 감고 앉아 있자니 곧 표현하기 어려운 편안함이 찾아왔다. 어찌할 수 없는 상황에서 모든 것을 놓아버린 후에 얻게 되는 자유로움이라고나 할까. 5~6분 남짓 그런 상태로 있으려니 눈앞에 흐릿하게 빛이 보이기 시작했다.

미국 LA 출신인 제임스 터렐은 '빛의 마술사' 라고 불리는 설치미술가이다. 빛을 소재로 작업을 하며 관람객들로 하여금 일종의 착시현상을 이끌어낸다. 그는 자신의 작품을 '슬로 아트 모멘트' 라고 표현한다. 그는 젊었을 때 LA에 온 다빈치의 모나리자를 본 적이 있는데 사람들에 밀려 딱 13초 그 앞에 서 있을 수 있었다고 한다. 그 짧은 시간에 예술품을 제대로 감상한다는 건 불가능하다는 게 그의 지론이다. 그는 최소한 5분 이상, 적어도 30분에서 한 시간 정도는 자신의 작품을 보고 있어달라고 부탁한다.

미술관과 호텔에 전시된 작품들 말고도 베네세 하우스 주변에는 예술품들이 산재해 있다. 식당에도, 복도에도, 작은 카페에도, 그리고 바닷가에도, 눈이 닿는 모든 곳에 작품들이 있다.

예술품들로 둘러싸인 박물관 안의 식당에서 먹은 저녁식사도 기억에 남는다. 마치 한 폭의 정교한 정물화를 보고 있는 듯했던 가이세키 요리. 맨 처음 나온 전채요리 접시 밑에는 요리사의 낙관이 찍힌 종이가 깔려 있었는데, 그 위에 앙증맞게 꽃이 핀 작은 매화가지 한 개가 얹혀 있었다. 딱 한두 젓가락 분량의 음식들이었지만 워낙 여러 가지가 나온 덕분에 디저트까지 먹고 나자 배가 상당히 불러왔다.

나오시마에서 안도 다다오의 작품들을 보고 난 후, 그에 대해 관심이 많아졌다. 그는 지금 아랍 에미리에트의 수도 아부다비에 세워지는 '아부다비 해양 박물관'의 설계를 맡고 있다. 아부다비에서 조금 떨어진 사디야트 섬에는 '해양 박물관' 외에 '루브르 아부다비' '구겐하임 아부다비' '내셔널 박물관' 그리고 '퍼포밍 아트센터' 등이 들어서는 대규모의 아부다비 아트 프로젝트가 진행 중이다.

특히 구겐하임 아부다비는 LA의 디즈니 콘서트홀을 설계한 미국인 건축가 후랭크 게리가 담당하고 있다. 격렬하고도 다이내믹한 동적인 게리의 작품과 금욕적이기까지 한 정적인 안도 다다오의 작품이 만나는 흥미로운 장소가 될 것이다. 하지만 2016년까지 끝날 것으로 예상되었던 이 굉장한 아트 프로젝트는 아랍 세계의 정치적, 경제적 사정 때문에 자꾸 미루어지고 있는 형편이다.

44

일본 4, 고베 그리고… | 2011년 3월

나오시마를 떠나 고베로 갔다. TV에서는 연일 쓰나미 피해와 원전 소식을 보도하고 있다. e메일에는 우리를 걱정하는 친구들의 메일이 쏟아져 들어와 있다. 쓰나미로 뒤숭숭하기는 하지만, 원래 계획대로 고베를 지나 쿠사츠와 닛코에서 온천을 즐기고 동경을 거쳐 일주일 후에 미국으로 돌아갈 계획이었다. 하지만 점점 마음이 불편해진다.

남은 시간 동안 오사카 쪽으로 가서 교토 등을 둘러볼까 하다가 결국 여행을 중단하기로 했다. 사실 고베만 해도 쓰나미와 상관없이 바쁘게 돌아가고 있었고, 원전사고로 인한 방사능에 대한 우려도 별로 없는 듯 했다. 그래도 한가하게 온천이나 찾아다닐 기분이 아니다.

TV만 켜면 해일에 마을이 온통 쓸려 나가는 장면이, 그리고 후쿠시마 원전의 피해상황이 방송되고 있었다. 그 와중에도 일본인들은 어쩌면 그렇게 침착하게 질서를 지킬 수 있는지 놀라웠다. 땅을 치며 울부짖는 사람들도 보이지 않았다. 혹시 방송에서 그런 장면은 일부러 보도를 안하고 있을지도 모른다는 의심이 들 정도였다.

쓰나미야 일단 지나간 일이니 그렇다 쳐도 원전사고 소식에 조금씩 불안해진다. 1994년 노스리지 지진의 한복판에 있었던 우리는 지진피해를 직접 겪은 사람들이다. 게다가 고베도 1995년 대지진이 일어났던 곳이라 지진 기념관까지 있다.

우선 남은 일정의 료칸 예약을 취소한 후, 돌아가는 비행기 편을 알아보았다. 여행 후반부에 좋은 료칸에 묵으며 한가하게 지내려던 계획이었는데 아쉽게 되었다. 다행히 나흘 후에 LA로 돌아가는 비행기를 예약할 수 있었다. 그런데 손님들은 동경에서 탑승을 하지만, 승무원들은 안전문제 때문에 오사카에서 비행기를 탄다고 한다. 우리도 고베에 있으니 가까운 오사카 공항으로 가겠다고 하니까 그렇게는 안 되고 나리타 공항으로 가란다.

비행기를 탈 때까지 고베에서 머물려고 했지만, 마침 그 주말이 무슨 축제기간이라 방이 없다고 한다. 겨우 하룻밤을 더 자고 동경 근처로 숙소를 옮겼다. 고베는 일찌감치 개항을 해서 유럽의 문명을 흡수한 곳이다. 덕분에 이진칸(異人館) 거리에는 메이지 시대부터 지어진 서양인들의 주택들이 있어 유럽의 어느 골목길을 연상시킨다. 고베는 소고기도 유명하지만, 맛있는 빵과 케이크로도 잘 알려져 있다. 빵 종류라면 무엇이든지 좋아하는 우리에게는 더할 나위 없이 마음에 드는 곳이다.

시내에서 멀지 않은 곳에 '아리마(有馬) 온천'이 있다. 도요도미 히

데요시가 그의 어린 아내 '네네' 와
자주 왔다는 곳이다. 온천 마을 입구
에 네네의 동상이 서 있다. 물의 미네
랄 성분이 다른 '금탕' 과 '은탕' 을 같
이 경험할 수 있다는 '타이코노유' 라
는 온천에 갔다. 금탕의 물은 약간 누
런색을 띄고 있다. 이곳은 마치 커다
란 찜질방처럼 규모가 상당히 크다.
잠깐 몸을 담가서는 금탕과 은탕의
다른 점을 잘 모르겠다. 마을을 걷다
보면 온천수의 근원이 되는 '원천' 을
볼 수 있는데 이 동네에만 7개의 원천
이 있다고 한다.

아리마 온천 안내판과 아리마 온천의
금탕

  동경 부근에 있는 호텔을 예약했
다. 우리가 일본에 도착했던 첫날 묵
었던 호텔은 방이 없다고 한다. 북쪽
으로 올라갈수록 분위기가 좀 심각해
진다. 동경역도 전기가 제한적으로
들어오기 때문에 엘리베이터가 작동을 안 한다. 기차를 갈아타기 위
해 무거운 가방을 들고 계단을 올라가야 했다.

  호텔에서 저녁을 먹고 쉬고 있는데 건물이 흔들리기 시작한다. 우
리가 살고 있는 노스리지에서 큰 지진이 난 후, 한동안 하루에도 몇
번씩 크고 작은 여진이 있었다. 나중에는 집이 흔들리는 정도를 보고

4.5도니 5.3도니 하고 지진의 강도를 알 수 있을 정도였다. 오랜만에 둘이서 지진 강도 맞추기 게임을 했지만 기분이 별로 좋지 않다. 아무리 여러 번 겪어도 절대로 익숙해지지 않는 것. 그중 하나가 바로 지진으로 인한 흔들림일 것이다.

나리타 공항은 사람은 많았지만 생각보다 혼잡하지 않았다. 지진 후 일주일 정도 시간이 지났으니 대충 긴급 상태는 벗어난 모양이다. 그래도 공항 대합실 한쪽에 슬리핑백을 펴놓고 누워 있는 사람들도 있고 아무래도 분위기가 어수선했다. 슬리핑백은 공항에서 제공을 했는지 빈자리에 놓여 있는 슬리핑백들을 공항 직원이 치우고 있었다. 체크인이 시작되기를 기다리는데 한쪽 벽에 미국 국기가 걸려 있는 걸 보았다. 앞에 있는 테이블 위에는 물병 몇 개가 놓여 있고, 한 남자가 앉아 있다. 비행기 표를 구하지 못했거나 잠잘 곳을 찾지 못한 미국 여행자들을 도와주려고 나와 있다고 한다.

이번 일본 여행을 계획대로 끝마치지 못하고 돌아온 게 내내 아쉽다. 결국 JR PASS도 일주일분은 사용하지 못하긴 했어도, 이번 여행으로 일본을 좀 더 이해하게 되었다. 관광객들이 다니는 관광지 몇 곳을 훑어보고서 일본을 안다고 할 수는 없을 것이다. 하지만 어디를 가나 사람 사는 건 다 마찬가지다. 좋은 사람도 있고 나쁜 사람도 있고, 친절한 사람도 있고 그렇지 않은 사람도 있다. 다만 그곳 사람들이 사는 모습을 기웃거려 본 걸로 만족한다. 언제 다시 일본에 가게 될지 모르겠으나 이번에 못 다한 일정을 마저 끝내볼 생각이다.

에필로그 : 넘치는 잔

멕시코 어느 한적한 바닷가에서 어부가 낚시를 하고 있었다. 그에게 낚싯대를 둘러맨 한 미국인이 다가왔다. "지금 뭘 하고 있는 거요?" "저녁에 먹을 고기를 낚고 있는 중입니다." "왜 배를 타고 좀 더 먼 바다로 나가지 않는 거지요? 먼 바다로 나가면 고기를 좀 더 많이 잡을 수 있을 텐데." "그래서요?" "고기를 팔아 돈을 마련해서 배를 사고, 또 잘하면 많은 어선을 거느린 선단의 대 선주가 될 수도 있지 않겠소?" "그 다음 에는요?" "운이 좋다면 당신 회사를 뉴욕 증시에 상장 시키는 거지요." "그렇게 되면요?" "그럼 당신은 큰 부자가 되는 거요." "큰 부자가 되면요?" "부자가 되면 한가한 어촌으로 휴가를 와서 낚시를 즐길 수 있지요."

이것은 내가 좋아하는 우화 중의 하나이다. 한가한 어촌으로 휴가를 가기위해 그렇게 먼 길을 돌아올 필요가 없다는 이야기다. 흔히 큰 부자는 하늘이 내린다고 하지만, 살다보니 사람의 됨됨이와는 상관없이 재물에 관한 한, 각자 크기가 다른 그릇을 갖고 태어난다는 옛말이 맞는다는 생각을 하게 되었다.

어려서 읽은 옛날 얘기가 있다.

어느 부자가 몇 년 만에 태어난 외동아들을 위해 큰 돌잔치를 베풀었다. 얼마나 음식을 많이 장만했는지 온 마을 사람들이 그 부잣집에 몰려와 몇 날 며칠을 먹고 마시며 즐거워했다. 예나 지금이나 돌잔치에서는 당사자인 어린아이는 사람들에 치여 고달프게 마련이다. 유모는 자꾸 칭얼대는 돌쟁이를 등에 업고 아이를 달래려 동구 밖으로 나섰다. 그때 길을 가던 스님 한 분이 아이의 얼굴을 유심히 살펴보더니 혀를 끌끌 차는 게 아닌가. 그리고는 혼자 중얼거렸다. "쯧쯧. 이 아이가 오늘 밤을 못 넘기겠구먼…." 그 소리를 들은 유모는 남의 집 귀한 아들한테 무슨 망발이냐며 발끈 화를 내었다.

그런데 그날 밤, 아이는 갑자기 경기를 일으키더니 미처 손 쓸 틈도 없이 숨을 거두고 말았다. 유모에게서 낮의 일을 전해들은 아이의 부모는 주막에 묵고 있던 스님을 허겁지겁 찾아갔다. 어찌해서 우리 아들한테 그런 얘기를 했느냐고 묻자, 스님 왈, "그 아이는 일생을 아주 빈곤하게 살아갈 팔자를 타고 태어났습니다. 그런데 오늘 부모님이 자신이 평생 먹고도 남을 성대한 생일잔치를 베풀자 그만 그의 운명이 다한 것입니다."

비슷한 이야기로 최인호의 소설 『거상 김상옥』에 등장하는 '계영배(戒盈杯)'라는 것이 있다. 계영배란 '가득함을 경계하는 잔'이라는 뜻인데, 술이 일정 이상 차오르면 밖으로 새어나가도록 만든 특이한 술잔이다. 조선 후기 유명한 도공이 자신의 방탕한 삶을 뉘우치며 이 계영배를 만들었다고 한다. 인간의 끝없는 욕심과 지나침을 경계하는 교훈을 주기위한 것으로 사용되고 있다.

남편은 입버릇처럼 쉰 살이 되면 은퇴를 하겠다고 말해왔다. 보통 일흔다섯 살 정도를 건강하게 살 수 있다는 가정 아래, 처음 이십오 년은 열심히 배우고, 다음 이십오 년은 열심히 일하고, 그리고 남은 이십오 년은 열심히 놀겠다는 게 그의 계산이었다. 중반에 열심히 일한 것은 인정하겠는데, 초반 이십오 년 동안 공부를 열심히 했는지는 잘 모르겠다. 여하튼 그가 세워놓은 목표인 오십 세에 은퇴하기 위해 그는 큰 욕심을 부렸다. 1980년 대 말, 미국에 부동산 붐이 한창일 무렵 부동산에 많은 투자를 한 것이었다.

그는 나를 위해 전망 좋은 집을 지어주겠다며 바다가 보이는 산타모니카 언덕 위에 집을 한 채 사 놓았다. 부동산 개발로 한몫 챙기면 그 집을 헐고 그 자리에 삼층집을 지어 이사할 계획이었다. 성급하게 집 설계도까지 미리 만들어 놓았는데, 그 설계도에는 옥상으로 올라가는 엘리베이터까지 있을 정도로 호화판이었다.

결론부터 말하자면 생소한 분야라서 판단 착오도 있었지만, 때마침 불어닥친 부동산 불경기 덕분에 우리는 재산의 대부분을 잃어버렸다. 사 놓았던 몇 채의 집을 날렸을 뿐 아니라, 살던 집마저 처분해야 할 지경이 되었다. 거의 빈손으로 미국에 온 우리는 그동안 참 열심히 일했다. 물론 운도 따라주었지만 그는 사업을 위해 최선을 다했다. 그렇게 힘들게 일해서 모은 돈을 거의 다 날리고 그는 너무 낙심했다. 자다가 일어나보면 남편은 아래층에서 혼자 술을 마시고 있곤 했다. 나도 그의 앞에서 내색은 안했지만 손에 쥐어보지도 못하고 날아가 버린 그 엄청난 액수의 돈이 너무 아까웠다. 우리는 신경이 날카로워져 사소한 일로도 언성을 높이는 일이 잦아졌다.

그러던 어느 날, 마음이 잡히지 않아 성경책 여기저기를 뒤적이고 있었다. 당시에는 마치 신문에서 '오늘의 운세'를 읽듯이 「잠언」을 하루 한 장씩 읽곤 했는데, 유독 그날의 말씀이 가슴을 파고들었다.

"나로 가난하게도 마옵시고 부하게도 마옵시고 오직 필요한 양식으로 내게 먹이시옵소서. 혹 내가 배불러서 하나님을 모른다, 여호와가 누구냐 할까 하오며 혹 내가 가난하여 도적질하고 내 하나님의 이름을 욕되게 할까 두려워함이니 이다." (잠언 30:8~9)

주님은 이렇게 명쾌하게 내 마음을 정리해 주셨다. 게다가 한 말씀을 더해 마무리까지 깔끔하게 해주셨다.

"내 영혼에게 이르되 영혼아 여러 해 쓸 물건을 많이 쌓아 두었으니 평안히 쉬고 먹고 마시고 즐거워하자 하리라 하되 하나님은 이르시되 어리석은 자여 오늘 밤에 네 영혼을 도로 찾으리니 그러면 네 예비한 것이 뉘 것이 되겠느냐 하셨으니" (누가복음 12:19~20)

비록 재산을 많이 날렸다고 해도 길거리로 나앉아야 하는 상황은 아닐뿐더러, 무엇보다 우리에겐 건강이 남아 있지 않은가. 그날 이후로 나는 잃어버린, 어쩌면 처음부터 내 것이 아니었을 재물에 대한 미련을 거짓말처럼 끊어버릴 수 있었다.

남편은 훗날 내가 그 상황에서 어떻게 그렇게 초연하게 대처할 수 있었는지 궁금해 했다. 다행스럽게도 남편도 나름대로 마음을 정리할 수 있었고, 우리는 끝이 보이지 않을 것 같았던 어두운 터널에서 빠져 나올 수 있었다. 집을 싸게 처분하고, 은행과의 부채도 다 정리를 한 후에 우리는 홀가분한 마음으로 첫 번째 유럽 여행을 떠났다.

그때 부동산 투자에 성공하고 많은 돈을 벌었더라면 우리가 어떤 형태의 삶을 살았을까 가끔 생각해본다. 아마도 더 많은 재산을 갖고 싶어 아직도 정신없이 뛰어다니고 있지나 않을까. 언젠가는 두고 떠나야 할 재물을 손에 움켜쥐고 한없이 교만해져 있지는 않을까.

부동산 투자를 시작하며 주말도 없이 바쁘게 돌아다니는 남편에게 어느 날 내가 물었다. "그 돈 다 벌어서 뭐할 건데?" "빨리 돈 많이 벌어서 은퇴해야지." "은퇴한 후에는?" "당신이 가보고 싶어 하는 세상 곳곳을 구경 다녀야지."

비록 과정은 달랐으나 결과적으로 지금 우리는 세상 여기저기를 다니며 살고 있다. 비행기 일등석을 타거나, 최고급 호텔에 묵을 여유는 없어도, 가고 싶은 곳에 갈 수 있을 만큼의 여유는 있다. 일찍 은퇴한 덕분에 시간도 많아서 건강만 허락한다면 언제든지 어디로든지 떠날 수 있게 되었다.

엄청난 수업료를 내고서야 그리고 세월이 제법 많이 흘러서야 우리는 깨닫게 되었다. 우리가 하고 싶어 하는 일을 위해서 그렇게 많은 돈이 필요한 게 아니라는 걸. 어느 책 제목처럼 '지금 알고 있는 것을 그때 알았더라면…'

행복한 여행 노트

초 판 1쇄 인쇄일   2012년 10월 8일
초 판 1쇄 발행일   2012년 10월 12일

지은이   이상진
펴낸이   이정옥
펴낸곳   평민사
          서울특별시 서대문구 남가좌2동 370-40
          전화   (02)375-8571(代)
          팩스   (02)375-8573
          평민사(이메일) 모든 자료를 한눈에 ―
          http://blog.naver.com/pyung1976

등록번호   제10-328호

  값   14,000원

ISBN   978-89-7115-587-5   03800